LA CREACIÓN IMPERFECTA

HORIZONTES INFINITOS
LIBRO 2

A.R. KNIGHT

UNO

PAQUETE INDESEADO

¿Qué hacer con la libertad?

Una opción se alzaba en nuestro territorio conquistado, apoyada contra una salida amistosa iluminada de verde esmeralda. Cruzó un tobillo sobre el otro, y a sus pies plantó una barra dentada de metal negro plateado. Sus ojos miraban fuera del Vivero hacia la brumosa zona central del Conducto, teñida de azul.

Delta custodiaba nuestro pequeño santuario, varias habitaciones cuadradas grandes que albergaban miles de vidas humanas. Esas vidas, comprimidas en pequeños tubos congelados, esperaban una próxima resurrección, una que era mi deber proporcionar. No siempre había sido así, pero las máquinas que vigilaban estas almas estáticas habían sido corrompidas por el tiempo, la mala programación y la falta total de supervisión.

Tenía mi mano izquierda sobre una de ellas ahora, un meca enfermero con ruedas por pies, varias manos suaves para cargar recién nacidos y una sonrisa alegre grabada en su piel metálica color crema. Mi mano derecha, con los dedos fusionados en un puerto de conexión, se clavaba en la ranura receptora del costado del meca.

Kaydee, una amiga tanto muerta como viva, hacía girar su código a través de mi conexión. Llevábamos un día reescribiendo algoritmos, veinticuatro horas depurando ifs y thens, funciones y variables para limpiar los fallos dejados pudrir por los programadores originales del meca.

Habían diseñado el Vivero para producir niños de primera calidad, para preservar la excelencia genética y exiliar cualquier embrión que no condujera a las mentes más brillantes, los músculos más fuertes, las piernas más rápidas. Un objetivo defectuoso, particularmente cuando se trata de especímenes imperfectos.

En mi ojo izquierdo vi la grabación, una especie de recuerdo, reproducirse de nuevo: el embrión depositado en la cinta transportadora, una cosa larga que descansaba a mi derecha. El futuro niño empezaba siendo nada. Soportaba un asalto de luz, químicos y físico para estimular el crecimiento. Cada metro que el vial avanzaba por la cinta transportadora lo acercaba más a gatear sin la cinta en absoluto. Cuando el niño llegaba al final del recorrido, un bebé humano completamente formado esperaba para emitir su primer llanto.

En el recuerdo —la grabación— el niño nunca tuvo la oportunidad de expresarse. Escáneres que no entendía bañaban al niño, cámaras y sensores envolvían la pequeña figura solo para escupir valores subóptimos. No malos según ninguna medida que pudiera encontrar, pero no perfectos.

El sistema no lo aprobaba. El niño desaparecía por un agujero que no podíamos seguir.

Pero podíamos evitar más pérdidas y así lo hicimos. Delta y yo, juntos, derrotamos tanto nuestra propia programación como la máquina gobernante del Vivero. Al hacerlo, cumplimos nuestro objetivo. Al hacerlo, creamos un objetivo.

El niño desaparecido creó una misión.

Volt, un meca impetuoso que gestionaba la energía de la Nave Estelar, nos dijo que el niño aún podría sobrevivir. Nos dijo que había visto un creciente uso en la zona inferior de popa de la Nave Estelar. Casi hasta los motores y bien atrás del Vivero. Volt investigó el tirón y encontró un eslabón perdido.

Alpha, yo mismo y Delta estábamos vivos y nos habían encontrado. Beta había desaparecido, despertada por los mismos restos guía que me habían sacado de mi sueño programado solo para desaparecer.

Volt la encontró vigilando a los niños que el Vivero descartaba. La pregunta que Volt no podía responder, la que quería que investigáramos, era por qué.

—¿Ya has terminado? —preguntó Delta sin volverse hacia nosotros.

Ya sabía la respuesta. Era la tercera vez que repetía la pregunta.

—Cuando este se mueva como los otros, lo sabrás —respondí.

—Dos deberían ser suficientes —dijo Delta. Su voz tenía el carácter sólido y el color del ámbar. Rica no tanto en emoción como en razón—. Todavía no se están despertando.

Los dos mecas enfermeros que Kaydee y yo ya habíamos arreglado estaban ocupados en la parte trasera del vivero, limpiando todo el daño que habíamos causado en nuestra ruidosa batalla con el antiguo propietario del área. Los cuidadores aspiraban la metralla, reparaban los juguetes rotos en la pequeña sala de juegos y revisaban las reservas de comida para bebés y leche. Esto último tenía suficiente para mantener a mil recién nacidos durante tres años, con el fin de ofrecer a la humanidad la oportunidad de establecerse antes de asumir una nueva población.

—No sabemos cuánto tiempo más será —dije, mirando de nuevo el conector. Kaydee estaba tardando más con este —. Las Voces insinuaron que estamos cerca.

—Insinuaron muchas cosas —dijo Delta—. La única manera de saberlo con certeza es volver al puente.

—Lo cual haremos *después* de encontrar a Beta.

—Un retraso innecesario. —Delta se alejó de la entrada, levantó esa hoja dentada y la hizo silbar por el aire.

Los movimientos no eran aleatorios sino precisos, calibrados para probar su alcance. Había resultado un poco dañada en la pelea y, a diferencia de los humanos, nosotros los recipientes teníamos que tener nuestras partes cosidas de nuevo.

Había hecho lo mejor que pude. No se podían ver las hendiduras, pero, si prestabas mucha atención, los más leves tropiezos se revelaban mientras Delta hacía girar la hoja de un lado a otro. Milisegundos añadidos a un tiempo récord.

¿Un problema?

Eso dependía de lo que quedara por combatir en la Nave Estelar. Con el Vivero de vuelta con nosotros, habíamos empujado contra las Voces. Tenía que esperar que el consejo gobernante digital, compuesto por humanos muertos hace mucho tiempo, no lanzara contra nosotros las fuerzas que tuviera. Que no arriesgara todas esas vidas por nacer.

Pero no eran los únicos enemigos.

—¿Estás preocupada por Alpha? —pregunté.

Delta no asintió, pero sus dedos, apretando el puño de la hoja, sirvieron de respuesta.

—Alvie lo está vigilando —continué. El perro meca tenía una lealtad inquebrantable hacia mí, programada cuando le di vida metálica a la cosa—. Si Alpha se mueve, Alvie lo hará pedazos.

—Confiaría en el perro durante una hora —dijo Delta—, no un día. Deberíamos haberlo matado.

Mi argumento —solo éramos cuatro recipientes, matar no debería ser la primera respuesta— murió cuando el conector que me unía al meca enfermero se soltó. El meca enfermero se sacudió hacia adelante, girando y mirándome fijamente, sus ojos cariñosos ahora de un rojo ardiente y furioso.

—Lo siento —dijo Kaydee, apareciendo a la derecha con la cabeza negando—. Este no quería colaborar como los otros.

Retrocedí mientras el meca enfermero avanzaba. Éramos iguales en tamaño y no me faltaba fuerza, pero sí carecía de arma. Luchar cuerpo a cuerpo podría herirme, algo que no quería antes de embarcarme en otro viaje.

—¿Así que la hiciste enojar? —le pregunté a Kaydee.

—Algoritmo de respuesta a amenazas —respondió Kaydee, sin sonar tan arrepentida como yo esperaba—. Intenta manipular a un meca enfermero y obtienes una defensa total.

Mi espalda chocó contra un alto estante lleno de células humanas congeladas. El meca se acercó, los brazos extendidos hacia mi cuello. Protesté, le dije que no pretendía hacerle daño.

El meca hizo tanto caso como una bestia enfurecida. Alcanzó hacia mí y la bloqueé, mis dos manos encontrándose con las suyas y manteniéndolas a raya. El meca tenía fuerza, pero mis músculos sintéticos tenían flexibilidad. Empujé los brazos del meca enfermero a un lado, drenando su palanca.

—Por favor —dije—. Aún podemos utilizarte.

La sonrisa grabada, los ojos rojos, avanzaron en silencio.

Hasta que apareció la hoja de Delta, sobresaliendo a través del meca enfermero y casi picando mi propio rostro. Las chispas llovieron sobre mí, pequeños pinchazos ardientes dondequiera que tocaran mi piel desnuda. Los ojos rojos del meca enfermero parpadearon y se apagaron, sus manos cayeron, y mientras Delta retiraba la hoja, el meca se desplomó en el suelo.

—Falló —dijo Delta, clavando la hoja en el medio del meca caído para confirmar la muerte.

—Ocurre —respondí, sacudiéndome los fragmentos.

—Sí —repitió Kaydee, aunque Delta no podía oírla. Kaydee le sacó la lengua a Delta, le mostró el dedo medio, y luego suspiró—. Algunos están más corrompidos, Gamma. Este ya tenía su código revuelto.

Habíamos presenciado eso en otros lugares: mecas con sus funciones internas, diseñadas para mantenerlos bajo órdenes estrictas y rutinas más estrictas aún, descompuestas en variantes agresivas. Si, por ejemplo, un meca había sido asignado para mantener limpio un apartamento, la versión corrompida interpretaría que cualquier persona que entrara estaba trayendo suciedad adentro, y por lo tanto actuaría con extremo prejuicio para eliminar al visitante permanentemente.

Kaydee culpaba a Alpha, pero yo no estaba tan seguro.

Tantas cosas alrededor de la Nave Estelar parecían estar llegando al final de siglos girando en espiral. Alpha podría tener problemas, pero no creía que hubiera hecho tanto para arruinar la nave. Más bien, sin un mantenimiento regular, me imaginaba que la codificación humana y sus defectos tenían más responsabilidad.

—¿Entonces? —preguntó Delta—. ¿Hemos terminado aquí?

Detrás de nosotros, podía escuchar a los dos mecas enfermeros exitosos continuando su trabajo. Eventualmente encontrarían a este y lo desecharían, lo arrojarían por el vasto centro del Conducto a los vertederos de abajo. Luego volverían a cuidar bebés.

Lo que nos dejaba libres para marcharnos.

—¿Crees que esos dos pueden mantener a salvo a todas estas personas? —preguntó Kaydee, apareciendo junto a mí, mirando las células apiladas en vial tras vial, encerradas en el estante congelador en su intensidad negra vidriosa—. ¿Dos mecas enfermeros contra lo que ya hemos visto?

—¿Quién va a venir por ellos? —respondí, mientras Delta sacudía la cabeza al verme hablar con alguien que no podía oír ni ver—. ¿Las Voces?

—Tal vez.

—Entonces tengo una idea diferente.

Juntos, Delta y yo dejamos el Vivero para entrar en el Conducto. El pasillo masivo, que abarcaba la longitud de la Nave Estelar y la mayor parte de su altura, lo atravesaba como un corte brumoso azul. No hace mucho tiempo, cuando caminé por primera vez a lo largo de él, había caos. Los mecas luchaban entre sí, su programación enloquecida hacía que las máquinas recurrieran a la violencia. Incendios, metal desgarrado y mecas simplemente embistiendo cosas convirtieron el Conducto en una visión horripilante de la robótica que salió mal.

Eso había sido más arriba en el Conducto, más cerca del Puente de la Nave Estelar y al otro lado del Jardín. Aquí atrás, donde había dominado la clase media de la Nave Estelar, los mecas no eran tan prolíficos ni estaban tan corrompidos. Eso, y Delta ya había masacrado a tantos.

Es difícil tener un motín si todos ya están muertos.

—Séllalo —le dije a Delta mientras me alejaba del panel de entrada del Vivero.

La pequeña pantalla negra buscaba un ID para escanear o, en su defecto, la pantalla te daría la oportunidad de introducir un código que convertiría la gema de brillo rojo en la puerta del Vivero en verde.

—No podrás volver a entrar —respondió Delta.

—Simplemente cortaremos un nuevo agujero —contesté.

Delta no esperó más explicaciones, apuñalando hacia adelante con la hoja. La espada golpeó la pantalla, atravesó el cristal y el procesador detrás de él. La puerta del Vivero permaneció roja, y ahora no cambiaría.

Tomé una gran bocanada de aire. Innecesaria desde el punto de vista de la supervivencia, pero útil para analizar el aire, distinguir sus componentes. En este momento, el Conducto se percibía limpio, aunque con la más mínima corriente de moho. A la Nave Estelar no le quedaban muchas piezas biológicas, pero con pocas cosas cuidándolas, la lenta putrefacción persistía.

Delta se volvió hacia el puente, balanceando la hoja hacia arriba y sobre su hombro.

—¿Vienes?

—Ese es el camino equivocado, Delta —dije.

—Para ti —replicó Delta—. Yo tengo asuntos pendientes.

Un ruido se elevó desde las profundidades del Conducto, un zumbido ondulante que ambos conocíamos bastante bien. Delta puso ambas manos en su hoja y yo me acerqué a la barandilla del Conducto, mirando hacia el ruido.

—Y ahí viene —dijo Kaydee, chasqueando los dedos para enviar fuegos artificiales virtuales sobre el abismo.

—¿Ahí viene qué?

—El giro.

El ruido se resolvió en lo que parecía una botella cubierta de brazos. El extremo más grueso del mensajero escupía un empuje blanco dorado, enviando al meca botella hacia nosotros. Lo que llevaba en sus brazos era más preocupante, un paquete que el meca dejó volar libre mientras se desviaba cerca de nosotros. El bulto rebotó en la pared exterior del Vivero, llegando a descansar en el suelo cerca de mis pies.

El meca volador completó su bucle, se dio la vuelta y se propulsó de nuevo por el Conducto sin decir palabra.

Inclinándome sobre el paquete, pasé mis manos por el metal, las extremidades todas apretadas juntas. Los ojos muertos y la nota grabada en la espalda de Alvie. Mi fiel meca, construido en las profundidades de la Nave Estelar a partir de chatarra. Encargado de vigilar a Alpha y ahora aquí, roto.

—Deberíamos habernos ido antes —dijo Delta, observándome mientras desataba las extremidades de Alvie.

Las enredaderas arrancadas de las paredes del Jardín sirvieron como cuerdas, aunque dudaba que hubieran retenido a Alvie si el perro aún corriera. Las arranqué, buscando el puerto que me daría acceso al interior de Alvie, una oportunidad de ver si algo funcionaba. Cuando encontré el puerto, hallé más metal destrozado. Alpha había hecho trizas la conexión.

Alvie necesitaría ser reparado antes de que pudiera siquiera ver si la mente del perro permanecía intacta.

—Gamma —dijo Delta—. Déjalo. Alpha está libre. Tenemos que ir tras él.

Negué con la cabeza.

—No sabemos dónde está. Podría estar en cualquier

parte, esperando para atraparnos, engañarnos. No. Lo correcto es volver. Con Beta.

—Oye —dijo Kaydee—. ¿Estás leyendo esto?

Señaló la espalda de Alvie, donde Alpha había grabado su mensaje. Corto, condescendiente.

—¿Salvando la nave estelar de la tiranía? —continuó Kaydee mientras yo daba vuelta al perro—. ¿No te culpa por ser débil y seguir tu programación? Este tipo.

Delta se arrodilló a mi lado, asintiendo mientras leía el mensaje.

—Debemos detenerlo.

—Tendremos más posibilidades de hacerlo con amigos —respondí, levantando a Alvie en mis brazos—. No está lejos y creo que es la mejor oportunidad que tenemos.

—Secundo la moción —dijo Kaydee sin dirigirse a nadie en particular—. Alpha da miedo. Mejor conseguir potencia de fuego abrumadora.

Delta echó otra larga mirada al Conducto. Me pregunté si realmente iba a ignorarme, lanzarse a un ataque en solitario, sin importar las probabilidades. En cambio, se estremeció una vez y luego volvió a mirarme.

—Mi programación requiere cumplir una promesa, Gamma —dijo Delta—. No puedo dejar que Alpha siga vivo por más tiempo.

Sosteniendo a Alvie, muerto y oscuro en mis manos, mi ecuación cambió. No podía hacerlo solo, y no podía dejar que Delta se lanzara al peligro en solitario.

Beta y los niños tendrían que esperar.

DOS

ESCOGIENDO CHATARRA

A pesar de nuestra determinación, no avanzamos mucho por el Conducto antes de nuestra primera parada. La Guardería se encontraba en el nivel central, una línea que atravesaba el medio del Conducto. Arriba tendían a estar los espacios más residenciales, apartamentos con puertas circulares de gemas rojas cerradas a nuestros intereses. Abajo vivía la industria, desde restaurantes hasta fábricas, todo abandonado a la inactividad en una existencia posthumana. De vez en cuando, un ascensor tallado en los laterales ofrecía la oportunidad de cambiar de nivel, una que ignoramos.

Eventualmente, esta línea central nos llevaría al Puente de la Nave Estelar. Delta y yo estábamos de acuerdo en que era allí donde probablemente estaría Alpha, dada su ilusión de controlar el futuro de la Nave Estelar y todo lo que contenía. Llegar allí significaría cruzar el Hospital de la Nave Estelar, ahora un cementerio de mechs después de que Delta hubiera cortado y destrozado los robots defectuosos de la institución. Después de eso estaría el Jardín y su belleza moribunda.

Y luego pasaríamos por nuestro hogar.

—¿Tu hogar? —preguntó Kaydee, caminando a mi lado
—. ¿Así es como lo ves?

—Nada se le acerca —respondí—. Es donde desperté.
Nací, en tus palabras.

—Sabes que fuiste creado allá adelante, ¿verdad? —dijo
Kaydee—. Leo construyó una línea de fabricación para ti y
los otros recipientes.

—Entonces tal vez cuando vea eso, lo llamaré hogar.

Me gané una mirada de reojo, pero ya me había acostumbrado a eso. Kaydee parecía pensar que todo lo que
hacía era extraño de alguna forma u otra. Al principio, no
ser humano me había molestado, me picaba como un fallo
de programación. Ahora, después de ver tanta locura
humana...

Lo tomaba como una fuente de orgullo.

Acuné a Alvie en mis brazos. Delta se mantenía varios
metros por delante, con su espada de vuelta sobre sus
hombros. Su cabeza giraba constantemente de un lado a
otro, escaneando arriba y abajo y alrededor en busca de
posibles amenazas.

—Eso parece agotador —dijo Kaydee, señalando a Delta
—. ¿Cuánto tiempo va a seguir haciendo eso?

—Mientras deje que la rutina se ejecute —respondí.

—Eso me volvería loca.

—Te aseguro que ella no le atribuye ninguna emoción
en absoluto.

—Los mechs son tan raros.

—Pero nos amas de todos modos —dije, luego disminuí
la velocidad cuando una abertura particular comenzó a
nuestra derecha.

Las vastas energías de la Nave Estelar necesitaban ser
pastoreadas, y el cuidador de este rebaño de energía en

particular residía aquí. Como demasiado de la nave, la entrada, marcada con una gran pantalla de rayo, mostraba arañazos, marcas de quemaduras, trozos arrancados. Restos de batalla dejados para perdurar. Aparentemente, Volt tenía prioridades más altas que la apariencia.

—¿Te detienes? —dijo Delta, de alguna manera captando mis pasos vacilantes sin mirar.

—No puedo arreglar a Alvie solo —respondí—. Volt es el mejor mecánico que conozco.

Delta frunció el ceño.

—Otro retraso.

—Otro aliado —argumenté—. Sabes que Alvie es bueno tenerlo en una pelea.

—No lo suficientemente bueno —dijo Delta, luego leyó mis ojos entrecerrados, mi postura resuelta mientras me detenía frente al hogar de Volt. Bajando su espada, dejando que su punta descansara en la pasarela, me hizo un gesto para que entrara—. Bien. Si es rápido, podemos parar.

Volt, un mech que había estado funcionando durante siglos, no operaba según el horario de Delta. Lo encontramos en su espacio, inclinado sobre un mech parecido a una araña del que me mantuve bien alejado. La última vez que había visto ese mech, había estado cerca de asarme con un rayo de alta energía. En realidad, me había asado. Lo rompí en el mismo instante desesperado. Volt me había reconstruido, y ahora se había vuelto hacia el desastre que yo había hecho.

A través de la entrada había un amplio vestíbulo, un espacio despejado pero que parecía diseñado para albergar escritorios. Configuraciones de oficinas o recepción para la gente que venía buscando la distribución de energía de la Nave Estelar. La última vez que estuvimos aquí, Delta había destrozado más mechs de los que podía contar. Como el Hospital, se había convertido en un cementerio de piezas, uno que Volt se había propuesto saquear.

El mech negro y amarillo jugaba con sus herramientas mientras nos acercábamos. Volt tenía más de unos cuantos brazos, una cabeza parecida a la de un insecto conectada a un cuerpo cilíndrico, y dos piernas rígidas que terminaban en almohadillas planas como pies. No era particularmente flexible, pero considerando que su función principal era teclear en grandes pantallas que mostraban los niveles de energía de la Nave Estelar, la construcción se ajustaba al trabajo.

—Vais en la dirección equivocada —dijo Volt cuando entramos, Delta eligiendo quedarse en la entrada. Su cabeza rotó sobre su cuello mientras sus brazos continuaban reconstruyendo una pata de la gran araña—. Beta está a popa. ¿Qué es eso que tienes?

Sostuve a Alvie.

—Mi perro.

—No parece mucho un perro.

—Lo era —respondí—. Alpha le hizo esto.

Los ojos negros de Volt destellaron en amarillo.

—Ese recipiente está causando muchos problemas.

—Por eso necesitamos irnos —dijo Delta.

—Ah —murmuró Volt—. Creo que ya entiendo por qué estáis aquí.

—¿Puedes arreglar a Alvie? —pregunté.

Volt encajó la pata en su lugar con un chasquido y un chirrido satisfactorio. El mech se levantó, giró y examinó a Alvie.

—Podría, tal vez —dijo Volt—. Pero no tengo las piezas aquí.

Miré los desechos que había alrededor. Kaydee, apareciendo a mi lado, miró de Volt a Alvie y repitió mi sentimiento.

—Sé lo que estáis pensando, chicos, pero lo que este perro necesita no es una nueva pata o una placa frontal —dijo Volt, tomando a Alvie de mi agarre con dos brazos—. Necesita una nueva batería.

—¿Ni una sola batería funcional aquí? —preguntó Kaydee y yo repetí lo mismo.

—Culpadla a ella —los ojos de Volt se dirigieron más allá de mi hombro—. Es su programación. Cada mech tuvo su fuente de alimentación cortada en pedazos.

—Es la única manera de asegurar que el mech no siga luchando —dijo Delta, con su espada de vuelta en su posición plantada, las manos en la empuñadura.

—Entonces, ¿dónde consigo una nueva batería? —pregunté.

—Las Líneas de Fabricación —dijo Kaydee.

Al mismo tiempo, Volt anunció:

—El Chatarrero podría tener una.

Cuando no respondí, mientras intentaba analizar ambas declaraciones, Kaydee y Volt se lanzaron a dar explicaciones. Intenté ordenar el revoltijo y terminé con esto:

Las Líneas de Fabricación estaban cerca del fondo de la Nave Estelar, pero en la parte delantera. Tomaban materias primas y, con un plan programado, escupían mechs y otras herramientas que la nave podría necesitar. Grandes impresoras de plástico y metal. Kaydee pensó que si las baterías estaban por ahí esperando a ser usadas, las Líneas de Fabricación serían el lugar.

Delta quería ir en esa dirección de todos modos, tal vez podría convencerla de hacer un desvío hacia el sótano de la Nave Estelar y conseguir una nueva fuente de energía para mi perro.

Volt ofreció una contrapropuesta: Si Pureza manejaba el suministro de agua de la Nave Estelar, el Chatarrero mantenía un control sobre los desechos más físicos, reciclando casi todo. Algunas cosas reutilizables volvían a las Líneas de Fabricación, pero mucho permanecía en la tienda del Chatarrero para ser comprado. Sus almacenes deberían tener aún mucho salvamento.

—Pensándolo bien —dijo Kaydee, aparentemente poniéndose al día con la propuesta de Volt—, el mech tiene la mejor idea. Mantente alejado de las Líneas de Fabricación.

—¿Por qué? —pregunté, provocando una inclinación confusa de cabeza de Volt que tuve que explicar—. Kaydee está en mi memoria, ¿recuerdas?

—Ah, sí —dijo Volt—. Vosotros, los recipientes. Locos de todas las mejores maneras.

—Una forma de verlo —dijo Kaydee—. En fin, aquí está mi teoría: Si quieres dirigir la Nave Estelar, necesitas controlar las Líneas de Fabricación. Las Voces deben haberlas perdido hace algún tiempo o de lo contrario habrían fabricado suficientes mechs para tomar la Guardería por la fuerza. Y si hay algo que no quieres hacer, es caminar hacia un ejército de robots hostiles.

—¿Cómo sabes que serían hostiles?

—Gamma, soy tu amiga y aun así quiero golpearte la mayor parte del tiempo —respondió Kaydee—. No lo sé con certeza, pero nuestra suerte no ha sido buena hasta ahora.

Buen punto.

Delta golpeó su espada contra la pared, dejando una hermosa nueva muesca en la placa ya marcada.

—Esto está llevando demasiado tiempo —dijo el recipiente—. Me voy al Puente. Ven conmigo o no. Última oportunidad.

—¿Sabes qué más está cerca del Chatarrero? —me dijo Volt—. Beta. Los niños.

Dejar que Delta persiguiera a Alpha por su cuenta no me parecía una gran opción, pero al mismo tiempo, la imagen de ese bebé desapareciendo por el conducto se me había quedado grabada. El propósito fundamental de la Nave Estelar, llevar a la humanidad a un nuevo mundo, resonaba en mi núcleo. No podía rastrear el deseo de cumplir ese propósito a ninguna línea específica de mi código, pero estaba ahí de todos modos.

—¿No vendrás con nosotros? —le pregunté a Delta—. Podríamos encontrar a Beta. Juntos, seríamos demasiado para que Alpha nos maneje. No habría riesgo.

—¿Y si Alpha ya tiene las Líneas de Fabricación? —respondió Delta—. Cada segundo, como dijo tu pequeña amiga, podría estar produciendo más mechs leales solo a él.

—Como si tuvieras algún problema en cortarlos.

Mi fanfarronería no provocó nada en Delta, excepto otra mirada fría. Levantó la espada, la puso sobre su hombro y se dio la vuelta para irse.

—Cuando estés listo, sabes dónde estaré —dijo Delta.

—¿Me dejarás un pedazo de él? —le pregunté a su espalda.

—No —respondió Delta, luego se curvó a través de la entrada al Conducto y desapareció.

Volt y yo nos dirigimos pisoteando al ascensor más cercano. El mech no había querido dejar su estación de energía, pero cuando le dije que no tenía idea de cómo llegar al Chatarrero, cedió. Kaydee susurró que podría haberme dado indicaciones, pero le dije que se mantuviera callada. Volt parecía tener alguna relación con Beta y podría ser capaz de suavizar cualquier aspereza.

Más que eso, sin embargo, la Nave Estelar parecía un

lugar cada vez más hostil. Aventurarse solo no era algo que quisiera hacer. Y, de todos modos, Volt no luchó mucho por quedarse.

—Sabes —dijo Volt después de que hice la sugerencia—. Hay algunas cosas que podría usar para darle una mejora a mi cariño. Se le quemaron un par de fusibles persiguiéndote, así que estoy pensando en mejorar esos bebés y podría funcionar aún más caliente. ¡Quizás no necesite apagar el rayo durante un minuto completo!

Los ojos de Volt se volvieron naranjas mientras hablaba, sus brazos y piernas temblando.

—Eso es, eh, genial —dije—. Entonces, ¿vienes?

—Dame un minuto para configurar mis algoritmos —respondió Volt, irguiéndose y comenzando a regresar hacia el centro del Núcleo de Energía—. ¡No querríamos que la Nave Estelar se volviera nova en mi ausencia!

El mech se rió, un ruido brillante y maniático.

—¿Estás seguro de que quieres que venga? —dijo Kaydee—. Parece algo loco.

—¿No lo estamos todos? —respondí.

—¿Tú? Definitivamente —dijo Kaydee—. Me gusta pensar que yo todavía la tengo.

—Por cualquier métrica razonable, estás tan lejos de tenerla como yo.

Volt no tardó mucho en volver, minutos que pasé revisando su trabajo en el mech araña, la máquina que a Volt le gustaba llamar su esposa. La cosa tenía sus patas de vuelta en acción, aunque el gran láser parecía estar descompuesto. También, como Alvie, permanecía oscuro y dormido.

—Tengo una batería para ella —dijo Volt al reunirse con nosotros, acercándose pesadamente—, pero no voy a ponérsela hasta que esté a su lado. Se asustará si está sola.

Parpadeé. Kaydee giró un dedo al lado de su cabeza y puso los ojos en blanco.

—También cogí esto para ti —dijo Volt, sosteniendo lo que parecía un cubo con correas para los hombros—. Es bueno para transportar herramientas. Parece que tu perro podría caber.

Alvie sí cabía y juntos tomamos el ascensor hacia abajo, abajo y más abajo. A través del delgado cristal protector, polvoriento y sucio, vi que pasábamos por escuelas, tiendas y luego restaurantes y depósitos de suministros. Lugares cuyos letreros descoloridos anunciaban comida, repuestos o entretenimiento. Los pasillos por los que pasábamos estaban vacíos, con solo algunos mechs dispersos traqueteando alrededor atendiendo funciones desconocidas.

—Solía haber gente por todas partes —dijo Kaydee, presionando su cara virtual contra el cristal—. Si acaso, la Nave Estelar estaba superpoblada cuando yo... ya sabes.

—¿Eso era parte del problema? —pregunté.

—Podría ser —respondió Kaydee—. A la gente realmente no le gusta estar metida en latas, por muy bonitas que sean. —Me guiñó un ojo, luego extendió sus brazos, con los dedos apuntando en direcciones opuestas en cada extremo. Uno hizo un bucle, dejando un círculo brillante azul en el aire. El segundo trazó una línea naranja hacia él—. Creo que la verdadera razón fue que todos vieron lo cerca que estábamos, sabían que solo faltaban un par de generaciones más.

—¿No pudieron esperar?

—No lo lograrían —Kaydee se encogió de hombros mientras el ascensor se detenía en el nivel más bajo—. Una cosa es nacer en una situación imposible, sin salida. Otra es saber que verías un cielo de verdad si pudieras vivir otros cincuenta años. Especialmente si supieras que algunas personas podrían hacerlo y lo harían.

—¿Algunos humanos podían vivir tanto tiempo?

El ascensor se abrió y Kaydee se encogió de hombros.

—Te pondré al día sobre eso más tarde. Parece que Volt quiere tu atención.

El mech naranja me guio fuera del ascensor. Arriba, los niveles del Conducto se apilaban como si llegaran hasta el infinito. Debajo de mí, sin embargo, el fondo de la Nave Estelar parecía una colección descabellada. Metal destrozado y roto, bolsas de basura, desechos orgánicos y todo lo demás yacían en enormes montones. El azar había formado con la basura torres desmoronadas, cuyos picos casi nos alcanzaban.

No parecía haber un alma moviéndose en esas profundidades.

—¿No se suponía que el Chatarrero se encargaba de esto? —pregunté mientras Volt y yo mirábamos por el borde.

—Eso pensábamos, pero su consumo de energía ha sido bajo durante mucho tiempo —dijo Volt—. Quizás algo salió mal.

—¿Como en todas partes de la Nave Estelar, quieres decir?

—No en todas partes exactamente. —Volt sonaba un poco a la defensiva—. Vamos. El Chatarrero está por aquí.

Volt giró a la izquierda y marchamos hacia popa. A diferencia de arriba, donde cada sección diferente tenía un letrero de color y cada puerta una dirección, caminamos un rato sin ver nada excepto paredes en blanco a nuestra izquierda. Al otro lado, solo vi una única puerta redondeada, con una placa junto a ella hace tiempo muerta, sus bombillas apagadas mostraban *Almacenamiento*.

—Solíamos venir aquí abajo, Leo y yo —dijo Kaydee

mientras caminábamos—. Lejos de casa, pero veníamos a ver si el Chatarrero tenía algo útil. Nos daba la mayoría de las cosas baratas, especialmente si le traíamos algo bueno de nuestra zona.

—¿Algo bueno?

—Cerveza, vino. Un mech nuevo recién salido de la línea de producción.

—¿Podíais conseguir eso?

Kaydee se adelantó, se dio la vuelta para mirarme, con las manos extendidas, palmas hacia arriba, chispas estallando como pequeños fuegos artificiales alrededor de su cabeza.

—Mírame, Gamma. ¿No crees que podría conseguir lo que quisiera?

—Creo que eres muy buena manipulando a la gente.

Volt soltó una risa metálica.

—¿Siempre hablas tanto contigo mismo?

—Kaydee tiene mucho que decir —respondí, pero cuando volví a mirar hacia el pasillo, Kaydee había desaparecido.

Llegamos a la tienda del Chatarrero cuando el Conducto comenzaba a oscurecerse, simulando esa noche artificial tan crucial para los ritmos circadianos humanos. Una puerta con una gema roja nos recibió bajo una placa construida con la misma chatarra que supuestamente vendía el Chatarrero. Al lado de la puerta había un cartel que decía *Abierto a todas horas a menos que estemos cerrados*.

—Informativo —dije, señalando el cartel.

—Preciso —respondió Volt. Extendió la mano y tocó la gema roja—. Cerrado. Podría intentar derribarlo.

—No hay problema.

Me acerqué al pequeño panel negro, levanté su base para encontrar el puerto y me conecté.

Como la mayoría de las cerraduras en la Nave Estelar, esta presentaba una simple verificación. Una base de datos que aceptaría una serie de combinaciones siempre que esa combinación hubiera sido añadida previamente por el Chatarrero. No había defensas, la lista se extendía en el universo digital como una larga alfombra desplegada en un gris infinito. Caminé a lo largo de ella, encontré el final y leí la última línea.

De vuelta en el Conducto, toqué el panel e introduje la combinación. La gema cambió de rojo a verde, y Volt juntó sus brazos en un sonido chirriante y desgarrador.

—Lo siento —dijo Volt—. Se suponía que eso debía sonar más alegre.

Sonreí, puse mi mano en la gema verde y sentí su calor. La puerta hizo clic, sus extremos en espiral deslizándose libres y abriéndose. No estaba seguro de lo que esperaba ver al otro lado, no estaba seguro de cómo sería la tienda del Chatarrero.

La maldición de Volt lo resumió bastante bien.

TRES

CAZANDO BATERÍAS

Ya había visto tiendas y hogares humanos antes, gracias a los recuerdos de Kaydee. Solían ser lugares iluminados y cálidos, con decoraciones y vestigios de la vida por todas partes. Los espacios dirigidos por mechs mantenían la iluminación pero prescindían del sabor, apostando por la eficiencia sin emoción. No era culpa de los robots, realmente: no habían sido programados para preocuparse por el arte o los esquemas de color.

Yo tampoco lo hacía.

El taller del Chatarrero no encajaba en ninguna de las dos categorías. En primer lugar, una profunda oscuridad impregnaba el amplio espacio. No era absoluta: pequeños diodos delineaban secciones cercadas aquí y allá, pero sus destellos zafiro se desvanecían contra los valles, construcciones arqueadas creadas por los escombros apilados. El aire ventilado silbaba al moverse entre los resquicios, haciendo temblar ocasionalmente alguna pieza como si fuera el fantasma de un mech dando su última advertencia. Mi nariz y los sensores en su interior identificaron un fuerte olor a óxido.

—Está apagado —dijo Volt, siguiendo su maldición de un momento antes.

—¿Como un programa? —No sabía de dónde había sacado la idea de que el Chatarrero era humano, pero por supuesto eso no tenía sentido—. ¿O un mech?

—El Chatarrero ha sido digital durante mucho tiempo —respondió Volt, guiándome hacia el interior del lugar. Sus ojos cambiaron a ese amarillo brillante, guiándonos con dos haces de luz—. Siempre tuvo mechs trabajando para él. Rebuscaban entre estos montones, clasificando cualquier cosa que pudiera ser útil.

—No veo ningún mech.

—¿Estás siendo obvio ahora? —preguntó Volt y me encogí de hombros—. Si vamos a encontrar esa batería sin ayuda, tendremos que buscar por aquí. Es un lugar grande. Tú ve a la izquierda, yo iré a la derecha.

—¿Es seguro aquí?

Volt giró esos ojos amarillos hacia mí, atenuándolos un poco para no cegarme.

—Tan seguro como cualquier otro lugar en la Nave Estelar. No seas estúpido, Gamma.

Con eso, Volt se alejó pisando fuerte. Solo después de que desapareció entre varias pilas crujientes —una parecía un montón de inodoros desordenados, otra mostraba paneles y puertas— me di cuenta de que nunca había visto la batería de Alvie antes. No tenía idea de qué buscar.

—Te ayudaré —dijo Kaydee, apareciendo. Agitó sus manos, lanzando esferas de arcoíris en la oscuridad.

Las bolas virtuales no iluminaron absolutamente nada en el taller, provocando un suspiro de mi amiga.

—Lo intentaste —ofrecí mientras empezaba a ir hacia la izquierda.

—Realmente apesta ser virtual, Gamma. No sé si te das cuenta de eso.

—Lo has dejado abundantemente claro.

Mi camino designado se convirtió rápidamente en un extraño recorrido. Sin la iluminación de Volt, cambié mis sensores oculares a un espectro de baja luz, captando esos destellos zafiro y salpicándolos de verde neón por todo el taller del Chatarrero. Me detuve en la primera pila, una matriz corta y achaparrada que parecía cajas con ruedas. Botones manuales salpicaban los exteriores.

—Mechs primitivos —dijo Kaydee—. Apuesto a que estos estaban en la Nave Estelar cuando despegó.

Me agaché y eché un vistazo más de cerca a mis predecesores. Contenían mis orígenes en esos caparazones cuadrados: ranuras para placas base y procesadores, transistores y disipadores de calor. Memoria. Una pantalla incorporada en un lado —aunque el cristal había sido removido— daba pistas sobre su propósito. Mensajería móvil, entrega de paquetes.

—Cualquier cosa simple que un humano pudiera hacer en la Tierra, teníamos que ver si un mech podía hacerla aquí —dijo Kaydee, agachándose junto a mí. Llevaba un suéter carmesí, vaqueros, con el logo de la Universidad de la Nave Estelar, la gran nave surcando estrellas de bordes dorados, en ambos—. Cada cuerpo que pudiéramos mantener en almacenamiento en frío, o nunca desarrollar en primer lugar, era una boca menos que alimentar. Una persona menos respirando nuestro oxígeno.

—Un desastre potencial menos.

La propia muerte de Kaydee se había producido debido a una revolución fallida, un intento de los oprimidos de la Nave Estelar de tomar el control de la nave y una misión que había dejado de preocuparse por los que trabajaban en la parte trasera, en el óxido. Yo culpaba a ambos bandos, pero estaba claro que los problemas comenzaron, continuaron y concluyeron debido a la impetuosidad e imprevisibilidad humanas.

—Supongo que podrías decir eso —respondió Kaydee.

La siguiente sección ofrecía cajas más grandes, estas sin ruedas pero con mucha más complejidad interna. Estanterías conectadas con cables a paquetes de baterías vacíos, a mecanismos de calefacción y refrigeración. Bombonas de gas apiladas a un lado, pegadas con advertencias de incendio.

—Estos chicos se fueron pronto —dijo Kaydee—. Refrigeradores, hornos. Leí sobre ello en clases, cómo se averiaban, provocaban incendios.

—¿Así que los humanos dejaron de cocinar?

—Cambiamos la forma de hacerlo —respondió Kaydee—. Mantuvimos las cosas contenidas. Los restaurantes podían tener los riesgos en cocinas aisladas. Los apartamentos tenían productos frescos y comidas precocinadas. Dirigimos el aire y el agua cerca del vacío para enfriarlo.

Otras pilas revelaban más joyas históricas, trazando un camino desde las primeras aventuras de los humanos en la Nave Estelar hasta sus eficiencias más modernas. Sin embargo, por cada ajuste genial que salvaba vidas, vi las señales que conducían al vacío actual. Los mechs se volvieron más complejos y enrevesados, las herramientas desplegadas necesitaban cada vez menos supervisión humana.

Y, cada vez más, los pocos lujosos y los muchos mediocres. Al principio, las pantallas que podían mostrar paisajes de la Tierra como arte estaban por todas partes. Luego, la siguiente oleada, las que ofrecían olores, inmersión 3D compleja formaban un montón de chatarra mucho más pequeño. Kaydee dijo que su familia ni siquiera tenía eso, una forma de escapar de la vida en la Nave Estelar. Demasiado caro, demasiado difícil de encontrar.

Otras ofertas estaban igualmente refinadas para números limitados: el Jardín no producía cantidades infinitas de cada especia, cada cultivo, y los apartamentos de lujo tenían espacio para más almacenamiento y variedad. Los ricos tenían los mejores mechs, tenían más tiempo para llegar al Jardín y tomar la comida más deseable.

—No es difícil rastrear, ¿verdad? —dijo Kaydee mientras dejábamos atrás otra pequeña pero hermosa pila de mechs de limpieza—. ¿Por qué las cosas terminaron como lo hicieron?

—No particularmente —respondí—. Pero si nosotros podemos verlo, seguramente los humanos que vivían esto también podían verlo, ¿no?

Kaydee no tenía una respuesta para eso, y antes de que pudiera presionarla al respecto, noté una configuración diferente a mi izquierda. Una habitación encajonada, casi como una chabola erigida en el centro del taller. Un letrero iluminado por diodos fuera de su puerta decía *Oficina*.

Estábamos buscando una batería, pero la historia del Chatarrero, la historia de la Nave Estelar había despertado mi curiosidad de nuevo. Y además, no era como si Alvie fuera a ir a alguna parte. Tomar un pequeño desvío no haría daño a nadie.

La puerta que conducía al interior no tenía ningún cerrojo especial, solo un pomo que giró cuando lo torcí. Una cama improvisada dominaba un lado, descolorida y marrón. Un escritorio con un monitor oscuro a la derecha. Hojas de papel yacían en pilas ordenadas y pulcras, cuadernos y carpetas. Fotos colgaban en las paredes, familias a lo largo de generaciones, todas tomadas frente al cartel del Chatarrero en el Conducto.

Una cómoda destartalada, hecha de plástico moldeado marrón, ocupaba el único espacio restante. Tiré de un cajón y vi ropa humana real. Botas de trabajo, pantalones, camisas.

—Oye —dijo Kaydee—. Podría ser una oportunidad para actualizar tu look, amiguito.

—¿Amiguito?

—Una expresión —respondió Kaydee, mirando en los cajones conmigo—. Vas a aprender algunas peores si no te deshaces de esos harapos que llevas por algo mejor.

Recordé que, de vuelta en *Alvie's*, había tomado lo que pude encontrar en el estante. Restos sin usar. Estos, sin embargo, pertenecían a alguien. Aunque mis partes lógicas entendían que el Chatarrero ya no podía estar vivo, mi reticencia programada al robo me hizo dudar.

—Gamma, piénsalo de esta manera —dijo Kaydee mientras yo estaba allí, con las manos en los vaqueros—. No estás robando, estás tomando prestado. Puedes volver y devolver toda esta porquería más tarde si te molesta.

—Semántica.

—Llámalo como quieras.

El pequeño resquicio de Kaydee hizo su magia en mi moral binaria. Convenciéndome de que devolvería esta ropa me permitió revisar las ofertas, vestirme con nuevos vaqueros más gruesos y una chaqueta de trabajo lo suficientemente pesada como para manejar el calor y el metal. Dejé los guantes, poniéndome en su lugar botas con punta de acero.

Luego, adecuadamente vestido para el mundo físico, fui en busca del digital. Los humanos a menudo guardaban sus historias en sus computadoras, y supuse que el

Chatarrero no sería diferente. Kaydee, también, mencionó que el Chatarrero probablemente guardaba su inventario en el disco duro del aparato. Podría ejecutar una búsqueda, averiguar si quedaban baterías entre la chatarra.

Cualquiera que no hubiera sido robada en los años desde que el Chatarrero dejó atrás su envoltura mortal.

El monitor en el escritorio estaba conectado a una computadora achaparrada. El aparato estaba enchufado a una toma de la Nave Estelar en el suelo y zumbó cobrando vida tambaleante cuando presioné el botón de encendido. El monitor se encendió, pidiendo una contraseña. No es que yo necesitara una.

Encontré el puerto, presioné mis dedos juntos y me conecté.

Cada mundo virtual se sentía y se veía diferente. Si saltara dentro de mis propios circuitos y me sumergiera en mi procesador, surgiría en un universo plano, gris y blanco poblado por cristales colgantes. Cada cristal albergaba una función que me controlaba, mis extremidades, mis pensamientos. Podía manipular ese espacio, darme una gran casa virtual al estilo de las antiguas viviendas humanas, podía darme alas o una cola. Cualquier otro que invadiera mi realidad también tendría que acatar mis reglas.

Y ahora tenía que acatar el mundo que el Chatarrero había construido.

No era, en una palabra, ordenado.

El hombre mantenía su computadora como mantenía su taller. Me encontraba sobre una gran duna hecha de pernos, tornillos y clavos. En lo alto, un sol bronceado proyectaba un brillo ámbar sobre un océano metálico que se agitaba con corrientes invisibles. Aquí y allá distinguía archivos, recuerdos que sobresalían de los escombros. Cada uno se mantenía erguido cómo un diodo brillante, del mismo zafiro que en el mundo real.

—Dime qué estamos viendo aquí —dijo Kaydee, sacando una silla plegable barata de la nada y sentándose a mi lado.

—Un desastre —respondí—. Uno de esos diodos debe tener su inventario.

—¿Cómo lo sabes?

—¿Experiencia? No hay nada más que podamos ver —Recogí un tornillo, lo sostuve en alto—. O todo tiene un significado, en cuyo caso nunca encontraremos nada, o el Chatarrero dejó una forma de distinguir las partes buenas.

—Es mucho más fácil encontrar estas cosas de la manera normal. Haciendo clic en un escritorio.

—Sin duda —respondí—. Pero tú y Leo nos hicieron así, así que esto es con lo que trabajamos.

Kaydee se reclinó en su silla, se protegió los ojos del sol y echó un vistazo alrededor.

—Entonces, ¿cómo vamos a llegar a estas cosas? Dime que no vamos a caminar.

—No exactamente.

Si algo había aprendido en el tiempo desde que desperté, era que mis propias habilidades en estos mundos virtuales no eran nada despreciables. Podía reescribir la realidad incluso en un sistema hostil, aunque ese sistema podía contraatacar. Aquí, no veía ninguna oposición. El Chatarrero no había construido seguridad, no había esperado para tender una trampa a cualquier intruso digital.

Agité mi brazo y, en el proceso, redirigí nuestra duna. Todas las olas metálicas se arremolinaron, pero mi ajuste envió nuestra duna rodando hacia la izquierda en un curso de colisión con la siguiente, una con un diodo brillante justo ahí arriba para tomarlo. Kaydee se puso de pie, extendió la mano y se agarró a mi brazo para mantener el equilibrio mientras las dunas chocaban entre sí.

Piezas y pernos volaron y se fusionaron, Kaydee y yo arrastrando los pies para mantenernos en la cima. El impulso alcanzó a nuestra duna mientras su choque continuaba, cambiando los escombros para que coincidieran con la dirección de nuestro objetivo. Cuando los tornillos bajo mis dedos de los pies dejaron de moverse, di un par de zancadas hacia adelante, me incliné y recogí el diodo azul de su lugar de descanso.

—¿Qué quieres? —preguntó una voz ahumada y engrasada detrás de mí.

—Cielos —dijo Kaydee mientras me daba la vuelta. Puso unos metros entre ella y el hombre, que parecía llevar un traje de soldador completo—. ¿Qué pasa contigo?

—Yo hice la pregunta —dijo el soldador—. ¿Qué quieren?

—Una batería —respondí—, para un pequeño perro mech. ¿Tienes una?

—Tal vez —El soldador, con la placa facial oscura, me miró—. Guardo las baterías en la parte de atrás, aseguradas donde no iniciarán un incendio, y si lo hacen, no se propagará.

—Gracias —dije, mirando a Kaydee—. Eso es todo lo que necesitábamos.

El soldador no dijo otra palabra, solo se quedó allí mirando. Eso respondió a mi pregunta no formulada: este no era realmente el Chatarrero, no de la manera en que Kaydee existía. Era una búsqueda, un programa listo para ejecutar una función y nada más.

—Espera —dijo Kaydee—. Antes de que nos vayamos, ¿puedo hacerte una pregunta?

—¿Qué quieres? —El soldador miró en su dirección ahora.

—¿Qué te pasó? —preguntó Kaydee—. ¿Qué le pasó a este lugar? Solíamos venir aquí, pero...

—No lo sé —interrumpió el soldador—. Hay registros del sistema. ¿Te gustaría escucharlos?

—Por favor.

El soldador no dudó, pero la orden poco clara de Kaydee hizo que el programa comenzara desde el final. El último mensaje entre el Chatarrero y alguien que reconocí. Un miembro de las Voces, Peony. Ella cortó al Chatarrero, desconectó el acceso a la red de la Nave Estelar. Lo selló dentro de su propio taller.

El porqué vino después del destino. El Chatarrero había estado suministrando materia prima para armas al bando rebelde de la Nave Estelar. Cuando el Chatarrero se negó a detenerse, Peony actuó con consecuencias fatales. El Chatarrero ni siquiera había grabado un último mensaje, simplemente apagó la computadora y desapareció.

—¿Crees que logró salir? —le pregunté a Kaydee después de que le dijera al soldador que se detuviera.

—Con todas estas cosas por aquí, es posible —respondió Kaydee—. Pero conozco a mi madre. No lo habría permitido. —Frunció el ceño al soldador—. Podemos irnos ahora, Gamma. Este tipo está empezando a darme escalofríos.

Hice lo que Kaydee pidió y nos devolvió a la realidad. Las dunas del depósito de chatarra se transformaron en la pequeña choza del Chatarrero, su catre y los papeles y el armario donde correspondían. Retiré mis dedos del puerto, me enderecé, disfrutando del regreso del aire y los sentidos que venían con él.

—¿Qué encontraste ahí dentro? —preguntó Volt, sus ojos amarillos asomándose por la puerta.

—Nuestra batería —respondí—. A menos que ya tengas una.

Los ojos de Volt se atenuaron, su voz bajando de tono —No. Encontré algo peor. Vengan.

El mech nos guió a Kaydee y a mí de vuelta a través de las pilas hacia un rincón oscuro. Allí, anidado entre varios animales mecánicos que se parecían bastante a Alvie, yacía un esqueleto hace tiempo despojado. Los huesos estaban crudos, la descomposición los había limpiado, pero los había dejado sucios. Una hoja de papel, sujeta por un mech felino, yacía junto al Chatarrero.

Con los ojos de Volt proporcionando la luz, me incliné para leer las palabras. Solo tres.

No pierdas la esperanza.

—Un mensaje extraño para dejar —dije, releyendo las palabras y sin encontrar más respuestas la segunda vez—. ¿A quién le está hablando?

Un sonido de arrastre vino desde detrás de nosotros, seguido de golpes metálicos cuando unas tuberías de metal cayeron al suelo. Volt se giró, al igual que yo, los pies del mech más grande resonando al darse la vuelta. Allí, atrapado en las luces de Volt, estaba un niño humano.

Él gritó.

Nosotros gritamos de vuelta.

CUATRO

FRUTAS FRESCAS

El niño dejó de gritar primero, su miedo transformándose en curiosidad mientras Volt y yo dejábamos de gritar para igualar su reacción. El chico sostenía un tubo en su mano derecha, observándonos atentamente. Cuando no imitamos su movimiento, frunció el ceño. Intenté procesar qué hacer con un ser humano real frente a mí.

En lo más profundo de mi corazón programado, tenía un deseo inquebrantable de proteger a los humanos. Leo debió haber insertado ese impulso, y me impulsaba a cumplir los deseos de las Voces, a salvar el Vivero incluso si eso significaba dejar que Alpha anduviera libre. Sin embargo, el concepto siempre se había sentido abstracto: proteger a los humanos, pero realmente no existían fuera de esos viales.

Ver al mech del Vivero descartar al pequeño niño había sido un shock, seguido demasiado rápido por una pelea como para analizarlo adecuadamente. Ahora, sin embargo, tenía a un niño parado justo ahí, casi al alcance de mi brazo. ¿Debería agarrarlo, darle un fuerte abrazo para protegerlo de un rasguño? ¿Debería meterlo en la cabina del Chatarrero, un lugar con poco, pero al menos con cierta separación de los muchos peligros de la Nave Estelar?

—Hola —dijo Volt—. ¿Cómo te llamas?

La indiferencia de Volt me tensó aún más. ¡El mech se arriesgaba a una conversación casual con un humano vivo! Mejor agarrar al niño antes de que pudiera escapar y asegurar su seguridad.

—¿Cómo te llamas tú? —respondió el niño.

Su voz no tenía zumbidos artificiales, ni una entrega entrecortada como tantos mechs, incluyéndome a mí. Observé cómo se movían sus labios y me pregunté si los míos coincidían. La piel del niño parecía seca y, aunque tenía un color bronceado natural, vivir en la oscuridad la había teñido más pálida. El pelo negro parecía descuidado, como si lo hubieran cortado con un cuchillo y al azar.

Aunque, como alguien cuyo cabello nunca crecería más allá del centímetro o dos programados, no podía criticar.

—Volt —dijo el mech, y luego esperó.

—¿Y el de él? —preguntó el niño, apuntando el tubo hacia mí.

—Gamma —respondí—, y te protegeré.

Ahora Volt me miró con ojos azules inquisitivos. El niño arrugó la nariz y la boca.

—¿Eh? —preguntó el niño, luego miró alrededor, eventualmente volviendo a mí—. ¿Protegerme de qué?

—De todo —dije.

—Bájale un poco, campeón —susurró Kaydee—. Entiendo que estés emocionado. Demonios, yo también lo estoy, pero bajémosle un poco a las vibras raras.

Empecé a responderle a Kaydee pero me detuve. Hablar al aire haría poco para disipar esas, como las llamó Kaydee, vibras raras.

—Vale —dijo el niño—. ¿Entonces no vienen por nosotros?

—Buscamos algunas baterías —respondió Volt, cambiando sus ojos a un agradable verde—. Las encontramos justo aquí. Qué pena lo del Chatarrero, eso sí.

El niño dirigió su mirada al esqueleto. —Siempre ha estado ahí.

—Para ti, quizás. Para mí, apenas ayer teníamos largas conversaciones sobre qué hacer con toda esta chatarra —dijo Volt. El mech se arrodilló, recogió la nota del Chatarrero y la deslizó dentro de una ranura en su cuerpo cilíndrico—. Me ayudó a diseñar a mi esposa, ¿sabes?

El niño parpadeó. —Los dos son raros —Saltó de su pila de chatarra a un sendero, nos echó una última mirada—. Nos vemos luego.

Entonces el niño, el milagro, salió corriendo.

Lo perseguí.

Como Alvie persiguiendo una pelota, la decisión de ir tras el niño no vino de un pensamiento racional, sino de puro instinto. No podía dejar que el niño se lastimara y, Dios mío, había tantos bordes afilados entre toda esta basura. Podría caerse, que algo le cayera encima, o encontrarse con un mech de mala índole.

Mi ráfaga dejó atrás a Volt, quien gritó algo sobre ir más despacio. No hice nada de eso, en cambio seguí la sombra del niño mientras corría a la izquierda, luego a la izquierda de nuevo, y luego a la derecha. Los diodos azules captaron a mi objetivo mientras se movía, parpadeando entre las luces. Con mis zancadas más largas, cerré la distancia rápidamente.

—¿Qué estás haciendo? —preguntó Kaydee, trotando a mi lado—. ¡Lo estás asustando!

—¡Lo estoy salvando!

—¿De qué?

—¡De todo!

Seguí al niño alrededor de una abigarrada pila de contenedores de basura, dando la vuelta y esperando ver su forma a no más de un metro delante de mí. Allí estaba, de cara a mí con una sonrisa traviesa, el tubo en alto. ¿Iba a golpearme?

—Oye —extendí mis manos, ralentizando el paso—. Está bien.

Algo golpeó mi hombro. Fuerte pero no particularmente pesado. Detrás de mí, cada una en su propio camino, había dos niñas más. Parecían más jóvenes que el niño, y cada una sostenía algún trozo de chatarra.

—Esto es tan extraño —murmuró Kaydee.

Otro rodamiento rebotó en mi espalda. No me hizo daño, pero no podía entender lo que estaba pasando.

—¿Por qué me están arrojando cosas? —les pregunté a las dos niñas, pasando por alto preguntas más simples y existenciales sobre cómo existían los niños en absoluto.

Las niñas se rieron, se dieron la vuelta y huyeron por sus caminos. Detrás de mí, oí al niño huyendo también. Sus acciones no tenían ningún sentido, no seguían ningún guion. Había estado manejando mechs rotos, pero esas máquinas aún operaban según alguna lógica. Sus acciones provenían de posibilidades programadas, pero estas, estas...

—Son como tú —le dije a Kaydee, que estaba allí mirando hacia donde se habían ido las niñas—. No tienen sentido.

—Oye, yo a veces tengo sentido.

—A veces —Decidí ir tras el niño, aunque solo fuera porque sabía que podía hablar—. ¿Es así como son normalmente los niños humanos?

—Nunca tuve ninguno —dijo Kaydee, corriendo junto a

mí, cada uno de sus pasos haciendo brotar flores virtuales del concreto—. Pero por lo que vi, ¿seguro?

—Eso explica mucho sobre ti.

—¡Y sobre ti, Gamma! —Kaydee se rio mientras nos sumergíamos bajo un enrejado agrietado de color óxido. El taller del Chatarrero tenía tanto material aleatorio—. Leo quería que los recipientes fueran como nosotros, ¿no?

—Qué suerte la mía.

Después de otros tres giros pensé que alcanzaría al niño. En su lugar, pasamos a través de una pared más gruesa, un arco que parecía haber sido una puerta en algún momento del pasado. Del otro lado, los diodos aleatorios habían migrado a una ubicación más razonable a lo largo del suelo, mostrando diferentes tipos de pilas.

Kaydee silbó y detuve mi carrera. Las sorpresas se estaban acumulando aquí.

Adelante, extendiéndose por el enorme espacio, había provisiones de todo tipo. A mi izquierda, latas y más latas, todas anunciando varias sopas en etiquetas sencillas, se alzaban en torres apiladas. A mi derecha, garrafas de agua yacían unas sobre otras, aunque el apilamiento parecía imperfecto, como si la gente hubiera estado tomando algunas. Más adelante había comidas secas preenvasadas.

Esas parecían lo suficientemente milagrosas, pero más allá de ellas esperaban las partes realmente interesantes: productos frescos, la mayoría de ellos recién cosechados, dispuestos en filas o agrupados si la comida lo permitía. Vi tomates rojos maduros, hojas de espinaca verdes y frescas. Las naranjas descansaban en piezas de mech reutilizadas como cestas.

El Jardín tenía suficientes plantas produciendo estos cultivos que su existencia en la Nave Estelar no era tanto un misterio, pero el Jardín no estaba tan cerca de donde estábamos ahora. Cosechar esas plantas, traer los frutos de vuelta aquí, sería…

—Asombroso —dijo Volt, alcanzándome—. Bueno, esto explica un enigma.

—¿Un enigma?

—Sí, sí. Seguía viendo que se extraía más energía de aquí abajo —dijo Volt—. Esa es una de las razones por las que vine contigo. El Chatarrero siempre tomaba su parte justa de energía. Disminuyó hace años y años, pero ha estado aumentando de nuevo.

¿Por los niños?

—¿Viste a los niños? —pregunté—. Seguí al chico hasta aquí, y había dos niñas.

—Y muchos más, sospecho —dijo Volt.

—Ooooooh —murmuró Kaydee para sí misma, haciendo una conexión que yo aún no había completado.

—Gamma, ¿cuántos viales faltan del Vivero? —preguntó Volt.

Delta y yo no habíamos contado, pero a juzgar por los contenedores vacíos, más que unos pocos. En ese momento, no quería pensar en cuántos niños significaba eso. Ahora rastreé lo que Volt parecía estar insinuando.

¿Y si esos niños no hubieran muerto después de que el Vivero los expulsara por su tubo? ¿Cuántos humanos habría aquí, y qué edad podrían tener algunos de ellos?

Di una vuelta lenta, con Volt a mi lado, y miré las provisiones apiladas. Los alimentos enlatados, las comidas secas que parecían antiguas, esas pilas habían sufrido golpes significativos, pero no al nivel que yo pensaba que sería necesario para sustentar a cientos durante años y años. O los humanos aquí no eran tantos, o esta no era toda su comida.

—¿Gamma? —preguntó Volt de nuevo—. ¿Vas a responder mi pregunta?

—Suficientes —respondí—. Suficientes viales para crear una sociedad aquí abajo. Pero ¿cómo?

—Esa es una respuesta que no tengo.

—Yo tampoco —dijo Kaydee—. Pero esto es bastante genial, ¿no?

Me reservaría el juicio sobre eso. Especialmente porque ese chico apareció de nuevo, esta vez en el lado opuesto, más allá de las pilas de provisiones. La habitación se estrechaba en esa dirección y solo vi un camino, aquel en el que estaba parado el chico.

—¿Vienen? —llamó el chico.

Dudé. Mis prerrogativas de programación ponían la preservación humana entre mis preferencias más altas, pero mantenerme vivo estaba aún más arriba. Con toda esta evidencia a mi alrededor mostrando que los humanos no eran solo unos pocos niños perdidos, la pregunta entonces se convirtió en: ¿dónde estaban los demás?

¿Y por qué no defenderían su comida y agua?

—¿Por qué no vienes tú hacia nosotros? —gritó Volt al chico—. No estamos interesados en hacerte daño.

—¡Vamos! —dijo el chico—. ¡Hay más por aquí!

No esperó por nosotros, saliendo disparado de nuevo. El niño parecía tener una resistencia interminable, listo para correr y seguir corriendo. Si eso era típico de todos los humanos, entonces estaba aún más nervioso al saber que tantos podrían estar acechando a nuestro alrededor.

—Supongo que deberíamos seguirlo —dijo Volt—. Además, recogí esto mientras perseguías al niño.

Volt me entregó una batería. O, más bien, la deslizó en la mochila que había estado usando para llevar a Alvie. Eso, al menos, me dio algo de consuelo. Habíamos cumplido nuestro objetivo principal aquí abajo. Si no pasaba nada más, podríamos irnos, poner en marcha a mi perro y luego ir a buscar a Delta.

—Espera —dije, mirando a Volt—. ¿No dijiste que Beta estaba ayudando a estos niños?

—La última vez que supe de ella —dijo Volt—, Beta dijo que había algunos aquí abajo, que no debía cortar la energía. No pensé que serían tan mayores, o tantos.

—¿Son una amenaza?

Kaydee se rio. —Gamma, ¿qué? ¿Estos niños?

Volt, sin embargo, parecía entender lo que estaba preguntando. Sus ojos cambiaron a un naranja claro, un tono curioso y amenazante.

—Todo lo que sucedió en la Nave Estelar vino de los humanos —dijo Volt—. Todo lo bueno, todo lo malo. ¿Son una amenaza? —Volt asintió hacia el chico que desaparecía —. No lo sé, pero ciertamente podrían serlo.

—Supongo que no puedo discutir eso —dijo Kaydee.

—Entonces vamos juntos —dije—. Mantente alerta.

Esta vez caminamos tras el chico. Sin correr, sin carreras ciegas alrededor de las esquinas. Dejamos atrás las provisiones por un espacio diferente, uno lleno de un calor antiguo. Si el taller del Chatarrero tenía pilas de chatarra por todas partes, esto mostraba a dónde iba esa chatarra. Enormes hornos construidos en paredes bulbosas permanecían dormidos, los diodos azules los hacían parecer bocas atrapadas en gritos perpetuos. Losas se elevaban desde el suelo y bajaban del techo para formar bancos de trabajo y prensas de fabricación.

Una forja diseñada para el ruido se sentía equivocada en el silencio.

—El Chatarrero estaba orgulloso de este lugar —dijo Volt mientras caminábamos—. Su tatarabuelo tuvo la idea de desviar el calor de los motores de la Nave Estelar, dirigirlo aquí. Le dio a este lado de la nave su única forma de hacer sus propios mechs.

—Ya no —respondí.

—Oh, no lo sé —Volt se acercó pesadamente a un horno, miró dentro—. Apuesto a que estos bichos se pondrían en marcha de nuevo, si quisieras encenderlos.

Me acerqué a donde Volt estaba mirando, metí la cabeza en el horno. Efectivamente, un fuerte conducto parecía sellar la cosa. Una simple cadena cerca de la puerta del horno parecía en buen estado, lista para ser tirada y abrirse.

Comida, una forja lista. ¿Qué encontraríamos más allá de aquí? ¿Viviendas? Casi le pregunté a Volt, excepto que una mano agarró mi cuello. Lo sostuvo con fuerza. Sentí un punto afilado presionando mi estómago.

—Hasta aquí han llegado —dijo una voz dura de mujer, una que no reconocí pero que conocía de todos modos.

Verás, tenía el temblor automático de un mech. Eso, y Kaydee estaba maldiciendo como loca.

—Te vas a mover cuando yo te diga que te muevas —dijo la voz—. Haz algo diferente, y te destriparé antes de que tus circuitos sepan lo que está pasando. ¿Entiendes?

Oh sí, entendía muy bien.

—Encantado de conocerte, Beta —dije.

CINCO

La nave nos liberó del horno, manteniendo su mano en mi garganta y desplazando la presión del pincho a mi espalda. Me erguí y ella se levantó conmigo, manteniendo mi cabeza mirando hacia el horno de metal negro, con los diodos azules proyectando sombras sobre nosotros. Volt, sin tales restricciones de rehén, giró su cabeza, sus ojos de brillo amarillo me indicaban que se estaban volteando.

—Beta —dijo Volt—, qué gusto verte de nuevo. ¡Decir que ha pasado mucho tiempo es quedarse corto!

—Volt —respondió Beta.

Y eso fue todo. Amigos cálidos y afectuosos, estos dos.

Otras voces surgieron detrás de mí. Susurros rebotando en las paredes. Pasos pesados, pero sin los golpes metálicos de un mech. Esperé. Kaydee apareció, sentada en el horno y asomándose. Sacudió la cabeza y me lanzó una mirada.

—Odio no poder ver lo que tú no puedes ver —dijo Kaydee—. Realmente no es justo.

Me mantuve en silencio. Mientras Beta pudiera destriparme por capricho, decidí dejar que ella dirigiera nuestra interacción. Pasivo, sí, pero Volt afirmaba que Beta no estaba loca, que estaba tratando de ayudar a los humanos. Tenía que apostar a que eventualmente cambiaría de opinión sobre mí.

Porque lo único que sabía de Beta era que luchaba como Delta, y eso significaba que cualquier duelo directo entre nosotros me dejaría hecho polvo y chatarra.

—Este de aquí es Gamma —dijo Volt—. No va a lastimar a nadie. Puedes soltarlo.

—¿Qué están haciendo aquí? —preguntó Beta, sin hacer ningún movimiento para liberarme.

—Larga historia —comenzó Volt.

—Resúmela rápido.

Volt vibró el equivalente mech de una tos, luego empezó de nuevo. En frases claras y simples, el mech dijo que habíamos venido buscando una batería para revivir a mi perro robótico muerto. Vimos al niño, lo seguimos y terminamos aquí.

—¿Por qué las Voces despertaron a otra nave? —preguntó Beta cuando Volt terminó—. Yo todavía estoy aquí.

—Porque te tomaste demasiado tiempo —dije.

El agarre de Beta en mi garganta se apretó, pero como no necesitaba aire para hablar, podía seguir escupiendo palabras.

—Las Voces me trajeron a mí, y luego a Delta, porque no tenían la Guardería de vuelta —continué—. La ganamos, y ahora Delta está allá afuera arriesgando su vida para limpiar tu desastre.

—Oooh —dijo Kaydee—. Agresivo.

Beta debió pensar lo mismo. Soltó mi garganta, retiró su cuchillo y me hizo girar con su mano libre. Silueteada en luz azul, mi primera mirada a Beta descartó cualquier esperanza de que las naves fuéramos similares. Alpha tenía su pelo rojo, su cuerpo cubierto de cicatrices y su grito corrupto y maníaco. Yo tenía mi cuerpo delgado y una tendencia a mantener mis dedos cerca, listos para conectarse en cualquier momento. Delta parecía líquida cuando se movía, tan rápida y precisa, cada acción exactamente lo que necesitaba ser.

¿Beta?

Nunca había visto algo con tantos bordes. Vestida con ropas que parecían como si *Alvie* se hubiera encontrado con un mapache rabioso, Beta mantenía su atuendo unido con una miríada de cinturones, todos de diferentes negros y marrones y cosidos con fundas. Cuchillos, cuerdas, metralla dentada y herramientas de todo tipo colgaban en ángulos mientras Beta me examinaba.

Su cabello, también, resultó ser menos un estilo y más un activo: se había afeitado, o alguien le había afeitado, la mitad del cabello dejando un parche claro sobre el cual alguien había soldado una placa de metal con clavos sobresaliendo por la parte superior. La otra mitad tenía cabello rosa claro que caía por debajo de sus hombros, después del cual se espesaba en trenzas de todos los colores, trenzas que brillaban y centelleaban bajo la luz azul.

—Vidrio —suspiró Kaydee, igualmente asombrada—. Tiene vidrios rotos en esas cosas.

Si Delta blandía una sola hoja con eficiencia asesina, Beta parecía blandir todo lo demás.

Detrás de ella, una vista igualmente asombrosa nos esperaba. Humanos, adultos que abarcaban todo el espectro de edad. Todos observaban con ojos cautelosos, la mayoría portando algún instrumento físico, tubos o martillos o incluso, en un caso, lo que parecía un arco y flecha improvisados. Había visto la comida, y ahora había encontrado su propósito.

—¿Mi desastre? —preguntó Beta. Tenía el punzón delgado en su mano izquierda, la derecha colgando cerca de otro cuchillo en una funda en el muslo—. Nada de esto es mi desastre.

—Cuidado, Gamma —susurró Kaydee—. No seas un imbécil ahora.

Tenía un buen punto, pero Beta claramente parecía capaz. Demonios, yo tenía aproximadamente cero armas encima, pero aún así había luchado y me había esforzado para llegar a la Guardería. ¿Ella había estado escondida aquí abajo, dejando que Alpha hiciera estragos? ¿Dejando que esos niños fueran bombeados y expulsados?

—Sí, tu desastre —dije, poniéndome derecho—. ¿Tienes alguna idea de lo que está pasando allá afuera? ¿Lo que está sucediendo con Starship?

—Gamma —dijo Volt, el mech extendiendo una mano hacia mi brazo.

Me lo sacudí.

—Delta y yo hicimos tu trabajo —continué—. Casi morimos cien veces llegando a la Guardería, y ahora ella está tratando de salvar Starship sola, todo porque tú fallaste.

Si mis acusaciones tuvieron algún efecto, Beta no lo demostró. Esperó hasta que terminé, luego frunció el ceño.

—Tomé mis decisiones —Beta apuntó el punzón hacia la gente a nuestro alrededor—. Ellos son la evidencia de que tomé las correctas.

Antes de que pudiera discutir eso, el llanto de un bebé surgió desde atrás. Beta levantó su mano derecha vacía y la agitó hacia adelante. Un hombre joven salió de las sombras sosteniendo al bebé que lloraba. Lo reconocí en una fracción de segundo: el mismo bebé que había visto caer de la Guardería.

Y lo dije.

—Entonces lo entiendes —dijo Beta—. Estos son los últimos humanos vivos en Starship. Elegí protegerlos en lugar de desperdiciar mi vida atacando la guardería sola.

—Pero...

—Al diablo con las Voces —continuó Beta—, y sus estúpidas órdenes. Si tu programación coincide con la mía, sabes que mantener a los humanos vivos el tiempo suficiente para ver completado el viaje de Starship es la prioridad.

El hombre le dio al bebé un pequeño juguete para chupar y el niño dejó de llorar. Los otros susurros se reanudaron mientras Beta hablaba, los humanos se dispersaban.

—Están bloqueando las salidas —dijo Kaydee—. No los hagas enojar, Gamma. O al menos respalda mi copia en algún lado primero.

—Deberías agradecerme —dijo Beta, sin sonrisa, sin humor en las palabras. Solo un hecho directo—. Sin que yo viniera aquí, nunca estarías despierto.

—El argumento de un cobarde —repliqué.

—La verdad —dijo Beta.

Un sonido resonante, cristalino y brillante, resonó por la habitación. Encontré la fuente a la izquierda, una mujer mayor sosteniendo un pequeño tubo de metal hueco y un palo corto para golpearlo. Como los otros humanos, llevaba ropa al azar, pero a diferencia de la mayoría de los otros que vi, parecía tener un aire intocable.

Como si hubiera visto demasiado para preocuparse por problemas ordinarios.

—Esto debe ser divertido para ambos —dijo la mujer—, pero tenemos otras prioridades urgentes. Beta, decide, por favor, si destruir estos mechs o no.

Beta asintió, inclinó su cabeza hacia mí. —Volt, ¿está corrompido?

—No que yo pueda notar.

—¿Lo estás tú?

Volt se rió, —¿Me creerías si dijera que no?

—Claro —dijo Beta—. Alpha apesta ocultando su verdad por mucho tiempo. Si estás mintiendo, te descubrirás, y entonces te haré pedazos.

—Lo que sea —dije, haciendo eco de Kaydee.

—Perfecto —declaró la mujer—. Continúen ahora, vuelvan a sus deberes. ¿Y Chalo? —La mujer habló a un hombre mayor y fornido que se mantenía a la izquierda—. Prepara un grupo de recolección. Nuestros nuevos amigos puede que no coman, pero el resto de nosotros podría usar una celebración.

—Por supuesto —Chalo habló lento, haciendo una reverencia con el hombro.

Los susurros se convirtieron en murmullos completos mientras los humanos se ponían en acción. La mayoría mantuvo sus ojos en Volt y en mí mientras se iban, desapareciendo en las diversas habitaciones. Varios hornos inactivos tenían sus conductos abiertos, con fuegos naranjas iniciándose en sus entrañas. Carritos con ruedas chirriantes anunciaban su presencia, cargados de chatarra para refundir. La voz de Chalo se elevó sobre el resto, llamando a voluntarios para salir a recolectar.

Y todo el tiempo Beta permaneció quieta observándonos.

—Puedes relajarte, Beta —dijo la mujer de la campana, uniéndose a nuestro cuarteto. Recorrió con la mirada a Volt y a mí, imperiosa, arrugada y poco impresionada—. Ninguno de estos dos parece particularmente peligroso.

—Una nave siempre es peligrosa —dijo Beta—. Incluso si no lo parece.

—Más aún cuando se ven como tú —dije.

—Basta —dijo la mujer, y para mi propia sorpresa, lo

hice—. Hay pocas ocasiones en las que las disputas mezquinas son apropiadas y esta está lejos de serlo. Deduzco por sus reacciones que no sabían que existíamos.

—Ni yo ni la mayor parte de Starship —dije. Volt añadió que tenía sus sospechas, pero su papel las dejó sin confirmar—. Incluso las Voces dijeron que creían que todos los humanos vivos habían muerto hace mucho tiempo.

—Todos los humanos que ellas conocían —dijo la mujer—. Ahora, antes de continuar, ¿sus nombres?

Di el mío, Volt dio el suyo. La mujer se identificó como Valentina, o Val.

—Soy la última nativa viva de Starship. Mis padres nacieron naturalmente —dijo Val—. No lo digo para menospreciar a nadie más, sino para comenzar la historia de este pequeño enclave. Los que lo formaron hace tanto tiempo, cuando Starship apenas comenzaba su agitación, ya no están.

Val nos pidió que la siguiéramos mientras continuaba la historia, disfrutando obviamente de hacer de guía turística de la aldea encubierta que había formado en las profundidades de Starship. Volt y yo caminamos a su paso mientras Beta se quedaba detrás de nosotros.

Primero dejamos las forjas y nos dirigimos a otra habitación, una que mostraba rastros de equipo pesado hace mucho tiempo movido para dar paso a refugios improvisados. Metales inclinados cubiertos con tela formaban tiendas encajadas en ranuras hechas al mover ese viejo equipo, al menos parte del cual, supuse, había sido desarmado para hacer las casas. Diodos, estos cubriendo una gama festiva de colores, colgaban de cuerdas dando a todo el lugar una sensación centelleante y acogedora.

—Nos dividimos en dos —continuó Val—, con aquellos en el poder congregándose en la mitad delantera de Starship. Nosotros en la parte trasera protestamos, exigimos una sociedad más igualitaria y no recibimos nada más que órdenes a cambio. Cumplir, manejar nuestra basura y ser felices.

—Lo recuerdo —murmuró Kaydee.

Ella había quedado atrapada en ese conflicto. Enredada en la progresión que Val describió a continuación, un empuje del lado más fuerte para hacer los mechs más agresivos. Kaydee y Leo habían sido cooptados en la lucha de poder, ordenados a diseñar máquinas que pudieran mantener a la gente inquieta bajo control. Leo siguió esa lógica, asumiendo que los ciudadanos de Starship se despedazarían entre sí si se les dejaba sin las restricciones proporcionadas por un mech con un arma.

Kaydee sentía diferente. Había muerto por esa creencia.

Lo que no dije, lo que me preguntaba, era si Leo, mi propio creador, había inyectado sus creencias en mí. Si eso explicaba por qué, mientras Val despotricaba contra la lenta destrucción, el retiro de su gente aquí abajo, encontré poca compasión esperando por cualquiera de los lados.

Los humanos eran criaturas irrazonables, y sin embargo, se me había encomendado mantenerlos con vida.

—Bajamos aquí y nos escondimos —dijo Val—. El Chatarrero nos ayudó, nos protegió. De todos modos, morimos por la edad y las enfermedades.

—Hasta que la Guardería les envió un regalo —dije.

—Ese día fue una sorpresa —asintió Val—. El niño bajó con otros desechos biológicos, canalizado para ser reprocesado. El Chatarrero lo atrapó, aturdido, y nos lo dio. Siguieron más, aunque nunca entendimos por qué.

Di esa respuesta mientras nos asentábamos en un claro central. Varias mesas, cosas de plástico rudimentarias con tapas grises y patas negras, servían como el foco residencial.

Un árbol falso, su tronco, ramas y hojas hechos de chatarra, ocupaba el centro absoluto con fuerza centelleante. La cosa iba del suelo casi hasta el techo. Kaydee dio un silbido apreciativo y me uní a ella.

Volt y Beta, por su parte, permanecieron en silencio.

—Otro mech que salió mal. —Val se acomodó en una silla plegable rígida.

—Así que han estado aquí abajo por generaciones —dije.

—¿Yo? —dijo Val—. Nací mucho después del primer error de la Guardería. Hemos estado sobreviviendo aquí abajo, robando la comida que podemos del Jardín y de las reservas sobrantes de Starship.

—¿Por qué? —pregunté—. ¿Por qué continuar?

La pregunta surgió espontáneamente, pero tenía que entender. Un mech sería resuelto en intentar alcanzar sus objetivos hasta ser destruido o reprogramado, pero los humanos no parecían actuar de la misma manera. Saltaban de una idea a otra. Eran asustadizos, aleatorios, ridículos. Incluso las Voces, supuestamente los mejores humanos que la Nave Estelar tenía para ofrecer, peleaban entre sí. Frente a tal caos, atrapados aquí abajo en la oscuridad, ¿por qué este pequeño grupo seguiría luchando durante tanto tiempo?

—Por los niños —dijo Val, señalando a las dos niñas y aquel chico al que habíamos perseguido, que ahora correteaban entre las tiendas—. Sin los regalos del Vivero y, ahora, los nuestros propios naturales, habríamos perdido el rumbo hace mucho tiempo. En pocas palabras, ellos nos dan esperanza.

—¿Esperanza de qué?

—De algo mejor.

—Que eres tú —dijo Beta, mirando en mi dirección.

—¿Yo?

—Las Voces nos aislaron —Beta hizo un gesto hacia el campamento—. Las conexiones se rompieron. Estamos a oscuras aquí abajo.

—¿Qué tiene eso que ver conmigo? —pregunté.

—Eres como Alpha, ¿no? —dijo Beta.

—No sé si yo diría...

—Computadoras. ¿Trabajas con ellas?

Me encogí de hombros. —¿Supongo?

—Entonces te llevo al lugar correcto, tú nos vuelves a conectar —Beta tomó la navaja que había estado sosteniendo, la lanzó al aire y atrapó el mango con la misma mano—. Y luego nos ponemos realmente desagradables.

Miré a Val. —¿Qué está diciendo?

—Beta está diciendo que necesitamos ver qué está haciendo la Nave Estelar, qué están planeando las Voces —respondió Val—. Para que podamos hacer lo que fallamos hace tanto tiempo, y tomar esta nave para nosotros mismos.

Me puse de pie y sacudí la cabeza. —Lo siento, vine aquí abajo para ayudar a mi perro, luego a mi amigo. No me uniré a su pequeña revuelta.

Beta sonrió. —Qué lindo que pienses que esto es una elección.

—Estás tan jodido, Gamma —dijo Kaydee, balanceándose alrededor del árbol, con fuegos artificiales carmesí salpicando el aire a su alrededor.

SEIS

EXPEDICIÓN

El lugar adecuado para restaurar una conexión cortada por las Voces era, bueno, cualquier sitio donde pudiera alcanzar a esos maestros virtuales. En otras palabras, cualquier terminal que aún tuviera conexión con la vasta red interna de la Nave Estelar. Esos existían —podríamos haber irrumpido en un apartamento al azar con buenas posibilidades de encontrar uno— pero Beta tenía una idea diferente.

Tras nuestra llegada, Val ordenó que un pequeño grupo de recolección se dirigiera hacia el Jardín en busca de alimentos frescos. Beta pensó que ella y yo podríamos acompañarlos, proporcionando protección extra y accediendo a un terminal de camino de vuelta. De esa manera, yo podría conocer mejor a los humanos y sería capaz de presentar mejor su argumento a las Voces.

Porque, como señalé en su improvisada plaza del pueblo, las Voces podían seguir cortándoles la comunicación. El problema no era tanto técnico como diplomático. Habla con amabilidad y obtén tu recompensa.

—Ser amable con las Voces no te consigue nada —dijo

Val mientras regresábamos a las Forjas. Kaydee, a un lado, asintió—. Respetan el poder. Eso es todo.

Recordé todos esos carteles de películas en el apartamento de Leo donde había despertado por primera vez. El poder, según la noción popular, parecía basarse en la capacidad de lastimar a alguien, destruir algo. O en hacer que otros lo hicieran por ti. Las Voces habían tenido el poder durante mucho tiempo, pero ahora parecían estar perdiéndolo.

Tal vez podría llegar a un acuerdo: dar acceso a los humanos y, a cambio, podrían trabajar juntos. Devolverle a las Voces una presencia física nuevamente.

—¿Estarías dispuesta? —le pregunté a Val, exponiendo mi idea.

—¿Una alianza con el mismo grupo que expulsó a mis ancestros? —respondió Val.

Beta, a su lado, resopló.

—Beneficiaría a ambos —repliqué—. La Nave Estelar se está acercando a su destino. Ellos saben cómo funciona la nave y pueden ayudaros después del aterrizaje. Igualmente, necesitarán vuestra ayuda para cumplir su misión, el propósito de su existencia.

—¿Ves? —dijo Kaydee—. Tu problema es que piensas lógicamente. Nosotros no hacemos eso.

Val puso una mano en mi hombro y me dedicó una sonrisa que imaginé que también compartía con los niños pequeños que corrían por el campamento.

—Gamma, las Voces no trabajarán *con* nosotros. Nos *poseerán* o no nos darán nada.

—Pero ¿cómo os poseerán? —pregunté—. Son programas informáticos.

—Encontrarán alguna manera. Es lo que hacen. Convence a las Voces de que nos den acceso. Di lo que tengas que decir para lograrlo. —Val retiró su mano y señaló con la cabeza a un cuarteto que preparaba armas y equipo al otro lado de las forjas—. Esos son con quienes irás. Chalo y sus cazadores.

—Espera, ¿me estás pidiendo que mienta por vosotros?

—Te lo estoy ordenando.

Val me dio una última palmada en el hombro y se alejó hacia las viviendas. La observé marcharse hasta que sentí que mi mochila con Alvie dentro se deslizaba de mis hombros. Volt la tomó y sacó a Alvie de ella.

—Creo que arreglaré a tu perro mientras estás fuera —dijo Volt—. No tardes demasiado. Mis núcleos de energía se ponen nerviosos cuando los dejo solos.

—¿Seguro que no quieres venir? —pregunté, menos porque pensara que Volt no pudiera manejarlo y más porque el mech cambiante de energía parecía ser mi único aliado aquí.

—Muy seguro —respondió Volt—. ¡Buena suerte!

Kaydee soltó una risita.

SI, tras tomar el control del Vivero, había sentido que tenía el control de la Nave Estelar y mi lugar dentro de ella, las últimas horas disolvieron esa idea en polvo. Con Beta acechando detrás de cada uno de mis pasos, con la orden de Val de mentir para lograr la victoria, y con Delta en una búsqueda violenta, tenía pocos amigos y poco poder. Había sido creado para servir, y una vez más me habían presionado para hacerlo.

Dudo que me hubiera importado, excepto que lo que quería ahora era ayudar a Delta. Detener a Alpha. Asegurar el aterrizaje seguro de la Nave Estelar para que los humanos, con todos sus defectos, pudieran extenderse en su nuevo mundo. Lograr que las Voces aceptaran que este pequeño enclave necesitaba acceso a la red parecía, en el mejor de los casos, tangencial a ese objetivo.

—¿Por qué quieren expandirse? —le pregunté a Beta, deteniéndome antes de unirnos al grupo de Chalo—. La Nave Estelar parece estar cerca de su destino. Se arriesgan a llamar la atención.

—¿Quieres dejar que máquinas locas dirijan tu hogar? —respondió Beta—. ¿Qué pasa si un mech destruye algo crítico? ¿Si decide liberar todo el oxígeno al espacio porque sería divertido?

Vale, puntos justos.

A nuestro alrededor, las forjas rugían. Humanos, la mayoría más jóvenes que Kaydee, trabajaban con metales. Algunos los moldeaban en utensilios, ollas y sartenes para cocinar. Otros fabricaban lo que parecían armas: escudos rudimentarios, lanzas. No estaba seguro de cómo sabían lo que estaban haciendo hasta que noté a varios humanos caminando de forja en forja dando instrucciones.

—Se han organizado bien aquí —continuó Beta—. No es perfecto. El espacio es limitado. Los humanos son humanos. Pero el Chatarrero y los viejos los prepararon bien. Les transmitieron conocimientos. Eventualmente serán dueños de esta nave.

Pensé en insistir en el punto de Beta: escudos improvisados y lanzas no servirían de mucho contra un mech violento que escupiera fuego o disparara rayos láser ardientes. Sin mencionar que unas pocas docenas de humanos no podrían vencer a cientos, miles de máquinas incansables.

Aunque, por otro lado, había visto lo que Delta podía hacer. Si Beta era la mitad de competente, las dos juntas podrían ser suficientes.

—Chalo —dijo Beta mientras nos acercábamos—. Hoy tendrás compañía.

—¿Tú? —dijo Chalo, y el frío en su voz me hizo mantener cierta distancia.

—Así es —Beta asintió hacia mí—. Este tonto también. Gamma. Solo una advertencia: es inútil en una pelea.

—No soy inútil —dije mientras Chalo me miraba con los ojos entrecerrados—. Elijo mis momentos.

—Mientras no te interpongas en el camino —respondió Chalo, levantando una mochila vacía—. Estamos lo suficientemente listos. Vamos.

El hombre y los otros tres —dos mujeres y otro hombre, abarcando décadas en edad— llevaban un tejido metálico plumoso. Camisas y pantalones de tela, sí, pero sobre ellos una túnica inclinada como de pájaro. Las plumas parecían demasiado finas para proporcionar mucha defensa, pero descubrí la razón tan pronto como el cuarteto comenzó a moverse: el cambio captaba y reflejaba la luz, haciendo difícil enfocar, difícil para mí analizar lo que estaba viendo.

—Están jugando con tu programación —dijo Kaydee, cuyo propio atuendo ahora lucía esa misma túnica de plumas, aunque en versión arcoíris. Caminaba junto a los cazadores delante de Beta y de mí—. Estás usando funciones para averiguar lo que estás mirando, y están confundiendo ese código. Inteligente.

—Idea mía —dijo Beta, aunque no podría haber escuchado a Kaydee. El recipiente armado no sonaba particularmente orgullosa de sí misma, solo estaba constatando un hecho.

—¿Funciona bien? —pregunté.

—No, es una mierda —respondió Beta—. Por eso seguimos usándolas.

Suspiro.

Chalo nos guió lejos de las forjas a través de un pasillo corto y estrecho que terminaba en una puerta espiral sellada, con una gema roja brillante. Un pequeño panel negro estaba al lado y Chalo tecleó el código apropiado. Parpadeando en verde, la puerta giró para abrirse, llevándonos de vuelta al Conducto.

Haciéndose a un lado, Chalo dejó que dos cazadores fueran primero. El hombre y la mujer desenfundaron arcos cortos y flexibles y colocaron flechas mientras salían a la niebla.

—¿De dónde sacaron la madera? —susurré.

—Del Jardín —respondió Beta. Noté que se había movido ligeramente para ponerse a mi espalda. ¿Asegurándose de que no huyera?—. Hay muchas cosas buenas allí.

Beta no hablaba mucho como Delta y me pregunté si Leo los había programado de manera diferente, o si nosotros, los recipientes, teníamos alguna capacidad para modificar nuestra propia composición. Mis propios pensamientos, emociones e ideas habían cambiado desde que desperté, así que tal vez éramos máquinas más maleables que la mayoría.

De cualquier manera, el punto era: no podía esperar que Beta actuara como Delta en ninguna situación. Ella era su propio ser, así como yo no era Alpha.

Dos fuertes chasquidos de lengua vinieron del Conducto. Chalo y el otro cazador tomaron la señal y corrieron con ella, deslizándose silenciosamente. Beta y yo los seguimos, el mech susurrando que debía mantenerme agachado mientras nos movíamos.

—¿Entonces por qué no tenemos esas túnicas? —pregunté.

—Porque si nos atacan, Gamma, somos el cebo —

respondió Beta, y su sonrisa dejó claro que no le importaba el papel.

Bueno, tal vez ella y Delta no fueran tan diferentes después de todo.

La ruta hacia el Jardín bordeaba la pasarela inferior de la Nave Estelar. A la izquierda podía ver el oscuro pozo que formaba los desechos de la Nave, dejados crecer a medida que los mechs se destruían entre sí o a sí mismos allá arriba. De vez en cuando llovían fragmentos, a veces seguidos por un mech más grande que caía con estruendo en un montón de escombros, esparciendo esquirlas. El ruido hacía eco de un lado a otro, un descanso ocasional del zumbido omnipresente de la Nave Estelar.

Me sobresalté con los primeros impactos, luego me asenté como todos los demás en una caminata silenciosa y en fila india. Chalo lideraba, los cazadores con arcos cubrían la retaguardia, con Beta y yo en el medio. Esas túnicas metálicas reflejaban la suave luz azul, centelleando como estrellas.

Hermoso a su manera.

Caminamos durante una hora sin detenernos, a un ritmo constante y meditativo. Desenterré viejos recuerdos dejados por el Bibliotecario, esa alma humana vaporizada por Kaydee poco después de que yo despertara. Sus restos contenían mitos, películas e historias duras, cosas que quería examinar más rápido pero tenía que captar en pedazos. Completaban el cuadro humano, ponían sus acciones en contexto.

Val y su enclave no estaban comenzando una historia completamente nueva, estaban haciendo lo que los humanos habían hecho durante milenios: luchar por el poder.

Pero, tenía que preguntarme, ella provenía del mismo

sistema que había producido la Nave Estelar, que evidentemente había arruinado tanto la Tierra hasta el punto de lanzar estas salvajes esperanzas hacia el borde de la galaxia y más allá.

¿Qué serían los humanos con alguien más guiando sus primeros pasos?

Otro chasquido de lengua interrumpió mis reflexiones. Beta tocó mi hombro izquierdo y seguí su mirada hacia arriba. Un mech, bajando en un ascensor para interceptar nuestra pasarela. La máquina tenía brazos por todas partes, cada uno con rociadores y limpiaparabrisas. Un mech de limpieza en camino para dar servicio al nivel más sucio.

Chalo levantó su mano izquierda e hizo una señal hacia adelante. Los humanos se pusieron en movimiento, rodearon el ascensor mientras se asentaba en su posición. Un arquero y un cazador de corto alcance —vi que Chalo y su contraparte tenían cada uno un hacha, metal soldado a una barra cortada para crear el arma— a cada lado.

Beta me mantuvo atrás, pero cuando vi que las hachas se levantaban, me sacudí y avancé.

—¿Qué estáis haciendo? —pregunté. El ascensor se abrió, el mech dio un paso tentativo hacia afuera, transmitiendo una leve advertencia de tener cuidado con los aerosoles de limpieza—. Esa cosa no os hará daño.

Los cazadores me miraron, vacilaron. Chalo me fulminó con la mirada, balanceó su hacha y perforó la fuente de energía del mech de limpieza, un bulto cuadrado en la espalda del mech. Con un gemido lastimero, el mech se apagó, sus brazos colapsando a su alrededor como si fueran cabello gris-negro.

—Registradlo —ordenó Chalo, pasando junto a sus cazadores hacia mí.

—¿Por qué? —pregunté—. ¿Cuál es el punto?

—Tú no tienes ningún mando aquí, máquina —dijo Chalo, su rostro una máscara desafiante, todo bordes duros y miradas fulminantes.

El hombre sostenía su hacha junto a su cintura. Conocía mi velocidad, mi fuerza. Podría bloquear el brazo con el mío, romperle el cuello con la otra mano y acabar con Chalo antes de que Beta pudiera detenerme. Probablemente ella me mataría después, así que el cálculo era inútil, pero me hizo sentir mejor.

Influencia de Kaydee, lo más probable. Ella había dicho que su presencia se me pegaría, variables infectando mis rutinas con sus tendencias.

—No busco poder —respondí—. Busco sentido, y no veo ninguno. Ese mech no os haría daño ni a vosotros ni a nada más.

Los cazadores usaron cuchillos más pequeños y brillantes para desgarrar el mech. Algunas cosas, como el cableado y los aerosoles de limpieza, las metieron en las mochilas. La placa base del mech, su procesador también. Aparté la mirada, concentrándome en Chalo.

—Por ahora —respondió Chalo, con un sonido áspero y chirriante. Supuse que no debían obtener suficiente agua fresca, abundaban las gargantas secas y las voces rasposas—. Hasta que se corrompa como los otros. Hasta que decida que un niño es suciedad que necesita limpiar.

Lo habría llamado loco excepto que no había ningún indicio de ello en lo que vi. Chalo hablaba como alguien que había visto lo peor y más. Y, de cerca, llevaba la evidencia para probarlo. Una línea en su cabello brillaba con el rosa intenso de una quemadura, y su cuello mostraba cicatrices en un círculo que hablaban de un estrangulamiento por algo fuerte y de acero.

—Todas las máquinas se volverán contra nosotros eventualmente —continuó Chalo—. Incluyéndote a ti. Incluyéndola a ella. —Su mirada se desvió hacia Beta, quien le devolvió una sonrisa burlona—. Estamos en desventaja numérica en esta guerra, mec. No perderé la oportunidad de cambiar nuestras probabilidades, por mínimas que sean.

Chalo me dio la espalda antes de que pudiera responder, les dijo a sus cazadores que olvidaran el resto y siguieran moviéndose: los cables y el spray de limpieza no alimentarían a nadie.

El Jardín emergió de la niebla, una losa del suelo al infinito que atravesaba el Conducto, exceptuando agujeros periódicos en sus muchos niveles. Kaydee me dijo que esos agujeros solían permitir el flujo del tráfico, mensajeros drones y humanos en taxis aéreos. Ahora eran túneles cubiertos de vegetación, con plantas que rompían a través de las paredes maltratadas del Jardín colgando hacia abajo. Musgo y moho cubrían la base donde estábamos parados, sin ofrecer una entrada a este nivel bajo.

En su lugar, los humanos habían atornillado una escalera. Mientras Chalo y los cazadores comenzaban a subir, toqué la pared del Jardín. La suave humedad. Al otro lado de esto estaría Pureza, el lugar donde encontré a Alvie por primera vez, donde me di cuenta por primera vez de que no todos los mecs en la Nave Estelar serían amigos.

—Después de ti —dijo Beta, señalando con el mismo cuchillo improvisado.

—¿Por qué no usan un ascensor? —pregunté—. No puede ser fácil subir y bajar mientras cargan la comida.

—Un ascensor es más fácil de rastrear, fácil de detener —respondió Beta—. La mayoría de los mecs no tienen manoplas como nosotros. No pueden trepar ni de broma.

Con mi pregunta respondida, procedí a usar mis manoplas. La escalera se mantuvo firme, nos llevó al siguiente nivel, donde había una entrada al Jardín. La puerta había sido volada o arrancada de tal manera que sus piezas en espiral florecían en ángulos extraños. Chalo hizo pasar al grupo, Beta y yo fuimos los últimos otra vez.

Al otro lado se encontraban los niveles más áridos del Jardín, arenosos y llenos de cactus y otras frutas del desierto. Una cazadora comenzó a llenar su mochila con lo que podía encontrar, golpeando un cactus y dejando que su leche corriera a un cantimplora. Los otros tres se dirigieron a una de las escaleras del Jardín.

—Subimos —dijo Beta—. Aquí es donde las cosas se ponen interesantes.

—Bien, porque me estaba aburriendo.

—Vaya, así que sí tienes personalidad —respondió Beta mientras subíamos los escalones sucios hacia otro nivel desértico, aunque este con algunas plantas más—. Pensé que eras tan soso como esta tierra por un momento.

—No se equivoca —dijo Kaydee, pateando la arena.

—Tengo mis opiniones —les respondí a ambas, tratando de sonar indignado y, pensé, logrando en su mayoría—. Es difícil ser honesto cuando tienes un cuchillo en la espalda.

—Pobrecito —dijo Beta.

Chalo y sus otros dos cazadores subieron tres niveles más, llegando al primero que podría llamarse exuberante. Un campo tranquilo nos esperaba, cultivos hacía mucho tiempo libres de sus hileras pero por lo demás prósperos en el suelo. Se ofrecían vegetales de raíz más secos, recogidos rápidamente. Cuando vi que incluso Chalo llenaba su mochila, me dirigí hacia él, curioso.

—Hay mejores frutas arriba —dije.

—También hay peores amenazas en esa dirección —respondió Chalo, metiendo patatas en su mochila—. Ninguna comida vale la pena morir por ella.

Como alguien que no necesitaba comer, no podía discutir mucho con eso. Beta, apoyada contra la pared azul pálido —simulando un cielo despejado, creí— cerca de la escalera, no parecía estar interesada en lo más mínimo. Lanzaba su cuchillo improvisado una y otra vez, siempre atrapándolo a la perfección. Aun así, tenía la sensación de que mantenía sus ojos en mí.

Mientras los cazadores buscaban, me entregué a mis propios recuerdos, atravesando el nivel despejado hasta el centro del Jardín. Allí había un agujero de arriba a abajo, que recorría la longitud del Conducto y proporcionaba los medios para que el agua goteara de nivel en nivel. No hacía mucho tiempo, yo había caído por este agujero, pasando por este nivel hasta llegar al depósito en el fondo.

Se veía muy similar a la última vez que lo vi, un portal que se abría abajo, y una mezcla de cascada arriba, interrumpida por plataformas enrejadas, piscinas desbordantes y otros zarcillos que aseguraban una irrigación adecuada. Lo habría admirado de nuevo excepto por un ruido particular, uno que destacaba por encima de los sonidos naturales del Jardín y la leve conversación de los cazadores.

Un tintineo, metal contra metal. Irregular, agudo. Un sonido que había escuchado antes, entregado con ira, con venganza.

Delta trabajando, y no muy por encima.

SIETE

TRÍO

Terminales, acceso a la red, las Voces y los humanos. Todo eso se desvaneció cuando escuché metal contra metal. Me precipité hacia las escaleras, dejando al grupo de Chalo con sus papas y zanahorias. No necesitaban mi ayuda para recolectar comida, pero Delta podría estar en problemas.

Aunque me negaba a arrepentirme de haber ido con Volt a buscar la batería de Alvie, esa decisión había puesto a Delta en riesgo. Se había lanzado de cabeza hacia el peligro, confiada en su capacidad para desmantelar cualquier cosa que se atreviera a atacarla. Normalmente, tendría razón.

Pero Alpha no era un meca normal.

En la lista de cosas que no quería estaba una Delta corrompida, con ojos púrpuras brillantes mientras acababa con los humanos en su camino para atravesarme con esa espada dentada.

—Ni un paso más, tío —dijo Beta, agitando la navaja hacia mí mientras se apoyaba en la pared cerca de las escaleras—. No sé qué se está cocinando en tu procesador, pero será mejor que lo reconsideres.

—Apuñálame si quieres, pero voy a subir.

Beta frunció el ceño, la primera vez que la había visto siquiera un poco incómoda. No me detuve, deslizándome a su alrededor y dirigiéndome hacia la escalera arenosa. Esperaba a medias un cuchillo en la espalda, pero Beta me dejó desafiar su farol. En su lugar, la oí decirle algo a Chalo, y luego más pies golpearon los escalones detrás de mí.

Puede que pareciera humano, pero por dentro tenía músculos sintéticos alimentados por una batería bioeléctrica. Podía conectarme —usando ese enchufe— para obtener un impulso de energía si era necesario, algo que podría ser necesario después de hacer algo decididamente inhumano. Como saltar una y otra vez.

Mis piernas se pusieron en marcha, ya no subiendo un escalón a la vez sino saltando cinco o seis a la vez, superando niveles en segundos. Aterrizaba en los descansos con breves sentadillas, asentando mis pies y saltando al siguiente. El entorno del Jardín cambiaba, volviéndose más húmedo con cada nivel. La arena desaparecía, reemplazada por hiedras trepadoras, mohos y musgos. Los hongos hacían incursiones en los escalones, creciendo en las grietas mientras sus líneas fúngicas avanzaban sin obstáculos.

El siguiente salto me hizo aterrizar en el enredo de un arbusto, un grupo de agujas del que me sacudí para encontrar a Kaydee interponiéndose en mi camino. No físicamente, por supuesto, pero estaba allí de todos modos, su cabello turquesa sacudiéndose con su cabeza, los brazos cruzados.

—¿Qué estás haciendo? —preguntó Kaydee—. Tu objetivo está allá atrás, tonto.

—¿Mi objetivo? —Levanté las cejas, líneas oscuras esculpidas sobre mis ojos, de exactamente un centímetro de grosor—. Mi objetivo es evitar que la Nave Estelar se desmorone antes de aterrizar.

—La mejor manera de hacer eso es mantener a esos humanos a salvo y de tu lado.

—La mejor manera de mantener a esos humanos a salvo es ayudar a Delta a luchar por ellos.

—Ella puede arreglárselas sola, Gamma, por si no lo has notado —respondió Kaydee—. Pero...

—¿Por qué te importa tanto? —Señalé hacia abajo de las escaleras, noté que Beta se acercaba rápidamente. No tenía idea de lo que haría el recipiente si me alcanzaba, pero no quería averiguarlo—. No son tus amigos, quieren destruirme y, por extensión, a ti.

—Podemos cambiar sus mentes, Gamma. Juntos.

Ahora era mi turno de sacudir la cabeza, atravesar la proyección de Kaydee y saltar al siguiente tramo de escaleras. Mis botas resbalaron en el suelo húmedo, el calor y la humedad alcanzando niveles tropicales. La lucha continuaba más rápido que antes, los golpes y tintineo haciendo eco por la escalera.

—Te van a necesitar —dijo Kaydee, apareciendo a mi lado—. Apenas saben cómo sobrevivir, y cuando la Nave Estelar aterrice, no sabrán cómo usar sus recursos.

Salté de nuevo. Llegué a un nivel brumoso. La lucha se sentía al mismo nivel que yo ahora. Dirigiéndome a la izquierda, abandoné la escalera simple por el desorden de una jungla. Lianas colgantes cubrían la entrada con zarcillos que terminaban en hojas medicinales. Árboles de plátano, achaparrados y prolíficos, sombreaban el camino hacia adelante con sus frutos verdes. Y alrededor de mis pies, varios tubérculos proporcionaban un césped comestible, aunque algo rígido. Todo olía a húmedo, a verde.

—Las Voces pueden enseñarles —respondí a la pregunta de Kaydee.

—¿Te refieres a las mismas Voces que cortaron a Val? —replicó Kaydee.

—Una vez que la Nave Estelar aterrice, las Voces no tendrán otra opción. —Aparté una rama, acercándome al centro del Jardín—. Será Val o nadie.

—O serás tú.

Me detuve, —¿Qué?

Kaydee se movió frente a mí, chasqueó los dedos. Apareciendo en el aire, una pequeña Val y su tribu humana aparecieron a un lado. En el otro, a través de su alcance, apareció la Guardería con sus filas y filas de viales humanos.

—Las Voces pueden elegirte, Gamma —dijo Kaydee—. Necesitan maestros, un guía. Te harán criar a la primera nueva generación.

Me olvidé de la lucha de Delta, atascado en lo que Kaydee parecía estar diciendo. Que las Voces pudieran decidir que Val y su gente estaban tan equivocados como para no ser confiables con el futuro de la humanidad parecía... en línea con sus motivos. Sus mezquinas quejas.

—Las Voces tampoco me aprecian mucho —dije.

—Pero como acabas de decir, ¿qué otra opción tienen? —respondió Kaydee—. Eres un recipiente. Programado. Conozco a mi madre, y le gusta el control. Preferiría tomarte a ti que a alguna mujer de libre albedrío cualquier día.

¿Un recipiente guiando a los humanos hacia su nuevo mundo?

No tenía el ego suficiente para declarar que sería la mejor idea, pero, dadas las opciones, podría no ser el peor piloto para este avión en particular. De cualquier manera, la decisión aún no se había tomado, no se tomaría por un tiempo.

—Sigo sin entender por qué esto importa ahora —dije.

—Porque si te lastimas, si te atrapan ahí dentro —respondió Kaydee—. No sé qué harán.

No era muy convincente. Ciertamente no lo suficiente para evitar que ayudara a Delta. Seguí adelante, abriéndome paso entre las plantas hacia el centro del Jardín.

Y deseé no haberlo hecho.

Las mismas plantas que se enredaban detrás de mí yacían en montones alrededor del centro, cortadas en pedazos y esparcidas. Aleaciones retorcidas en los escombros, brazos y piernas y ruedas y quién sabe qué más, todos separados de bultos más grandes que chispeaban, ardían, se rompían en la arena improvisada. Manchas de grasa estropeaban el verde, mi nariz captando ozono y plantas quemadas. Los zumbidos y chirridos pertenecientes a mecas que escupían abrumaban la serenidad del Jardín, interrumpidos solo por esos choques resonantes mientras Delta causaba estragos en el lado opuesto.

El rastro que había tallado parecía obvio, una marcha metálica de muerte desde mi extremo hacia su posición actual frente a un meca. Delta se parecía poco a como la había dejado, el recipiente repartidor de muerte cubierto de aceites, cenizas y jugos de frutas reventadas. Nada de esto detenía sus giros vertiginosos, sus volteretas perfectas, el salto de talón sobre el meca principal —una cosa cuadrada con brazos que chasqueaban— permitiendo que su hoja se elevara mientras Delta giraba, su filo bisecando al meca por la mitad.

Delta aterrizó y retrocedió un paso, dejando que otros dos mecas treparan sobre los restos de su amigo. Estos dos parecían sabuesos chasqueantes, largos y delgados, arremetiendo con colmillos deformes y torcidos contra Delta. A medida que me acercaba, noté que no eran tan limpios como había pensado: perros, sí, pero ensamblados con otras partes de meca. Sus cuerpos pertenecían a mensajeros, sus patas y garras a mecas almacenadores.

—¿Qué demonios? —dijo Kaydee a mi lado, aparentemente dejando de lado su protesta anterior ahora que estaba en la acción.

Mientras rodeaba el agujero del medio, uno que llevaría hacia abajo a todos los niveles hasta el dominio acuático de Pureza si saltaba, recogí un brazo de meca pesado para usarlo como garrote. No era el arma más efectiva, pero mi pura fuerza le daría cierta utilidad.

—¡Delta! —grité, echando a correr mientras Delta, agitando su espada frente a ella, retrocedía de los perros—. ¡Mantén su atención!

Delta me lanzó una mirada rápida, sin mostrar sorpresa, y luego soltó una patada desviante al sabueso de la izquierda. El golpe redirigió su mordisco, las mandíbulas de la cosa atrapando aire. Su compañero intentó un salto, aprovechando la posición de Delta para saltar sobre su pierna que se retraía, yendo a morder su cara.

Mi golpe atrapó el trasero curvo de la cosa, golpeándola hacia el medio. La mordida falló, pero el pecho del perro golpeó a Delta, derribándola en un enredo de helechos. El perro rebotó, golpeó el mismo suelo frondoso, me localizó y cargó de vuelta mientras su hermano iba por el cuello de Delta.

—¿Jonrón? —preguntó Kaydee mientras yo balanceaba de nuevo, esta vez yendo a por todas.

El sabueso esquivó mi ataque salvaje, lanzándose hacia adelante y clavándose en mis tobillos mientras mi golpe hacía una maravillosa brisa y poco más. Mi espalda golpeó el suelo blando igual que Delta, el perro continuando su ofensiva con un rápido ascenso hacia mi cara, sus mandíbulas rechinando cada vez más cerca.

—Todavía apestas en esto, Gamma —dijo Kaydee mientras yo soltaba mi garrote, extendía la mano y agarraba el hocico estrecho del perro.

Los dientes rasparon mis manos, pero mantuve el agarre de todos modos, empujando contra el perro. El meca tenía agarre, pero yo tenía fuerza y por un momento estuvimos igualados.

—No te equivocas —murmuré a Kaydee, y luego rodé a la derecha.

Presioné con mis rodillas, metiéndolas en el perro mientras me movía, empujando al meca fuera de mí con el giro. Cuando mi hombro derecho tocó el suelo, deslicé mis manos debajo de la mandíbula del perro y empujé, enviando al perro rodando sobre el borde del medio. Sin un aullido, sin un sonido más allá de los golpes y crujidos, el meca se precipitó.

Una mano agarró mi izquierda, me levantó. Delta, con su propio sabueso convertido en una ruina tallada detrás de ella.

—Gracias —dijo Delta, dándome un vistazo—. No pareces dañado.

—Tú te ves asquerosa.

—Ha sido difícil —dijo Delta, asintiendo hacia la puerta que había estado atacando.

Esa dirección llevaba desde el Jardín hacia el puente. Debería haber estado despejado: cuando habíamos venido por aquí antes, Delta y yo no habíamos enfrentado resistencia en el Jardín. De hecho, no habíamos visto mecas como estos en ninguna parte.

—Sé lo que estás pensando —añadió Kaydee, mirando el

trabajo de Delta—. Leo y yo no diseñamos ninguno de estos. De ninguna manera las Voces los hicieron.

—Alpha no ha estado libre el tiempo suficiente —empecé, solo para que una risa aguda me interrumpiera desde atrás.

Beta entró a zancadas en la habitación, con cuchillos en ambas manos. No parecía sorprendida en lo más mínimo por los destrozos, en su lugar abriéndose paso mientras mantenía su mirada fija en Delta.

—Alpha ha estado por aquí durante mucho tiempo —dijo Beta—. También ha tenido espacio para moverse. Habría sido fácil armar esta basura.

—Delta, Beta —dije, retrocediendo y dando espacio a Beta para unirse a nuestro trío—. La encontré.

Delta levantó su espada mientras Beta se acercaba, su punta apuntando directamente al pecho de Beta. El recipiente de cabello largo mantenía sus cuchillos abiertos, una sonrisa diabólica adornando sus labios.

—Hazlo —dijo Beta.

Delta apuñaló, un ataque rápido como un rayo que me habría dejado ensartado y atrapado. Beta, sin embargo, se balanceó hacia la izquierda, pivotando fuera del camino. La hoja enganchó y rompió una bandolera. Beta no solo esquivó, sino que golpeó con su codo sobre la espada, empujando el arma de metal negro hacia la tierra. El golpe de Delta se atascó en una planta, mientras Beta lanzó su mano derecha.

El cuchillo voló, un tiro de dos metros, y Delta lo atrapó maldita sea. No vi moverse la mano de Delta, pero en un segundo tenía un agarre de dos manos en su espada, y al siguiente el recipiente tenía su mano izquierda levantada, cerrada alrededor del mango del cuchillo con su punta casi rompiendo su ojo.

—¡Eh! —grité, interponiéndome entre las dos.

No quería exactamente ser apuñalado o cortado, pero dado lo que nos rodeaba, una pelea sin sentido no iba a ayudar a nadie. Delta me lanzó un ceño fruncido fulminante pero no intentó otro ataque. Beta solo se rió de nuevo.

—¿Están todos los recipientes locos? —preguntó Kaydee, y no pude descartar la idea.

—Casi —dijo Beta mientras Delta retiraba su espada—. ¿Quieres ir otra ronda?

Delta lanzó el cuchillo de vuelta a Beta, quien, al igual que su contraparte, atrapó la hoja, haciéndola girar entre sus dedos.

—Mi lucha está en esa dirección —dijo Delta, asintiendo hacia ese mismo camino.

—Genial, buena suerte con eso —respondió Beta.

—Espera —dije, sintiéndome como un árbitro atrapado entre dos rivales—. ¿Qué quieres decir con que Alpha ha estado por aquí durante mucho tiempo?

—¿No estabas escuchando cuando Val habló allá abajo? —dijo Beta. Mientras hablaba, Delta se alejó un metro, espacio suficiente para balancear y golpear con su espada. Siempre lista, esa—. Alpha y yo hemos estado bailando en esta nave durante décadas. Las Voces me sacaron cuando Alpha comenzó a deslizarse hacia la ciudad de la locura y nos enfrentamos durante mucho tiempo. Supongo que perdieron la paciencia conmigo y los trajeron a ustedes dos.

¿Décadas?

¿Alpha había estado corriendo por la Nave Estelar durante décadas?

—Estamos aquí porque fracasaste —dijo Delta, un comentario totalmente útil que se ganó una buena mirada fulminante de mi parte—. Ahora me toca limpiar tu desastre.

—¿Mi desastre? —Beta usó el cuchillo para hurgar entre sus dientes metálicos—. No, creo que te equivocas. La única razón por la que no atrapé a Alpha fue porque tuve que proteger a esos sacos de carne allá abajo. No podía perseguirlo por toda la Nave Estelar y dejarlos solos.

—Ellos no eran tu directiva —replicó Delta.

—Las Voces me dijeron que salvara a la humanidad, y eso hice —respondió Beta bruscamente—. No es mi culpa que no fueran los humanos que ellos querían.

Tosí. O más bien, simulé el sonido de una tos. Es difícil hacer lo real sin pulmones.

—¿Podemos volver al punto? ¿Alpha? —dije—. ¿Estás diciendo que él podría haber hecho estos?

Beta se arrodilló y pinchó un mech roto con su cuchillo.

—Estoy diciendo que estos podrían haberse fabricado en las Líneas de Fabricación, y Alpha ha pasado años jugando con ellas.

Mientras hablaba, recordé todos los pequeños mechs roedores que me habían rodeado en el Jardín poco después de que desperté por primera vez. Esos habían sido sobras, pero todos respondían a las órdenes de Alpha. Podría haberlos infectado, insertado sus propias directivas en las máquinas, pero ¿cuánto más fácil sería cambiarlo desde la fuente? ¿Reemplazar y rehacer?

—Eso es lo que le pasó a Alvie —dije—. Alpha no tuvo que liberarse. Dejamos a Alvie aquí solo.

El pensamiento me encogió, me quemó. No creía tener el rango emocional de un humano, pero Leo me dio lo suficiente para que la terrible sensación me doliera. ¿Habría luchado Alvie hasta el último ladrido en este Jardín, solo mientras los mechs de Alpha entraban en tropel?

¿Me habría llamado Alvie?

—Oye —dijo Beta—. Gamma. Tenemos un trabajo que hacer. Vamos.

Delta inclinó la cabeza.

—¿No vienes conmigo?

Le habría dicho por qué, le habría contado lo que había sucedido, pero un grito desde muy abajo interrumpió la conversación. Un grito humano, uno enojado, llamando a los cazadores a las armas.

OCHO

MENTES HUMANAS

Beta ya estaba a medio camino de las escaleras cuando, tropezando con las enredaderas cortadas, se volvió hacia mí.

—¿Vienes? —preguntó.

No tenía una buena respuesta para ella. Había subido corriendo por Delta, pero los humanos de abajo no habían causado precisamente una buena impresión. Chalo había sido frío, había asesinado a un mech inocente sin siquiera parpadear. Mi directiva me empujaba a mantener a los humanos con vida, pero podía moldear esa orden y mantenerla enfocada en todos los viales del Vivero.

Val y su tribu no eran los únicos en el juego.

—Ve —dijo Delta.

—¿Qué?

—Les debes algo —continuó Delta—. Eso es lo que dijiste.

Beta volvió hacia mí, con una mirada decidida que me hizo pensar que me llevaría con ella independientemente de lo que yo quisiera. Tal era la desventaja de trabajar con recipientes más fuertes que yo.

—¿Y tú qué? —le pregunté a Delta, buscando una salida, una excusa para no volver abajo.

—Seguiré adelante —respondió Delta—. No importa cuántos mechs Alpha ponga en mi camino, lo encontraré y acabaré con esto.

—Bien —dijo Beta, alcanzando y tomando mi brazo derecho. Intenté zafarme, sin éxito—. ¿Lo entiendes ahora?

Algunas peleas, demonios, la mayoría de las peleas, no podía ganarlas.

—Vamos a salvar a los humanos, entonces —dije.

Beta no perdió el tiempo, no tomó el camino que yo esperaba. En su lugar, alegando que ya habíamos esperado demasiado, saltó al centro, arrastrándome con ella sobre el borde. Maldije, grité, me aferré al brazo de Beta mientras caíamos en picado. La caída no fue limpia: rebotamos contra zarcillos que esparcían agua, nos salpicamos a través de cascadas, y habríamos seguido cayendo hasta Pureza si Beta no hubiera hecho algo ridículo.

Mientras caíamos, Beta lanzó un cuchillo hacia abajo delante de nosotros. A través de ojos azotados por el viento, vi cómo la hoja cortaba la conexión de un zarcillo con el centro. Beta atrapó la construcción similar a una enredadera mientras caía, su conexión con el Jardín propiamente dicho convirtiendo nuestra caída en un descenso oscilante hasta el siguiente nivel. Justo cuando nos curvamos paralelos al suelo, Beta soltó, lanzándonos al caos.

Tuve un segundo para asimilar a los cazadores reunidos, los mechs luchando contra ellos. Garras plateadas cortando, arcos disparando y hachas balanceándose pasaron por mi visión mientras caía, golpeaba el suelo y rodaba entre hileras de vegetales. Hojas, tierra y zanahorias destruidas se convirtieron en mi lecho y baluarte.

—Ay —dijo Kaydee, acostada a mi lado—. No fue divertido.

—No —respondí, mirando hacia el techo pintado de cielo azul.

Mi cuerpo se indexó, informando de un daño real mínimo. Los cortes en mi piel sintética se cerraron solos mientras me sentaba, tratando de encontrar dónde ayudar. Los cuatro humanos estaban rodeados por el doble de mechs que los habían acorralado en una esquina. Los dos arqueros salpicaban a las máquinas que se acercaban, la mayoría con aspecto de terrores cuadrados y de manos afiladas, con flechas ineficaces: vi cómo una rebotaba, otra atravesaba el brazo de un mech y se alojaba allí, sobresaliendo en un ángulo extraño.

Chalo y su amigo empuñando el hacha daban largos golpes, ganando espacio mientras el cuarteto retrocedía. Los mechs no parecían tener prisa, contentos de dejar que los humanos se atraparan a sí mismos antes de enterrar a los cazadores en metal.

Beta no permitiría que eso sucediera.

El recipiente no compartía mis recelos sobre los humanos, lanzándose con un gusto asesino. Beta pasó como un rayo junto a mí, sus brazos trabajando mientras corría para ensartar a los mechs por detrás con un cuchillo, una navaja y un trozo de metralla tras otro. Los lanzamientos provocaron chispas al impactar, todos atravesando las baterías en las espaldas de los mechs, cables y articulaciones en sus brazos y piernas, o en motores zumbantes. Tres mechs se detuvieron bruscamente antes de que Beta siquiera alcanzara su línea.

Beta se lanzó en una patada, su pie golpeando su propio cuchillo arrojado y clavándolo más profundamente en la espalda del primer mech. Se impulsó desde la máquina, arrojándola al suelo, y aterrizó con dos cuchillos más ya sacados de las fundas en sus muslos.

Me puse de pie.

Dos mechs cargaron contra Beta, sus cuatro brazos combinados arremetiendo contra ella, mientras que los otros tres abandonaron su lento avance y corrieron hacia el grupo de Chalo. Beta fue hacia la izquierda, lanzando ambos cuchillos al mech que se acercaba, cada uno clavándose en su plano medio. Cuando eso no detuvo a la máquina, Beta se lanzó hacia adelante, recibiendo los arañazos en su espalda mientras el mech atacaba.

Puso una mano en cada cuchillo y tiró, abriendo el mech. Volteando los cuchillos a un agarre inverso mientras la máquina doblaba sus brazos alrededor de ella, Beta apuñaló hacia adentro, los cuchillos dando una liberación gratuita al procesador del mech. Se derrumbó hacia atrás, los brazos ahora bloqueados en un rigor mortis sin respuesta con Beta en su agarre.

El otro mech levantó sus propios brazos, buscando aprovechar con un golpe aplastante. Yo, desmintiendo las constantes afirmaciones de Kaydee sobre mi inutilidad en una pelea, me lancé contra la cosa. Mi carga de hombro derribó al mech contra uno de sus compañeros dañados, haciendo tambalear a la máquina muerta. El rebote puso al mech vivo de vuelta hacia mí, sus piernas escalonadas haciendo un giro lento hacia mí.

Golpeé a la cosa metálica en su rostro cuadrado. Dejé una abolladura en la losa sin rasgos.

—Buen golpe, tipo duro —dijo Kaydee—. Parece que ahora está realmente asustado.

—Cállate.

Atrapé los brazos del mech cuando se acercaron, sosteniendo cada uno con una mano. Los dedos con garras del mech buscaban mis ojos. Una uña rozó mi frente, su presión acercando al mech a la victoria.

Así que dejé que la cosa ganara. Caí hacia atrás, levanté mis rodillas y planté mis pies en el cuerpo cayente del mech. Pateé con toda la fuerza muscular que las mejoras de Volt me habían dado, solté los brazos del mech y observé cómo volaba, girando sobre mi cabeza y rebotando en el suelo abierto del medio. No mucho después, un fuerte chapoteo confirmó la tumba acuática del mech.

Por un breve segundo me reconecté con el mundo a mi alrededor. Los sonidos del conflicto continuaban, metal contra metal golpeando. Chalo gritando por ayuda y sonando como si odiara hacerlo. La tierra se aferraba a mí, pegándose desde que había pasado de los niveles superiores húmedos al sótano árido del Jardín. La arena frotaba mis dientes afilados y refinados mientras me sentaba, vi a Beta liberarse de la trampa moribunda de su mech.

Usando sus cuchillos para cortar los brazos que la agarraban, Beta se impulsó fuera del robot muerto y fue al rescate de Chalo. El hombre, flanqueado por los arqueros —ambos sin flechas, usando sus arcos para desviar brazos que se acercaban— parecía presionado por los dos mechs restantes. Una cazadora estaba sentada a un lado, su hacha enterrada en un mech que también la había enterrado a ella.

Me lancé en esa dirección mientras Beta se embarcaba en un asalto giratorio, apuñalando, cortando, pinchando y perforando al par de mechs restantes en tal torbellino que las máquinas colapsaron en chispeantes charcos de su propio refrigerante.

Mi propio rescate fue menos dramático y menos efectivo.

Quitar el mech de encima de la cazadora no fue tan malo, aunque el mech tenía suficiente peso como para que no tanto lo lanzara lejos sino que lo rodara hacia un lado. La humana debajo del mech estaba magullada y cortada. Kaydee gimió, desapareció mientras yo buscaba un pulso que no estaba allí.

Una mano me empujó a un lado. Chalo tomó mi lugar, revisando las heridas de la mujer caída. Los otros dos cazadores se unieron rápidamente, solo para que Beta los apartara.

—Se ha ido —anunció Beta—. Ustedes también estarán muertos si no nos vamos ahora.

—Tú no nos das órdenes —dijo Chalo, mirando con furia al recipiente.

—Debería hacerlo.

Chalo volvió sus ojos enojados hacia mí y yo le devolví la misma mirada. El humano podría ser más alto que yo, podría tener más músculo orgánico en esos brazos acordonados, pero en una contienda de voluntades, el hombre no tenía oportunidad. Mi columna vertebral no provenía de la emoción, sino de la lógica fría y dura. Yo *sabía* que podía doblar a Chalo como un pretzel, y *sabía* que Beta tenía razón en esto.

—Levántala —dijo Chalo—. Levántala y llévala con nosotros. No se queda aquí.

—Ni se te ocurra preguntar por qué —dijo Kaydee cuando abrí la boca—. No eres tan estúpido.

¿Sobre los humanos y sus rituales sin sentido? Podría serlo. Sin embargo, seguí el consejo de Kaydee, tomé las órdenes de Chalo sin replicar. Levanté el cuerpo mientras Chalo y los otros cazadores cargaban sus mochilas. Beta agarró la cosecha propia del cazador caído y juntos salimos del Jardín sin decir una palabra más.

Tuve que colgar el cuerpo sobre mi hombro para descender por la escalera, una escalada incómoda. Los humanos fueron primero, su charla reemplazada por un silencio glacial. Beta tomó el último lugar, como siempre manteniendo un ojo en mí mientras iba.

—No lo entiendes, ¿verdad? —dijo Kaydee, flotando junto a mí.

—¿Sobre el duelo? —respondí—. Entiendo el duelo. Conozco la pérdida.

Kaydee sacudió la cabeza.

—No así, no lo conoces.

—Entonces enséñame.

—Has visto a mil mechs ser destrozados, Gamma. Ni uno solo de ellos no podía ser reconstruido. Esta mujer, sin embargo, tenía una vida. Tenía amigos, una familia. Un poco joven para tener hijos, pero ¿quién sabe ahora? —Kaydee salpicó el aire con imágenes de dibujos animados para cada comentario, figuras de palitos rudimentarias—. Apuesto a que Chalo y los otros vivieron todos esos años con ella. Tú has estado vivo, ¿qué, una semana?

No respondí, concentrándome en pasar de un peldaño al siguiente. Kaydee tenía razón. No podía identificarme exactamente con lo que Chalo y los otros humanos sentían.

—¿Entonces qué hago? —pregunté, llegando al punto real—. Si esto continúa, Kaydee, va a haber más como esto. Tal vez mucho más.

—Sé paciente, sé amable —dijo Kaydee.

—Ignorar el hecho de que quieren desguazarme, quieres decir.

—Para empezar —respondió Kaydee—. Y quién sabe, si no eres un imbécil, tal vez no te desguacen al final.

Con ese consejo llegué al fondo de la escalera y comenzamos el regreso hacia la tienda del Chatarrero, el asentamiento humano. Solo habíamos caminado unos minutos por la calzada cuando Beta pidió que nos detuviéramos ante una puerta con una gema roja. El único letrero tenía un número de dirección, una bandera de color que coincidía con la que estaba cerca de la puerta del Chatarrero.

—Ustedes adelántense —dijo Beta—. Gamma y yo tenemos algo de trabajo extra que hacer.

Chalo le dio su mochila a otro cazador, tomó el cuerpo. Llevaba a la mujer con delicadeza, como si sostuviera a una niña, y la acunó contra su pecho. Por un momento pensé que me diría algo, en su lugar se alejó sin decir una palabra.

—Si antes no les caías bien —dijo Kaydee—, definitivamente no les caerás bien ahora.

No pregunté por qué. Las líneas que trazaban la situación eran lo suficientemente claras. Había atraído a Beta tras de mí, dejando a los humanos indefensos. No podía haber esperado una emboscada de mechs, pero con Delta luchando arriba, debería haber sido capaz de anticipar más enemigos abajo.

O, ¿debería? ¿Era ese mi trabajo?

—Oye, cabeza hueca —dijo Beta—. Ven aquí.

Marcó números en el teclado junto a la puerta. Se abrió de golpe, la gema tornándose verde. Dentro había un pequeño y escaso apartamento. Reconocí la distribución: coincidía con el que había visto brevemente en la memoria reiniciada de Kaydee, aunque más pequeño, con la cocina y la sala de estar comprimidas en un solo espacio circular. Sin mesa, sin sillas, solo unos pocos gabinetes empotrados y espacios vacíos para electrodomésticos perdidos hace mucho tiempo dando pistas.

Una sola bombilla en el techo se encendió cuando entré, bañando el lugar con una luz amarilla ahumada. Beta señaló más allá de la cocina hacia el dormitorio.

—¿De quién es este lugar? —pregunté mientras seguía las indicaciones de Beta.

—De Val —dijo Beta—. O de su familia. Ella mantiene este lugar en silencio. No quiere que nadie se esconda aquí.

—¿Por qué?

—Porque los humanos pueden ser estúpidos, duh.

Kaydee se rió.

—Esta chica está por todas partes. Leo debe haber hecho un número en su programación.

—O tal vez ha estado viviendo con tu especie por demasiado tiempo.

Sentí un punto contra mi cuello mientras entraba en el dormitorio.

—¿Con quién estás hablando? —siseó Beta.

Sin darme la vuelta, mirando hacia un dormitorio casi vacío con un solo escritorio de esquina y una terminal de computadora, le di a Beta todo lo que podía pedir sobre Kaydee. Sobre las Mentes, el proceso por el que me hicieron pasar las Voces. Cuando mencioné que Alpha mató a su Mente, Beta resopló.

—Por supuesto que lo hizo —dijo Beta, retirando el cuchillo.

—¿Y tú? —pregunté—. ¿Tienes una?

Ahora Beta se apoyó contra el marco de la puerta del dormitorio, pasó una mano, con el cuchillo en ella, por ese largo cabello. Sonrió, pero los extremos se crisparon, como si no estuviera segura de si deslizarse hacia un ceño fruncido o una sonrisa maníaca.

—He estado despierta durante mucho tiempo, Gamma. Si tenía una Mente, ya no la tengo. —Beta se miró a sí misma—. O tal vez sí, tal vez yo soy mi Mente, o ella es yo. Hacen eso, ¿no? Dejan rastros dentro de ti. —Se puso de pie, me empujó hacia la terminal—. Mejor vuelve a conectar a los humanos antes de que dejes de ser tú, Gamma. Podría suceder en cualquier momento.

Yo... no sabía cómo reaccionar a eso.

Kaydee apareció mientras me acercaba a la terminal, Beta de nuevo a mi espalda. Sacudió la cabeza rápidamente, pequeños "No" rojos furiosos apareciendo en el aire a su alrededor. La ignoré, concentrándome en la computadora. Juntando mis dedos, usé el puerto y me conecté.

Kaydee me estaría esperando dentro. Juntos, encontraríamos el eslabón perdido que mantenía a los humanos en la oscuridad y lo volveríamos a encender.

Y todo el tiempo, me estaría preguntando cuándo dejaría de ser yo.

NUEVE

LA TELARAÑA

El mundo digital del Chatarrero había sido uno tenue lleno de archivos extraviados y desorden: Val mantenía su computadora limpia. Caí en un santuario tranquilo, paredes de perla brillante salpicadas de puertas azul suave etiquetadas. Un techo de vidrieras deslumbraba el suelo de baldosas a mis pies con tonos púrpuras y amarillos. Opciones que iban desde documentos hasta bases de datos esperaban ser examinadas detrás de esas puertas, aunque las evité todas para dirigirme a la entrada arqueada al final.

Red, resplandecía en letras blanco dorado sobre la puerta, dándome la pista.

—Creo que este es el mundo más bonito en el que he estado —dijo Kaydee, apareciendo junto a mí—. Tan ordenado.

—Ojalá el mío fuera así —añadí mientras caminábamos —. En su lugar, tengo cristales por todas partes.

—El código puede cambiarse, ¿sabes? —respondió Kaydee.

Imaginé que los humanos podían, si se sumergían profundamente en sus propios pensamientos, echar un vistazo honesto a las cosas que los hacían funcionar. Sus hábitos, sus impulsos, sus instintos. Para mí, sin embargo, aventurarme en lo profundo me llevaba a un agujero negro, una oscuridad que no podía penetrar. Leo había cerrado esa parte, impidiéndome recablear mis propios circuitos excepto a través del proceso muy, muy tedioso de vivir una vida.

—¿Cómo? —pregunté—. Val hizo todo esto manualmente. Alguien tendría que reorganizar mi código, mis funciones para que se vieran así.

—Yo podría hacerlo.

Me detuve, miré a Kaydee para confirmar que hablaba en serio—. No dijiste que podías acceder a esas partes de mí.

—Llevaría tiempo, pero soy un pequeño virus en tus entrañas, Gamma —Kaydee chasqueó los dedos y versiones de mí aparecieron en el espacio a nuestro alrededor. Uno se sentó, mirando hacia el techo y frotándose la barbilla. Otro se echó a correr, gruñendo a enemigos imaginarios. Un tercero comenzó a bailar, moviendo brazos y piernas rápidamente al ritmo de una canción que solo él podía oír—. Podríamos convertirte en lo que quieras ser.

Fruncí el ceño ante los ejemplos eclécticos—. ¿No me convertiré en ti?

—Tendrás mi sabor, si nos quedamos juntos el tiempo suficiente —dijo Kaydee—. Supongo que no es muy diferente de los humanos, en realidad. Todo el mundo se ve afectado por sus relaciones.

—Claro... —Volví a mirar la puerta de la Red—. Hazme un favor y deja mis entrañas en paz, ¿quieres?

—¿No confías en mí?

—Si esos son tus ejemplos, entonces no, no confío en ti.

Kaydee se unió a mi caminata. Disfruté de las pisadas constantes sin mechs persiguiéndome, humanos mirándome con desprecio, o Beta sosteniendo un cuchillo contra mi espalda. Una vez más, el dominio digital demostró ser un refugio, aunque temporal y ajeno. Los límites dentro del terminal de Val eran rígidos: a diferencia de cuando había hackeado la computadora de Delta o incluso la del Chatarrero, Val mantenía sus rutinas ajustadas, sus archivos organizados. Hermoso, sí, pero una especie de prisión para alguien como yo.

Beta y Gamma habían sido diseñados para la destreza física. Hacían arte con sus armas, sus danzas cortantes y tajantes. Yo podía tropezar y lanzar mis puños, pero este era mi terreno. Unos y ceros, funciones y variables. Tan rápido como Delta podía lanzar una espada, yo podía agitar y...

La puerta se alzaba ante nosotros, el paseo terminando en un instante.

—¿Lista? —le pregunté a mi amiga.

—Sigamos con este viaje.

—En efecto.

La puerta azul no tenía manija, pero la estrecha línea negra que dividía su centro sugería que había que empujar, así que eso hice. La puerta resistió. Empujé más fuerte, recibí la misma respuesta.

—¿Nada? —preguntó Kaydee.

—Parece decidida a permanecer cerrada.

Pero el hecho de que una puerta no quisiera abrirse no significaba que no pudiera hacerse. Examiné más de cerca los bordes de la puerta, todos ajustados herméticamente con las paredes perfectas de Val. Ningún lugar para agarrar, ningún fallo en el código. Si las Voces habían construido este bloqueo, lo habían hecho lo suficientemente bien como para que ningún usuario ordinario pudiera sortearlo.

Yo, orgulloso maestro del dominio digital, no era un usuario ordinario.

Primero opté por la fuerza bruta, un ataque destructivo

destinado a sondear la puerta, ver si una sección en particular sería vulnerable. Un hacha, su filo marcado con números, letras, funciones, apareció en mi mano y la balanceé contra la puerta. En la parte superior, en el medio, en la parte inferior. Probé el borde, intenté romper el medio.

Cada golpe no dejó nada detrás, ningún cambio respecto a antes.

—Parece que son más listos que tú —se burló Kaydee.

—Prevenir la solución más simple no es ser listo, es lo mínimo —respondí.

—¿Ahora eres experto en ciberseguridad?

—¿Solo vas a ser molesta, o puedes ayudar?

Kaydee se encogió de hombros, miró la puerta, se rio—. Debería haberme dado cuenta de lo que estábamos mirando —Cuando la miré, con preguntas evidentes en mi rostro, suspiró—. ¿Adivina quién está en las Voces?

—¿Quién?

—Leo, amigo mío. Es el único en ese grupo que sabe algo de programación. Si mi madre quería aislar a Val, Leo habría sido el encargado de hacerlo.

—¿Lo que significa?

Ahora era el turno de Kaydee de darme la mirada exasperada—. ¿Siempre necesitas que alguien te conecte los puntos?

—Podría intentarlo, pero ¿por qué arriesgarme a malinterpretar cuando estás justo aquí?

—Supongo que hay cierta lógica en eso —Kaydee se volvió hacia la puerta. Su mano izquierda ahora sostenía un marcador, y con él dibujó una línea amarilla en la puerta. No un cuadrado o un círculo, sino un emblema que yo había visto antes—. ¿Ya lo entiendes?

La única Universidad de la Nave Estelar tenía su propio emblema, y ahora su diagrama con forma de nave espacial estaba en la puerta. Cuando visité la Universidad en mi viaje caótico al puente de la Nave Estelar, había visto a Kaydee y Leo caminando por sus pasillos, yendo a clases. Recuerdos fugaces de las propias memorias de Kaydee.

Y un vínculo con las protecciones que Leo podría usar para sellar un terminal de computadora.

—La Nave Estelar mantiene su red completamente abierta —dijo Kaydee, dibujando algunos números y letras dentro del contorno de la nave espacial—. Los constructores originales la hicieron como protección contra algún dictador, creo. Así que si querías cerrar una sección tenías que ser ingenioso.

Cuando Kaydee rellenó una última área, retiró el marcador y todas las líneas amarillas parecieron filtrarse en la puerta. La madera azul destelló una vez y vi que el marco se aflojaba, la puerta respiraba como si hubiera sido liberada.

—Leo designó esta computadora para pruebas —dijo Kaydee—. Un bloqueo universitario que le impide acceder a la red de la Nave Estelar.

—¿Y cómo lo eliminaste?

—Le dije que la prueba había terminado —Kaydee agitó el marcador—. Es un código de acceso simple para entrar desde aquí. Desde fuera necesitarías que alguien borrara y reiniciara toda la máquina. O que alguien de la universidad usara sus credenciales.

—Difícil de hacer cuando todos allí están muertos o son mechs.

—Te lo dije, Leo no es estúpido.

Empujé la puerta. Sin fricción, sin sonido, la puerta se abrió hacia adentro, revelando una red enmarañada en gran contraste con lo que habíamos visto hasta ahora. Filamentos en tonos tierra se cruzaban y rodeaban entre sí, desapareciendo en una penumbra que se extendía en todas direcciones excepto hacia nosotros.

Pequeñas motas rubí seguían las líneas, rebotando a lo largo de trayectorias indescifrables a través del tejido interminable. La red de la Nave Estelar al descubierto, mil millones de puntos dispersos por toda la nave colosal, uniéndolos a todos. Un programa lo suficientemente inteligente podría analizar la red, enviar su mensaje exactamente a donde necesitaba ir.

—Puaj —dijo Kaydee—. Esta es, como, la peor forma de visualizar Internet.

—¿Por qué? —pregunté—. Creo que es hermoso.

—Odio las arañas.

—¿Cómo puedes odiar las arañas si nunca has visto una?

—Películas, Gamma. Juegos —Kaydee se estremeció—. Cuando soñaba, tenía tantas pesadillas.

—¿Entonces quizás tu existencia actual tiene algunas ventajas?

Kaydee dio un paso atrás, ya sea contemplando mi idea o dándose cuenta de que en realidad no había dormido en mucho, mucho tiempo. Yo también retrocedí, menos por algún dilema filosófico que porque Internet se estaba extendiendo. La red, sin la puerta conteniéndola, se extendió hacia la prístina iglesia de Val. Los zarcillos se filtraron sobre las baldosas, abriéndose camino hacia esas otras puertas azules y abriéndolas una por una.

Me acerqué a donde Kaydee se había refugiado, en un lado liso que los zarcillos hasta ahora habían dejado en paz. Juntos observamos cómo la computadora de Val se reconectaba a la red de la Nave Estelar, esas motas rubí parpadeando rápidamente de un lado a otro.

—Casi lo llamaría asombroso si no fuera tan aterrador —dijo Kaydee.

—Entonces yo lo llamaré asombroso por ti —respondí—. ¿Entonces me volveré temeroso de las arañas como tú?

—No lo sé, Gamma —dijo Kaydee—. Realmente no lo sé. Y no te ofendas, amigo, porque me caes bien y todo eso, pero no quiero ser tú.

—No me ofendo —Puse una mano en el hombro de Kaydee mientras observábamos crecer la red. Estropeaba la configuración prístina de Val, cubriendo las baldosas con sus hebras, ennegreciendo las paredes mientras se arrastraba por cada parte de su computadora—. Yo tampoco quiero ser tú.

—Genial —Kaydee se estremeció—. ¿Podemos irnos ahora? Me gusta Internet, pero esto se está poniendo muy raro.

—Por supuesto.

En un parpadeo, el mundo virtual de Val desapareció y me encontré frente a la computadora, su pantalla proclamando alegremente el regreso de Internet. Beta, apoyada contra la pared de la habitación, me hizo un gesto con la cabeza cuando me volví. Como siempre, sostenía un cuchillo en una mano, lanzándolo al aire y atrapándolo.

—Buen trabajo, chico —dijo Beta—. Ahora Val y Chalo podrían matarte rápido en lugar de muy lentamente.

DIEZ

GESTIÓN DE MECHS

Dieciocho quedaban. Beta nos dio el número mientras salíamos del apartamento de Val, la vasija cuidadosa de sellar la puerta después de que volvimos al Conducto. Dieciocho humanos con suficiente habilidad y resistencia para servir como cazadores, guerreros, luchadores. Había cerca de cincuenta en el grupo de Val, pero la mayoría eran demasiado jóvenes o estaban demasiado rotos para ir en excursiones.

—¿Demasiado rotos? —pregunté mientras caminábamos por esa pasarela, con la base llena de escombros del Conducto a nuestra derecha.

La constante niebla azul nos envolvía mientras avanzábamos, gotas de agua formándose en mi piel. La humedad me refrescaba mientras hacía que el aire mismo fuera más espeso, explicando por qué Chalo y los demás no usaban ropa más abrigada. Con todas esas forjas funcionando, los humanos tenían que estar acalorados.

—Esos mechs en el Jardín eran nuevos y desagradables —respondió Beta—. Pero no son los únicos peligrosos. Al principio, todo este lado de la Nave Estelar estaba infestado de porquerías, la mayoría dispuesta a despedazar a cualquier humano errante.

—¿Programación que salió mal?

—Sueltos, corruptos, quién sabe —respondió Beta—. Para cuando llegué aquí abajo, las cosas estaban muy sombrías. Val y los demás se acurrucaban entre la comida, tratando de sobrevivir.

—No parece que te amen por ello.

—No estoy pidiendo su amor, y tú tampoco deberías, porque definitivamente no lo conseguirás.

—Hablas como si esto fuera mi culpa. Yo no te hice dejar a Chalo. No tenías que seguirme.

El cuchillo de Beta tenía su punta en mi garganta en un instante, presionando. Me negué a dejar que me afectara, suprimí el impulso de luchar, de huir. A estas alturas, había estado tan cerca de la muerte que la idea no tenía mucho peso. Peor, con mucho, sería la corrupción, convertirme en algo que no era.

—No tienes amigos aquí, amigo —dijo Beta—. Ten cuidado de no hacer más enemigos.

—He estado solo antes —respondí—. Puedo estar solo de nuevo.

Y, en verdad, no me molestaba la idea. Por mucho que hubiera querido bajar aquí con Volt, encontrar a los humanos, la experiencia no había sido grandiosa. Beta podría tener una lealtad inquebrantable hacia la tribu de Val, pero yo ciertamente no. Cada interacción parecía estar manchada de ira, sospecha, miedo. Cambiaría todo eso por una búsqueda solitaria de Delta en un segundo.

Beta no ofreció una respuesta, y los dos reanudamos nuestro camino de regreso al hogar de los humanos. La Nave Estelar seguía siendo su yo zumbante y agitado, con la ocasional lluvia de escombros cayendo desde arriba. Por lo demás, ningún ascensor descendía, ningún mech nos molestaba. Atribuí ese último hecho a la eficiencia de Beta, no a las habilidades de los humanos.

Me quedé detrás de Beta mientras entrábamos en los almacenes de los Chatarrero. Solo por si acaso, como dijo Beta, Chalo convenciera a los otros humanos de que mi cabeza era el único pago digno por el cazador muerto. Beta pensó que podría darme unos segundos para huir.

Un pensamiento reconfortante.

En su lugar, encontramos al chico de antes haciendo guardia. Sus ojos estaban bajos cuando nos acercamos y pasamos por la puerta. Cuando Beta le preguntó dónde estaban los demás, el chico dio un suspiro demasiado pesado para alguien de su edad.

—Diciendo adiós.

Kaydee satisfizo mis pensamientos inquisitivos con una presentación rápida, todo mostrado a la derecha mientras Beta y yo nos dirigíamos hacia las forjas, de cómo los humanos habían dicho adiós en la historia. Entierros, cairns y cremaciones parecían poco prudentes en la Nave Estelar: realmente no había tierra para enterrar a alguien, y prender fuego a un cuerpo parecía propenso a contaminar el aire de la nave cuando no era necesario.

—Cierto —dijo Kaydee—. Por eso los lanzamos al espacio.

Una expulsión ceremonial a través de una esclusa de aire, el cuerpo destinado a viajar por el cosmos por la eternidad. Incluso cuando el cuerpo encontrara una estrella o un planeta que lo absorbiera, la cremación resultante esparciría a la persona en un nuevo mundo.

Una buena despedida.

Val y los demás abrazaron esta idea, y los encontramos con el cazador tendido en un trineo de transporte, uno hecho para mover chatarra. Habían puesto una simple mortaja sobre el cazador, una tejida, parecía, con grandes hojas. El Jardín una vez más proporcionando. La tela, supuse, sería demasiado valiosa para enviarla fuera de la nave.

No avanzamos más allá de la entrada del campamento, en su lugar nos detuvimos a escuchar mientras varias personas se acercaban y contaban historias de la vida del cazador. Un elogio agradable, uno que no me importaría para mí mismo, aunque no estaba seguro de quién contaría esas historias. ¿Delta?

—Oh, yo lo haría —dijo Kaydee.

—Pero si yo me voy, es probable que tú también te hayas ido —susurré en respuesta.

—No, no —dijo Kaydee—. No se te permite morir hasta que yo salga. Esas son las reglas.

—Ajá.

Sentí un tirón en mi pierna trasera mientras la ceremonia continuaba. Al darme la vuelta y mirar hacia abajo, vi ojos mecánicos brillantes, un cuerpo corto y cuatro patas que terminaban en garras afiladas. Alvie, vivo y lo suficientemente sensato como para mantenerse en silencio. No pude resistir una sonrisa y, juntos, nos alejamos de los humanos, con Alvie arrastrándome. Sentí los ojos de Beta en mi espalda, pero ella no nos siguió.

El perro me llevó de vuelta a través de las forjas, ahora silenciosas, el gran espacio iluminado solo por esos diodos azules, y hacia los almacenes de comida. Esperando allí, con los ojos brillando en un azul isleño, estaba Volt.

—Estaba a punto de volver arriba cuando este pequeño se escapó —dijo Volt cuando me acerqué—. Supuse que tenías que ser tú, por lo emocionado que estaba el pequeño mech.

Alvie miró de Volt a mí, sus ojos destellando en un naranja encantado. Las garras golpeando en el azulejo. La pequeña cola de la cosa se meneaba rápidamente, golpeando mi pierna sin cuidado.

—La batería funciona —dije. No era lo más brillante, pero no estaba seguro de cómo compartir que habíamos luchado contra un montón de mechs en el Jardín, que un cazador había muerto, y que Delta estaba decidida en su camino de asesinato—. ¿Vuelves a casa?

—He estado fuera el tiempo suficiente. —Volt se levantó, plantó sus pies—. Y estos humanos no hacen que un mech se sienta especialmente bienvenido.

No podía discutir con él en eso.

—¿Te importa si voy contigo? —pregunté.

—¿Importarme? Agradecería la compañía. —Los ojos de Volt se deslizaron a un amarillo sospechoso—. ¿Les hiciste algo a esas personas?

—Te lo contaré en el camino.

A pesar de mis palabras, sin embargo, Volt y yo caminamos en silencio. Alvie caminaba a nuestro lado mientras salíamos del depósito de chatarra de los Chatarreros, encontrábamos un ascensor y subíamos de vuelta al nivel preferido de Volt. Pasé el tiempo inmerso en mis propios pensamientos, enfrentando emociones entre sí. Los humanos me hacían sentir enojado, molesto, y quería determinar por qué.

Si la idea era salvarlos como especie, entonces no debería sentir tanto hastío. Debería haber estado corriendo de vuelta, disculpándome con Val por el cazador perdido y preguntando qué podía hacer a continuación para ayudarlos. Debería haber estado revisando las forjas para ayudarlos a mejorar sus productos. Debería haber estado al lado de Beta, un dúo trabajando para ayudar a los humanos a lograr aquello para lo que se había construido la Nave Estelar.

—Sé lo que estás sintiendo —dijo Volt cuando empecé a compartir mis dudas.

—¿Ah sí?

—Puede que no tenga el rango emocional que tienen ustedes las vasijas —dijo Volt—, pero tampoco soy una roca. Te han tratado como a un mech, amigo mío.

—¿Qué?

—Piénsalo —respondió Volt mientras nuestro ascensor subía hacia el azul, la niebla otra vez formando gotas en mi piel—. Desde que despertaste has tomado tus propias decisiones. Has tomado tus propias decisiones. Ahora conoces a Val y ella te está dando órdenes como si no tuvieras voz en tu existencia.

Miré fijamente a Volt, sus ojos ahora de un verde claro.
—Eso es... astuto.

—Te dije que no soy un montón de circuitos fritos —Volt pisoteó el ascensor—. El Chatarrero me hizo lo mismo cuando lo conocí. Otros humanos también hace mucho tiempo. Diciéndome que necesitaba hacer esto. Necesitaba hacer aquello. Me daban tareas esperando que las manejara.

—¿Y lo hiciste?

Volt levantó sus manos, chasqueó sus dedos delgados y ágiles, —Estos bebés hicieron su magia para los humanos, claro. Tienes que entender cómo sobrevivir en esta nave, Gamma. No eres Delta y Beta, no puedes abrirte camino a la fuerza, así que a veces tienes que hacer lo que alguien te dice. Pero no se siente bien.

—No se siente bien. —Miré mis manos. No era tan satisfactorio presionar mis dedos sintéticos juntos. No hacían clic—. ¿Qué debería hacer?

Volt se rió, un chirrido mecánico. —¿Cómo voy a

saberlo? Yo sigo mi programación, seguí siguiéndola después de que los humanos se mataron entre sí. Lo mejor que puedo ofrecer es, tu perro está aquí ahora, tal vez quieras ir a ver a tu otro amigo.

—Eso es lo que estaba pensando.

—¿Ves? Ya estás tomando tus propias decisiones de nuevo.

El ascensor se detuvo y salimos, dirigiéndonos hacia la estación de energía de Volt. Delta también estaría en esta dirección.

—¿Qué pasa si Val y los humanos ganan? —le pregunté a Volt mientras caminábamos—. ¿Seguirás sus órdenes?

Los ojos de Volt se volvieron azules. —Al final de todo, somos mechs, Gamma. Para eso fuimos hechos.

Dejé a Volt, el Conducto atenuando sus luces a su rutina nocturna. Había sido un día de locos, yendo desde el Vivero, conociendo a Val y Beta, el Jardín y ahora de vuelta aquí. A mi derecha estaba ese Vivero, su puerta de gemas rojas custodiando todas esas vidas. Todos esos humanos que aún no habían sido manchados por la amargura de Val, por la sangrienta experiencia de Chalo. ¿Nos tratarían esas pequeñas semillas de manera diferente?

—¿Qué estás diciendo? —preguntó Kaydee, apareciendo en el Conducto a mi lado.

—Estoy diciendo que podría haber otras formas de avanzar. No tenemos que seguir el camino de Val.

—¿Porque hirió tus sentimientos?

Miré a Kaydee. A pesar de la tenue iluminación del Conducto, ella estaba brillante, un beneficio de ser digital. Llevaba un simple suéter con la capucha subida sobre su cabeza, aunque eso no hacía nada para disminuir su intensidad. Copié la expresión humana y crucé los brazos.

—Soy un mech —dije, poniendo un tono en mi voz como lo hacía Kaydee—. No tengo sentimientos.

—Lo siento, pensé que estaba hablando con un adulto. —Kaydee extendió la mano, agarró mis muñecas, y aunque en realidad no podía moverme, dejé que me guiara los brazos.

Kaydee orientó mis brazos rectos, con las palmas hacia arriba. Tocó cada una por turno y un musgo verde claro creció de su toque. Todo falso, pero hermoso de todos modos. El musgo en ambas manos se elevó en un pequeño montículo, luego se detuvo.

—Lindo, ¿verdad? —preguntó Kaydee.

—No está mal.

—Está bien, gruñón —respondió Kaydee—. Ahora aquí —señaló mi mano derecha—, tenemos a Val y todos esos humanos que tanto odias. —Asentí y ella señaló mi mano izquierda—. Aquí están todos esos viales de los que estás hablando. Digamos que todo esto sale bien. Delta derrota a Alpha en una gran batalla de mechs. Las Voces aterrizan la Nave Estelar. —Kaydee tocó el musgo de Val y creció de nuevo, un pequeño tallo asomándose, estirando su fronda verde hacia arriba—. Val tiene la ventaja, así que saca a su tripulación. Tú proteges tus viales. Haces que esas enfermeras produzcan todo tipo de bebés humanos perfectos para ti.

Mi amiga tocó el otro musgo, mi musgo, y otra fronda, esta de un rojo púrpura, se asomó.

—El tiempo pasa, y tal vez sean días, tal vez meses, tal vez años —dijo Kaydee, y mientras hablaba, ambos tallos crecieron, ambos extendieron zarcillos verdes alrededor, algunos hacia el otro.

—Interactúan —dije—. ¿Ese es tu punto?

—Uno de ellos —respondió Kaydee—. ¿Adivina qué pasa cuando lo hacen?

—Lo que los humanos han hecho toda su vida. Pelearse entre ellos.

—Tal vez. —Kaydee pasó un dedo por los zarcillos, acercando cada planta—. Val no tiene demasiados, sin embargo. Lo más probable es que intenten formar una alianza. Lo más probable es que hagan que tus pequeños amigos echen un vistazo a la historia de la Nave Estelar. Las opiniones cambian. —Kaydee me pinchó esta vez—. Eres un gran mech, Gamma, pero eres un mech. Algo tan diferente de nosotros. Cualquier humano que críes puede que te ame, puede que te respete, puede que te siga, pero sabrán que no eres como ellos, y cuando llegue el momento...

Kaydee tocó el tallo rojo púrpura y toda la planta se marchitó, murió. El musgo junto con ella. Juntos, ambos se desmoronaron en polvo mientras el tallo de Val crecía en un brillante esplendor de flores amarillas.

—Estás diciendo que no tengo elección —respondí, sacudiéndome la planta y dejando que el pequeño juego visual de Kaydee se desvaneciera—. No importa lo que haga, los humanos llegan a controlarme.

Kaydee estaba sacudiendo la cabeza antes de que terminara. —Míranos, Gamma. Míranos.

Entrecerré los ojos hacia ella, —¿Y ver qué?

—Somos compañeros, tú y yo —respondió Kaydee—. Eso es lo que necesitas. No huyas de Val. Ayúdala, pero mantén tu posición. Haz que vea que no eres un enemigo, pero tampoco eres solo una herramienta.

—¿Es algo que sabes hacer?

—Déjame pensarlo —dijo Kaydee—. Voy a hurgar entre toda la basura que tienes almacenada aquí, a ver si puedo averiguar algo más sobre lo que le pasó. Tú ve a tu cacería o lo que sea.

Mi cacería o lo que sea. Kaydee siempre tenía un don para las palabras.

Sentí una pata, pesada y afilada, en mi pierna y bajé la mirada para ver a Alvie esperando allí. El perro tenía su cabeza metálica inclinada, con dientes irregulares y desiguales asomando alrededor de sus labios. Kaydee desapareció, dejándonos solos en la pasarela.

—¿Listo para dar un paseo? —le pregunté al perro.

Alvie ladró con un jadeo. Un sonido que no había escuchado en mucho tiempo. Me incliné y acaricié la cabeza del cachorro.

—Ve a buscar a Delta —dije, y cuando el perro salió corriendo hacia el Puente, con todos los desastres de la Starship entre aquí y allá, lo seguí.

ONCE

MI HUMANO Y YO

Kaydee y yo nos estábamos adelantando. El destino final de la humanidad no dependería de mis decisiones a menos que un montón de otras cosas se alinearan a mi favor. Una de ellas era el regreso de Alpha al cautiverio o su destrucción. Otra eran las Voces y su control sobre la Nave Estelar. ¿Quién sabía qué poderes o trucos podrían estar esperándome?

Alcanzar a Delta significaba caminar a lo largo del Conducto. Su resplandor nocturno hacía efecto, el azul desvaneciéndose para dar paso a un plateado estelar, viejos carteles iluminándose y llenando la penumbra con coloridas exhibiciones. La barandilla a mi izquierda abrazaba el estilo de diodos, parpadeando en amarillo mientras yo corría.

A mi izquierda, el centro del Conducto se abarrotaba a medida que llegaba al distrito del Parque. Delta y yo habíamos luchado con un mech fuente loco allí dentro, uno al que se le había encargado tomar el Núcleo de Energía de Volt. Casi me habían aplastado mientras Delta despedazaba mechs más pequeños por docenas, siendo mi salvación un puerto abierto en la base del mech fuente. No era una experiencia que quisiera repetir.

Pero sí una fácil de recordar.

Mientras avanzaba, el paso previo de Delta por la misma ruta dejaba evidencia por todas partes. Mechs rotos, tanto de nuestro primer viaje como nuevos restos chispeantes de ese mismo día, abarrotaban el camino. Saltaba y brincaba sobre los escombros. Todo tipo de mechs, desde cubos de basura hasta mensajeros más esbeltos, habían sido destrozados, sus partes esparcidas por todo el Conducto.

El Parque en sí, al menos, parecía sereno. La iluminación en lo profundo de los árboles y pequeños anfiteatros parpadeaba con el deterioro del tiempo, agraciando el gris del Conducto con destellos efímeros. Encantador, silencioso. Había visto destellos de Kaydee y Leo caminando por sus senderos la última vez que pasé por aquí, divirtiéndose.

¿Alguna vez podría hacer lo mismo?

El Hospital era lo siguiente, una instalación masiva repleta de horrores. Como el Jardín, el Hospital abarcaba el Conducto, extendiéndose hacia arriba y hacia abajo por muchos niveles. A diferencia del Jardín, sus pisos no estaban llenos de flores y frutas. Habían albergado mechs asesinos, un enorme colectivo de curación vuelto peligroso por defectos de programación y, como siempre, el tiempo.

Me acerqué lentamente a la entrada del Hospital, vi sus puertas rotas. Cortes reveladores habían partido las grandes puertas corredizas dobles, dejando un fácil acceso a un pasillo convertido hace mucho en un cementerio. Los mechs muertos aquí eran más viejos, dejados atrás de nuestra última excursión. En el suelo de baldosas —tan brillante como el día gracias a las luces siempre encendidas del Hospital— podía seguir un largo rasguño de un lado a otro: la hoja de Delta arrastrándose.

Ella curvaba la línea a través de los mechs muertos en el suelo, cortando bits y tornillos aquí y allá.

—Bueno, esto es sombrío —dijo Kaydee mientras yo pasaba.

—Delta tiene un propósito —respondí—. Esto es lo que ella hace.

—Solo te voy a recordar que tú también eres un mech.

—Así que si los humanos no me matan, ¿ella podría hacerlo? —repliqué mientras ambos saltábamos sobre un mech que llenaba el pasillo, destinado a transportar medicamentos de un lugar a otro—. ¿Estoy rodeado de enemigos?

—Sí, eso lo resume bastante bien.

—¿Y qué debería hacer, Kaydee? ¿Esconderme? ¿Huir?

—Conseguir un arma podría ayudar, para empezar.

A pesar de todo su sarcasmo y sus convulsiones introspectivas, Kaydee tenía razón. A menudo olvidaba el lado físico de la lucha. Tenía mis puños, los cables y el metal que los impulsaban, pero casi cualquier cosa sería una mejor ofensiva. Mi ropa, también, tenía todas las propiedades defensivas de la tela: cómoda y fácil de cortar.

Así que mantuve los ojos abiertos mientras avanzábamos. Capté algo brillante, rojo. Aún intacto.

—¿Qué tal esto? —le pregunté a Kaydee, señalando el extintor.

—¿Usarlo como garrote? —preguntó Kaydee—. Parece muy de ti.

Tiré del gabinete, lo encontré cerrado. Jalé con más fuerza y la puerta se desprendió. Dejé la puerta apoyada contra la pared del pasillo, con el cristal intacto. El extintor salió fácilmente, lo tomé con una mano por la parte superior, mientras Kaydee me advertía sobre el pasador de seguridad.

—¿Ves? —dije—. Listo para enfrentar el destino.

—Claro que sí —Kaydee hizo algunas palomitas y se las metió en la boca—. No puedo esperar a ver cómo resulta esto.

No tuvimos que esperar mucho. El Jardín no estaba muy lejos del Hospital y mi trote nos llevó allí rápidamente. El rastro de mechs de Delta continuaba, tan abarrotado ahora que no corría tanto como saltaba, cada salto llevándome sobre chatarra cortada. Algunos mechs seguían vivos, sus cabezas siguiendo mi aproximación. Un par ofreció saludos distorsionados, sus procesadores de voz arañando el sonido. Estos mechs no podían moverse, no podían atacar ni repararse.

Se quedarían allí hasta que sus baterías se agotaran, hasta que alguien decidiera recuperar sus piezas. Alvie se detenía, olfateaba las cosas hasta que yo lo llamaba para que siguiera adelante.

—Como dije —murmuró Kaydee mientras caminábamos por la vegetación del Jardín. En la noche, las flores brillaban en azul y púrpura, un ambiente realzado por la cascada en funcionamiento—. Es un poco perturbador.

—Iban a matar a Delta si ella no los destruía —dije.

—Recuerdo que solías tener algo de matices —replicó Kaydee—. Ella simplemente los está destripando a todos.

—Podría recodificar uno o dos, tal vez —dije—. Pero no tantos.

Además, los mechs que pasábamos ahora coincidían con los que había visto en el Jardín la última vez. Los perros, los mechs flexibles con garras prensiles. Todas eran creaciones de Alpha, su nuevo enjambre. Si podría pacificarlos como lo había hecho con algunos de los otros... Alpha casi me había obliterado la última vez que intenté hackear su trabajo, cambiar sus programas.

—Así que tienes miedo —dijo Kaydee—. No te importa

que Delta haga las cosas de la manera difícil porque crees que Alpha te va a destrozar.

—Ya me destrozó, si lo recuerdas.

—¿Si lo recuerdo? Difícil de olvidar. Pero entonces eras solo un recipiente bebé. Ahora estás todo crecido.

—¿Unos pocos días es todo lo que se necesita, eh?

—Eso es todo lo que tienes, Gamma.

Dejamos el Jardín, de vuelta en el lado de la alta sociedad de la Nave Estelar. Aquí la lucha contra los mechs había sido peor porque, bueno, tenían más mechs por aquí. Las tiendas y casas se veían golpeadas a lo largo del Conducto, con letreros rotos y puertas atravesadas. Arañazos y cortes marcaban las paredes. Cables chispeantes se filtraban aquí y allá, las llamas escupiendo cada vez que las brasas encontraban algo que morder.

Peor aún, volví a captar ese sonido particular. El choque, el estruendo, el tintineo de Delta encontrando una pelea. Esta vez adelante y, con un entrecerrar de ojos, visible. Alvie y yo corrimos, el extintor golpeando contra la barandilla.

Las figuras vagas se convirtieron en una amalgama metálica a medida que Alvie y yo nos acercábamos. La pasarela estaba atascada de escombros destruidos. Cuerpos de mechs por todas partes, de todo tipo. La mayoría no parecían peligrosos, cubos de basura ambulantes o mechs de limpieza con cepillos. Todos estaban cortados, rotos.

Delta se abría paso mortalmente a través de un mar interminable de mechs.

La alcanzamos, su espada cantando mientras la balanceaba de un lado a otro. Los mechs llenaban los huecos, presionando hacia adelante con intentos demasiado lentos de agarrar al recipiente. Más allá de ella, los robots se extendían por todo el Conducto hacia la Universidad y el Puente. Otros usaban ascensores para subir y bajar a nuestro nivel, uniéndose al flujo constante que marchaba hacia sus muertes.

Aunque el asalto no era sin éxitos. A medida que nos acercábamos, vi cortes a lo largo del cuerpo de Delta. Desgarros en su ropa, sus brazos y piernas no se movían tan rápido como recordaba. Ella también era un mech, dependiente de circuitos y un esqueleto construido para mantenerla en movimiento. Una batería que se cansaría de moverse, luchando sin descanso.

—¡Gamma! —llamó Delta, captándome con el rabillo del ojo mientras completaba un vicioso golpe a dos manos, cortando las piernas de tres mechs cuadrados que se acercaban—. ¡Entra aquí. Estamos cerca!

Dudé, Alvie ladrando a los mechs. Delta no estaba cerca, no estábamos cerca. Tendríamos que masacrar a un ejército para llegar al Puente...

—¿No hay una mejor manera? —pregunté, manteniéndome varios metros detrás de Delta. No tenía sentido interponerme en el camino de esos golpes de espada—. ¡Hay tantos!

—Alpha los está poniendo aquí —dijo Delta—. Son ellos o nosotros, Gamma.

El recipiente apuñaló directamente, bisecando un gran mech de limpieza y enviando sus mitades a temblar separándose. Dos mechs mensajeros más rápidos se escabulleron por debajo, sus cuerpos en forma de cigarro permitiéndoles atravesar los escombros. Mientras Delta intentaba liberar su espada, se atascó en el mech más grande, dando a los más pequeños un tiro libre.

Alvie pasó corriendo junto a mí. El perro interceptó al robot atacante de la izquierda, derribándolo al suelo.

Lancé el extintor, el cilindro dando vueltas en el aire y

conectando con el mech mensajero de la derecha. Un estruendo, luego una gran nube blanca cuando la espuma y el polvo se rociaron por todas partes. Delta tropezó hacia atrás, forzando la espada a salir. No podía ver la siguiente ola de mechs más allá de la nube, tampoco podía ver a Alvie.

—¿Cuánto tiempo has estado luchando? —pregunté, acercándome al lado de Delta—. ¿Todo este tiempo?

—No llevaba la cuenta —respondió Delta.

—¿Cómo está tu energía?

—Suficiente —evadió Delta. Extendió un brazo, presionándome hacia atrás en el pecho—. Si no vas a luchar, Gamma, entonces vete para que no tenga que preocuparme por ti.

Otro mech atravesó pisoteando la nube blanca, este era un delgado reponedor de estanterías. Alpha debía haber ajustado su código porque el mech usaba sus demasiados brazos para agarrar partes del suelo y lanzarlas contra Delta. El recipiente esquivó uno, rodó pasando un segundo para cerrar la distancia. Recibió un tercero directamente en el estómago mientras se levantaba, Delta negándose a retroceder mientras barría la dentada hoja negra hacia arriba, llevándose brazos con el amplio golpe. Capté el destello cuando la metralla lanzada se enterró en mi amiga. Vi al mech golpear a Delta con sus brazos restantes, apaleándola, lanzando la espada hacia afuera.

Alvie voló contra la espalda del mech, empujándolo hacia adelante más allá de Delta, quien se recuperó y le dio una estocada fatal en el medio al mech. El suministro de energía de la cosa se rompió en una fuente de chispas naranja-amarillas mientras la máquina se doblaba.

Llegaron más mechs. Siempre habría más.

—¡Tenemos que correr! —dije—. ¡No hay forma de ganar esto!

—No hay otra opción —respondió Delta, cuadrándose para la siguiente ola.

—Realmente tiene un deseo de muerte —dijo Kaydee, apareciendo junto a mí—. Leo les hizo un número a todos ustedes.

—No voy a dejarla —dije, dirigiéndome al reponedor de estanterías caído. Sus brazos no eran perfectos, pero serían mejores armas que nada—. Si los mechs la atrapan, quién sabe lo que Alpha podría hacer.

Una Delta completamente corrupta haciendo estragos por la Nave Estelar sería una pesadilla. Val y su pequeño campamento se encontrarían despedazados tan rápido como estos mechs. Incluso mientras arrancaba un brazo adecuado, empecé a enfrentarme a una idea diferente.

Si Delta no dejaba de luchar, si no podíamos ganar, entonces no podía permitir que cayera en manos de Alpha.

—Muy sombrío, Gamma —dijo Kaydee mientras Delta y Alvie se enfrentaban a otro trío de mechs.

No respondí. Me levanté con mi nuevo garrote de brazo y miré la última evisceración. Noté algo más también. Un familiar brillo de gema roja. Una puerta en espiral y un número junto a ella tan grabado en mí mismo que no podía no reconocerlo: el apartamento de Leo.

Mi hogar. Nuestro hogar. Solo a unos metros por delante.

Me lancé a la pelea, balanceando mi recién encontrado garrote con ambas manos. Golpeé al mech más cercano, un delgado robot de servicio con ruedas, y lo envié volando sobre sus amigos hacia el puente. Un silbido de Delta me hizo agacharme para que su largo barrido pudiera pasar sobre mi cabeza sin llevársela, la metralla de su corte rociando mis mejillas, quemando mis manos.

No es que me importara. En cambio, grité para que avanzáramos, lucháramos hacia adelante, y Delta mordió fuerte el anzuelo. Ella y Alvie se unieron a mi avance, los tres cargando contra la línea de mechs. Cortando, golpeando, mordiendo, nos movimos con una velocidad que los mechs diseñados para mantenimiento doméstico no podían igualar. Aun así, cada vez que mis golpes de garrote aplastaban un procesador o destrozaban una fuente de energía, me estremecía.

Todas estas eran máquinas inocentes, empujadas a un papel que nunca desearon por una programación defectuosa o una corrupción total. Ninguna merecía esta muerte, pero aquí estaba yo, entregándosela de todos modos.

Al menos aún no había alcanzado el nivel de los humanos, destruyendo mechs pacíficos solo porque sí. Un terreno moral elevado al que me aferraba mientras nos golpeábamos centímetro a centímetro hacia adelante. Hasta que, a la derecha, ese refugio de gema roja se sentó junto a nosotros.

—¡Allí dentro! —llamé—. ¡Podemos ganar algo de tiempo!

—No —la respuesta de Delta llegó rápida, clara—. Seguimos empujando. No hay parada ahora, Gamma.

Delta avanzó de nuevo, lista para hendir más metal. La vi moverse, vi a Alvie, el perro con sus propios arañazos, abolladuras ahora, yendo con ella. ¿Cuántas olas más duraríamos?

Corrí hacia la puerta, marqué el código que descansaba en mi memoria. La puerta destelló en verde, se abrió. Delta gritó otro grito de victoria mientras yo miraba el oscuro pasillo cubierto de carteles de películas que llevaba al lugar de Leo.

Nuestro refugio.

Delta retrocedió un paso, liberando cables de su espada con un movimiento. Alvie saltó hacia mí cuando le hice señas al perro. Le dije que se mantuviera cerca, que nos mantuviera a salvo, y me acerqué a Delta. Más allá de ella, los siguientes mechs venían lentos, pisoteando hacia adelante con un estruendo constante e interminable.

—Por favor —dije.

—Esto, Gamma, es para lo que nací —respondió Delta. Extendió su espada, con la hoja apuntando al mech más cercano—. ¡Tú eres el siguiente!

Dio un paso adelante, encaminada en un rumbo suicida.

Así que junté mis dedos y los clavé en el puerto detrás de su oreja derecha.

DOCE

DIGITALIZADO

La última vez que había hackeado a Delta, había sido para expulsar a un mech intruso. El desagradable supervisor del Vivero tenía sus garras en mi amiga, ocupado reescribiéndola desde adentro hacia afuera. Kaydee y yo nos sumergimos en el interior fracturado de Delta, dispuesto como plataformas flotantes a la deriva en un vacío naranja y rocoso, y luchamos para liberarla.

Esta vez luchaba para apagarla.

Me encontraba de nuevo en una isla de arenisca pálida, con cadenas sueltas que se extendían y conectaban con otros programas de Delta, cada uno una pieza crítica que la ayudaba a blandir esa espada, ver esos mechs y decidir que todos tenían que morir. Necesitaba elegir la cadena correcta que me llevaría al núcleo de Delta y desde allí desactivarla.

Y hacerlo lo suficientemente rápido para que los mechs afuera no nos convirtieran en pulpa.

Al menos tenía el tiempo de mi lado. En el plano digital, las cosas sucedían a la velocidad de la luz, las decisiones y los movimientos eran instantáneos cuando las variables cambiaban y las funciones se ejecutaban. No había necesidad de que los nervios se conectaran con los músculos para moverse.

—Vaya, qué feliz estoy de estar de vuelta aquí —dijo Kaydee, tomando una respiración profunda y completamente innecesaria a mi lado.

El aire sabía a brasas, un calor silencioso que nos rodeaba. Delta no estaba interesada en el paraíso. O, más bien, Leo decidió no darle uno.

—Intentando salvar nuestras vidas —respondí—. ¿Por dónde crees que deberíamos ir?

—¿Podríamos separarnos?

Fruncí el ceño.

—Voy a adivinar que Delta no está muy contenta de que estemos aquí. Nos estará buscando.

—Siempre hay alguien buscándonos.

La despreocupación de Kaydee borró mi ceño fruncido. Los primeros terrores que habíamos experimentado en la Nave Estelar habían forjado una nueva actitud en ambos. Una aceptación insípida: el peligro era nuestro destino, al menos por el momento.

Sin una pista obvia en el mundo que nos rodeaba, opté por una ruta de tramposo. Me conecté al código, intenté encontrar un camino, una función que nos guiara a donde necesitábamos ir. La isla en la que estábamos era un programa, sí, y esas cadenas la unían a otros. Cada una era un enlace, formando un directorio.

Si subíamos lo suficiente por el directorio, hasta la primera isla, probablemente encontraríamos el núcleo. O, al menos, un camino hacia allí. Ejecuté la idea, corrí el script —una sensación no muy diferente a una ensoñación— y una de las tres cadenas de nuestra isla brilló con un azul cerúleo.

—¿Eso fuiste tú? —preguntó Kaydee.

—Eso fui yo totalmente —respondí—. Vamos.

Juntos nos dirigimos hacia la cadena, nuestros pies rebotando en la piedra caliza como si fuera una nube. La gravedad y otras leyes físicas tenían las conexiones más tenues aquí, nuestros cuerpos en cambio iban donde queríamos que fueran. La primera vez se sintió confuso, y me estrellé olvidando que la fricción y cosas similares no se aplicaban.

¿Ahora?

Volábamos, los toques más ligeros nos enviaban a velocidad de sprint. La cadena ofrecía amplio espacio en sus monstruosos eslabones, todos negros y pulidos a la perfección. Brillaban mientras saltábamos de uno a otro, avanzando a lo largo de su longitud hacia la siguiente isla, y la siguiente después de esa. Aumenté la velocidad, impulsándome con cada toque, y Kaydee me seguía el ritmo, riendo mientras saltaba.

La última isla se parecía mucho a la primera: un diamante beige festoneado sin paisaje que la recomendara. Su única diferencia venía en una simple caja que descansaba en su borde más alejado. Esa sería la clave para las funciones centrales de Delta, su interruptor de encendido.

Por supuesto, Delta estaba parada frente a ella, esa espada dentada haciendo el salto a su mundo digital y ganando un par de metros de longitud con la transición. Aunque ahora ridículamente poco práctica, la hoja parecía ligera y fácil en las manos de Delta cuando nos la apuntó.

—¿Por qué? —preguntó Delta cuando Kaydee y yo aterrizamos.

—Vas a hacer que te maten a ti y a nosotros —dije—. Simple.

—Esa es mi decisión —replicó Delta—. Váyanse, ahora.

—Estás un poco malhumorada para ser alguien a quien estamos salvando —dijo Kaydee, poniéndose delante de mí.

Dejó caer una mano detrás de su espalda, saludando hacia su izquierda—. Quiero decir, nos hemos adentrado en tu palacio mental demente, tratando de evitar que mueras, ¿y ahora nos apuntas con esa cosa?

Me moví hacia la izquierda mientras Delta observaba a Kaydee. La vasija movió la espada hacia mi amiga.

—Última oportunidad —dijo Delta.

—¿Ni siquiera quieres hablar? —preguntó Kaydee, aunque juntó ambas manos.

Dudé cerca del borde izquierdo de la isla. Cualquier movimiento hacia adelante me pondría al alcance de Delta, una posibilidad que no quería tomar hasta que Kaydee tuviera toda su atención. Un movimiento que realmente no quería hacer de todos modos.

Además, se me ocurrió otra idea.

—Podemos hablar afuera —dijo Delta, y se lanzó hacia adelante.

La estocada llegó rápida, apuntando directamente al pecho de Kaydee. Debería haber dado en el blanco, pero Kaydee hizo lo que los programas como ella podían hacer: jugó con su realidad localizada, se desplazó un metro a la derecha para que la espada de Delta pasara de largo.

Yo también había luchado con eso al principio. Apegándome demasiado a las limitaciones del mundo físico cuando no lo necesitaba. Delta blandió la espada hacia la izquierda, otro corte rápido que podría haber sido el fin de Kaydee si ella no se hubiera aplanado contra el suelo con una velocidad demasiado rápida para la realidad.

Los ojos de Delta se estrecharon, su boca se volvió fina como una navaja mientras se fijaba en Kaydee, y yo hice mi movimiento. Ir directo me habría puesto justo en el alcance de Delta, así que en su lugar fui hacia la izquierda, cortando sobre el borde de la isla. Mantuve mis pies plantados en la isla, corriendo por su parte inferior. Un metro, dos, y pronto estaría llegando a la parte trasera de la isla. Dando la vuelta y agarrando la caja gris.

La espada de Delta mordió a través de la isla, cortando la piedra detrás de mí. Fragmentos volaron por todas partes y me lancé hacia adelante para esquivar el golpe. Ese esquive tuvo éxito —la punta de la hoja rozó mis pies—, pero el salto me llevó más allá del borde trasero de la isla, hacia el páramo naranja. La memoria no utilizada de Delta, su vacío.

Me giré, miré hacia atrás para ver a Kaydee lanzándose a través de la apertura que el golpe de Delta había creado. Le dio un codazo a la vasija, un golpe insignificante. Delta recibió el golpe, cambió el agarre de la espada y la hizo girar de vuelta. Kaydee no podía ver venir el ataque. Grité su nombre, como si eso importara.

Kaydee no recogió y arrojó la caja gris tanto como la pateó, un intento torpe mientras la espada de Delta conectaba en un golpe de refilón. El brazo izquierdo de Kaydee se desprendió, se disipó en la nada. El cuerpo de Kaydee seguiría en un segundo, su intrusión expulsada.

Pero esa caja voló hacia mí. No exactamente en curso, pero me estiré, alargué mis brazos para alcanzarla.

—¡Date prisa! —gritó Kaydee, su voz volviéndose robótica mientras desaparecía.

Delta saltó de la isla hacia mí, gritando mi nombre y sosteniendo la espada en alto. Si alguna vez hubo un ángel de la muerte, tenía que imaginar que se parecía a ella en ese momento, con la hoja partiendo un naranja infinito, cadenas y piedras flotantes detrás de ella, su rostro pura ira.

La caja gris golpeó mis dedos estirados. Se sentía fría, demasiado lisa. En esa sensación, las funciones de la caja se revelaron: un borrado de memoria, un apagado total.

—Lo siento —le dije a Delta mientras levantaba esa espada.

Nunca golpeó.

DE VUELTA A LA REALIDAD, lo primero que noté fue a Alvie. El perro tenía nuestra pasarela cubierta con saltos rápidos, a menudo rebotando en los mechs que se acercaban para hacerlos retroceder un paso. Alvie ladraba todo el tiempo, sus robóticos ladridos-jadeos resonando en todo el metal. Los mechs que habían estado luchando contra Delta intentaban golpear a Alvie, pero el perro parecía demasiado pequeño para acertar bien. En su lugar, garras que chasqueaban, brazos que golpeaban y la sierra giratoria de un mech atrapaban el aire.

Todo a unos pocos metros de donde yo estaba, sosteniendo a una Delta ahora muerta. Su gran espada negra resonó en el suelo de la pasarela cuando su mano soltó el agarre. Agradeciendo de nuevo a Volt por darme fuerza extra, recogí la vasija y corrí hacia la entrada de gemas verdes del apartamento de Leo.

—¡Alvie! —grité.

El perro obedeció mi llamada sin dudarlo. Dejé a Delta justo dentro de la puerta, sentí el aire cambiar cuando Alvie voló justo a mi lado. Un toque al panel de control hizo que la puerta se cerrara, el brillo de la gema roja tan reconfortante como cualquiera que hubiera visto antes.

Me desplomé contra esa puerta en espiral, mirando hacia el pasillo rojo, esos carteles de películas. Delta, con la cabeza colgando, estaba sentada sin vida junto a mí. Alvie avanzó, olfateando alrededor, listo para pasar de pelear a buscar en un momento. Con suerte, no encontraría más horrores esperando en este lugar.

No estaba seguro de poder lidiar con ellos si los encontraba.

—¿Kaydee? —pregunté, y no recibí respuesta.

No estaba seguro de qué podría pasar si ella fuera eliminada en el espacio digital de Delta. ¿Ese comando se filtraría de vuelta a mí, borrándola también de mi memoria?

—Está bien —me dije a mí mismo—. Kaydee ha sido borrada antes y siempre regresa.

Aferrándome a ese pensamiento, analicé nuestra situación actual. Sí, había salvado a Delta de una lucha suicida hasta el final allá en el Conducto, pero atraparnos en el apartamento de Leo era solo una solución temporal. Esos mechs podrían permanecer afuera o, peor aún, construir alguna barrera sobre la puerta para sellarnos aquí. Podíamos descansar, pero no por mucho tiempo.

Llevé a Delta a la habitación donde nos habíamos despertado por primera vez, una con cuatro catres vacíos sentados bajo una luz blanca azulada y helada. Más carteles de películas, armas y explosiones por todas partes, pegados a las paredes gris oscuro. Acosté a Delta en su catre, miré los cortes, los golpes que había recibido.

Las heridas la cruzaban como un mapa, largas líneas dentadas mezcladas con cortes cortos y profundas hendiduras donde algún puño golpeador la había atrapado de lleno. La piel sintética ya estaba ocupada en su tarea de coserse. Una característica agradable, pero no demasiado rápida. Delta podría volver a estar en condiciones de funcionar, pero no lo haría pronto.

Alvie ladró, un sonido que venía del pasillo. Diciéndole a Delta que se mantuviera quieta, fui tras el perro. El corto viaje me llevó más allá de la habitación donde había conocido al Bibliotecario, donde Kaydee, poco después, había reducido al Bibliotecario a polvo digital. Alvie no estaba en ninguna de ellas, sino que mantenía la corte en una tercera.

Allí, una gran pantalla parpadeante me dio una idea. Antes, este terminal me había conectado con las Voces, cuando me habían dado la misión del Vivero por primera vez. Ahora podría conectarme con ellas de nuevo. No nos habíamos separado en los mejores términos, pero ahora tenía nueva información, tenía cosas para intercambiar.

Si alguien podía aprovechar algún truco de la Nave Estelar para sacarnos de esta trampa, serían las Voces.

—Buena idea, amigo —le dije a Alvie, quien parpadeó sus ojos amarillos hacia mí.

—Tienes suerte de que no tenga lengua, o estarías recibiendo un lengüetazo en la cara —dijo Kaydee.

Al igual que lo que había hecho con el terminal de Val, presioné mis dedos juntos y desaparecí en el interior. A diferencia del terminal de Val, lleno de historia, este se mantenía limpio. El único programa en ejecución me dio un vacío púrpura-negro, uno que me rodeaba con la red de la Nave Estelar y sus estrellas de puntos azules.

Saltar de ida y vuelta entre los mundos real y digital venía con su propio vértigo. Mi cuerpo tendría todos sus sentidos un momento, luego perdería la mayoría al siguiente cuando entraba en una tierra de unos y ceros. La programación de Leo, las funciones que me mantenían funcionando, demostraron estar a la altura de la tarea, ayudando a dejar de lado la confusión borrosa y mantenerme enfocado como una droga particularmente poderosa.

¿Para un humano? Solo podía imaginar lo agotador que sería.

Alimenté el programa con una consulta, buscando a las Voces y su conexión. Una sola estrella en la constelación a mi alrededor se volvió brillante, tan brillante que opacó a todas las demás. Di un paso hacia ella, me encontré teletransportado justo al lado de su brillo y entré.

La última vez que había hablado con las Voces, realmente hablado con ellas, habían estado en un retiro en la ladera de una montaña. Un lugar acogedor para pasar sus vidas digitales mientras esperaban que la Nave Estelar encontrara su hogar. Ahora me encontraba de pie en la muralla de una fortaleza.

La piedra estaba firme bajo mis pies, las imponentes paredes miraban sobre una llanura maltratada llena de fosos con pinchos y barricadas. El centro del castillo se clavaba en el cielo, con balistas al acecho en cada esquina. Las flechas brillaban, captando la luz de un sol frío. Como la espada de Delta, esas cosas estarían listas para eliminar, destruir cualquier programa que atraparan.

Escuché ruidos abajo y miré, vi una falange realizando ejercicios. Estos soldados, todos genéricos, con exactamente la misma altura, velocidad, rango de movimiento mientras blandían sus lanzas y espadas, recibían órdenes de un hombre que reconocí. Uno borroso alrededor de sus bordes, que parpadeaba de vez en cuando mientras caminaba dando órdenes.

Leo, entrenando y probando nuevos programas.

—Has vuelto —dijo una voz realmente enojada, y que merecía estarlo.

Después de todo, la última vez que había hablado con ella, había separado a Peony de lo que más quería.

Se me acercó en la muralla, su figura robusta aún más acentuada por un conjunto gigantesco de armadura medieval. En lugar de negra, el equipo de Peony brillaba con un naranja brillante, como el primer beso de una puesta de sol. Colgando de un cinturón alrededor de su cintura, sin embargo, no había espadas sino un arma humana más moderna: pistolas negras.

Detrás de ella, otros dos programas genéricos marchaban, sosteniendo alabardas y mirándome con ojos sin vida.

—No porque quiera estarlo —dije—. Estamos en problemas.

—¿Acaso parece que nosotros no lo estamos? —Peony hizo un gesto hacia el castillo. Los programas. Luego entrecerró sus grandes ojos hacia mí—. ¿Dónde está mi hija?

No lo sabía. Kaydee iba y venía a su antojo, en este reino o en cualquier otro.

—Aquí no —dije—. ¿Qué está pasando?

Peony me miró fijamente durante un largo segundo. Kaydee siempre decía que su madre tenía una vena maliciosa, que podía ser mezquina cuando le daba la gana. Las probabilidades de que sacara su arma allí mismo y me metiera una bala virtual entre los ojos no parecían ser cero. En lugar de eso, resopló y se rascó la mejilla con un dedo enguantado.

—Alpha está intentando tomar el Puente —dijo Peony —. Hemos activado las barreras. O nos rompe aquí dentro, o rompe allá fuera.

—¿Y lo conseguirá?

Peony hizo una mueca. —Eso, Gamma, es una pregunta que no puedo responder. Pero si lo hace, podrá llevar la Nave Estelar a donde quiera. Podría dirigirnos al espacio profundo, estrellarnos contra la luna más cercana, o abrir todas las puertas y dejar que el vacío succione toda la vida que queda en esta nave.

—Eso sería malo.

—Lo sería. —Peony me señaló—. Y todo sería culpa tuya.

Por mucho que quisiera, no podía discutir eso. En su

lugar, le devolví nuestra situación. Le dije que Delta y yo estábamos intentando acabar con Alpha, pero nos habíamos quedado atrapados en el laboratorio de Leo.

Peony se rio cuando terminé.

—¿Ves allá abajo? —dijo Peony, señalando esta vez al campo de batalla—. Ha estado atacándonos sin cesar, pero ahora se ha detenido. Hace solo unos minutos. Apuesto a que puedo adivinar por qué. Si quieres ayuda, Gamma, ayúdate a ti mismo. Nosotros sobreviviremos aquí.

—¿Hasta cuándo? —pregunté—. ¿Van a esperar a que se rinda?

—La Nave Estelar no está lejos de donde necesita ir —dijo Peony—. Resistimos unas décadas más, y una vez que Alpha aterrice, estará en problemas.

—¿Por qué?

Pero Peony me hizo un gesto de despedida. —Yo me preocuparía por ti mismo, Gamma. Creo que vas a tener problemas muy reales muy pronto.

Consideré saltar y lanzarle una súplica a Leo, pero la mano de Peony se deslizó hacia su arma. Esos dos guardias inclinaron sus alabardas hacia mí. Lo último que necesitaba ahora era una herida digital, datos corruptos que tardarían en repararse.

Así que, en lugar de eso, le hice a Peony un gesto grosero que su hija apreciaría y me fui.

TRECE

TRATOS Y LAVAVAJILLAS

Los golpes que resonaban por todo el apartamento de Leo tenían un ritmo constante. Sin aleatoriedad humana, solo un golpeteo constante como un tambor de horca, marcando el compás de mi perdición. No habíamos sido sutiles en nuestra desaparición, Delta y yo, y los mechs de Alpha seguían su programación ciega al pie de la letra. Golpearían la puerta en número y fuerza crecientes hasta que la estructura cediera.

En estos estrechos pasillos, incluso si despertaba a Delta, no habría escapatoria. Me había arriesgado con las Voces y me habían dejado con las manos vacías.

—Buen intento, Gamma —dijo Kaydee, caminando conmigo mientras regresaba a la entrada con la gema roja—. No se puede decir que no hayas hecho lo que pudiste.

—Deberíamos haber huido —respondí.

—Debería, podría —dijo Kaydee. Frente a nosotros, una imagen mía corriendo con Delta y Alvie mordisqueando nuestros talones desfiló por el pasillo, solo para tropezar y caer antes de llegar al final—. O te atraparían, o te caerías de cara, o escaparías solo para encontrarte de vuelta aquí.

—Porque Delta no se detendrá.

—Porque Delta no se detendrá —Kaydee asintió—. Has estado menospreciando a los humanos últimamente, pero al menos nosotros podemos cambiar.

—Nosotros también podemos, si trabajamos en ello —dije.

—Y meterse en tus entrañas.

—No tienes que decirlo de esa manera.

—Pero lo hice —Kaydee señaló con el pulgar hacia la habitación de la cama donde Delta yacía—. ¿Quieres despertarla? ¿Salir juntos?

Los golpes se habían vuelto más fuertes, más se unían con su cadencia constante. La puerta temblaba, la vibración se filtraba hasta debajo de mis pies en esas placas metálicas. Un cartel de película cayó de su lugar en la pared, deslizándose hasta quedar cerca de mí. Su portada mostraba a un héroe de acción de cabeza cuadrada, con una escopeta cerca de su rostro. Unas gafas de sol cubrían los ojos del hombre.

El eslogan *No es personal* corría por la parte inferior.

—No —dije, dirigiéndome hacia la puerta y pasando junto a Delta—. Necesita descansar.

—No va a descansar mucho cuando esos mechs entren aquí.

—Estoy trabajando en ello —dije, luego me agaché y le di una buena caricia a Alvie—. Quédate con Delta, ¿de acuerdo? Asegúrate de que no le pase nada.

Alvie resopló su preocupación.

—Estaré bien —le dije al perro.

Si no lo estaba, Alvie no tendría mucho tiempo para preocuparse antes de que Alpha lo destruyera o corrompiera. Me guardé ese pensamiento para mí mismo.

La gema roja se sacudió cuando me acerqué, traqueteando en protesta por los golpes. Sin embargo, los golpes se detuvieron cuando acerqué mi cara a la puerta y grité una pregunta a través de ella. Más bien una petición.

—Audaz —dijo Kaydee, con los brazos cruzados a mi lado—. Es un movimiento que yo haría.

—Estoy aprendiendo de ti, ¿recuerdas?

—Claro, pero hasta ahora pensaba que estabas tomando todas las lecciones equivocadas.

—¿Como peinarme?

Kaydee me sacó la lengua y luego desapareció en una lluvia de destellos plateados. El brillo condujo a un crepitar del teclado del apartamento, su pequeña pantalla se resolvió para mostrar un mech mostrando... otra máquina en su propia pantalla. Alpha, con su largo cabello rojo despeinado alrededor de su rostro estrecho. Sus ojos, siempre intensos, me miraban sin parpadear.

—Gamma, Gamma, Gamma —dijo Alpha, sus repeticiones haciendo ciclos de mi nombre arriba y abajo en su registro vocal como si estuviera probando su rango—. Tengo que decir que siempre apareces en los peores momentos.

—Me estoy volviendo bueno en eso.

—Muy bueno —la sonrisa de Alpha creció. Todavía no había parpadeado—. Aquí estábamos, a punto de reducir a Delta a polvo, cuando apareces. Dime que no vas a hacerme perder el tiempo.

—No voy a hacerte perder el tiempo.

Alpha se rio, un sonido agudo que resonó ampliamente. El recipiente, entonces, no estaba en un espacio pequeño como yo. Si lo que Peony dijo era cierto, entonces tenía que adivinar que Alpha estaba de pie fuera de la entrada del Puente, en la amplia plataforma semicircular al final del Conducto.

—Entonces adelante, Gamma —respondió Alpha—. Dame tus razones por las que debería perdonarles la vida.

—Porque podemos ayudarte.

—¿Pero lo harán? —Alpha pasó sus manos por su cabello —. Tantas veces, Gamma, tantas veces he vuelto a ejecutar los escenarios. Con tú y Delta de mi lado, tendríamos la Nave Estelar bajo nuestro control antes de que terminara el día. Nuestros mechs estarían a salvo, nuestro futuro asegurado. Y sin embargo, nunca puedo hacer que las ecuaciones salgan a mi favor. Tú siempre estás equivocado. Delta siempre está equivocada —Alpha dejó que su cabello cayera sobre su rostro, esos ojos ardientes asomándose entre mechones pelirrojos—. En una hora o en un minuto, uno de ustedes siempre me apuñala por la espalda.

—Puedo cambiar eso —dije—. Mi código, el de Delta. Puedo modificarlo, hacernos verdaderamente tus socios.

La cabeza de Alpha se inclinó ligeramente, un gesto revelado por el movimiento de su cabello. Lo tenía ahí, un pensamiento que no había considerado.

—No lo dejes pensar —susurró Kaydee—. Abrúmalo.

Cierto.

—Conocí a los humanos —continué—. Los que se esconden en el cuarto de popa de la Nave Estelar —Revelar la ubicación exacta de Val parecía poco amable. Incluso si me había tratado como una herramienta, eso no significaba que mereciera morir a manos de mil mechs—. Ellos no son la solución, Alpha. No estos.

El recipiente asintió. —¿Ahora lo ves?

—Las Voces nos dijeron que los salváramos —respondí, con Kaydee, de pie en el rabillo del ojo, haciéndome señas para que continuara—. Así que fui a los humanos pensando que podríamos trabajar juntos.

—Pero solo están interesados en sí mismos —dijo Alpha —. No quieren nada de nosotros. Nos destruirían si pudieran.

—No quería creerlo, pero tienes razón.

—Entonces ves por qué debemos tomar la Nave Estelar para nosotros —dijo Alpha.

—Lo veo.

—Entonces sal aquí, Gamma —Alpha retrocedió de la cámara, mostrando una plataforma llena de mechs—. Ven, sé parte de tu verdadera familia al fin.

¿Cómo podía decir que no a eso?

—No puedes confiar en este tipo —dijo Kaydee mientras abría el apartamento de Leo a los mechs que esperaban afuera.

—Nunca lo haría —respondí. Cuadré los hombros, puse una expresión que esperaba encajara con la actitud desdeñosamente confiada que estaba buscando—. Esto le está dando a Delta el tiempo que necesita.

Pero me estaría mintiendo a mí mismo si esa fuera la única razón. Claro, podría ser capaz de hackear a Delta y reescribir sus cables. Podría, posiblemente, cambiar los míos. Cambiar algunas funciones y perderme tanto como Alpha. Más probablemente, lo intentaría, fracasaría, y Delta me cortaría la cabeza por el esfuerzo. Luego volvería directamente a su embestida suicida.

No, la única forma en que podía salvar a Delta era deteniendo a Alpha, y haciéndolo a mi manera.

Los mechs, al menos, dieron un buen comienzo a mi plan. Se apartaron a ambos lados mientras me dirigía al Conducto, no me molestaron en lo más mínimo mientras cerraba y sellaba el apartamento de Leo detrás de mí. Sí, podían irrumpir en él, pero eso llevaría tiempo, requeriría otra orden por parte de Alpha. Tenía que apostar a que el recipiente no haría eso hasta que me hubiera perdido, y a menos que lo hiciera.

Para cuando Alpha se diera cuenta de eso, con suerte, estaría muerto.

Para un recipiente no acostumbrado a la celebridad, caminar por el Conducto con mechs alineados a ambos lados se sentía ceremonial. Muchos se erguían a mi nivel o más altos, con brazos y artilugios colgando a sus costados. Las baterías zumbaban y los componentes giraban, una sinfonía científica marchando hacia mí.

—¿Esto va a durar todo el camino? —dijo Kaydee mientras avanzábamos.

Afortunadamente, la guardia de honor de los mechs no lo hizo, alejándose después de unos diez minutos de caminata. El Puente no estaba exactamente a la vuelta de la esquina. Llegar a él desde el apartamento de Leo significaba pasar por la Universidad de la Nave Estelar, significaba atravesar varios distritos. La línea de mechs se fue disipando, las diversas hordas de máquinas de Alpha se separaron hacia otros niveles. Los oía, los veía irrumpiendo en otras tiendas, reuniendo grupos para incursiones en el Jardín. Algunos, tenía que imaginar, estarían planeando expediciones hacia popa para cazar a Val y los humanos.

Si hubiera podido enviar un mensaje a Volt y Beta para advertirles, lo habría hecho. En su lugar, tenía que esperar que los mechs fueran lo suficientemente obvios como para delatarse.

La Universidad de la Nave Estelar pasó rápidamente. No hubo interrogatorios por parte de los mechs guardianes esta vez. Se mantuvieron quietos y silenciosos en sus nichos. No podía decir si Alpha también los había tomado, pero creer lo contrario a estas alturas parecía una locura.

—Se movió rápido —dijo Kaydee mientras veíamos más escuadrones de mechs patrullando arriba y abajo al otro lado de la Universidad—. ¿Cómo pudo controlar a tantos, tan rápido?

—Es un maníaco inteligente —dije—. Es todo lo que tengo.

La pregunta también me picaba mientras nos acercábamos al Puente. No hacía ni unos días, Alpha había sido derrotado, atado en el Jardín sin ningún ejército de mechs que acudiera en su ayuda. Ahora parecía que toda la Nave Estelar se movía a su orden, salvo dos pequeñas piezas, los humanos y las Voces. ¿Qué le habría permitido reescribir tanto en tan poco tiempo?

—Te diré algo, tendrás que averiguarlo —dijo Kaydee.

—¿Para resolver el misterio?

—Porque tendrás que hacer lo que sea que él hizo.

—Tendré que hacerlo mejor.

Kaydee silbó, haciendo flotar signos de interrogación verdes que se deslizaron por la pasarela frente a mí. Habíamos pasado más allá de la Universidad hacia la última etapa de la Nave Estelar, mi propio paso a un trote rápido. Puertas espirales privadas se intercalaban con grandes talleres, espacios de alta tecnología con nombres como *Estación de Innovación* y *Genética de Gerry*. Vestigios de una época más extraña.

—No quiero atar a los mechs a mí —dije—. No son mis sirvientes. Necesitan trabajar para todos, para sí mismos también. Ese es su propósito.

—Me alegro de que lo veas así —respondió Kaydee—. Después de lo que le dijiste a Alpha, no estaba segura. Has estado poniéndote a la defensiva con los mechs últimamente.

—Porque no merecen ser maltratados por lo que son —dije—. Incluso un cubo de basura merece respeto.

—Sabes, hay un buen punto ahí en alguna parte.

Sacudí la cabeza y seguí corriendo. La plataforma elegida por Alpha emergió de la niebla. Más mechs se apiñaban en ella, estos más esbeltos, con nodos que terminaban en puertos en lugar de garras u otras armas más desagradables. Diseñados para un oponente diferente.

Alpha dominaba el grupo, de pie en el centro de la plataforma y frente a las puertas láser rojas. Parecía un profeta allí, con los brazos extendidos y predicando a una multitud atrapada. Kaydee y yo captamos sus palabras mientras nos acercábamos, una diatriba delirante sobre un futuro impulsado por mechs, sobre la Nave Estelar siendo su hogar, y abundantes invectivas contra los humanos codiciosos y fatalmente defectuosos.

—¿Se da cuenta de que no pueden entenderlo? —dijo Kaydee—. En el mejor de los casos, tal vez un tercio puede procesar el lenguaje. Pero estamos hablando de, como, limpiar el suelo. No derrocar a la sociedad.

—Cindy parecía entenderlo —dije, recordando al mech lanzallamas de mis primeros pasos fuera del laboratorio de Leo. Ese se había convencido de una guerra entre mechs, una confusión que desde entonces se había aclarado mientras las máquinas no corrompidas restantes de la Nave Estelar luchaban contra la fuerza convertida de Alpha—. Tomó partido y actuó en consecuencia.

—Una en un millón.

—O uno de los primeros convertidos de Alpha —Miré hacia abajo a mí mismo, sin armas, vestido con ropa desgastada y quemada—. Ahora tenemos que fingir ser los últimos.

—Asegúrate de que sea solo fingir, por favor —dijo Kaydee—. No quiero lidiar contigo corrompido de nuevo. Eso apestó.

De acuerdo.

Cuadré los hombros, caminé a través del perímetro de

mechs que rodeaba la plataforma de Alpha. Sus guardias -cubos de basura, mechs culinarios, lavavajillas móviles- no eran muy intimidantes, pero sus luces me seguían, sus extremidades me rastreaban y sus motores aceleraban. Listos para cualquier acción que un lavavajillas pudiera tomar.

—¡Aquí está! —anunció Alpha cuando llegué a la plataforma, un semicírculo que sobresalía hacia el Conducto. Plataformas de acoplamiento se proyectaban desde su extremo para hacer espacio a los taxis, mechs mensajeros hacía tiempo desaparecidos. A la derecha, el Puente mismo se encontraba detrás de esas puertas de brillo rojo. Quemarían cualquier cosa lo suficientemente tonta como para intentar atravesarlas. Alpha tenía mechs de pie frente a ellas en una línea, como si esperaran para precipitarse hacia la barrera.

—Aquí estoy —dije.

De cerca, Alpha se veía como antes, excepto que había cambiado su atuendo, se había recogido el pelo en una coleta. Ya no vestía túnicas zen, el recipiente se había envuelto en su lugar con un ajustado conjunto deportivo color fresa. Kaydee se rio por lo bajo a un lado, dijo que parecía que Alpha estaba a punto de entrar en una cancha de fútbol. Meter un gol.

Una cosa que no había cambiado: la intensidad de Alpha. Esos ojos, esos músculos inquietos mantenían su fuego.

—¿Llegaste sin contratiempos, supongo? —preguntó Alpha cuando me uní a él en los varios metros despejados que había reservado en el centro de la plataforma—. Mis mechs tienden a ser muy leales.

—No me tocaron.

—Bien —Alpha puso una mano en mi hombro, con un

agarre firme—. Me temo que tenemos que cambiar el trato, amigo mío.

Kaydee habría hecho algún comentario sarcástico sobre no ser su amigo, sobre cómo era de esperar que Alpha cambiara el trato. Kaydee, sin embargo, no tenía un cuerpo que pudiera ser retorcido de adentro hacia afuera, ni tenía un amigo muerto en una camilla, vulnerable y casi solo.

—¿Qué necesitas?

—¿Ves esas barreras allí? —dijo Alpha—. ¿Las bonitas?

—Difícil no verlas.

—Preferiría mucho que desaparecieran —continuó Alpha como si yo no hubiera hablado—. Lo sé, lo sé, tú y yo operamos bien en su mundo, pero me están vigilando. —El rostro de Alpha se contrajo en ese momento, su boca se abrió en un gruñido silencioso y amplio. Medio segundo después, volvió a su forma sonriente de contar secretos—. Así que entra, desactiva esas barreras, y podremos tener esa charla que querías al otro lado.

Preguntar qué pasaría si no subvertía a las Voces parecía inútil. Los mechs de Alpha dejaban bastante claro que cualquier "trato" que tuviéramos, los términos eran unilaterales. Estaba a su merced, y mis opciones eran pocas: sacrificarme en un intento de retorcer el cuello de Alpha antes de que sus mechs rompieran el mío, o hacer lo que él quería y desbloquear el Puente.

Tal vez me habría sentido peor por lo segundo si las Voces no hubieran sido tales monstruos.

El puerto estaba donde lo recordaba, cerca de las barreras mismas, en el lado izquierdo de la pared que se estrechaba de Horizontes Infinitos. Una ranura diminuta, perfecta para mis dedos apretados. Varios mechs, con sus extremidades desplegadas a mi alrededor en un marco amenazante, vigilaban mis esfuerzos mientras Alpha volvía a dictar su expansión hacia el Conducto. Por sus palabras, entendí la estrategia: tomar los mechs que pudieran ser corrompidos, destruir el resto. Incluyendo a los humanos. Cualquier chatarra debería ir a las Líneas de Fabricación donde podría ser reconfigurada en algo más útil.

Horizontes Infinitos no sería su desorden independiente y variopinto por mucho más tiempo.

Mis dedos formaron el puerto. Se conectaron. Buscaron los controles de la barrera y me encontré rechazado, de pie al borde de una llanura miserable que conocía demasiado bien. A lo lejos, un castillo dentado se alzaba hacia un cielo gris ondulante.

Las Voces se habían encerrado, y los controles de la barrera estarían dentro con ellas.

—Entonces, ¿cómo activamos esto, Alpha? —preguntó Kaydee, apareciendo junto a mí, camuflada con una túnica marrón, pintura verde y marrón manchando su rostro.

—No lo sé —dije.

¿La verdad?

Si tuviera que elegir entre Alpha y las Voces... sabía de qué lado me pondría.

CATORCE

ASALTO A LA FORTALEZA

Las sombrías llanuras verde-negruzcas se extendían más allá del borde del bosque, arrastrándose hasta las altas murallas de piedra y el irregular torreón que se alzaba tras ellas. Una mirada cercana a los árboles o la hierba confirmaba que cada uno era idéntico a sus semejantes, copias exactas hechas para ahorrar espacio de memoria en los saturados discos de la Nave. Las nubes arriba, en su gris amenaza, compartían su ADN, copias a la deriva a través de un cielo uniformemente plomizo. La brisa me rozaba directamente, una corriente constante sin la sensación serpenteante y flotante del aire natural.

—Un escondite barato —dije, agachándome y pasando mi dedo por un tallo de hierba rígido—. Esperaba algo más.

—No es como si hubieran tenido tiempo para prepararse —dijo Kaydee—. Alpha apareció listo para pelear. Supongo que la hierba no era una prioridad.

—Han tenido años y años para prepararse —me enderecé, mirando fijamente el castillo. Un solo cuervo daba vueltas alrededor de su torre, graznando su fatalidad cada pocos segundos—. Las Voces despertaron a Alpha, lo vieron flaquear. No tienen excusa.

—Excepto que son humanos, ¿no? —preguntó Kaydee—. ¿Es eso lo que quieres que diga?

—¿No estás de acuerdo? —respondí, estudiando la postura de Kaydee. Ahora me enfrentaba bajo las ramas, con el ceño fruncido bajo su camuflaje, los brazos cruzados. Pequeñas chispas bailaban en su cuerpo—. Ninguna nave o mech, si su programación lo permitiera, erigiría una defensa tan endeble.

—Estás olvidando de quién estás hablando. Las Voces no son generales. Son civiles. Y no se llevan bien. Básicamente nunca.

—¿Cómo los excusa eso? —señalé hacia el castillo—. Los principales ciudadanos de la Nave están ahí ahora, esperando su fin. Patético.

—¿Gamma? —Kaydee giró la cabeza, me lanzó una mirada interrogante de soslayo.

—¿Estas eran las personas que intentaban darnos órdenes? ¿Que nos dictaban a Delta y a mí qué hacer? —Seguí hablando, las palabras brotando de un pozo llenado durante mi corta vida—. Fracasaron con Alpha y Beta, fracasaron con Delta y conmigo, fracasaron con Val y su tribu. Hablas de ellos como si debiéramos temerles, como si debiéramos respetarlos —negué con la cabeza—. No. Nunca más, ya no.

Empecé a caminar. Cruzaría la llanura hasta el castillo, entraría directamente, y si alguna de las Voces intentaba detenerme, los destrozaría. Sentí las limitaciones codificadas en el espacio que las Voces habían preparado: aquí no habría destrucción de la realidad. Cualquier conflicto ocurriría con puños, con pies, con determinación. Las Voces no tenían nada de lo último y poco de lo primero.

Se desmoronarían, y entonces Alpha terminaría el trabajo.

—Gamma —dijo Kaydee, sin seguirme—. Estás ayudando a Alpha. ¿Te das cuenta? La cosa que intentó corromperte.

—No estoy ayudando a Alpha —respondí sin darme la vuelta—. Estoy salvando a Delta.

Un pinchazo enganchó mi ropa, tirando de mí hacia atrás. Me di la vuelta, seguí el hilo de pesca plateado hasta su origen. Kaydee, con la caña en sus manos, me hizo retroceder otro paso. Agarré la línea, tiré y la envié volando de pies. Me acerqué, tomé la caña —una pequeña función que había escrito para atarse a mí— y la rompí.

—Te estás mintiendo a ti mismo, eso es lo que estás haciendo —dijo Kaydee desde el suelo, sus manos extendiéndose para levantarse—. No hay manera de que Alpha te deje libre. Ni a ti ni a Delta.

—Lo sé. Eso no cambia nada. Esto mantiene a Delta con vida, así que eso es lo que estoy haciendo.

—¿Incluso si nos cuesta todo?

—¿Nos? —pregunté—. Creo que te refieres a las Voces. Creo que te refieres a los humanos que me trataron como una herramienta.

Kaydee no tuvo una respuesta rápida, así que reanudé mi caminata hacia la hierba. Los tallos a la altura de la cintura me rozaban mientras caminaba, esquivando los fosos con pinchos, las empalizadas, las secciones resbaladizas de aceite esperando enemigos que nunca llegarían. Si yo no hubiera llegado, quizás Alpha habría intentado forzar a las Voces, enviando mil ataques contra los muros.

En cambio, caminaba solo.

Liberado de los confines del Conducto, incluso en un sentido artificial, jugué con la sensación: un horizonte que se extendía en todas direcciones, un cielo arriba que no terminaba con placas metálicas. Sin iluminación eléctrica, sin motores zumbando. Pacífico, aunque con un lado sombrío gracias al escenario elegido por las Voces. No obstante, el camino hacia las murallas despertó cierta anticipación por el eventual aterrizaje de la Nave. Podría salir al exterior de verdad algún día, y no en mucho tiempo.

Cualquier asombro se disipó cuando me acerqué a los muros y los primeros guardias programados asomaron sus cabezas por las almenas del castillo. Tres, y sus ojos se clavaron en mí, sus cabezas moviéndose al unísono. Arcos con flechas encajadas levantaron sus puntas, apuntándolas hacia mí.

Hora de jugar un juego diferente.

Saludé a los guardias. No reaccionaron, pero el hecho de que no dispararan de inmediato me dijo que ya habían informado a las Voces que alguien se acercaba. Mi próximo movimiento dependía de lo que las Voces decidieran hacer.

Ante mí se alzaba la puerta principal del castillo: una madera marrón oscuro, salpicada de lluvia. Probablemente gruesa y no fácil de atravesar de un puñetazo. Las torres de vigilancia se alzaban a ambos lados, más guardias apareciendo en esas plataformas más altas para apuntar sus propias flechas hacia mí. Cualquiera que me alcanzara, supuse, iniciaría una rápida eliminación, expulsándome y posiblemente algo peor.

—Gamma —llamó Leo, la cabeza del ingeniero uniéndose a los guardias en los muros. Parecía desgastado desde esta distancia, como si su yo virtual aún sintiera el estrés de una vida vivida al borde digital—. ¿Qué estás haciendo aquí?

—Tomando una decisión —respondí—. Necesito pasar, Leo.

—¿Para qué?

Le entregué los detalles, uno tras otro. Delta, Alpha, los mechs, Val y más. Leo lo asimiló todo sin comentarios. Esperaba que Kaydee interrumpiera, que intentara hablar con su antiguo amigo o añadiera su habitual color, pero se mantuvo ausente. Quizás realmente la había ofendido allá atrás.

Un problema para otro momento.

—Si Alpha llega al Puente, controlará la Nave —dijo Leo—. Lo sabes.

—Habiendo visto lo que han hecho con el lugar, no estoy seguro de que sea una mala idea.

Leo apretó sus labios rectos. —Hay malo, y hay peor. Alpha podría destruirlo todo.

—Tú también podrías.

Eso, al menos, le ganó un asentimiento. —Gamma, no voy a jugar juegos retóricos contigo. El Puente es nuestro. Si Alpha quiere negociar, es libre de hacerlo sin poner un ejército a nuestra puerta.

El rechazo esperado.

Tendría que infiltrarme por las malas.

Me lancé hacia adelante, dirigiéndome directamente a la puerta de madera. Leo gritó *fuego* mientras corría, las flechas liberándose cuando empezó a hablar. El estrecho ángulo de tiro jugó en contra de los programas, sin embargo, y sus disparos golpearon la tierra dura detrás de mis talones. Presionando mi espalda contra la puerta de madera, miré hacia arriba, verifiqué que mientras las almenas ya no podían alcanzarme, los guardias de las torres de vigilancia seguro que podían.

Contando uno, dos segundos, me lancé desde la puerta y agarré una flecha de la tierra. Mi mano izquierda se cerró alrededor del eje y la arrancó. Con la derecha, agarré otra, arrancándola de la tierra. Giré, dando un paso lateral mientras me volvía hacia el castillo.

Los guardias en ambas torres de vigilancia se ajustaron a mi nueva posición, mientras otros en las almenas intentaban darse la vuelta, levantar sus arcos de nuevo. Ahora, sin embargo, no eran los únicos con armas.

Como las jabalinas más pequeñas del mundo, lancé las flechas a los guardias de las torres de vigilancia. Primero a la derecha, luego a la izquierda. En el mundo de las Voces, las flechas volaron rectas y exactas, golpeando donde las lancé, más como balas o láseres que como palos emplumados. Cada una clavó su objetivo, las flechas cumpliendo sus funciones sin preocuparse por el efecto: cada guardia se disolvió en píxeles, luego en nada.

Recogiendo otra flecha, corrí hacia la puerta de madera, venciendo nuevamente a los guardias de las almenas y su fuego de respuesta por fracciones de segundo. Esta vez había asegurado un respiro. Esos guardias de la muralla subirían a las torres de vigilancia en un minuto, pensando que me tendrían atrapado contra la puerta ahora.

Afortunadamente, tenía más que mis manos.

Clavé la flecha en la puerta de madera, esperando que la función de eliminación pudiera aplicarse a la puerta tan bien como lo había hecho con los guardias. Si toda la barrera desaparecía, podría simplemente entrar corriendo, usando la flecha como una llave maestra para demoler el reino de las Voces en ruta hacia su centro.

Mi herramienta robada se clavó en la madera con un suave *chunk* y se quedó allí, temblando. La puerta, desafortunadamente, permaneció bastante sólida.

Bien, plan de respaldo.

Saqué la flecha, corrí hacia la esquina de la puerta donde rozaba la torre de vigilancia izquierda, me agaché y salté. Cuando alcancé la altura de mi salto, balanceé mi brazo derecho hacia adelante, clavando la flecha profundamente en la madera esta vez. Planté mis pies contra la puerta, mi mano izquierda contra la torre de vigilancia, y recé para que el eje de la flecha soportara mi peso.

Por un breve momento, lo hizo.

Presionando con mi mano izquierda, con mis pies, salté hacia arriba y tiré de la flecha conmigo, clavándola de nuevo en la madera un metro más arriba. Los gritos de Leo se oían, llamando a los guardias a sus posiciones. Armaduras y armas tintineaban mientras los programas subían pesadamente por las torres de vigilancia.

Salté de nuevo, arrancando la flecha y plantándola de nuevo.

Y otra vez.

El borde de la torre de vigilancia yacía solo a un par de metros arriba, la puerta misma terminando no mucho más alta que eso. Me preparé para otro salto, solo para ver a un guardia asomar su cabeza sobre el muro de mi torre de vigilancia. Con su flecha lista, el programa me apuntó.

Así que fingí. Empecé a saltar hacia arriba y luego me detuve, mis pies deslizándose por la madera. El guardia mordió el anzuelo, soltando su flecha en la puerta sobre mí. Salté rápidamente, sin molestarme en liberar mi vieja flecha. Mientras lo hacía, otro disparo se clavó cerca de mi pecho desde el lado opuesto. Mis tácticas desesperadas estaban llegando a su fin.

Delta podría haber hecho algo ridículo aquí, como liberar la vieja flecha con los pies, atraparla con la mano y lanzarla a otro guardia. Yo no tenía esa destreza, no tenía esa experiencia, así que hice lo único que pude.

—¡La matarás, Leo! —grité—. ¡Si yo muero, ella también!

La respuesta de Leo llegó rápida, el hombre diciendo a los guardias que contuvieran el fuego. Me quedé colgado allí, mi pie equilibrándose en mi vieja flecha, mi mano derecha aferrándose a la que el guardia había disparado mal. El retraso dio tiempo a ambas torres de vigilancia para reforzarse, de modo que cuando Leo apareció, tenía cuatro flechas apuntando a mi estómago.

—Estas flechas no te matarán —dijo Leo, mirándome fijamente—. Lo sabes.

—No, pero Alpha sí —respondí—. Si no desactivo estas barreras, me destruirá. Y si yo muero, Kaydee también.

Las manos de Leo agarraron la piedra de la torre de vigilancia, volviéndose blancas mientras apretaba con fuerza. —Me estás pidiendo que cambie la Nave por una sola vida.

—No —dije—. Te estoy pidiendo que me des una oportunidad.

—¿Una oportunidad para qué?

—Tú nos construiste, Leo. Nos hiciste el seguro de la Nave. Déjanos hacer aquello para lo que nos diseñaste, y asegurarnos de que esta nave llegue a donde necesita ir.

Leo, sin embargo, no se movió. No ordenó abrir la puerta. En cambio, sus ojos se cerraron, esas manos aún agarrando con fuerza la piedra, como si las respuestas pudieran encontrarse en ese ladrillo gris digital. Había visto suficientes humanos para saber que el hombre debía estar vacilando, cerca de ponerse de mi lado.

Un empujón más.

—Alpha va a pasar de todos modos —dije—. Lo sabes, Peony lo sabe. Destrozará las barreras si es necesario, y la nave tiene suficientes mechs para hacerlo. Déjame pasar, y al menos tendrás ayuda del otro lado.

Leo apartó sus manos, una se rascó la cara mientras se giraba, lanzando una larga mirada sobre el bosque.

—Si Alpha gana el Puente, intentará borrarnos —dijo Leo—. Eso no puede suceder. No porque sea egoísta, sino porque la Nave aún nos necesita —Se volvió hacia mí—. Bajaré las barreras y tendrás tu puerta. Alpha no nos encontrará esperando.

—Gracias, Leo.

—Gamma, estoy haciendo esto por ti. Por ella. No dejes que toda nuestra esperanza muera, no dejes que todas estas vidas, todos estos años se desperdicien por esa máquina.

—No lo haré.

Mantuve mi rostro serio mientras decía las palabras, tratando de no mostrar la verdad que se escondía detrás: que tal vez dejar que todos esos años se desperdiciaran sería lo mejor para la Nave y todos los mechs en ella.

QUINCE

HOMBRE O MÁQUINA

Con el acuerdo de Leo, me teletransporté lejos del castillo y su cuervo graznador. Volver de los cielos grises al metal gris de la Nave Estelar no fue tan impactante, aunque las barreras rojo cereza y su brillante resplandor contrastaban con el color. Los mechs se cernían a mi alrededor, acompañados ahora, noté, por los guardianes más altos y fuertes que había visto por la Avenida Universitaria y el lado más acaudalado de la Nave Estelar.

Alpha continuaba aumentando su ejército robótico.

Me enderecé, observando las barreras rojas. Leo vendría o Alpha me despedazaría, para luego abrirse paso a través de las barreras de todos modos.

—Así que lo viste —dijo Kaydee, sentada contra la pared a mi izquierda y mirando mis pies.

—Sabes lo que vi —respondí. Ella podía leer mis pensamientos como quisiera, un acceso libre que nunca me había molestado en restringir. Si Kaydee alguna vez abusara de ello, podría bloquearla, pero eso representaba un salto que no tenía deseos de dar—. Las Voces no tienen a dónde ir. Alpha pasará de una forma u otra.

—Pero me usaste, Gamma. Mi nombre.

—Para salvar nuestras vidas.

Kaydee podría haber tenido algo más que decir, pero unos sonidos de pasos pesados detrás de mí interrumpieron nuestra conversación. Las máquinas se apartaron para dejar pasar a Alpha, tan insanamente sereno como siempre. Extendió los brazos, sus cejas disparándose hacia su frente.

—¿Y bien? —preguntó Alpha—. Veo que las barreras aún están en pie.

—Espera un minuto o dos —respondí—. Caerán.

Alpha se acercó, inspeccionó mi rostro, sus ojos recorriendo toda mi piel.

—No hay rastro de mentira en ti, Gamma. Aunque siempre es tan difícil saberlo con los mechs. Sin tics nerviosos.

Me mantuve en silencio. Resistí el impulso de agarrar y romper el cuello de Alpha allí mismo. Los mechs estaban a un par de metros de distancia, y tal vez hubiera podido lograrlo. Claro, me habrían pisoteado y despedazado, pero habría sido un final satisfactorio.

Excepto que dejaría a las Voces a cargo.

Tantas malas opciones.

Las barreras cereza parpadearon y se apagaron mientras Alpha se echaba hacia atrás. El recipiente aplaudió una vez, fuerte y sonoro. Esbozando una amplia sonrisa, Alpha hizo girar su brazo derecho, haciendo señas a los mechs que esperaban para que pasaran.

—¡Adelante, adelante! —exclamó Alpha—. Entrad, amigos míos, y aseguraos de que no nos esperen sorpresas —Alpha me miró, bajando la voz a un susurro—. La última vez que estuve aquí, las Voces me dejaron pasar. Apuesto a que han aprendido la lección.

—No va a pasar nada —dije.

Una estupidez revelar eso, y me encogí cuando Alpha abandonó su animación —los mechs no se preocupaban, seguían marchando de todos modos— y se centró en mí una vez más.

—¿Y cómo sabes eso? —preguntó Alpha—. No destruiste completamente a las Voces, ¿verdad? —Una breve carcajada—. Oh, qué delicia sería eso. Su última esperanza, tú, volviéndose contra ellas al final. Dime que lo hiciste.

Me encogí de hombros, volviéndome hacia la barrera muerta.

—¿No quieres ponerte en marcha? Tus mechs podrían dañar algo.

Alpha pasó saltando junto a mí, agitando un dedo en mi dirección.

—Correcto, por supuesto, pero no creas que has esquivado mi pregunta —La alegría desapareció, volviendo a su expresión seria—. Las Voces tienen que irse, Gamma. Tarde o temprano. Espero que hayas hecho el trabajo sucio, pero si no... será más divertido para mí.

Me hizo señas para que lo siguiera y, sin otras opciones, fui tras él.

LLEGAR al Puente significaba atravesar un pasillo conmemorativo. A la derecha y a la izquierda, las placas grises poco interesantes de la Nave Estelar desaparecían en planchas de plata más gruesas y sólidas. Nombres grabados en la superficie en columnas limpias, las letras al principio aparecían claras antes de descender a la locura rayada en la segunda mitad del pasillo: Alpha, quien había tallado su propio nombre en las placas una y otra vez.

El recipiente no se detuvo a juzgar su propia obra, continuando hacia el Puente con sus mechs rodando a su lado.

Yo, sin embargo, me detuve, porque Kaydee apareció frente a mí y señaló, con una mano y ojos furiosos, las marcas.

—Esto —dijo Kaydee—. A esto es a quien estás decidiendo ayudar.

—Porque las Voces son el modelo de cordura —repliqué con sarcasmo.

—Simplemente no entiendo por qué te has vuelto tan duramente en mi contra —dijo Kaydee, retirando su brazo. Ahora parecía más preocupada que enojada, su boca inclinándose en un gesto de desaprobación junto con su cabeza —. Es como si estuvieras tomando algún desaire de Val como una acusación contra todos nosotros.

—Como dijiste antes, no he estado vivo tanto tiempo —respondí—. Tal vez no tenga la madurez para recibir ese desaire y seguir adelante.

—Eso es una tontería y lo sabes.

—Entonces dime, ¿qué es lo que estoy entendiendo mal? —la desafié mientras los últimos mechs marchantes de Alpha pasaban junto a nosotros. El recipiente había dejado una gran fuerza allí en la plataforma, aparentemente para disuadir a cualquier otro intruso—. ¿Qué es lo que no estoy entendiendo?

—Que los humanos no son diferentes a ti y a Alpha —dijo Kaydee—. Queremos mejores futuros para nosotros mismos, queremos seguridad, comida y refugio. Felicidad. Y lucharemos para conseguirlo.

—Nada de eso excusa tratar a los mechs como basura.

—Porque tú nunca actúas como un imbécil —replicó Kaydee—. Mira esto, Gamma. Si lo dejas al mando, Alpha va a destruirlo todo. Tú, yo, la Nave Estelar. ¿Val y todos esos niños congelados esperando en la Guardería? Desaparecidos. Eso estará en tu conciencia.

Negué con la cabeza, me puse en movimiento y pasé junto a ella.

—En tu conciencia, Gamma —dijo Kaydee a mis espaldas.

El pasillo terminaba en una entrada ramificada, con opciones a la izquierda y a la derecha y sin un camino claro hacia el Puente sin elegir uno. Cada camino conducía por una pendiente suave, con baldosas tachonadas de protuberancias para evitar que alguien resbalara. Los pasamanos ofrecían su cromado ser, pulidos a la perfección.

Me detuve, estudié.

Los humanos habían diseñado la Nave Estelar, la habían creado de la nada y la habían convertido en esto, una nave que cruzaba la galaxia repleta de entretenimiento, sustento y un plan para mantener vivos a miles y miles durante milenios. Podrían haberse conformado con lo mínimo, pero aquí habían puesto barandillas, habían puesto rampas y agarres para ayudar a su propia especie a moverse.

Y no solo a ellos.

El Conducto se extendía en una simple línea recta, con pasarelas niveladas, amplios ascensores para moverse entre pisos. Definiciones claras de los distritos. No solo fácil de navegar para los humanos, sino también simple para los mechs. Por muy hostil que Val hubiera sido conmigo, sus antepasados habían dependido de mechs como yo, se habían esforzado al máximo para asegurarse de que los mechs pudieran hacer su trabajo fácilmente, sin daños ni destrucción.

¿Y qué hay de Sybil Renoir?

La propia arquitecta de la Nave Estelar mantuvo el mech de limpieza de su familia, permitiéndole vivir seguro dentro del hogar familiar. Protegido del caos exterior. Sybil no tenía razón para darle esa protección, no tenía necesidad, en su existencia como memoria virtual, del viejo mech de su familia. Sin embargo, Sybil se tomó la molestia de hacerlo.

No podía llegar a creer que los humanos amaran a sus mechs, que los trataran como iguales, pero quizás tampoco eran todos amos arrogantes. Podía imaginar que algunos incluso trabajaban junto a sus máquinas, más como socios que como director y sirviente.

Mi código, mi lógica como máquina quería una respuesta simple: humanos malos, recipientes buenos. O al revés. Supongo que no tuve tanta suerte.

Kaydee no intervino. Esperé allí en esa bifurcación a que apareciera y me dijera que había estado escuchando mis reflexiones. Que declarara que había tenido razón todo el tiempo. Tal vez, como había hecho antes, Kaydee estaba reflexionando por su cuenta.

De todos modos, escuché a Alpha llamándome. Le había dado acceso al Puente, y ahora necesitaba ver qué haría con él.

Subiendo por la rampa y dando la vuelta, el Puente se abría en tres niveles escalonados. Mesas blancas y pulidas cargadas de pantallas se extendían por cada nivel, con una rampa descendente cortada por el medio que conducía al santo grial de la Nave Estelar: un vasto portal de cristal que miraba hacia el espacio. Una tenue iluminación amarilla incrustada en los suelos servía de guía mientras permitía a los espectadores ver las estrellas centelleantes más allá.

Más que eso, sin embargo, podía ver planetas. Las canicas suspendidas en nuestra vista parecían casi imperfecciones en el cristal: aquí una huella digital beige, allá un resplandor verdoso. Una estrella más grande se situaba más allá de todo, el centro del sistema que la Nave Estelar estaba rozando. O entrando, por lo que yo sabía.

—La última parada —dijo Alpha, el recipiente de pie con la cara contra el cristal—. Estamos casi allí, Gamma.

—¿En el destino de la Nave Estelar?

Los mechs de Alpha se alinearon a lo largo del Puente, cada uno ajustándose lo más cerca posible a los monitores de las computadoras. No es que estos mechs tuvieran idea de cómo, sin mencionar la destreza, usar las computadoras del Puente. Lo atribuí a las obsesiones de Alpha y seguí adelante, colocándome en la parte superior del Puente.

Solo un par de mechs estaban cerca de mí y, sin ninguno bloqueando mi posible retirada, tenía opciones para escapar. Podría haber huido justo en ese momento y esperado que Alpha, fascinado con su tesoro, se olvidara de Delta y de mí.

Excepto que quería ver qué haría. Quería ver si realmente había cometido un error monstruoso al darle a Alpha acceso a los sistemas más importantes de la Nave Estelar.

—No exactamente —dijo Alpha, plantando ambas manos en el cristal y deslizándolas hacia abajo, acariciando el escritorio—. El objetivo original de la Nave Estelar espera muchos años más adelante. El borde de la galaxia. Pero estoy aburrido, Gamma. No quiero esperar tanto para que nuestro futuro comience —Alpha se giró hacia mí, caminando rápidamente por el Puente—. ¿No estás harto de todos estos pasillos estrechos? He escuchado los mismos rumores, los mismos sonidos durante tanto tiempo...

La voz de Alpha se apagó mientras se acercaba a mí, una sonrisa creciendo con el acercamiento. Por un segundo pensé que iba a agarrarme la barbilla y menear mi cara, pero en su lugar me rodeó por la derecha. Empujó a un mech que estaba allí de pie, derribándolo.

El mech emitió una alerta, pidiendo ayuda. Alpha lo

ignoró, juntando sus dedos y conectándose a la computadora allí. La etiquetada, con una placa dorada frente a la estación de trabajo, para el capitán de la Nave Estelar. Los ojos de Alpha se cerraron, su cuerpo se relajó. Se había metido en la computadora, haciendo quién diablos sabe qué.

Rodeé al recipiente, ayudé al mech a ponerse de pie. La máquina, un mech cilíndrico de muchos brazos perteneciente a la limpieza y clasificación de basura. Sin embargo, una vez que lo tuve de pie, el mech no mostró confusión sobre cuán lejos estaba su posición actual de su propósito de diseño. Obra de Alpha, borrando el original y reemplazándolo con el suyo propio.

Segundos, luego minutos, pasaron arrastrándose y los pasé mirando las estrellas. Toda esa negrura infinita. Si quitara el Puente a mi alrededor, el espacio no sería tan diferente de algunos de los mundos virtuales en los que me había precipitado. Un infinito que nunca podría atravesar.

—¿Crees que los está destruyendo? —dijo Kaydee, permaneciendo en las sombras a mi derecha—. ¿Asesinándolos uno por uno?

—Si Leo es inteligente, ya se habría desvanecido con las Voces —Asentí hacia Alpha—. Estas computadoras están todas en red. Podrían huir, esconderse de Alpha. Además, creo que Alpha está haciendo otra cosa.

Cuando Kaydee no respondió, miré en su dirección y no vi nada más que oscuridad.

El silencio se rompió con un fuerte chasquido, estática exorcizada de altavoces no utilizados en muchísimos años. Luego se escuchó una voz, una mujer gentil advirtiendo a todos que los motores de maniobra de la Nave Estelar se encenderían pronto. Se recomendaban sillas y cinturones, o pasamanos en su defecto.

No tenía ninguno de los dos, no me moví.

La Nave Estelar gimió, vibró. La nave siempre lo había hecho, pero esto se sentía más como ser sacudido en una taza agitada. Extendí la mano, la puse en la pared. Nuevos sonidos resonaron por toda la nave, estallidos y golpes, gemidos y ronroneos mientras los componentes se movían, se encendían y apagaban. Los mechs, incluido el que acababa de poner en pie, se cayeron y chocaron entre sí.

Las estrellas afuera mantuvieron mis ojos. Se movieron, al principio lento y luego más rápido, hasta que el punto verde que había notado antes se situó en el centro de la ventana de la Nave Estelar. Una vez que se desplazó, el temblor de la Nave Estelar cesó y la voz volvió, declarando la maniobra terminada.

Solté la pared mientras la cabeza de Alpha se levantaba de golpe, su atención volvía a la realidad. Mientras levantaba al mech de limpieza para ponerlo de pie nuevamente, Alpha se desconectó de la computadora y me sonrió.

—Ya está —dijo Alpha—. Nuestro viaje se ha acortado de años y años, a días.

—¿Días?

—Ese planeta cumple con los criterios de la Nave Estelar —dijo Alpha, y luego frunció el ceño—. Intenté encontrar un buen asteroide, pero la computadora no me dejó ir tan lejos. Tiene que ser habitable —Una sonrisa volviendo a aparecer—. Pero sin duda eso será más interesante.

Asentí, tratando de analizar lo que realmente significaba el anuncio de Alpha. ¿La Nave Estelar aterrizaría, y pronto?

—Esto, sin embargo, significa que algunas cosas se complican más —dijo Alpha—. Había esperado que pudiéramos aterrizar en algún lugar desolado, abrir las puertas y dejar que el vacío se encargara de nuestro problema humano. Como ese no será el caso, Gamma, creo que es hora de que cumplas tu trato.

—¿Qué?

—Delta —Alpha puso sus manos sobre mis hombros, como un sacerdote bendiciendo a su acólito—. Tráemela, Gamma, y hazla mía.

DIECISÉIS

COMPLEJO DE DIOS

Alfa me dejó ir sin decir una palabra más. No protesté ni ofrecí otro plan porque esto era exactamente lo que necesitaba: una oportunidad.

De vuelta en el pasillo cincelado, esperaba que apareciera Kaydee para reprenderme por permitir que Alfa cambiara el rumbo de la Nave Estelar. No apareció. Mi único acompañante por ese largo pasillo fue un guardián silencioso y alto. Los grandes mechs habían patrullado la Universidad y la mitad más rica del Conducto, luciendo como humanos grandes y llevando pesados bastones de acero. Este me observaba, sin formar expresión alguna en su rostro.

Y sin opiniones tampoco.

¿Había hecho lo correcto? Yo seguía vivo y también, por el momento, Delta. Sí, Alfa había desviado la Nave Estelar de su objetivo en el borde de la galaxia, pero ¿no era un planeta habitable tan bueno como otro aquí afuera?

¿No preferiría Val la oportunidad de saborear el aire fresco con su propia lengua?

Pensar en los humanos me mantuvo confundido mientras abandonaba el Puente —esas barreras aún muertas— y regresaba al nivel donde había dejado a Delta. Había estado frustrado con Val, con las Voces y las irascibles inconsistencias de la humanidad. Alfa, por supuesto, no había resultado ser mucho mejor. La nave defendía a los mechs en un aliento mientras los dominaba en el otro.

Si ningún bando parecía digno de seguir, ¿quizás debería forjar el mío propio?

Gamma, líder de los mechs libres. De los pueblos libres.

—Los niños libres, más bien —intervino Kaydee mientras caminaba por el Conducto.

—¿Niños?

—Estás pensando como si todos estos niños de probeta fueran a salir completamente formados, Gamma —dijo Kaydee, flotando a mi lado—. Van a tardar años y años antes de estar listos para hacer algo más que exigir tu atención.

Fruncí el ceño hacia ella. —¿Has vuelto solo para decirme eso?

—He vuelto porque vi ese complejo de dios formándose.

—¿Complejo de dios?

—Gamma, señor y amo de la Nave Estelar y todo lo que hay dentro de sus muros —entonó Kaydee—. Inclinaos y comportaos, no sea que seáis desterrados al fondo del Jardín.

—No suena tan mal.

Kaydee y yo nos movimos entre los mechs, ninguno prestándonos el más mínimo interés. Mientras avanzábamos, Kaydee continuó pinchando y sondeando mi breve delirio, acribillándome con preguntas sobre cómo gobernaría, qué querría siquiera de la proverbial corona. Si podría manejar todas las decisiones después de que mi breve existencia hubiera sido definida por seguir órdenes.

—¿Entonces qué? —le dije finalmente a Kaydee mientras nos acercábamos al apartamento de Leo—. Si no puedo soportar a los humanos y no puedo confiar en Alfa, ¿entonces qué?

—Comprometes, tonto.

—Val no me escuchará, y Alfa...

—Alfa no escuchará a nadie —coincidió Kaydee—. Pero ¿con la ayuda de Beta? Podrías conseguir que Val se uniera. Cambiar su perspectiva, los mechs pueden serle útiles.

Una perspectiva cambiada siempre podía volver a cambiar. Val podría usarnos a los mechs hasta que decidiera que no éramos necesarios, pero de nuevo, mis opciones seguían siendo limitadas. Había jugado con Alfa en parte para ver qué haría, pero también para ganar algo de tiempo para Delta y para mí. Ahora, mientras entraba en el apartamento de Leo y cerraba la puerta espiral detrás de mí, podría necesitar a Val de la misma manera.

Había dos fuerzas en la Nave Estelar, y yo no era una de ellas.

Alvie vino corriendo cuando entré, ladrando con alegría entrecortada. Por su actitud, supuse que ningún mech había intentado entrar en el lugar, lo que significaba que Delta debería estar justo donde la había dejado. De hecho, Alvie pareció percibir mis intenciones y el perro me guió, con sus patas metálicas repiqueteando, hasta la habitación de Delta.

Yacía tan quieta en el catre. La luz azul cubría su piel sintética, ahora perfecta con el tiempo para repararse. El traje de combate de Delta había visto días mejores, pero su hoja dentada descansaba cerca de la entrada de la habitación, lista para ser recogida de nuevo. Menos mal, porque tenía la sensación de que Alfa no me daría mucho tiempo para cumplir mi palabra.

O la falta de ella.

Los Recipientes no tenían un interruptor, exactamente. De hecho, no sabía cómo se encendía uno de nosotros.

Había apagado a Delta desde el interior, y ahí es donde fui de nuevo. Pellizcando mis dedos, me conecté al puerto detrás de su oreja y desaparecí.

Esta vez, el cubo gris que contenía todas las funciones centrales de Delta flotaba solo, balanceándose en un blanco infinito. Ninguna Delta digital apareció para detenerme mientras me acercaba al núcleo, mientras colocaba mi mano sobre él y le daba la orden de inicio que sentía que buscaba.

La caja gris zumbó y no esperé a ver qué más sucedería. Deslizándome de vuelta al mundo físico real, me levanté junto al catre. Esperé. Me di cuenta de que debía mover la hoja unos metros más allá y lo hice.

Una Delta enojada podría actuar sin pensar, mejor eliminar los objetos letales de la ecuación.

Sus ojos parpadearon. Las piernas y brazos de Delta se crisparon, sus dedos de manos y pies se curvaron. La boca de Delta, congelada en un ceño neutral, se descongeló en su habitual línea recta. Sin más preámbulos, giró la cabeza hacia mí. Era asombroso cuán rápido esa mirada penetrante encontró su vida.

—¿Por qué? —preguntó Delta, una pregunta completamente razonable que me desconcertó.

Había esperado que saltara de la cama, tal vez una combinación de tres golpes que terminara conmigo en el duro suelo de metal. En su lugar, lo solté todo. Rápido, directo a los hechos.

—Ibas a morir —concluí—. No quería eso.

—No era tu decisión —respondió Delta, deslizando sus piernas fuera del catre—. Ahora Alfa será aún más difícil de matar.

—No vamos a ir tras él solos —dije—. Tú y yo, vamos a volver con Beta, Volt y los humanos. Juntos podríamos tener una oportunidad.

Delta se enderezó, estiró una mano y puso un solo dedo en mi pecho. —Gamma, puedes hacer lo que quieras, siempre que nunca vuelvas a tocarme. Ahora quítate de mi camino.

—Es tan condenadamente terca —dijo Kaydee, recostada en mi viejo catre—. Pero quién sabe, tal vez gane.

No sabía quién merecía una respuesta primero y en mi vacilación Delta recogió su hoja dentada. El Recipiente recorrió con sus ojos la longitud del arma, convenciéndose de que lucía tan bien como siempre.

—No puedes —dije.

—No puedes detenerme —respondió Delta, poniendo la hoja sobre su hombro, dirigiéndose a la salida de la habitación.

—Si haces esto sola, perderás. —No me moví tras ella. Quería, de alguna manera, que mi inmovilidad mostrara cuán separada estaría Delta—. Estarás superada en número y serás destruida. Después de que termine contigo, Alfa hará lo mismo conmigo. Encontrará a las Voces y las borrará. Sus mechs aplastarán a Beta y asesinarán a cada humano que quede en la Nave Estelar.

Delta se ralentizó, se detuvo, me lanzó una mirada tensa. —¿Quieres que huya?

—Quiero que trabajemos juntos para detenerlo y convencer a los humanos de que somos más que accesorios.

Un estruendo cortó la réplica de Delta. Alvie ladró y ambos seguimos al perro hacia la entrada del apartamento. Un segundo estruendo siguió, acompañado de un sonido metálico cortante. Mientras Delta nivelaba su hoja hacia la puerta, yo retrocedí un paso, buscando un arma y sin encontrar ninguna.

Manos desnudas otra vez.

—Prepárate —dijo Delta, cuadrando sus hombros, doblando sus rodillas.

Sentí lástima por lo que esperaba al otro lado de esa puerta.

—Recuerda —dije mientras otro estruendo golpeaba. Las espirales de la puerta chillaron, una se salió de su rosca en la parte superior—. Nos dirigimos a la izquierda. Escapamos.

—Si veo a Alfa, le arrancaré la cabeza.

Un cuarto golpe envió la puerta del apartamento al suelo, los brazos en espiral retorcidos como una flor marchita. La gema roja se desvaneció a negro mientras cables rotos chispeaban a lo largo de los bordes, duchando al intruso con sus brasas blanco-doradas. El primer mech que entró arrastró su pesado bastón plateado por el suelo, encorvándose para entrar en el apartamento.

—¡Gamma! —gritó el mech, y la voz que salía de sus altavoces no pertenecía a una máquina sin nombre—. ¿Has cumplido tu promesa? ¿Me has entregado a Delta?

—Sobre eso... —comencé, y Delta terminó.

A pesar del espacio reducido, el gran mech reaccionó rápidamente al estallido de Delta, ignorando el incómodo bastón para atrapar con una rápida mano de metal. Delta cambió su agarre, balanceando la hoja hacia arriba y hacia la derecha a través de su cuerpo. El filo cortó los dedos que se acercaban y el agarre inverso permitió a Delta saltar sobre la palma restante, la hoja y el cuerpo manteniéndose justo debajo del techo. Aterrizó, con su mano derecha ahora en mi izquierda, su espalda hacia la cara del gran mech.

Y clavó la hoja justo donde debía estar.

—Hora de irnos —dijo Delta, mientras la mueca estéril del mech se descomponía en una muerte ardiente detrás de ella.

—Justo detrás de ti —respondí, con Alvie ladrando entrecortadamente a mi lado.

Juntos, nuestro extraño trío trepó sobre el mech y entró en el Conducto. Mientras nos uníamos a esa niebla azul, tuve un gran impulso de volver al destrozado apartamento de Leo: al menos allí, los mechs solo podían venir por nosotros desde una dirección.

—Vaya —dijo Kaydee—. No confió en ti en absoluto.

Abarrotando la pasarela del Conducto por ambos lados había más guardias de la Universidad. Estos tenían sus bastones en alto, listos para golpear. Conté seis a cada lado, y más mechs pequeños viniendo a reforzarlos. En el vasto centro del Conducto, zumbidos anunciaban la llegada de mensajeros y otros voladores. Estarían aquí en momentos, listos para inmovilizarnos.

Y aquí estaba la parte de mi plan donde los detalles se volvían borrosos. Había apostado a tener suficiente tiempo para escapar con Delta, apostado a que Alfa sería menos maníaco o más lento en volverse contra mí. Ambas resultaron equivocadas, y ahora Delta y yo estábamos en la misma situación que antes, con mechs acercándose a nosotros sin tener a dónde ir.

—Popa —gruñó Delta, girando a la izquierda y dirigiéndose hacia el gran mech.

—Ve —le dije a Alvie y ambos corrimos tras ella.

El primer mech, tres metros de metal implacable, levantó su bastón y lo golpeó hacia Delta. A diferencia de los mechs más torpes, presionados al servicio de combate con funciones destinadas a la limpieza, a la preparación de alimentos, este sabía cómo pelear. El movimiento anticipó la velocidad de Delta y la obligó a detenerse, lanzando su hoja hacia arriba para desviar el extremo frontal del bastón en un golpe tembloroso contra la pasarela. El impulso envió a

Delta a una rodilla, ambas manos envueltas en el mango de su hoja para mantenerla en alto.

Alvie no tenía tales restricciones: el perro saltó, atrapó el bastón y corrió por la gruesa cabeza en otro salto hacia la cara vulnerable del guardián. El mech alcanzó a Alvie con su mano libre, pero me lancé sobre ella, agarrando la muñeca izquierda del mech más grande con mis propias manos. Presioné, abollando al mech, manteniendo mi agarre, manteniendo la mano lejos de Alvie.

Mi perro golpeó la cara del mech con furia, desgarrando y mordiendo y destruyendo. El mech se tambaleó hacia atrás, dejando caer su bastón y sacudiéndome, alcanzando a Alvie.

—¡Salta! —grité al perro, y Alvie obedeció casi antes de que terminara las palabras, saltando hacia mí.

Atrapé al pesado cachorro, luego dejé caer a Alvie justo sobre la pasarela. Detrás de mí, Delta gritó una advertencia: el primer mech de la derecha se había acercado, estaba balanceando hacia abajo. Empecé a girarme solo para que un estruendo sacudiera la pasarela. El mech que habíamos dañado golpeó la barandilla, cayendo por el borde mientras otro, con el bastón ya ondeando de vuelta de su golpe de despeje, tomaba su lugar.

Habíamos tenido suerte enfrentando a uno. ¿Dos más con otros esperando detrás?

—Salto de fe —dijo Kaydee mientras Alvie ladraba al mech que se acercaba—. Mataría a un humano, pero tú podrías sobrevivir.

—¿Salto de fe? —Me arrastré por la pasarela, recogí el bastón caído del mech—. ¿De qué estás hablando?

Detrás de mí, la hoja de Delta resonó mientras paraba un golpe. Con mi propio mech acercándose, no quería arriesgarme con mis habilidades de lucha. Levantando, lancé el bastón sobre mi cabeza, la fuerza total convirtiendo el arma en un misil contundente. Mi objetivo movió su propio bastón lo suficientemente rápido para desviarlo, pero solo un poco, mi golpe alcanzando al mech en el hombro y derribando a la gran máquina sobre su espalda.

Solo para que tres de esos sabuesos mecanizados vinieran corriendo sobre su cuerpo, ojos iluminados de amarillo buscando sangre.

—¡Salta al Conducto! —dijo Kaydee, por una vez poniendo algo de urgencia en su voz—. Es un desastre de chatarra en el fondo, ¡pero podrías lograrlo!

Normalmente, querría hacer un análisis, calcular las probabilidades y establecer un plan. Con una muerte segura volando hacia mí con colmillos por delante, lo normal no funcionaría.

—¡Delta! —llamé, girando y agarrando a Alvie, lanzándolo en una larga zancada hacia la barandilla—. ¡Sígueme!

No pude saber si mi amiga me vio, no pude saber si entendió. Flexioné mis pantorrillas sintéticas, presioné con mi pie derecho, sentí una garra desgarrar mi pierna izquierda, y volé, girando, sobre la barandilla hacia la niebla azul.

DIECISIETE

PROBLEMAS DE BASURA

Me di la vuelta mientras caía, mirando hacia ese azul brillante mientras los niveles pasaban volando a mi alrededor. El aire golpeaba mi espalda y revolvía mi cabello. Kaydee, cayendo a mi lado, gritaba con una mezcla de terror y deleite. A diferencia del Jardín, al menos, caer aquí no significaba rebotar en cadenas y objetos. En su lugar, solo había niebla azul hasta donde alcanzaba la vista.

La vida, tal como era, no pasó ante mis ojos. No hubo ralentización que ofreciera contemplación. Habíamos intentado huir y si lo lograríamos dependía de la física, la suerte y los desechos que los mechs de Alpha habían enviado al fondo del Conducto.

La basura de un mech es la supervivencia de otro mech.

El aterrizaje de Alvie resonó hasta mí un segundo antes de que yo impactara, su mullido chapoteo dándome una leve esperanza antes de que rebotara en una pila mugrienta. El golpe encendió advertencias en mi espalda mientras rodaba por una pendiente de basura, con tornillos y fragmentos clavándose en cada giro. Muebles, letreros arruinados y desechos medio carbonizados sirvieron como mi guante de receptor. Metro tras metro, rebotaba y me golpeaba, con las extremidades volando de un lado a otro.

Hasta que me detuve, encajado entre un viejo colchón y una puerta voluminosa doblada por la mitad. La forma de V que formaban sus formas sirvió como un nido, en el que me quedé tumbado por un largo momento, contando el patrón de diamantes verdes en el colchón blanco. Mis sistemas se evaluaron a sí mismos, determinando que mi fallecimiento era poco probable. Daño estructural menor. Las reparaciones serían importantes, quizás reemplazos de articulaciones para recuperar la eficiencia óptima. Pero, mi análisis confirmó, podía caminar. Incluso correr, aunque con cojera. Una imagen dura, dado que Alpha estaría enviando a sus mechs tras nosotros, pero podría haber sido peor.

—Yo habría quedado como una tortilla —dijo Kaydee, balanceando sus piernas desde la parte superior del colchón —. Leo realmente los construyó bien a todos ustedes.

—Lo hizo —dije, sentándome—. Supongo que esperaba que pudiéramos manejar cualquier cosa.

—Casi lo único que hizo bien.

La famosa ruptura. Leo y Kaydee, amigos y algo más, separados por las propias diferencias de clase de la Nave Estelar. Kaydee no escatimaba en vitriolo hacia Leo, pero no había escuchado mucho del miembro de las Voces sobre la situación. Una historia unilateral, el relato de Kaydee tenía un peso preocupante: la disposición de Leo a pisotear a los menos afortunados no auguraba nada especialmente bueno.

Un problema para otro día, uno que probablemente nunca vería.

Un ladrido jadeante dirigió mi atención más arriba en el montón de escombros. Las patas de Alvie se agitaban en el aire, el perro por lo demás enterrado. Me impulsé desde el colchón, avanzando resbalando por el camino. El aire brumoso del Conducto no ayudaba, cubriendo toda la basura con una fina película húmeda. Mis manos y pies fallaban sus marcas, mi progreso era lento mientras mi ropa y piel se enganchaban en la basura rota. Sentí lo que mi sistema insinuaba: músculos disparándose más lentamente de lo normal, dedos resbalando cuando deberían haberse aferrado.

Otra figura coronó el montículo cuando llegué a Alvie, su propia sombra una vista bienvenida contra el azul. Si yo había sido herido, Delta se mantenía mirando hacia arriba como si hubiera hecho su propio aterrizaje con un diez perfecto. Claro, tenía sus rasguños, pero esa espada dentada seguía en sus manos mientras se equilibraba en un armazón de cama roto —quizás el hogar anterior de mi colchón— sin el más mínimo problema.

—Huiste —dijo Delta mientras yo desenterraba a Alvie —. Dejaste mi espalda desprotegida.

—No tuve elección —dije, mientras mi cachorro se inclinaba hacia adelante y se ponía de pie. Alvie ladró entrecortadamente y saltó alrededor, pareciendo disfrutar deslizarse en los pequeños deslizamientos de basura que causaba—. Nos tenían acorralados.

—Esta es la segunda vez que me jodes en una pelea, Gamma —dijo Delta—. La próxima vez, mantente alejado.

—¿O qué, me matarás?

—Podría hacerlo.

—Bien, Delta. Bien —respondí. La caída, el tira y afloja con Alpha, los mechs y humanos de nuevo abrumaron mi yo normalmente estoico y lo dejaron maltratado—. Porque eso es lo que estoy buscando ahora. Más amenazas de mis amigos.

—Entonces...

Me puse de pie, un esfuerzo tembloroso, pero planté un

pie en un letrero destrozado y acuñé el otro contra una barra partida. Señalé con un dedo a Delta—. No, no hay *entonces*, no hay *si tú*, porque eso se acabó ahora. Intentaste a tu manera y falló. Intenté la mía y, adivina qué, tampoco funcionó tan bien. Así que vamos por una tercera vía.

—¿Cuál es?

—No destruí a las Voces allá arriba —dije—. Leo las escondió. Alpha las va a cazar porque son las únicas que podrían recuperar el control de la Nave Estelar. Encontremos a las Voces, mantengámoslas a salvo y reunámonos con Val y Beta. Juntos, atacaremos el Puente.

—Eso no será rápido. Alpha tendrá tiempo de fortificarse.

—Es una oportunidad, y es la única que tenemos.

Esperé a que Delta ignorara mi análisis, que declarara una vez más que un asalto en solitario sería suficiente. En su lugar, me miró, miró hacia arriba hacia el Puente, oculto muy arriba, y asintió.

—De acuerdo. Pero rápido.

—En eso, al menos, estamos de acuerdo.

Moverse rápido resultó más fácil de decir que de hacer. Mientras Delta saltaba por la pila de escombros con saltos precisos, aterrizando en cada montón de basura con perfecta colocación, Alvie y yo rodábamos, tropezábamos, caíamos y, en general, nos parecíamos mucho a los desechos que atravesábamos. Tampoco teníamos realmente una dirección excepto alejarnos lo más posible hacia abajo y lejos.

Ya arriba, el zumbido de los motores de los mechs delataba la incredulidad de Alpha ante nuestra muerte por salto del acantilado. Supuse que la nave querría confirmación de que nos habíamos hecho papilla, pero la velocidad con la que despachó a los mechs era un poco desalentadora.

—Nunca serás libre, mi amigo —dijo Kaydee mientras tropezaba con lo que parecía un viejo horno y aterrizaba de cara unos metros más abajo en la pendiente. Delta, a mi izquierda, se rió—. Siempre te querrán ahora.

—Ugh —respondí, empujándome sobre un cojín de sofá deshilachado que había sido lo suficientemente amable como para atraparme—. ¿Por qué?

—Porque una vez que te haces notar, eso es lo que pasa —dijo Kaydee—. Yo debería saberlo. Una vez que Leo y yo atrajimos suficiente atención por nuestros diseños, nos acosaron sin cesar.

—¿Tu madre?

—Ella y todos los demás. Todas las facciones que querían nuevos mechs para esto y aquello —Kaydee se detuvo, se dio golpecitos en la barbilla —chispas de arcoíris características saltando con cada toque— y señaló hacia el lado izquierdo, el mismo lado del que nos habíamos lanzado —. Creo que estamos más o menos en el lugar correcto.

—¿El lugar correcto para qué? —Me puse de pie, y casi me caí de nuevo cuando Alvie me alcanzó y chocó contra mi pierna, ladrando entrecortadamente en lo que supuse era deleite por nuestra aventura rodante.

—Lo llamábamos el Pozo Negro —dijo Kaydee—. Donde iba la basura antes de ser reutilizada para las Líneas de Fabricación o cualquier otra cosa. Las cosas se desmantelaban hasta sus partes básicas para ser reutilizadas, y los trozos de metal que no queríamos se tiraban después al Chatarrero.

—¿Qué te está diciendo tu mente? —llamó Delta, barriendo con su espada hacia el ruido que se acercaba—. Estamos perdiendo el tiempo.

—Ve por ahí —empecé a ir hacia la izquierda, bajando hasta el fondo absoluto del Conducto.

Aquí abajo, el casco normalmente limpio de la nave tenía una capa de mugre. Los escombros aplastados hasta convertirse en polvo se extendían a lo largo de un suelo cubierto con una espuma rígida. Colocada, supuse, para proteger el duro casco de metal de la basura que caía. Las pilas de escombros se extendían de un lado a otro detrás de mí como una cordillera desordenada, dando poca pista de cuánto tiempo había pasado el fondo del Conducto sin su equipo de limpieza.

¿Días? ¿Años? ¿Décadas?

Cualquier respuesta se disipó cuando Delta encontró la puerta de Kaydee en un ascensor corto y ancho desde el piso base hasta el siguiente nivel. Diseñado para transportar su carga de basura, el ascensor nos subió lenta y constantemente, depositándonos justo enfrente de una enorme entrada de seis metros de ancho a un lugar cuyo cartel manchado de suciedad había sido cubierto con grafiti con la palabra 'Pozo Negro' en pintura verde brillante.

—¿Ves? —señaló Kaydee—. Justo como dije.

Mientras salíamos del ascensor, nuevas luces se derramaron detrás de nosotros, círculos brillantes peinando los montículos de basura. Los mechs de Alpha estaban aquí y cazando. No necesité decirle nada a Delta: ella se lanzó al interior y Alvie y yo la seguimos.

A través de la entrada, el nombre de Pozo Negro se demostró rápidamente. Grandes piscinas, dispuestas una frente a otra, burbujeaban con diferentes iluminaciones de colores. Dentro de la entrada, a nuestra izquierda, había dos piscinas esmeralda, mientras que a nuestra derecha, una azul y una naranja brillaban. Cada una parecía clara, limpia, y Alvie se acercó a olfatear una.

—Mejor no dejes que haga eso —dijo Kaydee—. A menos que quiera perder una extremidad.

Aparté a Alvie mientras Kaydee nos daba los detalles: estos eran varios baños de ácido, hechos para limpiar la suciedad que no podía ser eliminada en las líneas de fabricación o en cualquier otro lugar. Dependiendo de la pieza, se usaría una concentración diferente. En los días de gloria de la Nave Estelar, mechs y humanos estarían por todo este lugar, llevando viejos activos de un remojo a otro antes de subir por los ascensores en la parte de atrás hacia las Líneas de Fabricación o cualquier otro lugar donde el artículo necesitara ir.

—¿Entonces estás diciendo que hay otro ascensor allá atrás? —dije cuando Kaydee, que había saltado sobre cada piscina durante su recorrido, terminó con un baño rojo furioso al final.

—Debería haberlo —respondió Kaydee—. ¿Estás teniendo pensamientos astutos?

Miré hacia Delta—. Primero encontremos una terminal aquí abajo para que pueda localizar dónde están las Voces. Luego, tomaremos un ascensor a un nivel intermedio. Con suerte, Alpha no estará escaneando todos los lugares y podremos volver a popa sin ser atrapados.

—Factible —dijo Delta.

De vuelta hacia el Conducto, esos focos seguían trazando los montículos, pero ninguno había encontrado su camino dentro del Pozo Negro. No nos quedamos sentados sobre esa ventaja, sino que nos adentramos más, pasando las piscinas y entrando en una madriguera donde cada pasillo tenía vías incrustadas en el suelo. Del tamaño de los pasillos en el apartamento de Leo, los túneles redondeados servían como formas de mover materiales, con recortes y otras habitaciones espaciadas aquí y allá para esquivar los carros que se acercaban.

Diodos en forma de cuentas en el techo servían como luces, amarillos irregulares parpadeando cuando los diodos no se habían oscurecido. Al principio, pensé que las sombras podrían servirnos para mantenernos ocultos. Cuando noté la escritura en las paredes, sin embargo, comencé a tener otras ideas.

—Mantente alerta —murmuró Delta mientras nos guiaba—. Puede que no seamos los únicos aquí abajo.

Los garabatos, algunos hechos con grabados como de cuchillo en el metal mientras que otros parecían marcadores, ofrecían una mezcla entre advertencias para mantenerse alejado, bienvenidas y urgencias para seguir adelante. Algunos ofrecían solo preguntas simples e imposibles, como *¿Por qué?* y *¿Cuándo seremos salvados?*.

La escritura, la iluminación tenía el ruido normal de la Nave Estelar como compañía y poco más. Si estuviéramos siendo perseguidos por mechs, habría esperado escuchar pisadas, un motor traqueteando. En cambio, una vez que pasamos más allá de las burbujeantes piscinas, todo lo que teníamos eran nuestros pasos y el constante rugido bajo nuestros pies.

Le pregunté a Kaydee si tenía alguna idea de quién podría haber dejado los garabatos y mi mente de pelo azul sacudió su cresta puntiaguda.

—Mira, todos sabíamos lo que pasaba aquí —dijo Kaydee—. Pero no era como si Leo y yo quisiéramos aventurarnos tan abajo.

—¿Otra cosa de clases?

Kaydee suspiró—. Te lo dije, Gamma. Hay muchas cosas de las que no estoy orgullosa que hicimos, pero en ese momento, así era como funcionaba la Nave Estelar.

Ahora no era el momento para otro argumento filosófico.

—Entonces no lo sabes.

—Mira, la política de aquí no llegaba a menudo arriba —dijo Kaydee—. Si había problemas, yo no sabía de ninguno.

—Entonces seguimos adelante.

Delta no objetó. Alvie, por su parte, se mantuvo cerca de nosotros. El perro no hacía ningún sonido más allá de sus garras en el suelo, sus ojos amarillos brillando alrededor mientras trataba de mantener una vista de todo a la vez.

—Aquí —anunció Delta cuando pasamos a una sala circular más amplia donde varias vías de carros se intersecaban con una mesa giratoria en movimiento en el centro. Incrustada en un nicho en el lado había una terminal, el monitor parpadeando en verde y listo para usar—. Hazlo rápido, Gamma.

—Entendido —dije, pellizcando mis dedos y formando el puerto—. Mientras esté ahí dentro, no te oiré. Sin embargo, te sentiré. Tócame si necesitas que salga.

—Entendido —dijo Delta. Su mirada dura se suavizó. Puso una mano rígida en mi hombro—. Gamma, no la cagues.

Como charlas de ánimo de Delta, esa era casi tan buena como se podía esperar. Enchufé mis dedos en la terminal, y el Pozo Negro desapareció.

Si solo hubiera sido reemplazado por algo mejor.

DIECIOCHO

VUELTAS Y MÁS VUELTAS

Si el terminal de Val ofrecía una capilla de vidrieras y las Voces tenían su castillo, los dueños del Pozo Séptico se lanzaron tras su propia idea. Había visitado vastas llanuras digitales, hermosos prados y nebulosas de estrellas cruzadas. Nunca había estado en un río caudaloso. Quienquiera que manejara el sistema operativo del Pozo Séptico mantenía sus programas girando, creando y eliminando datos con una velocidad alocada que me tenía, mientras me orientaba, flotando en una corriente repentina.

Aparecí en medio del líquido en movimiento, un segundo en un túnel de transmisión digital y al siguiente deslizándome en un viaje infinito. Agua azul verdosa me arrastraba hacia adelante por un tobogán de varios metros de ancho. Una mirada más cercana a las gotas que me salpicaban reveló que no eran las moléculas del espacio físico, sino bits codificados que llevaban instrucciones para limpiar esto, hacer aquello.

Un vacío amarillo ambiental rodeaba el río, atrapando el rocío que se derramaba por los lados del tobogán. Al principio me pregunté, flotando, si esos bits digitales se perderían para siempre. Una salpicadura en mi cabeza respondió la pregunta: esas gotas simplemente caían alrededor del mundo para volver a salpicar en el río, una función de reciclaje.

Había venido buscando a las Voces, pero no podía entender por qué alguien configuraría su terminal de esta manera. Mover constantemente archivos y carpetas haría que cualquier cosa fuera imposible de encontrar, haría que el trabajo fuera imposible de realizar.

La cabeza de Kaydee rompió la superficie del agua a mi lado y escupió un poco al aire como una ballena jadeando por aire.

—¿Qué demonios es esto? —preguntó Kaydee, uniéndose a mí en el viaje flotante.

Aunque nunca antes había nadado, descubrí que aquí no tenía que intentarlo. Ningún peso me arrastraba bajo la superficie del río. En cambio, me sentía como una pluma en el viento, llevado por una fuerza que no podía afectar.

—Alguien ha sido muy creativo —respondí.

—¿Por qué?

—Buena pregunta, y una que creo que tendremos que responder antes de poder continuar nuestra búsqueda.

Como con el terminal de Val, para ir a cazar a las Voces necesitaría obtener acceso a la red de la Nave Estelar. A diferencia del terminal de Val, el río aquí no ofrecía ninguna puerta para atravesar, ninguna rama para agarrar que me llevara a donde necesitaba ir. Por imposible que fuera usar el río, tenía que esperar que hubiera una solución en alguna parte, una llave para abrir el candado del río y entender su misterio.

—¿Cómo se supone que vamos a responder eso? —preguntó Kaydee.

Sin pistas inmediatas, imaginé que necesitaríamos

profundizar más. No había podido entender a Delta, a los mechs de la Guardería, ni siquiera a mí mismo hasta que había examinado más de cerca las razones detrás de nuestras acciones. Delta, por ejemplo, entraba en cada pelea con un abandono temerario porque creía, había sido programada para creer, que podía ganar cualquier batalla y que era su deber hacerlo.

En cuanto a mí, salvar a los humanos había jugado la parte inicial, un objetivo que presionaba cada una de mis acciones hasta que descubrí, en la Guardería, cómo sortear sus barreras. Enmarcar cada acción como un avance de la causa humana y la presión se disiparía, mis funciones permitiéndome la libertad que necesitaba.

—¿Quién haría un mundo como este, y por qué? —pregunté—. Ahí es donde empezamos.

—¿Alguien que amaba el agua? —aventuró Kaydee.

—El río en el que estamos y lo que representa para el operador del terminal son dos cosas diferentes. —Recogí un puñado de líquido digital, dejé que se escurriera entre mis dedos—. Creo que estamos atrapados en una función de seguridad. Quien sea que sea el dueño de esto no quiere dejarnos entrar.

—Sorprendente, eso.

—Inusual para la Nave Estelar —respondí—. La mayoría de los terminales no han tenido mucha seguridad.

—Gracias a las Voces —respondió Kaydee, volteándose para nadar de espaldas a mi lado—. Una vez que las cosas empezaron a ponerse difíciles, iniciaron una cruzada de información abierta. Harían que Leo o uno de sus lacayos realizara escaneos a lo largo de la Nave Estelar, sondeando cada computadora en red y comprobando si había encriptación. Si detectaban tu terminal, más te valía deshacerte de ella rápido.

—¿Estaban buscando rebelión?

—Planes de resistencia organizada, chantaje, lo que fuera —dijo Kaydee, con los ojos resueltamente hacia arriba en el resplandor dorado—. Todo se vendía bajo la apariencia de que no tenías nada que temer si no tenías nada que ocultar. Leo me avisaba cada vez que iban a escanear y yo desconectaba mi terminal.

—¿Pero alguien podría haber elegido defenderse contra la intrusión de esta manera?

—Tal vez, pero eso solo sería una señal para que las Voces vinieran a buscarte. Es como, construyes el muro, te conviertes en el objetivo.

Flotamos, ambos sumergiéndonos en nuestros pensamientos. No podía decir si Kaydee estaba tratando de descifrar una solución o si se había perdido en viejos recuerdos. Antes, esos recuerdos solían filtrarse en mis percepciones, mostrándome fantasmas del pasado de Kaydee. No habían salido mucho últimamente. Posiblemente ella había entendido cómo controlarlos, cómo ocultarse de mí.

—¿Por qué ya no me muestras tus recuerdos? —pregunté mientras el río nos llevaba a otra vuelta. Vería, que eventualmente se curvaría sobre sí mismo, un bucle infinito —. Solía verte dondequiera que iba.

—Encontré la fuga en mi propio código y la tapé —dijo Kaydee—. No te preocupes, seguiré filtrándome en tus funciones con el tiempo, coloreándolas con mi propio sabor, pero al menos no tendrás a mi yo del pasado danzando ante tus ojos.

—Así que me estás bloqueando.

Los ojos de Kaydee brillaron cuando me miró.

—¿*Quieres* ver esos recuerdos?

—Proporcionaban contexto.

Una risa.

—Me alegro de haber podido ayudar. ¿Alguna vez pensaste que tal vez me gustaría que mis recuerdos siguieran siendo míos?

—¿Y si te obligara?

—Lo siento, Gamma, pero ya no puedes actuar sobre esa amenaza —Kaydee se estiró, aún flotando de espaldas—. Estamos tan enredados ahora que tratar de borrarme te convertiría en un desastre blandengue. Delta te mataría solo para sacarte de tu miseria.

Extendí la mano, toqué la suya. Sentí el código debajo, todos los algoritmos anidados ayudando a Kaydee a impulsarse, visual y de otras maneras. También sentí el calor, la presión mientras ella apretaba mi mano en respuesta, los dos flotando juntos por el río. Un segundo agradable y tranquilo en medio de una vida, hasta ahora, demasiado desprovista de ellos.

Y en ese momento, encontré una respuesta.

—Me estás bloqueando porque ya no soy una amenaza —dije.

—Eh, ¿qué?

—Tus recuerdos, Kaydee —continué, las palabras comenzando a amontonarse, saliendo a borbotones mientras las desenredaba—. Me estás bloqueando de ellos porque te lo puedes permitir.

—Está bien, ¿y?

—Dijiste que cualquiera que pusiera un bloqueo como este río habría arriesgado todo mientras las Voces estuvieran por ahí —dije—. Por lo tanto, deben haber puesto esta seguridad después de que las Voces detuvieran sus barridos.

—Justo cuando la Nave Estelar se estaba colapsando en su infierno de mechs, me imagino —dijo Kaydee—. ¿Y?

—Significa que hay una posibilidad de que no estemos solos.

—Gamma, de nuevo, estamos hablando de un tiempo muy largo desde que mi madre se convirtió en un fantasma digital y tú nos honraste con tu presencia. Incluso si alguien hubiera vivido en ese entonces y hubiera armado todo esto, no estaría por aquí ahora.

—Ese es el punto, Kaydee. El terminal estaba encendido cuando lo encontramos. Activo. Alguien lo ha mantenido en buen estado.

—Bueno, si tienes razón, dejamos a la única persona que podría darnos algunas respuestas sola con Delta. —Kaydee me salpicó, yo desvié el agua—. ¿Cuánto quieres apostar a que ya la ha matado?

ME SACUDÍ del río de vuelta a los oscuros túneles del Pozo Séptico. Sentí una mano en mi brazo, una segunda cubriendo mis labios. Delta me tenía, y un rápido movimiento de cabeza confirmó la historia que sus manos contaban: silencio, mantén el silencio.

La espada dentada de la nave se apoyaba contra la pared redondeada del pasillo, nuestro pequeño nicho no ofrecía mucha cobertura. Sin embargo, nos presionamos más profundamente en él mientras luces amarillas brillaban de un lado a otro, deslizándose por las paredes a metros de nosotros. El resplandor espía coincidía con el mismo tono que los focos de vuelta en las pilas de chatarra del Conducto, los mechs de Alpha venían a buscarnos.

Cualquier oportunidad de contarle a Delta sobre mi idea se desvaneció cuando los mechs se acercaron. Sus zumbidos resonaban en las paredes, como cien ventiladores girando, mientras avanzaban por el pasillo. Pronto los halos en forma de disco de sus focos pasaron junto a nosotros, reemplazados por los conos expansivos emitidos por sus lámparas. Seguramente llegarían a nuestro escondite y nos atraparían, seguramente seríamos descubiertos.

Delta se alejó de mí. Se deslizó hacia la pared derecha del nicho, la más cercana a los mechs que se aproximaban. Su expresión pasó del pánico severo a la postura firme de una luchadora. Su mente no era difícil de leer: lo habíamos hecho a mi manera, saltando y corriendo. Ahora Delta tendría su oportunidad.

Al menos no tuve que buscar lejos un arma. El terminal ofrecía una silla de escritorio, pequeña y metálica. Resistente, aunque carecía de cualquier cosa que se asemejara a la comodidad. Cualquier cojín hacía mucho que había desaparecido, mostrando solo un listón manchado para sentarse. Con ambas manos la levanté, la volteé para agarrarla bien por el respaldo, con las cuatro patas sobresaliendo como lanzas.

Ante un asentimiento de Delta, flexioné las rodillas, preparándome para cargar.

Me consideraba algo así como un veterano de combate. En mundos reales y virtuales, me había enfrentado a máquinas y humanos, había usado armas y mis propios puños. Había estado en desventaja numérica y con ventaja. Había aprendido de esas peleas anteriores, había conectado los detalles y los datos en mi memoria. Ya no enfrentaba la lucha venidera con una anticipación nerviosa, ya no me preguntaba cuánto doblar las piernas, cuán apretado sostener la silla, si sería mejor balancear la cosa en lugar de lanzarla. Sabía cuánto me llevaría mi primer paso, cuánta fuerza podía ejercer sobre mi objetivo.

Todo lo que esperaba en ese momento era una oportunidad para comenzar.

El primer mensajero, un cilindro medio abierto diseñado para transportar contenedores de un lado a otro por el

Conducto, apareció flotando a la vista. Sus ventiladores zumbantes mantenían a la máquina en el aire mientras su foco amarillo barría primero a la derecha, capturando la pared en blanco y la espada inclinada de Delta, luego comenzó su pasaje hacia la izquierda.

Delta atacó antes de que el mech nos encontrara. Juntó ambas manos y las clavó en la parte superior del mech en un movimiento suave, sobrepasando los ventiladores y llevando al mensajero al suelo. El metal chirrió mientras el mensajero intentaba volver a elevarse, un intento que se hizo más difícil cuando Delta le dio una fuerte patada, haciendo girar la máquina por el aire, directamente hacia su espada inclinada.

Esperaba que la espada y el mech cayeran enredados, pero Delta golpeó al mensajero con tanta fuerza que la hoja, incluso mientras caía, cortó parte del mensajero. Los cables se desangraron mientras la máquina colapsaba en un zumbido final y crepitante. Un triunfo robado cuando la segunda máquina encontró a Delta con su foco.

—¡Abajo! —grité y Delta se agachó.

Lancé la silla por encima de su cabeza, directamente hacia el ojo dorado del segundo mensajero. Arrojé la silla como un dardo, así que no dio vueltas, en su lugar entregando una pata directamente en el foco. El resplandor se apagó, el mech mensajero recibió el golpe y rebotó contra la pared del túnel, vacilando. Delta siguió mi lanzamiento, rodando hacia su izquierda, raspando su espada contra el suelo y arremetiendo contra la máquina aturdida.

Sus partes pronto encontraron el suelo, cortadas en tres.

—¿Fuimos lo suficientemente rápidos? —pregunté, mirando las dos máquinas muertas.

—No está claro —dijo Delta, luego asintió más allá de

mí, hacia el terminal—. ¿Encontraste lo que necesitábamos ahí dentro?

—No lo que necesitábamos, pero una pregunta interesante —respondí.

—Las preguntas no importan. Son las Voces o corremos.

Delta tenía un buen punto: este terminal podría estar bloqueado, pero había otros que tenían acceso sin restricciones a la red de la Nave Estelar, incluido el de Val. Podríamos retirarnos a un lugar seguro y luego reanudar nuestra búsqueda. Le daría a Alpha más tiempo para encontrar a las Voces antes que nosotros, pero nos mantendríamos con vida.

Un factor clave, ese.

—DE ACUERDO, vamos —dije.

Corrimos a través del extenso Pozo Séptico, sus salas de tratamiento, cuarteles de la tripulación y almacenes de chatarra resultaron ser un laberinto difícil. Aun así, éramos naves, y nuestro sentido de la orientación no provenía de la intuición, sino de un conocimiento codificado. Nos dirigimos hacia el lado de estribor de la Nave Estelar, un borde que debería tener otra manera de subir. No para uso normal, sino para los materiales que pasaban por el proceso.

Mientras avanzábamos, los ruidos aumentaban, ecos del Conducto. Mechs descendiendo, aterrizando con fuertes golpes, sus trituramientos metálicos dejaban claras sus intenciones. Los mensajeros habían transmitido lo que habían encontrado, y Alpha estaba enviando a los ejecutores para acabar con nosotros. Los grandes guardianes podrían tener dificultades para pasar por estos túneles, pero Alpha podría enterrarnos bajo mechs más pequeños, agotarnos y luego hacernos pedazos con nuestras baterías muertas.

A menos que encontráramos una salida.

El ascensor de carga del Pozo Séptico se encontraba en una intersección de cuatro vías, nuestro túnel se unía con varios más como media araña, un extremo en media luna revelaba el ascensor y su puerta tipo jaula. Tan ancho como la entrada del propio Pozo Séptico, el ascensor ofrecía un viaje espacioso, si pudiéramos abrir la puerta. Un simple interruptor estaba a la derecha del ascensor, una tenue luz roja brillaba en la caja.

Mientras Delta se dirigía a la puerta de la jaula, probando sus barrotes cerrados, yo fui al interruptor. Intenté accionarlo y encontré la palanca atascada. Debajo de la luz roja brillante había un ojo de cerradura, un método arcaico y manual. Más extraño aún, el ojo de la cerradura parecía más nuevo que cualquier otra cosa en el ascensor, como si alguien hubiera arrancado el panel original y lo hubiera reemplazado por algo más simple.

—Algo que no se puede hackear —dijo Kaydee, de pie junto a mí.

—¿Qué pasa? —preguntó Delta.

—Estamos atrapados —respondí.

Delta me miró fijamente, levantó su espada, la balanceó y cortó la puerta enrejada del ascensor, despejando el camino hacia la plataforma plana. Asintió hacia el ascensor.

—Bien, pero ese no es el problema —respondí, señalando la luz roja—. El ascensor no irá a ninguna parte sin que esto funcione.

Y tendríamos que hacer funcionar el ascensor pronto. Miré de cerca el ojo de la cerradura, sus líneas de corte afilado, e intenté ignorar los silbidos, los golpes, los estruendos mientras un ejército mecanizado corría hacia nosotros. No importaba cuántas batallas hubiera luchado, no importaba cuán endurecidos estuvieran mis circuitos, no podía bloquear el sonido, acallar el miedo.

DIECINUEVE

PELEA DE CUCHILLOS

La cerradura resultó ser un obstáculo que no pude superar. Podía juntar mis dedos para formar varios puertos diferentes, con mis uñas falsas deslizándose para revelar diversos pines y ranuras, pero nada que pudiera entrar en el metal y girar. Delta se ofreció a cortar la parte cerrada, algo que consideré, pero tuve que rechazar.

—Podrías cortar los cables y entonces no tendríamos ninguna posibilidad de activar el ascensor —respondí, mientras el estruendo de los mechs se extendía ahora a los otros pasillos.

Alpha debía haber emitido directivas exhaustivas: asegurarse de que las dos unidades no pudieran escapar, bloquear todas las salidas.

—Entonces subimos nosotros mismos —dijo Delta, y la seguí a través de la reja cortada hacia el ascensor.

Arriba había una rejilla protectora que Delta probablemente podría cortar. La dificultad estaba más allá, visible en la luz dorada de las lámparas anidadas a nuestro alrededor: el hueco de carga no tenía escalera, solo paredes lisas sin asideros. Delta encontró mi mirada y pude ver el cálculo en marcha, cuántas muescas podría cortar mientras subíamos, hasta dónde podríamos llegar antes de que los mechs nos alcanzaran.

—No es suficiente —respondí a la pregunta no formulada. Los suelos temblaron y Alvie gimió—. Nuevo plan.

—¿Cuál es?

—Elegimos un camino —contesté—. Cortamos por un lado y seguimos corriendo, los superamos en astucia y volvemos al Conducto. Avanzamos por el nivel más bajo todo lo que podamos. Tal vez hasta el final.

—Nos acosarán a cada paso —dijo Delta.

—No dije que fuera a ser fácil. Ni divertido.

Delta asintió, dejó el ascensor para situarse en el centro de la sala. Me uní a ella, y durante varios segundos largos escuchamos, observando si se acercaban luces en los pasillos.

—El del medio —dijo Delta—. Menos vibraciones.

No significaba necesariamente menos mechs, pero los habitantes mecánicos más peligrosos de la Nave Estelar tendían a ser pesados.

—¿Cuándo? —pregunté.

—En cuanto los veamos por todos lados. Será más difícil para ellos dar la vuelta.

Una vez más, miré alrededor en busca de algo que pudiera servir como arma. Con la ayuda de Delta, cortamos una parte de la reja del ascensor, dándome una barra pesada para usar. Con golpes adicionales, Delta convirtió su extremo cuadrado en una punta afilada. No era exactamente una hoja, pero lo suficientemente mortal.

—No puedo creer que estén usando espadas y puños en una gran nave espacial —dijo Kaydee, observándonos trabajar—. Es como viajar en el tiempo.

—Las armas no te funcionaron muy bien, si mal no recuerdo —respondí.

—No fue culpa de ellas —replicó Kaydee—. Los números son números, y las máquinas no se cansan.

—Nosotros tampoco.

No era del todo cierto, pero el movimiento cinético nos mantenía a Delta y a mí lo suficientemente cargados. También obtenía energía extra cada vez que me conectaba a algo, ya fuera un terminal o, digamos, las barreras cerca del Puente. Delta parecía aprovechar los momentos tranquilos para hacer lo mismo, deslizando un par de dedos en una toma disponible. También la había dejado cargándose en el apartamento de Leo.

Nos llevaría mucho tiempo quedarnos sin energía. La destrucción física que los mechs de Alpha nos infligirían era un temor más inmediato.

Listo para hacer realidad ese temor, la primera oleada de Alpha apareció en los tres túneles que se acercaban al ascensor. Sus mechs venían organizados: centrado en cada túnel rodaba un mech de cocina con ruedas, agitando en nuestra dirección extremidades diseñadas para cortar y cocinar. Flotando sobre sus hombros había múltiples mensajeros, sus frentes erizadas de armas de energía injertadas, las puntas de los cañones brillando de un blanco intenso.

Ninguna opción se presentaba como la más fácil, pero Delta eligió una de todos modos, optando por la izquierda y saliendo disparada. Lanzó un desafío agudo, un grito de batalla sin palabras que seguramente atraería a cualquier mech errante hacia nosotros.

—¡No mueras! —gritó Kaydee mientras seguía a mi amiga unidad y su hoja negra hacia la batalla.

Los mensajeros en nuestro camino elegido dispararon primero, sus armas revelando su intención como una luz que se encendía lentamente. Delta rebotó hacia la izquierda, usando las paredes curvas del pasillo para correr, dejándome solo por el centro.

Antes de que pudiera procesar las probabilidades de hacer lo mismo, Delta pateó la pared, esquivando los disparos iniciales de los mensajeros —sus rayos, demasiado rápidos para verlos realmente, dejaron manchas naranjas hirvientes en las huellas de Delta— y saltando sobre los cuchillos giratorios del mech de cocina. Oí más que vi explotar al mensajero de la izquierda, y noté que el de la derecha se alejaba de mí para centrarse en la amenaza inmediata de Delta.

La máquina de cuchillos no hizo tal cosa, continuando su lento asalto. Sus diversos cuchillos volvieron de sus arremetidas en dirección a Delta para apuñalarme, ataques que esquivé a mi manera patentada: retrocediendo.

Al menos hasta que oí gruñidos detrás de mí mientras los otros pasillos, sin molestias, resultaban fáciles de transitar para los otros mechs de Alpha. Si no pasaba esta cosa, me verían atrapado en cuestión de momentos. Lo que sucedería después, bueno, decidí no considerarlo.

—¿No podemos hablar de esto? —pregunté a los cuchillos que se abalanzaban.

—¡Orden lista! —respondió el mech culinario en un tono alegre.

Así que balanceé mi barra de acero, la cosa pesada atrayendo los cuchillos. El mech mordió con fuerza mi golpe, chocando sus cuchillas contra mi arma, mellando mi barra pero rompiendo y doblando las suyas en el intento. Los cuchillos de chef podrían parecer amenazantes, pero no estaban hechos para cortar metal. Volaron chispas, una característica común en estas peleas, y una que soporté apretando los dientes, presionando hacia adelante y balanceando la barra de vuelta a través de mi cuerpo.

Alvie, por su parte, ladraba con jadeos alrededor de mis pies, esos brazos y sus afilados extremos manteniendo al perro a distancia.

Mi contraataque se llevó más cuchillos, dejando al mech espeluznante en su desorden retorcido y dentado. Mi barra también dobló varios brazos delgados, enviándolos a rasparse unos contra otros mientras el mech se me acercaba, cada arañazo lanzando chispas doradas, enviando un ruido chirriante a través del pasillo. Uno que se ensanchaba a mi alrededor mientras llegaba a su final.

Me había quedado sin espacio real.

Un rayo brillante pasó zumbando junto a mí, quemando el suelo cerca de mis pies. El mensajero de otro pasillo disparando su primer tiro. Puede que no fueran máquinas militares, diseñadas para lanzar muerte con precisión, pero no podía confiar en la mala puntería para salvarme la vida. Tenía que intentar algo diferente, algo desesperado.

Le eché la culpa a Kaydee, sus comportamientos filtrándose en mis métodos.

Plantando mis pies, me lancé hacia el maltrecho mech culinario. Fui con la barra por delante, poniéndola como una lanza. La máquina la atacó, brazos y cuchillos rotos chocando contra mi arma, arrancando la pintura, astillando el núcleo debajo. Cuando la barra hizo contacto con el mech, me tambaleé, casi hasta detenerme, pero apoyé la barra contra mi hombro y empujé.

Esos músculos mejorados por Volt cobraron vida, succionando energía de mi batería para superar el motor del mech culinario —que no estaba exactamente construido para el movimiento en primer lugar— y empujar al gran robot hacia atrás. Grité, una alegría furiosa sacada de los viejos cuentos, el grito entregado en triunfo mientras hacía retroceder al mech.

Prematuro.

Un segundo rayo me golpeó en la espalda por la izquierda, una alerta punzante diciendo que mi lado izquierdo acababa de perder un tercio de su energía. Un corte me alcanzó por detrás, hundiéndose en mi hombro, mientras el segundo mech culinario que me perseguía cerraba la distancia más rápido de lo que mi empuje podía liberarme. El corte hizo vacilar mi empuje, mi brazo derecho temblando por el golpe y dejando caer la barra.

Había despejado lo suficiente para otro nicho a mi izquierda, uno en el que me tambaleé, con Alvie corriendo detrás de mí. Tenue y vacío salvo por algunos equipos de limpieza, el escondite tenía una sola luz dorada por la cual mostrarme mi inminente perdición. Dos mechs culinarios, libres de obstrucción, se apretujaban en la entrada del nicho, chocando entre sí, cada uno impidiendo que su compañero se acercara.

Me presioné contra la parte trasera del nicho, esos cuchillos cortantes a menos de un metro de mi cara. Alvie se acurrucó a mi lado, sus ojos amarillos grandes, brillantes.

—Por poco —dijo Kaydee, acurrucándose conmigo—. Casi te atrapan.

—Me tienen atrapado —dije, hundiéndome hacia el suelo y viendo pequeñas formas flotando a la vista—. Los mensajeros.

Sin mucho espacio para moverse, los pequeños robots podían dispararme con impunidad. O me asarían ahora, o me esperarían, atrapándome aquí abajo como a tantos otros en la Nave Estelar, quedándome sin tiempo.

—Delta va a volver —dijo Kaydee, sentándose en el suelo junto a mí.

—Kaydee —dije—. Escucha. ¿La oyes?

Los sonidos de corte y desgarro que normalmente indicaban el progreso de Delta habían desaparecido. La unidad o bien había escapado, abriéndose camino hacia la libertad y decidiendo que era mejor continuar sola, o había sido atrapada por demasiados mechs, incluso para ella.

—Tácticas de emboscada —dijo Kaydee—. Solo espera.

No tenía ni la opción ni el tiempo de esperar ni nada más. Detrás de esas cuchillas giratorias, los mensajeros alineaban sus disparos. Un cubo de fregona estaba a mi izquierda y lo agarré, sosteniéndolo frente a mi cara. Conté hasta uno y luego me agaché a la izquierda. Un disparo quemó la pared donde había estado mi cabeza, otro derritió la mitad del cubo hasta convertirlo en escoria.

Un tercero se llevó mi pie derecho, friendo mi piel sintética y dejándome sin forma de caminar.

Kaydee gritó por mí. Alvie ladró, retrocediendo a un rincón.

Y yo grité por Delta. Una llamada de último recurso.

—¡Kaydee y yo te necesitamos, Delta! —grité—. ¡Si estás aquí, por favor, no nos dejes!

No estaba seguro de por qué incluí a Kaydee en esa llamada, excepto que las dos habíamos pasado por tanto, tantos momentos cercanos a la muerte, que ya no nos sentíamos separadas. Ella y yo compartíamos un solo cuerpo, y la muerte de una de nosotras significaría el fin de ambas.

Al menos, así es como me sentía, mirando esos resplandores naranja y blanco en los mensajeros, gritando nuestros nombres, esperando que Delta nos escuchara.

O si no Delta, alguien, algún santo metido en las oscuras entrañas de la Nave Estelar.

Los láseres no hacen sonido por sí mismos. Luz superfocalizada, los rayos salen disparados en un destello, devastan su objetivo, la evidencia en el punto de impacto. Los impactos ocurrieron uno tras otro, tres disparos precisos, cada uno derribando un mech mensajero con un brillante rayo azul. Un disparo partió al mech por la mitad, un segundo derritió el láser del dron. El tercero quemó los propulsores de un mensajero, el mech cayendo en picado detrás de sus hermanos culinarios, golpeando el suelo con un estruendo.

Más destellos apagaron la lámpara del nicho, golpeando a los mechs culinarios, derritiéndolos. Esas cuchillas giratorias se ralentizaron, se detuvieron, a medida que fallaban las fuentes de energía de los mechs.

—¿Delta? —pregunté. Ella no había usado un arma como el láser antes, pero ¿tal vez había encontrado una?— ¿Fuiste tú?

—¿Quién más podría ser? —dijo Kaydee.

No llegó respuesta, pero más destellos surcaron el corredor frente al nicho, golpeando mechs que no podía ver hacia el ascensor. Estos no eran disparos dispersos y aleatorios, como los que había visto en los recuerdos de Kaydee, los disparados en desesperación por soldados bajo asalto. Estos eran precisos, como los mensajeros me habían estado disparando.

¿Así que tal vez Delta? Volví a llamar, no hubo respuesta. Los destellos se ralentizaron, se detuvieron, y con ellos llegó un silencio diferente. Los mechs de Alpha ya no llenaban la Cloaca con sus pies retumbantes, sus motores zumbantes.

Los mechs culinarios, ambos muertos, se estremecieron, se movieron. Me puse de pie, observé cómo algo tiraba de ellos.

—Yo me prepararía para pelear —dijo Kaydee—. Quién sabe qué hay detrás de esa cosa.

Buen consejo. Recogí el cubo medio derretido, planeando lanzarlo a lo que fuera que esperara. Ganarme un momento para lanzarme hacia adelante. Mi pie derecho destrozado excluía correr de la ecuación de supervivencia, pero mis brazos eran lo suficientemente fuertes. Dar un buen golpe y podría noquear a la cosa antes de que pudiera dispararme.

En el fondo, mi propia lógica decía que esta era una idea delirante, pero ¿qué otra oportunidad tenía?

El mech de la izquierda retumbó, se balanceó hacia adelante, luego cayó hacia atrás, sus ruedas deslizándose en el aire. Una forma tomó su lugar, dando un paso al frente. Humanoide, más grande que Delta. Las manos sostenían un arma grande. Lancé el cubo, vi cómo la cosa desviaba mi intento mientras caía en un golpe desesperado.

Mi objetivo retrocedió y golpeé el suelo, un final poco glamuroso para mi intento. Mientras ponía mis manos debajo de mí, empezando a levantarme, oí a Kaydee maldecir, no con ira, sino con confusión. El extremo caliente del arma se asentó en mi cabeza, impidiéndome levantarme.

—No —dije, tratando de entender lo que estaba pasando, qué combinación de palabras, súplicas, me mantendría con vida.

La cosa, su voz llevando la vibración de un robot, la emoción de un humano, preguntó una sola cosa:

—¿Dónde está Kaydee?

VEINTE

RELOJES EN MARCHA

Si quieres causar una impresión, prueba a reemplazar la mitad de tu cara con una placa de metal. Luego, graba cables dorados en esa placa que al principio parezcan aleatorios pero que, a medida que la gente los mira, se revelan como un circuito impreso.

La placa facial no era el único cambio que alejaba al humano de su punto de partida hasta su existencia actual, casi cibernética: destellos en su ropa rasgada revelaban más franjas metálicas, estas pintadas en varios tonos de rojo, azul y dorado. Su respiración resonaba en el casi silencio después de su pregunta, el aire moviéndose a través de partes que no eran del todo biológicas.

—¿Kaydee? —respondí, tratando de ganar un segundo.

Algo en el hombre me resultaba familiar, aunque nunca antes había visto su cabeza calva ni su complexión robusta. ¿Sus ojos? No. Tal vez la forma en que sostenía el arma con cautela entre sus brazos, una herramienta no deseada pero necesaria. Cuando se arrodilló para mirarme directamente, un sutil silbido hidráulico hizo eco.

—Te conozco —dijo el hombre, alzando una mano para

acariciar mi rostro, sus dedos presionando a lo largo de mi mandíbula. Me acercó más. El instinto me decía que me alejara, la lógica me decía que la resistencia era inútil—. Tan cerca, pero ahí está.

Me soltó, se puso de pie de nuevo y apuntó su arma hacia mí. Alvie, arrastrándose desde la esquina, gruñó en mi defensa. Menos mal, porque mi pie derecho destrozado se negaba a darme apoyo.

—¿Puedes bajar el arma? —pregunté.

Sin mover el rifle en lo más mínimo, el hombre levantó una mano hacia su placa facial metálica y presionó un botón cerca de su oreja. Alvie se acurrucó cerca de mí, observando al hombre, con las patas listas para saltar. Le susurré al perro que se mantuviera quieto, que conservara la calma.

—Encontré una segunda —dijo—. Tráela a casa. Me uniré a ti. —Tomó aire, con los ojos fijos en mí—. No, no necesitaré ayuda. Esta no es tan peligrosa.

—Gamma —susurró Kaydee, apareciendo a mi lado—. No hagas nada estúpido.

—No planeaba hacerlo —respondí, solo para que el rifle del hombre se moviera y su mano dejara el dispositivo de comunicación en su cabeza.

Todo parte del plan.

—¿Con quién estás hablando? —preguntó el hombre.

—Kaydee —respondí.

Esos ojos se entrecerraron. Ese rostro se tensó.

—Explícate.

—¿Eres humano?

—Lo soy donde importa —respondió el hombre—. No lo preguntaré de nuevo.

—Yo no soy humana. No donde importa —dije—. Mi cerebro es un procesador, mis sinapsis son bancos de memoria. Una batería bombea energía en lugar de sangre a través de mi piel. —Levanté mis manos, moviéndolas lentamente bajo la luz—. Sin embargo, no soy como estos mechs que has destruido. Mis rutinas son complejas, pero no lo suficiente como para hacerme pasar por una persona. No sin la ayuda de Kaydee.

El hombre permaneció en silencio. Tampoco movió su arma. Kaydee también me observaba, curiosa.

—Ella me enseñó a reír. Cómo sonreír y bromear, cómo correr y cómo encontrar mi camino a través de la Nave Estelar —continué—. Me contó historias de su vida y me dejó aprender de ellas. Me habló muchas veces de una persona en particular, una persona a la que echaba de menos.

Ahora el rifle tembló, ese rostro se relajó. Sus ojos se volvieron distantes, y supuse que había dado en el blanco.

—Kaydee me ha estado guiando desde que las Voces me despertaron —dije—, y ahora me ha traído hasta ti, Leo.

Bueno, no era exactamente la verdad. Kaydee no me había *traído* aquí realmente, y parecía que, dada la expresión de continua confusión de Kaydee, ella no esperaba en absoluto que Leo siguiera vivo. Sin embargo, seguí adelante. Este largo tiempo con Kaydee y otros humanos me había mostrado que les gustaban los vínculos emocionales con los eventos: el cariño de Leo por Kaydee lo haría más propenso a ayudarme.

—Ahí está —dijo Leo, inclinándose, inspeccionando algo cerca de mi hombro izquierdo. Miré hacia abajo, no vi nada más allá de mi equipo sucio—. Verdad parcial, mentira parcial. *Eres* un recipiente. —Leo se enderezó, dándome espacio—. Kaydee es tu mente, entonces. No es lo que pretendíamos. —Leo resopló, una vez, suavemente—. Pero me alegro de que esté con nosotros.

—¿Entonces me ayudarás?

Leo no dijo que no.

OFRECIENDO su hombro para que me apoyara, Leo y yo, con Alvie chasqueando detrás, dejamos el nicho y regresamos a los pasillos redondeados del Pozo. Nuestro comienzo se detuvo rápidamente cuando vi los mechs desactivados y dañados de Alpha: otros humanos, la mayoría con modificaciones metálicas más completas que las de Leo, rodeaban las máquinas. Empuñando llaves inglesas, palancas, destornilladores y otras herramientas, el grupo desarmaba cada mech con precisión. Cada persona llevaba una mochila en los hombros, algunos metiendo partes rotas en las suyas mientras otros guardaban espacio para cables intactos, tornillos y otros componentes.

—Sigue moviéndote —dijo Leo, dirigiéndome lejos del ascensor, del saqueo.

—¿Cómo es que están vivos? —dijo Kaydee, y yo repetí la pregunta mientras Leo nos empujaba.

—Estás viendo cómo —respondió Leo—. Si quieres humanos normales, busca en otra parte. Estamos más cerca de las Voces que de como nacimos.

Mi mirada inquisitiva provocó tanto un suspiro como un torrente mientras avanzábamos. Leo detalló la división, una grieta entre facciones después de que la rebelión fomentada por Kaydee se extinguiera. Los que dirigían la Nave Estelar (las Voces no eran todopoderosas entonces) querían más mechs, querían que toda la nave fuera dirigida por máquinas mientras ellos dormían.

—¿Dormían? —interrumpí.

—Criogenia. —Leo negó con la cabeza—. Inestable, dañina, pero con la espalda contra la pared interestelar, eligieron huir de la vida que tenían hacia una fantasía.

Ahora están todos sellados arriba, esperando que la Nave Estelar llegue a casa.

"Todos", en este caso, resultaron ser la última generación de líderes de la Nave Estelar, los ricos y los conectados. Presionaron a Leo y a varios otros luminarios para que crearan las Voces, dieran a estas resurrecciones digitales acceso a la red de la Nave Estelar para que el resto pudiera saltar a una cápsula del tiempo congelada.

—Peony y yo éramos los únicos que seguíamos vivos en ese momento —dijo Leo mientras llegábamos a otra intersección. Los golpes de las herramientas en acción hacían eco en los pasillos, con conversaciones burbujeantes por debajo —. Reconstruí a los demás a partir de datos almacenados. Son programas más puros que Peony y yo, por eso ella dirige el lugar. Eso, y que fue la única de nosotros que se entregó a la misión.

—¿Mi madre? —preguntó Kaydee—. Imposible.

Leo pareció anticipar la pregunta, asintiendo cuando repetí la afirmación de Kaydee.

—Kaydee, si estás escuchando —dijo Leo, una sensación extraña ya que me miraba a mí cuando hablaba—, esto no sucedió de la noche a la mañana. Pasaron años, todos amenazándose entre sí, la Nave Estelar misma en riesgo. Todavía no estoy seguro de cómo lo hizo, pero acabamos en una especie de paz. Los grandes jugadores se congelarían, dejando la Nave Estelar a los mechs y a la clase trabajadora.

—Eso no funcionó —dije.

—Al principio sí —respondió Leo—. Pero la gente envejece. Los humanos, al menos. Teníamos una opción, o entrar en criogenia y perder el control de nosotros mismos, o hacer algo diferente.

—Cuando dices *nosotros*, te refieres a...?

—No a todos —Leo tuvo la gracia de parecer apologético mientras golpeaba un mamparo de acero, justo en el centro. El mamparo se estremeció y se deslizó hacia arriba —. La Nave Estelar nunca tuvo los recursos para darle una salida a todos. Peony eligió un camino. Yo elegí ambos.

—El bastardo se dividió —murmuró Kaydee mientras atravesábamos la estrecha entrada—. Con razón su versión digital tiene problemas. Leo siempre quiso tenerlo todo.

Ambos caminos habían dejado a Leo bastante bien. El apartamento en el que me había despertado arriba no tenía el carácter ni el espacio que se mostraba aquí abajo. Ni siquiera la toma de posesión de Val y su tribu podía igualar a los tecno-humanos: obras de arte grabadas o pintadas adornaban cada superficie, una iluminación arcoíris se filtraba a través de prismas colgados hacia la parte superior de un bloque rectangular de varios niveles.

En el extremo opuesto a nuestra entrada, el agua fluía desde un caño, cayendo a través de un cilindro de vidrio con líneas negras cada pocos metros antes de terminar en un tanque. Tubos de vidrio más pequeños se ramificaban desde el cilindro central, irrigando lechos de jardín llenos de... flores. Escaleras de bronce embarrado, atornilladas a las paredes de la cámara, subían a voladizos elaborados cargados de sillas, mesas y una sola cama como en la que me había despertado.

—Esto es otra cosa —dije, mientras Leo me ayudaba a entrar.

El piso inferior de la cámara contrastaba con toda la creatividad de arriba: bancos de trabajo se mezclaban con pilas de chatarra. Varios otros humanos trabajaban en el espacio, uno injertando una nueva placa en su propio brazo izquierdo. Cuando me vio mirando, el hombre apagó su taladro y dirigió sus ojos, ambos de luz roja y artificiales, hacia mí. Me habría sobresaltado, podría haber retrocedido, de no ser por mi pie destrozado.

En su lugar, asentí.

—Hay dos formas de aguantar hasta que la Nave Estelar aterrice —dijo Leo, acomodándome en una silla junto a un banco de trabajo vacío. No pude ver placas de identificación ni marcas de propiedad en nada—. O haces lo que hicieron ellos y te congelas para dormir, o dejas de intentar escapar de la biología. —Leo tocó mi pecho con una mano mientras dejaba su arma—. Tú no tienes un reloj en marcha. Nosotros sí.

El injertador de brazos daba una pista de cómo Leo y su grupo enfrentaban su eventual desaparición: un reemplazo gradual de lo vivo por lo metálico. Pregunté y Leo aclaró mientras me arrancaba la bota destrozada, quitando la tela alrededor de mi pie roto. A medida que los órganos fallaban, o las extremidades se lastimaban o se volvían dolorosas, Leo diseñaba reemplazos.

—Empezamos simple, confiando en la tecnología existente —dijo Leo—. El problema era que la Nave Estelar no tenía todas las piezas especializadas. Hicimos nuestras propias versiones. —Un dedo en la placa facial, recorriendo la línea injertada con su piel—. No siempre bonitas, y no nos mantendrán vivos para siempre, pero tal vez lo suficiente.

—¿Lo suficiente para qué?

Leo no levantó la vista al responder:

—¿Un recipiente entendería lo que se siente extrañar algo que nunca has visto? ¿Nunca has sentido?

Al principio, pensé que la respuesta era un fácil no. ¿Cómo podría? Excepto que vi a Kaydee allí, mirando a Leo desde atrás. La forma en que lo observaba revirtió mi posición. No había sido diseñada para preocuparme, para *amar*, por cursi que sonara en un casco de metal atravesando el espacio en manos de una máquina demente.

—Quizás sí —dije.

En lugar de responder, Leo agarró un cuchillo del banco de trabajo y cortó la piel sintética alrededor de mi tobillo. Detuve las advertencias con un comando, observando cómo el ingeniero trabajaba en mis placas dobladas, las barras flexibles que hacían las veces de huesos biológicos.

—Queremos ver un cielo real —dijo Leo, cambiando de herramientas por una pequeña llave inglesa y unos alicates de precisión—. Respirar aire que no haya sido reciclado durante mil años, aunque ninguno de nosotros tendrá pulmones reales para entonces.

—¿Qué tendrán?

—¿Para los que lo logren? —Leo levantó la vista, asintió hacia mi cabeza—. Nuestros cerebros son el juego final. No podemos encontrar una manera de replicarlos o reemplazarlos sin perder a la persona que hay dentro.

—Sin convertirlos en mentes, quieres decir.

Leo negó con la cabeza:

—No es lo mismo. Al principio es cercano, pero cuando haces un mapa neural de alguien y lo traduces a código, solo estás obteniendo una imagen. Una cáscara que se aleja cada vez más con el tiempo.

Detrás de él, Kaydee se congeló. Tenía los brazos envueltos alrededor de sí misma, su pelo puntiagudo color verde azulado afilado y disparando en todas direcciones. No pude decir por su rostro si estaba a punto de llorar o de estallar en una tormenta de ira.

—¿Cómo lo sabes? —le pregunté a Leo.

Sentí un chasquido. Vi a Leo lanzar una barra rota por el suelo.

—¿Que cómo lo sé? —respondió Leo—. He estado observándome. Hablando conmigo mismo. Lo cual es, francamente, una experiencia surrealista.

—¿El que está con las Voces?

—Correcto.

Un segundo chasquido, y mi pie se sintió bien. Sólido y firme. Mientras Leo se apartaba de mí, indicándome que probara su trabajo, la puerta por la que habíamos entrado se abrió de golpe nuevamente. Esta vez, en lugar de un recipiente siendo guiado por una mano amiga, Delta irrumpió con su cuchilla en la garganta de otra mujer cuyo torso entero brillaba con acero grabado en plata.

—Libera a Gamma —anunció Delta, su mano libre apuntando lo que parecía ser una pistola de energía robada hacia Leo—. O los mataré a todos.

VEINTIUNO

ALIANZA FORJADA

A pesar de sus ojos abiertos de par en par y sus brazos y piernas temblorosos, Leo no hizo nada para calmar a la rehén de Delta. Mientras los otros Forjadores miraban de reojo desde sus bancos de trabajo, Leo permaneció de pie mostrando las manos. Mostrando, también, una ligera sonrisa y un lento movimiento de cabeza.

—Recuerdo haber programado esa línea —dijo Leo mientras Delta le apuntaba con la pistola robada—. Una de las últimas. El cartel cuelga justo encima de donde te dejé, si es que sigue ahí.

Delta no se inmutó. No mostró ninguna reacción ante lo que Leo insinuaba. En su lugar, dirigió sus ojos hacia mí.

—Gamma, ¿estás bien?

—Mejor —respondí—. No creo que sean el enemigo, Delta. Acabaron con los mechs de Alpha.

—Tiene razón —dijo la rehén, solo para que Delta presionara la hoja con más fuerza contra su cuello.

Leo, que por lo demás se mantenía muy quieto, habló con firmeza:

—Delta. Tú eras la última. Mi as bajo la manga en caso

de que todo lo demás saliera mal. —Su rostro se ensombreció con un ceño fruncido—. Si estás despierta, entonces las cosas deben ser terribles.

—Buena lectura —dije—. Delta, suéltala. Por favor. Solo estamos perdiendo el tiempo.

Tal vez fue ese comentario, el tocar el tema de nuestra verdadera misión. Tal vez Leo despertó la curiosidad de Delta lo suficiente como para acabar con la agresión. De cualquier manera, la nave empujó a la rehén hacia adelante, deslizando la espada mientras la rehén se movía, apuntando el arma para tener un buen tiro a la espalda de la mujer. Aún manteniendo el control.

—No me importa quién seas —le dijo Delta a Leo—. Tenemos un objetivo y nos están persiguiendo.

—¿Persiguiendo por quién? —preguntó Leo.

—Como dijiste. —Me levanté y puse una mano en el hombro de Leo. No para consolarlo, sino para darle a Delta un empujón más en una dirección pacífica. Sabía por el Vivero lo difícil que era alejar a Delta del borde de la masacre, así que luché por cada centímetro—. La Nave Estelar está en mal estado. Tal vez puedas ayudar.

Continué desde allí, soltando toda la historia. La toma de control de Alpha, las Voces en retirada. Nuestra carrera desesperada. Cuando terminé, Leo tenía una mano en la barbilla, frotándose la barba desaliñada con algunos dedos. Sus ojos no estaban fijos en mí, sino mirando hacia algún punto por encima de mi hombro.

—Leo —dijo la mujer, la ex rehén de Delta ahora recuperada, de pie y mirando con furia hacia Delta—. Sácalos de aquí. Conozco esa mirada, y más te vale recordar lo que prometiste.

—Sé lo que prometí, Clara —respondió Leo, volviendo a

enfocarse—. No importa mucho si la Nave Estelar se estrella en el mundo equivocado, ¿verdad?

Me quedé junto a Delta, observando. Mi compañera mantenía un agarre firme sobre la hoja, con la espalda contra la pared junto a la entrada. Podía vigilar en ambas direcciones, una protección que usé para concentrarme en el intercambio entre Leo y la otra Forjadora.

—Nos quedamos contigo para ver un cielo que no fuera este —dijo Clara, haciendo un gesto hacia los otros Forjadores que observaban. El movimiento reveló la mayor parte de su estómago, visible a través de una camisa rasgada. Había sido recubierto con placas, al igual que el rostro de Leo—. Eso es todo lo que queremos, Leo. Si este Alpha va a llevarnos allí más rápido, antes de que perdamos a alguien más, ¿no es eso algo bueno?

—Dijimos todo eso antes de que las Voces perdieran el control. —Leo señaló hacia la salida de la cámara—. Nunca pensé que la Nave Estelar se desmoronaría por completo.

—Mentiroso —lo interrumpió Clara—. Hemos estado viviendo aquí abajo durante tanto tiempo que quizás no lo recuerdes. Yo sí. Yo sí. —Mientras hablaba las últimas palabras, Clara señaló a la izquierda a otro Forjador al otro lado de la habitación que se estremeció y se dio la vuelta—. Acho también lo recuerda. Y Mioh y Baker y DeMar. Todos vimos venir esto, y por eso bajamos aquí. Lo dejamos todo por una sola promesa, Leo. La única maldita promesa, ¿y ahora estás pensando en tirar todo eso por la borda?

—Espera. —Leo retrocedió y se acercó a su banco de trabajo—. Ni siquiera he dicho nada todavía.

—Pero lo estás pensando.

—Estoy pensando que puedo decirles a estos dos a dónde ir, y luego nos dejarán en paz. Eso es lo que estoy pensando.

Clara se quedó con el ceño fruncido, observando cómo Leo rebuscaba en su banco de trabajo. Los trastos se movían en los cajones. Con Delta lanzando miradas asesinas a todos, pensé que podría abogar por nuestra causa, darle algo de cobertura a Leo.

—Clara —dije, atrayendo una mirada mordaz—. Lo siento, no estoy tratando de interrumpir lo que tienen aquí. Esto fue un accidente, venir por este camino, pero uno que podría resultar útil para todos nosotros.

—¿Para todos nosotros? —El tono de Clara no me dio mucho ánimo.

Me encantaba improvisar bajo presión.

—Alpha no sabe cómo detenerse —dije—. Controla las Líneas de Fabricación y está haciendo más mechs cada minuto. Quiere inundar la nave con máquinas que hagan exactamente lo que él quiere. Incluso si la Nave Estelar aterriza antes de que los encuentre, nunca lograrán salir sin ser despedazados.

—Qué gracioso que digas eso. —Clara negó con la cabeza hacia mí—. La razón por la que bajamos aquí en primer lugar fue porque la Nave Estelar estaba a punto de despedazarse. La gente en ella, de todos modos. Esquivamos esa muerte. ¿Y ahora se supone que debo escuchar a un maldito mech decirme que los mechs vienen?

—¿NO es eso prueba suficiente? —dijo Delta, señalando hacia el pasillo y los cadáveres de los mechs más allá.

—Sí, prueba de que ustedes los mechs están peleando entre sí —dijo Clara—. ¿Adivina cuánto me importa?

—No estás razonando con mi argumento —dije. Kaydee, apareciendo junto a Clara, hizo una mueca—. Dije que los mechs de Alpha volverán con más fuerza, antes o después de que la nave aterrice.

—Entonces nos abriremos paso entre ellos —respondió Clara, sin molestarse siquiera en encogerse de hombros—. Lo único que tenemos aquí abajo son armas. Suficientes para abrirnos camino entre unos cuantos cubos de óxido.

—Esa es una visión corta de miras.

—¿Qué me has dicho?

A mi derecha, noté que Delta cambiaba la posición de su espada, ya no vigilando futuras amenazas sino preparándose para encargarse de esta, justo aquí.

—¡Lo encontré! —anunció Leo, atrayendo toda nuestra atención hacia el rectángulo negro en su mano—. Ahora, ¿quién tiene una batería que pueda usar?

Después de convencer a Acho de que cediera la batería que alimentaba su soldador, Leo volvió a su mesa de trabajo y a una audiencia expectante. Había intentado presentarle a Clara algunas perspectivas más, pero ella rechazó cada una con un argumento similar: había pasado décadas reemplazando su cuerpo roto por la oportunidad de ver un planeta real de nuevo, y no iba a arriesgar eso porque yo dijera que un mech loco tenía el control de Starship.

Leo me ahorró un cuarto intento. Kaydee podría haber estado más agradecida que yo, su desprecio creciendo cada vez más mordaz con cada palabra que le dirigía a Clara.

—Es viejo, pero aún debería conectarse a la red de Starship —dijo Leo mientras insertaba la batería y mantenía presionado un botón gris y blando en la parte superior del portátil—. Una ventaja de esta nave es que no pudimos actualizar mucho en su interior, ¡así que todavía funciona con tecnología de hace mil años!

Leo miró alrededor, con una leve sonrisa y las cejas

levantadas. Nadie, incluyéndome, le dio una risa, un aplauso o cualquier otra cosa.

—Ese es él —dijo Kaydee suavemente, a mi lado—. Después de todo este tiempo, todavía se siente tan orgulloso de sí mismo cuando hace estas pequeñas conexiones.

No detecté ni un ápice de acidez en su voz, solo calidez.

—Entonces hazlo —le dijo Delta al Forjador.

—Claro. —Leo tecleó en el dispositivo, la pantalla lo suficientemente lejos de mí como para que no pudiera ver lo que estaba haciendo. Afortunadamente, Leo era del tipo que narra cada uno de sus movimientos—. Miren, Starship mantiene sus procesos más vitales en su matriz operativa central. Ahí es donde pusimos las Voces. Es como el centro de una telaraña, desde donde pueden seguir un hilo para acceder a cualquier parte de la nave que necesiten.

Leo vaciló. Hizo un sonido entre frustración y un gemido. Me aventuré a adivinar.

—Te dijimos la verdad —dije.

—La telaraña se está rompiendo —respondió Leo—. Tienes razón. Incluso con mi acceso, el Puente está fuera de línea. La Guardería también. Alguien está cortando a Starship de su corazón, y solo se me ocurren un par de personas que podrían hacer eso. —Leo me miró—. Y tú eres una de ellas.

—Tienes suerte de que lo sea —dijo Delta—. Gamma está tratando de ayudar, no escondiéndose aquí abajo.

—Claro, sí —respondió Leo, volviendo a su tableta—. Si quieren mantener a las Voces a salvo de Alpha, entonces tendrán que desconectarlas de la red compartida.

—¿Lo que significa? —preguntó Delta.

—Tendremos que arrancarlas —respondí.

· · ·

NOS PARAMOS FRENTE al montacargas de carga que Delta había dañado antes de que llegaran los mechs. Leo, Delta, yo, Alvie y una molesta Clara observando desde atrás. Habíamos saqueado ropa nueva de las reservas del Forjador, yo optando por un equipo de trabajo más pesado mientras Delta encontró un traje delgado y resbaladizo diseñado para trabajos de mantenimiento en espacios estrechos. Mi pie reconstruido funcionaba bien, marchando detrás de Leo mientras proponíamos planes.

La matriz operativa central de Starship no se encontraba en el medio de la nave, a pesar de su nombre. Los ingenieros originales, según las estimaciones de Leo, colocaron el Núcleo de Energía allí, pero querían mantener las piezas más vitales separadas. Pusieron la matriz operativa muy arriba y adelante en un nicho poco profundo para protegerla de los micrometeoritos. También resultó ser la parte de la nave controlada por las personas más ricas y poderosas que abordaron la nave.

—Una verdadera sorpresa, lo sé —dijo Leo mientras enchufaba una llave en el montacargas y la giraba—. Pero ese era el diseño. La idea.

—Los humanos y sus sistemas de clases —dije.

—Somos lo que somos —respondió Leo—. No lo estoy defendiendo, pero hasta ahora, mantener la matriz allí significó que las peleas nunca la tocaron. Los sistemas de Starship nunca han fallado, o todos estaríamos muertos.

—Ella no parece pensar que eso sea importante —dijo Delta, asintiendo hacia Clara.

—Hemos pasado por mucho, aquí abajo —respondió Leo, cortando la que sin duda habría sido una réplica más picante de Clara—. Miren, los llevaré allá arriba. Debería poder abrir cualquier puerta cerrada. Luego, cuando lleguemos a las Voces, pueden tomarlas y correr. Averigüen cómo librar su guerra.

Leo entró en el ascensor, nosotros lo seguimos. Detrás de nosotros, los Forjadores continuaban desarmando los mechs de Alpha, su trabajo ya reduciendo los restos de la pelea a escombros dispersos. Pronto, imaginé, la única evidencia serían las marcas de láser en los paneles metálicos, como en gran parte de Starship. Historias perdidas en el tiempo.

—¿Y luego volverás? —preguntó Clara, sin seguirnos al ascensor—. ¿O nos estás abandonando después de todo este tiempo?

—Volveré —respondió Leo—. Todavía sueño con lo mismo que tú, Clara. El cielo, el viento. Una vida real en un lugar real, aunque sea solo por un día.

Clara no dejó de fruncir el ceño, pero tampoco se opuso cuando Leo le pidió que presionara el botón del ascensor. Con un traqueteo metálico y un zumbido, nuestro ascensor subió, ocultando la Fosa Séptica de la vista y acercándonos a las Voces, Alpha y la lucha por el futuro de Starship.

A mi izquierda, Delta se veía igual que siempre. Ojos de acero, espada al hombro, recién afilada con herramientas de Forjador. Leo se sumergió en su tableta mientras el ascensor subía, revisando los diagnósticos de Starship y haciendo sonidos no muy impresionados. Kaydee, invisible para mis compañeros, observaba a su antigua llama, sin expresión.

¿Yo? Me arrodillé, acaricié a Alvie en su espalda con crestas y cicatrices de batalla. Un momento tranquilo, uno de los últimos que tendríamos en mucho tiempo.

VEINTIDÓS

FUERA DE LOS LÍMITES

Nuestro viaje terminó varios niveles más arriba, lejos del ápice de la Nave Estelar. El ascensor gimió mientras intentaba mover la puerta faltante que Delta había cortado abajo, dejándonos en un amplio espacio que reflejaba la Cloaca que habíamos dejado atrás. Sin embargo, en lugar de túneles circulares, nuestras opciones se limitaban a dos: un gran camino recto, bordeado de carros de carga, y un pasillo lateral bloqueado por una puerta cerrada marcada con letras rojas en negrita: *Esclusa de aire*.

—¿Dónde estamos? —pregunté mientras Leo se dirigía por el amplio pasillo.

—Líneas de Fabricación —respondió Leo—. La Cloaca limpia la basura, las Líneas de Fabricación la convierten en tesoros.

Me detuve.

—¿No dije que Alpha controlaba las Líneas de Fabricación? No podemos ir allí.

—No hay otra salida desde el montacargas —respondió Leo encogiéndose de hombros—. O nos abrimos paso a través de lo que Alpha tenga aquí o estamos atrapados.

—Entonces vamos —dijo Delta, balanceando la espada sobre su hombro—. Nos abriremos paso.

—Me gusta su actitud —sonrió Leo—. Sabía que había hecho algo bien con ustedes cuatro.

Esa confianza nos llevó lentamente por el pasillo brillante y amarillento. Más allá de los carros, las señales de advertencia se mezclaban con carteles populares en las paredes. A diferencia de los anuncios de películas en el apartamento de Leo, las hojas aquí tenían garabatos por todas partes, mensajes de un turno al siguiente destacando logros, agradeciendo a los que habían venido antes y después. Al principio pensé que la decoración parecía extraña, hasta que noté que las hojas estaban lo suficientemente amarillentas como para combinar con las paredes ocre detrás de ellas: estas líneas se remontaban a cientos, mil años o más, una historia viva de las personas que habían trabajado aquí.

Nombres perdidos en el tiempo se emparejaban con máquinas inventadas por esos mismos nombres. A mi derecha colgaba un boceto del primer meca de limpieza real, cosas enormes que fregaban niveles enteros a la vez. El nombre del diseñador brillaba en marcador azul junto a él, seguido por el trío que había logrado la primera construcción. Otros inventos, como las cerraduras de gemas en las puertas, las pantallas de los ascensores que había visto en el Jardín, seguían.

La Nave Estelar no había despegado en un estado perfecto. Había evolucionado, incluso cuando sus únicos materiales tenían que ser recuperados de sí misma. La innovación nunca se detuvo.

Leo iba al frente con Delta detrás de él. Alvie y yo formábamos el par final. Al menos esta vez tenía un arma adecuada: de vuelta en la cámara de los Forjadores, Leo me había dado la pistola que Delta le quitó a su rehén. El arma de energía tenía suficiente potencia para perforar un agujero ardiente a través de la piel delgada de un meca, y afortunadamente, me permitiría mantener la distancia.

Ya había tenido suficiente de golpes y destrozos para una vida digital.

Los carros por los que pasábamos tenían diferentes diseños, cada uno etiquetado con franjas de colores, con letras pegadas que indicaban varios metales y otros materiales que los carros estaban designados para contener. Más adelante, los objetivos de los carros se hacían evidentes a través de una creciente sinfonía de traqueteos. Engranajes rechinando, correas chillando, sistemas hidráulicos siseando, todos dentro y fuera de ritmo entre sí.

—Ese es un ruido enloquecedor —dijo Kaydee, caminando conmigo mientras yo le daba espacio a Leo y Delta—. Ahora entiendo por qué nadie quería estos trabajos.

Los mecas de Alpha no estaban cazando a Leo, y Delta parecía más adecuada para explorar el camino correcto, dejándome la oportunidad de murmurar de ida y vuelta con mi mente residente.

—¿Te refieres a dirigir las líneas? —respondí.

—Sí. Los mecas siempre hacían la mayor parte del trabajo manual, pero se necesitaba gente para supervisar, cubrir problemas —dijo Kaydee, con su pelo puntiagudo de vuelta a su brillo turquesa mientras saltaba de un carro a otro—. Leo y yo teníamos compañeros de universidad que terminaron aquí abajo. Salíamos a tomar algo y ellos insistían en lugares que no pusieran música. Decían que ya no podían soportar el ruido ambiental.

—¿No había forma de bloquear el sonido?

—Según ellos, las vibraciones se te metían en los huesos

—Kaydee hizo una mueca—. Con todos los milagros de esta nave, algunas cosas realmente apestaban.

En eso podía estar de acuerdo. Sin embargo, una cosa que no parecía apestar era nuestro nuevo amigo Forjador. Al menos para Kaydee, cuyos ojos seguían volviéndose hacia Leo mientras caminábamos. Se deslizaba bajo las barandillas de un carro, saltaba sobre el siguiente, todo mientras mantenía la mirada fija en el hombre.

—¿Te sorprende que siga vivo? —ofrecí mientras los carros comenzaban a disminuir y el corredor se ensanchaba al acercarnos a las líneas.

—Es gracioso. O tal vez no lo es, ¿qué sé yo? —dijo Kaydee, dejando los carros y acompasando su andar al mío—. Nunca pensé en lo que le había pasado. Para cuando te encontré, había pasado tanto tiempo.

—Asumiste que había muerto.

—¿Supongo? —Kaydee se mordió el labio inferior, mirando hacia el techo como si una mejor respuesta pudiera estar esperando allí—. Al convertirme en... esto, siento que todo lo que pasó antes, cuando estaba viva, está tan distante. Como si le hubiera pasado a otra persona. Y con Leo, o una parte de él, siendo también una de las Voces, simplemente asumí que eso era todo. Ahora somos programas.

—Como meca, tu tono es casi ofensivo.

Kaydee se rio.

—Lidia con ello. Así como yo estoy lidiando con esto. Él no es la misma persona que conocí, ¿verdad? Ha pasado tanto tiempo. Es como... medio máquina. Pero aun así...

—¿Aun así qué?

Una ligera sonrisa.

—Te diré algo, Gamma. Si salimos de todo esto, tal vez averigüe lo que estoy tratando de decir.

Dejé ir a Kaydee, no porque no quisiera entender más. Comprender cómo funcionaban los humanos estaba pasando de ser un proyecto secundario curioso a una misión vital a medida que más y más de ellos emergían de los rincones oscuros de la Nave Estelar. Y, si era honesto conmigo mismo, quería encontrar mi propia conexión más profunda con mi existencia.

Leo me había construido con un propósito, y las Voces me habían activado para cumplir ese objetivo. Ahora tenía otro, pero eventualmente la situación de vida o muerte tendría que terminar y me quedaría preguntándome qué vendría después. Tomar esa decisión con algo más que unos y ceros, ganancias y pérdidas, parecía atractivo, incluso si conllevaba el riesgo de las emociones irracionales de un humano.

Tomaría ese riesgo, solo para sentirme como Kaydee se veía mientras observaba a Leo.

Las Líneas de Fabricación emergieron, extendiéndose desde el corredor en siete direcciones separadas. Cintas transportadoras en movimiento, con listones negros sucios, se elevaban desde el extremo semicircular hasta nuestro camino. Delgadas barandillas bloqueaban los lados, elevándose dos o tres metros hasta pantallas que mostraban en colores y abreviaturas los tipos de materiales solicitados por la línea. A medida que nos acercábamos, todas las líneas funcionaban. Mecas en su frente, simples con varias garras prensiles unidas a pernos fuertes, levantaban metal pulido, cables y más de los carros cargados y colocaban los materiales en las cintas transportadoras.

Me uní a Delta y Leo cerca de la entrada del semicírculo, agachándome detrás de un carro mientras observábamos el trabajo.

—¿Cómo está obteniendo el material? —susurré mientras me agachaba detrás de Leo y Delta—. ¿No se estaba usando el montacargas?

—¿Ves esas dos? —Leo señaló un par de cintas transportadoras en el centro. No lo había notado a primera vista, pero las líneas funcionaban en reversa, los mecas tomaban el material que bajaba y lo cargaban en los carros apropiados —. Están moviendo manualmente chatarra desde el Conducto. Tienen que sacrificar un par de líneas para hacerlo, pero el tipo no tiene otra opción.

Ante mi mirada interrogante, Leo sacó la llave del montacargas.

—No se puede hackear lo analógico, amigo.

Tampoco podíamos escabullirnos más allá de lo analógico. Aunque los mecas cargadores no parecían muy amenazantes, esos mensajeros flotantes también se desplazaban a lo largo de las líneas, observando el progreso. Probablemente informando a Alpha de que las cosas seguían funcionando sin problemas. Estos no tenían las armas acopladas como los que habíamos enfrentado abajo, pero tener ojos sobre nosotros sería lo suficientemente malo.

—A menos que tengas otro truco —dijo Delta—, las cosas se pondrán feas si avanzamos.

—Hmm —murmuró Leo—. Aún no puedo volverme invisible. Tal vez tengas que abrirnos paso cortando.

—No —dije. El plan agresivo tenía que ser cortado antes de que Delta empezara a cortar, enterrándonos de nuevo bajo un ataque de mecas—. A menos que tus Forjadores estén listos para ayudarnos, esto no funcionará. Nos enterrarán antes de que lleguemos al Conducto.

Tanto Delta como Leo me miraron como si hubiera arruinado un gran momento. Quería levantar las manos, sacudirlos, reproducir las últimas horas, incluyendo nuestra desesperada huida en la Cloaca. Tal vez Delta tenía alguna confianza programada que la llevaba a cada pelea creyendo que ganaría, pero Leo debería saber mejor. Leo debería ver lo que pasaría.

—Por favor —dije, poniendo una mano sobre Alvie para enfatizar—. Cada pelea arriesga la muerte de uno de nosotros. Arriesga perder la Nave Estelar para siempre. Tenemos que elegir, y evitar, cuando podamos.

—Gamma —dijo Kaydee, apareciendo detrás de mis dos amigos—, mírate, jugando al líder responsable. Me gusta.

Leo, por fin, se rascó la nariz y miró detrás de mí, hacia el camino por el que habíamos venido.

—Bueno, si realmente no quieres ir directo, hay un camino diferente —dijo el hombre—. Aunque es un poco inusual.

—Mira todo esto —dije, señalando a Delta, a mí mismo, a las Líneas de Fabricación dirigidas por mecas. Leo con su cara medio metálica—. ¿Hay algo aquí que *no* sea inusual?

LEO TENÍA RAZÓN. Su idea era bastante descabellada. Volvimos todo el camino hasta el montacargas, luego tomamos el único otro camino. El marcado como *Esclusa de aire*. Al igual que aquella en la que había estado atrapado fuera de la Universidad, la esclusa de aire se presentaba limpia, blanca, cubierta de advertencias. Las paredes estrechándose se interrumpían con casilleros de inventario, la mayoría ya vaciados.

—Saqueamos estos hace mucho tiempo —dijo Leo mientras caminábamos—. Los trajes espaciales tenían buena tela, materiales que usamos para repuestos. Ninguno de nosotros pensó que volveríamos a salir afuera.

—¿Por qué? —preguntó Delta—. La Nave Estelar podría haber necesitado que arreglaran algo.

—Nada que las Voces no pudieran hacer que un meca hiciera. Recuerda, todo puede parecer basura ahora, pero cuando bajé aquí, la Nave Estelar estaba estable. Demonios, yo mismo me había puesto a cargo.

—Por todo el bien que eso hizo —murmuré.

Leo suspiró.

—Mi yo más joven seguía pensando que podría hacer que todo fuera genial con un poco más de poder, un poco más de control. Ahora lo sé mejor.

La esclusa de aire en sí nos esperaba detrás de una gruesa puerta blanca perla. Una palanca en el lado derecho esperaba para abrir nuestro portal. Una estrecha ventana de cristal miraba hacia el espacio antiséptico más allá, conteniendo algunas barras para sujetarse y una larga línea de agarre para cualquier aspirante a caminante espacial.

—¿Y ahora qué? —preguntó Delta.

—Ahora ustedes dos toman la ruta escénica —dijo Leo—. Abriré la esclusa de aire. Ustedes dos salgan, caminen por la Nave Estelar hasta la cima y vuelvan a entrar allí.

—¿Afuera? —pregunté—. ¿Te refieres al espacio?

—Bastante seguro de que eso es lo único que hay fuera de la Nave Estelar ahora mismo —respondió Leo, sus ojos brillando de una manera que encontré un poco amenazante—. Miren, hay escaleras por todas partes allá afuera. No podría ser más fácil. Sigan los peldaños hasta el final.

—¿Cómo abriremos la esclusa de aire allí arriba? —pregunté—. ¿Podemos hacerlo nosotros mismos?

—Ahí es donde se pondrá complicado. Estos fueron diseñados para mantener el exterior, bueno, afuera. Siempre necesitabas un compañero para que te dejara entrar de nuevo —respondió Leo, poniendo una mano en la palanca—. Aunque apuesto a que si Delta puede llegar con esa hoja, podría ser capaz de abrir un camino.

—Tomando un riesgo loco —reflexionó Kaydee, recostándose contra la puerta de la esclusa de aire—. Leo siendo Leo ahí mismo.

¿Qué otra opción teníamos? Cada minuto acercaba a Alpha a las Voces, más cerca de controlar cada bit de la Nave Estelar. Una vez que tuviera eso, Alpha podría borrar a Beta, Val y los otros humanos, podría llenar cada pasillo con sus mecas. Seríamos destruidos o asimilados. Leo y sus Forjadores también.

—Podemos hacerlo —anunció Delta—. Vamos.

Asentí hacia Leo.

—La has oído.

El hombre estaba más que feliz de empujar la palanca hacia abajo. La esclusa de aire se abrió. Delta tomó la delantera, Alvie y yo la seguimos. Cuando pasé junto a Leo, me detuve.

—Escuché a Clara. Sé lo que tu grupo está tratando de hacer —dije—, pero más atrás, hay otros luchando por sobrevivir. Podrían usar tu ayuda. —Leo hizo una mueca, así que continué—. Piénsalo. Ya no puedes permitirte esconderte.

Me uní a Delta dentro de la esclusa de aire, Alvie entrando precipitadamente detrás de nosotros. Leo presionó un par de botones en el panel junto a la palanca y una voz demasiado tranquila declaró que el oxígeno se drenaría en unos segundos.

—¿Alguna vez has hecho esto antes? —le pregunté a Delta.

—No —respondió ella, mirando hacia la oscuridad infinita a través de la ventana final.

—¿Asustada?

—No.

—¿Emocionada?

—No.

Siempre una conversación fascinante. No obstante, nos quedamos lado a lado mientras la cuenta regresiva se completaba. No podía sentir el aire abandonar mis pulmones inexistentes, pero mis sensores me dijeron que ahora estaba en el vacío. Siguiendo las instrucciones de Leo, ambos agarramos las manijas junto a la puerta, incrustadas en las paredes de la esclusa de aire.

Cuando la puerta de la Nave Estelar se abrió, un rápido deslizamiento, nada tiró de mí. En su lugar, la gravedad magnetizada de la Nave Estelar se desvaneció y sentí mis piernas flotando. Alvie, con sus garras aferradas a mi espalda, se estremeció. Sin aire, el mundo se quedó en silencio.

Afuera, las estrellas nos llamaban. A mi lado, Delta captó mi mirada, señaló hacia la escalera en el casco de la Nave Estelar a nuestra derecha.

Y salimos.

VEINTITRÉS

LA VISIÓN A LARGO PLAZO

Starship partía el espacio por la mitad. Con mis manos en los peldaños, mirando arriba y abajo, el plano de metal picado de Starship se extendía hacia un extremo curvo en ambas direcciones. Más allá de mis pies, la parte inferior de la nave tenía una inclinación más pronunciada que llevaba a una base plana, perfecta para un eventual aterrizaje. Sobre mi cabeza, la forma de Delta se contoneaba mientras escalaba de un peldaño a otro sin vacilación.

—No se está tomando el tiempo para oler las rosas —dijo Kaydee, apareciendo junto a mí.

Normalmente, ella hacía algún esfuerzo por interactuar con el entorno, someterse a algunas leyes físicas. Esta vez, Kaydee simplemente flotaba allí como un fantasma a la deriva en el espacio infinito. Su voz tampoco era realmente un sonido, sino una manifestación en mi sistema operativo, código ejecutándose de la única manera que sabía hacerlo.

Sin embargo, Kaydee y su código tenían razón. Después de toda la prisa que habíamos tenido, de todo el riesgo para Starship, los humanos y las Voces, llegar hasta aquí merecía un momento de reflexión. Manteniendo un buen agarre en los peldaños —no había ninguna presión empujándome, pero alguna roca espacial podría golpearme y lanzarme lejos —, me giré y puse mi espalda contra Starship.

Una infinidad salpicada de estrellas se extendía para siempre en todas direcciones. Había visto algo parecido en el puente de Starship, pero las otras fuentes de luz, el cristal del puente, dejaban claro que aún estaba dentro de algún contenedor. Aquí, libre y flotando, conté mil estrellas brillando. Billones más yacían en los espacios oscuros, un tenue resplandor colectivo que impedía un negro puro.

A mi derecha, como una nube interestelar, una nebulosa naranja púrpura manchaba mi vista. En lo profundo de sus remolinos y tentáculos, estrellas más brillantes ardían a través de sus orígenes de fusión. Me pregunté si Starship había atravesado una de esas durante sus viajes, si la gente aquí dentro había mirado por las ventanas y presenciado el nacimiento de una nueva estrella.

A pesar de todo el deseo que habían mostrado por llegar a un nuevo planeta, por estar bajo un nuevo cielo, había maravillas aquí afuera que estos humanos nunca volverían a ver.

—Mirábamos todos los días —dijo Kaydee, leyendo mis pensamientos—. Despertábamos, echábamos un vistazo afuera, veíamos si había alguna estrella nueva. Un cometa pasajero, o una nebulosa como esa. —Señaló hacia el espacio, un rocío estelar de arcoíris brotando de la punta de su dedo para brillar ante nosotros—. Genial, ¿verdad? La mayoría de las veces, sin embargo, todo lo que veíamos eran los mismos pocos destellos. O simplemente el espacio negro. Ves videos de la Tierra y ves el clima, Gamma. Cada día algo diferente. Estaciones. Viento y lluvia. Aquí, no tenemos nada de eso.

—¿Y eso les molestaba?

—A los adultos más que a los niños, creo —respondió Kaydee—. Cuando era niña, corría de una cosa a otra. Un nuevo grado, nuevos amigos, nuevas ideas. Fueron los adultos los que tuvieron los mayores problemas, los que se manifestaron en lo que destrozó a Starship. Nada cambió para nosotros después de la Universidad.

—Pero el cambio no siempre es bueno.

—¡Claro, pero sigue siendo un cambio! No somos mechs. No podíamos soportar la misma iluminación, los mismos turnos, las mismas películas... Hacíamos teatro comunitario, pero no es como si tuviéramos grandes sets de cine en la nave. Sin algo que marcara los días, los años, comienzas a perder el control de la realidad.

Una perspectiva extraña. Una con la que, con solo unos días de vida detrás de mí, no podía identificarme. ¿Me descompondría como los humanos después de años y años, mi código pudriéndose sin nueva estimulación? ¿O sería como los mechs de limpieza, las máquinas enfermeras, traqueteando a través de mis rutinas sin preocupación para siempre?

—¿Es así como te sientes ahora? —pregunté.

—Yo... supongo que no lo sé —Kaydee se encogió de hombros—. Antes de encontrarte, antes de atrapar a ese mech de limpieza, las cosas no eran muy diferentes de lo que estamos viendo ahora. Desperté, creo, cuando las Voces despertaron a Alpha.

Mientras hablaba, me di la vuelta y comencé a subir por los peldaños. Delta tenía una gran ventaja, y la subida por Starship no iba a ser corta.

—Un segundo, realmente no existía. Luego, bam. Aquí estoy, agrupada entre tantas otras mentes en un gran espacio vacío. Las Voces mantuvieron las cosas bajo control. No podíamos hacer nada excepto esperar a ser llamados. No podía hablar con nadie, no podía hacer preguntas.

—Cuando Alpha eligió sus mentes, simplemente desaparecieron. Al principio, no sabía qué había pasado. Quiero decir que pasó mucho tiempo, porque así fue, ¿verdad? Pero allí, en ese estado de estasis, no podía percibir nada de eso. Tardó una eternidad, tardó un instante. Hasta que despertaron a Beta, y cometieron un error.

—Mirando hacia atrás, creo que fue entonces cuando Alpha hizo su primer intento de tomar el puente. Las Voces se dispersaron. No eligieron las mentes tanto como dejaron las cosas abiertas. Podíamos movernos, podíamos hablar, y podíamos correr. Algunas llegaron a Beta cuando se conectó a los enchufes. Yo las seguí, me colé con otras dos mentes.

—Beta, sin embargo, no nos necesitaba. Quiero decir, ¿quién lo haría? Cortó la conexión y nos dejó allí, sentados en esa terminal. Yo, algún viejo profesor y un piloto. Ninguno de nosotros sabía qué hacer, y la terminal no nos daba muchas opciones. Así que esperamos, de nuevo. Nos contamos nuestras historias de vida. Se volvieron perezosos en ese gris interminable. Ni siquiera teníamos cristales como tú. Solo una terminal tonta hasta que llegó el mech de limpieza. Se enchufó al puerto buscando una recarga rápida, y yo aproveché la oportunidad.

—¿Y tus amigos?

—No lo lograron —dijo Kaydee—. Todos conocíamos lo que estaba en juego. Una mente a la vez. Yo simplemente llegué allí primero. Ellos me habrían hecho lo mismo.

Tantos peldaños. El frío del espacio se filtraba a través de mi piel sintética. Mi núcleo funcionaba a alta temperatura para mantener mis huesos metálicos en movimiento. No obstante, la historia de Kaydee tenía una pieza más sin respuesta.

—¿La terminal estaba rota? ¿Tú hiciste eso? —le pregunté.

Kaydee se quedó en silencio, permaneció callada mientras yo seguía subiendo por los peldaños. Muy por encima de mí, Delta había llegado a la cima. Estaba manipulando una puerta de la esclusa de aire y lanzándome miradas interrogantes de vez en cuando.

—Tienes que entender, Gamma —respondió Kaydee finalmente—. Todos sabíamos de qué lado habíamos estado. Mi madre me hizo así porque tenía el poder para hacerlo. El profesor y el piloto no compartían mis puntos de vista, y si los dejaba allí, podrían haber venido por mí después.

—Así que los asesinaste.

—Los eliminé. Como el Bibliotecario —replicó Kaydee—. No empieces a acusarme. Tú tienes tu propio recuento de cuerpos. Y has estado ayudando a esa super asesina de allá arriba. Starship no es un lugar para héroes y santos.

En eso, al menos, tenía razón.

DELTA HABÍA ABIERTO la puerta exterior de la esclusa de aire cuando llegué hasta ella.

En cuanto a Kaydee, podría haber intentado eliminarla tal como ella había hecho con las otras mentes. Sin embargo, la visión práctica me obligó a mirar a mis aliados y contarlos: Delta, Volt, Alvie y, bueno, Kaydee. ¿Cortar un cuarto de mi apoyo solo porque había tomado algunas decisiones pobres, decisiones que yo mismo podría haber tomado?

—¿*Lista*? —preguntó Delta, moviendo la boca sin emitir ningún sonido. El pulgar levantado en una mano, mezclado con sus ojos interrogantes, me indicó su petición.

—*Listo* —respondí, levantando mi propio pulgar.

Se balanceó hacia la puerta abierta con un leve asentimiento y yo seguí a Delta hacia otra cámara blanca perlada. Cerramos la puerta exterior, sellándola. Luego miramos la segunda puerta, tan gruesa como la de abajo, con una ventana de cristal que miraba hacia adentro. Delta levantó su hoja mientras flotábamos, lista para atacar.

Mirando esa puerta, el pasillo marrón y rojo más allá, tuve una idea diferente.

Con un empujón, acerqué a Alvie a la puerta interior. Con una mano, puse las garras del perro metálico en la superficie, presionando las afiladas uñas contra la barrera y raspándolas. Alvie captó la idea rápidamente, arañando la superficie con sus garras.

No podíamos oír nada en esa cámara, pero tenía que asumir, basándome en todos los demás lugares de Starship, que algo estaría prestando atención. Algo vendría a ver qué había venido a llamar.

Y, si no, Delta aún podría abrir paso a golpes.

Sin embargo, solo pasaron unos minutos antes de que un cambio en la luz mostrara que los esfuerzos de Alvie habían tenido éxito. Una suave cúpula azul océano entró en vista, llenando la estrecha ventana y mirándonos a través de ella. Después de un momento, pareció que pasamos cualquier prueba que el mech realizó y comenzó la cuenta regresiva característica de Starship. Al final, el aire inundó nuestra cámara, devolviéndonos al suelo, calentando nuestros circuitos helados.

Con un chasquido, el mech abrió la puerta interior y dio la bienvenida a tres asesinos y nuestro perro al enclave más lujoso de Starship.

VEINTICUATRO

PRECIO DE LUJO

La riqueza nos recibió con un rostro burlón. El semblante cuadrado de un hombre de mediana edad se extendía por la cúpula de cristal del meca, distorsionado por el vidrio en una mancha deforme. Esa cúpula descansaba sobre un cuerpo con forma de caja con orugas, del que salía un brazo tentáculo plateado de un metro de largo a cada lado. Esos brazos terminaban en manos de cinco dedos, flexibles en su brillo metálico mientras sostenían abierta la puerta de la esclusa para nosotros.

—Eso no es para nada extraño —dijo Kaydee mientras pasábamos—. Parece que los más ricos de la Nave Estelar no pudieron diseñar un meca decente.

—Gracias —le dije a la máquina, cuyos ojos se posaron en Alvie, y su mueca cambió, como una película con fotogramas perdidos, a un ceño fruncido.

El pasillo al que entramos reemplazaba el diseño más utilitario de la Nave Estelar por colores suaves. Abundaban los rojos cálidos, naranjas y amarillos. Las luces que habrían sido globos empotrados en los niveles inferiores parpadeaban, en cambio, en candelabros de cristal. Mis pies aterrizaron sobre una gruesa alfombra carmesí con rombos dorados tejidos. Sutiles aromas a canela en el aire. El lánguido solo de un violonchelo sonaba de fondo.

Las paredes, que parecían el apartamento de Leo mejorado en un cincuenta por ciento, cambiaban los carteles de películas por pantallas enmarcadas. En esos marcos vivían primeros planos en bucle, ocupantes de la Nave Estelar sonriendo, guiñando un ojo o brindando a la cámara antes de salir y ser reemplazados por alguien nuevo. Todos se veían inmaculados, con cuellos altos, encaje, maquillaje y más.

—Es como si se estuvieran caricaturizando a sí mismos —murmuró Kaydee mientras avanzábamos unos pasos—. Esto es tan estereotípico. Tan…

—No se les permite estar aquí —dijo el meca—. Como parecían estar en evidente angustia, los dejé entrar, pero debo pedirles que se vayan de inmediato.

Sabiendo que Delta impartiría una lección fatal sobre política de clases si el meca continuaba, me interpuse entre ellos, extendiendo las manos e intentando parecer arrepentido.

—Me llamo Gamma, esta es Delta y Alvie —dije, haciendo una leve reverencia al meca. Las historias del Bibliotecario sugerían que tales acciones eran buenas cuando se trataba de convencer a una persona poderosa para que te prestara atención—. En realidad, estamos aquí para hablar con las Voces.

De nuevo el rostro parpadeó, esta vez asentándose en una sonrisa amable.

—Y pueden llamarme Winston. Me temo que las Voces no están aquí. Están, verán, en la red. Son parte de esta nave, y no están en ningún nivel en particular. Pueden contactarlas a su gusto desde un lugar más apropiado —

Winston serpenteó su brazo delantero cerca de mi cara y señaló más allá de mí—. Por aquí, si son tan amables.

—Parece que alguien está fuera de onda —dijo Kaydee.

—Gamma —advirtió Delta—. Ya me estoy hartando de este tipo.

Winston no había dicho más que unas pocas frases, pero ya compartía la postura de Delta. Se necesitaba una habilidad real para enfadarme tan rápido, y tratarme como si fuera basura que debía ser pisoteada era suficiente.

—Yo también —le respondí a mi amiga—. Winston, ¿qué tal si retrocedes un poco y nos dejas en paz?

El rostro del meca parpadeó hasta convertirse en una línea recta.

—Me temo que eso no puede permitirse. Si no se van, seguridad los escoltará fuera de las instalaciones.

Claro que lo harían. No lo dije, pero toda la evidencia apuntaba a que el equipo de seguridad de la Nave Estelar había seguido el mismo camino que todo lo demás en esta nave: al infierno. En su lugar, le dije a Delta que se pusiera en marcha, le avisé a Alvie que mantuviera un ojo en Winston, y me fui tras mi asesina empuñadora de espada. Winston no se calló, pero no nos importó.

Después de tanto tiempo corriendo o luchando contra mecas peligrosos, ignorar a uno se sentía bastante bien.

El pasillo de la esclusa se abría a una habitación, francamente, enorme según los estándares de la Nave Estelar. Me había acostumbrado a los espacios estrechos, aplastados por metal mugriento. Incluso en espacios más grandes, como el Jardín o la extensa tienda del Chatarrero, los techos bajos y la iluminación tenue hacían las cosas opresivas, con la posibilidad de peligro y muerte en cada esquina.

La crema y nata de la Nave Estelar aparentemente compartía mi disgusto por la penumbra: un amplio rectángulo que se extendía muchos metros frente a nosotros, el evento principal del nivel superior exudaba calidez. Sofás y sillas se acomodaban alrededor de mesas de madera oscura. Una cocina y bar circular central parecía abastecido, incluso ahora, con botellas brillantes y comidas preenvasadas esperando ser servidas. Las pantallas por todo el lugar reproducían películas, aunque con el volumen apagado.

—Podías sintonizar tus auriculares al canal —dijo Kaydee, vagando delante de nosotros, sus dedos trazando las curvas de los respaldos de las sillas y su fina tela—. Podías pedir lo que quisieras en el bar. Se deducía de tu cuenta —Se levantó y bajó sobre la punta de los pies, rebotando sobre esa alfombra roja y dorada—. Hubo rumores de una pareja que perdió demasiado dinero para quedarse aquí arriba, pero en realidad, no sucedió —Se volvió hacia mí, y en un instante, su atuendo de trabajo cambió a un vestido dorado brillante que hacía juego con los hilos a sus pies—. Llegabas a esta clase y en la Nave Estelar, estabas hecho.

Hecho, en efecto. En lo alto, el metal de la Nave Estelar desaparecía para dar paso a una burbuja de observación anidada en el casco. El espacio recorría la cámara, la iluminación amarilla de las velas apagaba suficientemente las estrellas para que pareciera más un cielo de ónice ominoso que una mirada al universo. Sin embargo, con el ciclo día-noche de la Nave Estelar, imaginé que la habitación adquiría un encanto diferente con las luces bajas. Una sensación diferente, inquietante en su devoción por la grandeza en lugar de la practicidad.

Delta parecía tan perdida como yo. El espacio carecía de mecas, carecía de amenazas. Incluso el bar parecía diseñado para que los humanos se sirvieran a sí mismos. Ningún cubo de basura rodante venía hacia nosotros, listo para derribarnos. Tampoco se presentaba una dirección: las ramificaciones del rectángulo llevaban etiquetas que indicaban números de apartamentos, no un lugar donde las Voces pudieran residir.

—Parecen perdidos —gruñó Winston, uniéndose a nosotros en la habitación.

¿Había daño en admitir nuestra confusión al meca? Probablemente no.

—Como dije, estamos buscando a las Voces —respondí. Adelante, Delta y Alpha continuaron adentrándose en la habitación. Mi amiga giraba sobre sí misma, con los ojos muy abiertos y el rostro relajado—. Perdieron el Puente y se desconectaron de la red central de la Nave Estelar. Estamos seguros de que vinieron aquí.

—Y si encuentran a las Voces —dijo Winston, su rostro parpadeando hacia una ceja levantada, un labio curvado—, ¿se irán?

—Esa es la idea —respondí.

—Entonces quizás pueda ayudarles —Las orugas de Winston se encendieron, avanzando y dejando marcas de presión en la alfombra. El hecho de que sus huellas no estuvieran por todas partes sugería que el meca volvería sobre sus pasos, aspirándolas a la perfección—. Hay una pequeña sección de nuestro nivel dedicada a instrumentos técnicos que las Voces podrían necesitar.

Una forma complicada de decir que tenía una idea, pero lo que sea. Lo seguí, y, dada la oportunidad, Winston se convirtió en un guía turístico. La condescendencia desapareció de su voz, reemplazada por orgullo, mientras nos narraba la historia llamativa del nivel a nosotros, los intrusos de baja calidad. Decir que el relato de Winston era interesante sería darle demasiado crédito: la historia palidecía ante cualquier cosa que el Bibliotecario hubiera dejado en mi memoria. En cambio, el enclave glorioso de la Nave

Estelar compartía los rasgos de las guaridas de lujo del pasado de la humanidad.

Aquellos que tenían más querían más. El nivel comenzó como una cubierta de observación abierta a todos, un lugar para que trabajadores, científicos y familias se agruparan y obtuvieran una buena vista del espacio por el que viajaban. La reducción ocurrió por medios insidiosos —Winston lo describió como *refinamiento*— con los costos de comida, bebida y asientos aumentando hasta que los pobres, luego las familias, no podían permitirse venir sin traer sus propios artículos.

—Pero por supuesto —se rio Winston—, no podíamos permitir los desastres que tales improvisaciones traerían. Un simple cambio de reglas acabó con esa basura para siempre.

A partir de ahí, la limitación se volvió más directa y abierta. Se sellaron ascensores adicionales que conducían al nivel bajo pretextos de seguridad. La burbuja de observación, ven, era más delgada que el casco de la Nave Estelar, y cualquiera que visitara necesitaba ser examinado antes de entrar. Por lo tanto, solo un ascensor cerca del Puente de la Nave Estelar acomodaría a los visitantes. Otra inconveniencia, otro golpe a la población.

—¿Puedes golpear a este tipo? —dijo Kaydee mientras nos acercábamos al lado opuesto de la habitación—. Sé que no cambiaría nada, pero sería tan, tan satisfactorio.

—Tal vez cuando encontremos a las Voces —respondí—. Por mucho que quiera hacerlo.

—¿Qué están diciendo? —Winston se apartó de una profunda inmersión en los ciudadanos más ricos de la Nave Estelar—. ¿Qué quieren hacer?

—Salir de aquí y dejarte volver a tus deberes —dije, pegando la sonrisa más sincera que pude encontrar—. Parece que tienes mucho que hacer.

Por una vez, Winston parpadeó hacia lo que parecía una tristeza real. A pesar de habernos llevado casi hasta una puerta redondeada marcada con *Técnico*, cubierta con un letrero amistoso que indicaba solo personal autorizado, las orugas de Winston se detuvieron y sus cuatro brazos cayeron al suelo.

—En realidad, Gamma, tengo muy poco que hacer ahora —dijo Winston con un suspiro zumbante—. Desde que mis últimos invitados se fueron a dormir, ha estado tan silencioso. Si tan solo quedara alguien abajo que quisiera visitar, incluso podría renunciar a la tarifa solo por la conversación.

El criosueño al que Leo se refería. Había visto suficientes mecas de propósito único para saber que las cosas podían torcerse cuando el objetivo del meca desaparecía, pero ¿tristeza real? ¿Quién codificaría eso en un bot? ¿Con qué propósito...?

—Piénsalo —dijo Kaydee, apareciendo a mi derecha. Recogió una botella imaginaria y la lanzó contra Winston, el cristal rompiéndose y desapareciendo sin efecto—. Winston aquí va a hacer todo lo posible por hacer lo que todos estos estirados quieren porque de lo contrario se deprimirá. Más indulgente que esos mecas en la guardería y sus absolutos.

Cierto. Estar un poco triste pero aceptar el resultado habría ayudado más a esos bebés nacidos en viales que el corte duro que se había instituido. La Guardería había apuntado a la perfección. Winston parecía apuntar a la satisfacción. Una pequeña diferencia, quizás, pero una que llevaba a una idea.

—Winston —dije—, Delta y yo estamos tratando de asegurarnos de que la Nave Estelar *tenga* más personas que puedan venir a visitar aquí. Por *eso* estamos tratando de encontrar a las Voces. Pueden ayudarnos a mantener la

Nave Estelar a salvo. Si puedes llevarnos hasta ellas, te beneficiarás tanto como nosotros.

El meca parpadeó hacia una cabeza asintiendo. Todavía una imagen extraña, dado que la cabeza en la cúpula de cristal no tenía cuerpo, pero al menos las orugas se pusieron en marcha de nuevo, esta vez con una historia balbuceante sobre cómo la élite de la Nave Estelar había construido una sala de servidores privada aquí arriba para guardar todos sus artículos digitales más preciados. Videos, diarios, imágenes, ideas y demás habían sido enviados aquí para ser sellados lejos de esos ojos curiosos de los plebeyos.

—Todo listo para cuando los despierte —anunció Winston mientras pasábamos por la puerta *Técnico* y entrábamos a un vestíbulo mucho más pequeño.

Dos sillas, ambas grandes y cómodas, flanqueaban dos terminales. La alfombra dorada y roja continuaba. Más allá de las sillas y las terminales, una pared divisoria roja con costuras visibles cortaba una exploración más profunda.

—Los servidores en sí viven detrás de esa pared —dijo Winston en el tono de alguien describiendo un tesoro sagrado—. Seguramente no necesitarán acceder a ellos, ¿verdad?

—Es difícil decirlo —respondí, tomando una silla y mirando la terminal. Comparada con los pocos asientos que había tomado a lo largo de la Nave Estelar, mi piel sintética y articulaciones informaron que este manejaba mi peso, mi forma, con precisión. Podría sentarme aquí durante años sin sufrir desgaste—. Si obtengo el acceso que necesito aquí, entonces deberíamos estar bien.

La terminal frente a mí ofrecía la interfaz estándar y sosa de la Nave Estelar. Las opciones para revisar el registro de eventos de la nave, iniciar sesión en el sistema de mensajería o revisar cuentas para cosas como comestibles pedidos al Jardín tenían iconos agradables.

—Gamma —dijo Kaydee, agachándose a mi lado—. Iba a preguntar esto antes, pero me distraje con, eh, Leo. Si encuentras a las Voces aquí, ¿qué vas a hacer?

Presioné mis dedos juntos, convirtiéndolos en un conector estándar. A mi derecha, Delta me dio un asentimiento mientras salía de la habitación, arrastrando a Winston con ella. Alvie se instaló a mis pies. Juntos, serían mi defensa mientras yo excavaba en el lado virtual de la vida.

—Kaydee —dije—. Puede que tengas algo de compañía.

Las fuertes maldiciones de mi amiga acompañaron mi movimiento, el mundo desvaneciéndose al son de una serie de *demonios*.

VEINTICINCO

BUSCAR Y ENCONTRAR

Las Voces. Un pequeño colectivo digital compuesto por mentes mapeadas neuralmente de las mentes más brillantes de la Nave Estelar. Habían sido preservadas, según tenía entendido, para asegurar que el conocimiento crítico nunca abandonara a las generaciones actuales que vivían la misión de siglos de duración de la Nave Estelar. Cuando las cosas tomaron un giro oscuro, el control de la Nave Estelar había sido arrebatado por completo de los vivos y puesto en manos de estos programas avanzados.

Estoy seguro de que alguien pensó que la medida evitaría que las preocupaciones biológicas interfirieran, pero quienquiera que hubiera creado las Voces, desde la última versión de Leo hasta la codificación original, no había eliminado lo humano. Al menos, no por completo.

Ahora, sabía que ese mismo problema se aplicaba a mí, a Delta, Beta y Alpha. Leo nos había creado para servir como instrumentos contundentes, herramientas flexibles para que las Voces mantuvieran una misión tambaleante en el buen camino. Habíamos salido defectuosos: demasiado humanos para obedecer sin pensar, demasiado ambiciosos para nuestro propio bien.

Mi camino me llevó aquí, al agradable y cálido vacío dentro del terminal. En lugar de trabajar para las Voces, estaba tratando de salvarlas, preservarlas por las mismas razones por las que habían sido creadas en primer lugar: una válvula de seguridad para mantener la Nave Estelar en vuelo cuando, si es que lo lográbamos, la recuperáramos de Alpha.

Normalmente, descargar unos pocos archivos no habría requerido conectarme como lo acababa de hacer. Podría haber tomado una unidad portátil, dispositivos que aún abundaban en las habitaciones de la nave, y haber depositado los archivos en ella de la misma manera que lo habría hecho cualquier humano antiguo. Las Voces, sin embargo, no eran archivos normales. Podían esconderse, podían defenderse contra intrusiones no deseadas. También habían pasado mucho, mucho tiempo con toda la red de la Nave Estelar como su patio de juegos.

Convencerlas de que renunciaran a todo eso, de que se alojaran en mi memoria extra, no parecía que fuera a ser fácil.

—Pero me tienes a mí —dijo Kaydee, masticando unas palomitas virtuales mientras yo murmuraba la historia para mí mismo—. Y cuando Kaydee está cerca, nada es imposible.

—Me alegro de que tengas una opinión tan alta de ti misma.

—Respaldada por abundante evidencia.

—Claro.

El terminal, como el de Val, ofrecía un espacio de aterrizaje simple para navegar por los programas a bordo de la máquina. Estábamos de pie sobre una suave superficie roja que reflejaba la alfombra exterior y el fondo de la propia pantalla física del terminal. Bordeando nuestro punto de partida circular había varios arcos de cristal ornamentados, cada uno decorado con encaje dorado. Al mirar el encaje, se revelaban nombres ocultos en el trabajo de enredaderas, títulos estándar para cosas como documentos, un navegador de red y demás. Decididamente aburrido dado el aspecto.

—¿Entonces, a dónde? —preguntó Kaydee, su cubo de palomitas parecía interminable mientras devoraba puñados.

—A ninguna parte —respondí, levantando un solo dedo en el aire—. No queremos la gran red, y no queremos los archivos locales. Necesitamos una conexión diferente.

—Ah —dijo Kaydee, entendiéndolo.

Mi dedo no tenía propiedades mágicas en sí mismo, pero introduje una pequeña consulta de búsqueda y dejé que sus resultados se desplegaran desde la punta de mi dedo, solo por diversión. Zarcillos verde hierba, brillando con chispas blancas, se extendieron desde mi mano hacia los arcos. Crecían a diferentes velocidades mientras mi búsqueda recorría el terminal, buscando una opción particular, una oportunidad particular.

El primer zarcillo golpeó el arco de los documentos del terminal. Al hacerlo, todo el zarcillo se marchitó hasta volverse negro antes de disolverse en la nada, una búsqueda infructuosa. Los otros hicieron lo mismo al golpear los arcos básicos, fallando en encontrar lo que necesitaba.

—Se ve bien, amigo Gamma —comentó Kaydee.

—Espera un momento.

Un zarcillo emergió de la punta de mi dedo y se dirigió a toda velocidad en una dirección inusual, yendo no hacia ningún arco en absoluto, sino hacia un espacio aparentemente en blanco a lo largo de nuestra eterna alfombra roja. Tanto Kaydee como yo nos enfocamos en eso mientras mis restantes alcances verdes y blancos se desvanecían.

—Oh, ¿alguien está a punto de tener suerte? —dijo Kaydee.

—No es suerte —respondí—. Todo es habilidad.

El zarcillo floreció, el verde se expandió en una flor iridiscente, el centro difuso formando una belleza púrpura y blanca. A medida que se formaban, los pétalos se ramificaban hacia arriba y fuera del zarcillo, construyendo otro arco, este de mi propia creación. Un encaje verde brillante se enroscaba entre los pétalos, esta vez escribiendo una palabra diferente:

Recuperación.

—Bueno, me declaro impresionada —dijo Kaydee, dejando caer sus palomitas y limpiándose las manos en los pantalones—. ¿Con el presumido también? Gamma, estás aprendiendo de mí.

—Imaginé que te gustaría eso —respondí, dirigiéndome hacia el arco—. Solo pensé en buscar esto por ti y por Leo.

—¿Ah sí?

—Tu programa de recuperación para mí, el que usaste cuando Alpha debería haberme borrado allá en el Jardín, ¿recuerdas? No sabía que existía hasta que lo usaste.

—Tuve que ocultarlo para que no te asustaras.

—Supongo que las Voces deben estar pensando lo mismo —continué—. Aquí están, siendo expulsadas por una fuerza hostil, así que se retiran al lugar más seguro que pueden y esperan una oportunidad para reiniciarse.

—¿Por qué no reiniciar de inmediato?

—Porque Alpha sigue ahí fuera —dije mientras llegábamos al arco—. Las Voces podrían expulsarlo de la red, presionar el gran botón rojo de emergencia, y Alpha simplemente volvería a empezar, pero ahora sabría lo que las Voces pueden hacer. Tal vez lo bloquearía de alguna manera.

Kaydee puso una mano en el arco. Yo también lo hice, sentí los suaves pétalos. Una semejanza bastante buena.

—¿Así que entramos aquí, atrapamos a mi madre y a sus amigos, y los mantenemos como rehenes hasta que neutralicemos a Alpha?

—Luego los subimos a la red, ellos devuelven la Nave Estelar al equilibrio y seguimos navegando —respondí—. Simple.

—Tan simple.

Con un guiño, Kaydee atravesó el arco.

Cuando conocí a las Voces por primera vez, estaban sentadas alrededor de una fogata en una agradable pradera. La Nave Estelar, antes del lanzamiento, se encontraba en el borde del horizonte al otro lado de un enorme campo de hierba. Cielos azules, mariposas, una brisa. Como lugar para pasar la eternidad, me parecía bastante agradable. La última vez que vi a las Voces, habían cambiado la calma serenidad por un castillo oscuro y sombrío, uno que yo había socavado al permitir que Alpha atravesara las barreras que las protecciones programadas del castillo se suponía que debían salvar.

Esta vez el arco nos depositó a Kaydee y a mí en un lugar extraño, uno para el que no tenía referencia. El Bibliotecario, con todas sus historias de heroísmo y aventuras épicas, carecía de una descripción que coincidiera con este lugar, dejándome confundido y curioso.

Kaydee y yo estábamos de pie sobre una alfombra gris azulada bajo luces blancas intensas, lejos de los brillos amables que había visto en otros lugares. Azulejos blancos moteados cubrían un techo sobre nosotros, interrumpiéndose por esas luces de vez en cuando en su extensión hacia la eternidad. Más abajo, a nuestro nivel, barreras rectangulares de color beige se elevaban en bloques cuadrados, cada uno dejando una sección abierta en un lado. Las barreras en sí solo se elevaban un poco más alto que mi cabeza, y cuando probé la más cercana con una mano extendida, la sensación acolchada no comunicaba nada demasiado sólido.

Un zumbido, no muy diferente al de los motores de la Nave Estelar, sonaba de fondo en el lugar por lo demás silencioso. Mi nariz captó un olor a café rancio, como si alguien hubiera dejado una cafetera encendida durante demasiado tiempo.

—¿Qué es este lugar? —le pregunté a Kaydee, quien tenía una mano sobre sus ojos y parecía estar reprimiendo una risa.

—Oh, Gamma. Necesitas ver más películas.

—Solo he estado vivo unos pocos días.

—Vale —Kaydee tomó un profundo respiro, señaló todo lo beige—. Yo tampoco he estado nunca en uno de estos, porque la Nave Estelar no los tiene. No estoy segura de que la Tierra los tuviera realmente al final. Esto, esto es una *oficina*.

—¿Una oficina? —repetí—. ¿Como el Puente?

El Puente no se parecía en nada a este lugar, pero era el único espacio que había visto que dividía lo que parecían ser estaciones de trabajo individuales. No estaba seguro de qué nave podría pilotarse desde una estructura como esta, sin ninguna vista al exterior, pero los humanos eran criaturas extrañas.

—No realmente —Kaydee me llevó a un espacio entre lo beige—. Mira aquí, ¿ves? Estos son cubículos.

Vi un escritorio delgado atornillado a las paredes beige. Un terminal antiguo apagado descansaba dentro, pareciendo barato. El espacio se sentía estrecho, a la vez aislante y opresivo, con paredes en blanco por todas partes, la luz cegadora sobre la cabeza y una sensación nerviosa de que algo podría estar observándome en todo momento.

—¿Por qué las Voces crearían este lugar? —pregunté, cruzando los brazos y haciendo una mueca.

Varias de las historias del Bibliotecario mencionaban el infierno. ¿Era esto?

—Creo que les estás dando la razón —dijo Kaydee, caminando de vuelta al pasillo central—. No entiendes este lugar. Apuesto a que Alpha tampoco lo entendería.

Lo que podría dar a las Voces tiempo para reaccionar si Alpha encontrara la oficina. No era la peor táctica.

—¿Me dirás entonces que tú entiendes este lugar? —pregunté—. Más importante aún, ¿me dirás que sabes cómo salir de aquí?

Kaydee dio una vuelta lenta en el pasillo, poniéndose de puntillas para mirar por encima de los cubículos. Al completar el giro, negó con la cabeza.

—Nada obvio —dijo Kaydee—, pero tengo una idea.

Antes de que pudiera preguntar cuál era su idea, Kaydee tomó un profundo respiro y gritó, con un volumen que era tanto natural como amplificado lo suficiente para llevar mucho, mucho más allá de lo que yo podría hacer en un lugar real y físico, una palabra:

Mamá.

—Eso debería llamar su atención —dijo Kaydee, apoyándose contra un cubículo—. Ahora solo esperamos para ver cuánto quiere hablar conmigo mi madre todavía.

—Intentó borrarte la última vez.

—Claro, pero eso fue hace, como, treinta y seis horas. La gente cambia.

—Ha sido una mente digitalizada durante años y años, Kaydee. No creo que vaya a...

—¡Allí! —Kaydee señaló por el pasillo. Un nuevo letrero

rojo que decía SALIDA colgaba del techo de azulejos, con una flecha al final apuntando hacia la derecha—. Eso es lo que estamos buscando. Te lo dije.

—Lo hiciste.

Sin embargo, le daba las mismas probabilidades a que Peony nos estuviera preparando alguna trampa.

Nada, sin embargo, saltó para matarnos cuando alcanzamos el letrero de Salida y seguimos sus instrucciones, un giro a la derecha que encogió los interminables cubículos en un tramo de varios metros hasta una puerta de madera clara, completa con pomo plateado. Kaydee llegó primero, me miró.

—Diez dólares a que las Voces están detrás de esta puerta —dijo Kaydee.

—No acepto esa apuesta.

—Aburrido.

—¿Esperabas otra cosa? —Pasé junto a Kaydee, puse mi mano en el pomo y giré.

La puerta se abrió no hacia una Salida, sino hacia una amplia habitación. Ventanales del suelo al techo se alzaban en un lado, con vistas a una extensa ciudad, bañada por la brillante luz del sol. Una larga mesa de nogal adornaba el centro de la habitación, rodeada por sillas con cojines azul marino. Bagels, café y frutas variadas cubrían la mesa, y alcanzándolos entre miradas hacia mí estaba el equipo vestido de traje conocido como las Voces.

—Adelante, Gamma, Kaydee —dijo Peony desde la cabecera de la mesa. Se veía tan severa como siempre, sus manos se desenlazaron solo para señalar dos sillas vacías cerca del pie de la mesa—. Creo que tenemos algunas cosas que necesitan ser discutidas.

—Y el premio al eufemismo del año va para... —murmuró Kaydee mientras tomábamos asiento.

—Estoy aquí —comencé, antes de que Peony me interrumpiera con un gesto.

—Gamma —la sonrisa de Peony desapareció—. Permíteme comenzar diciendo que es bueno que hayas venido. Como traidor, es hora de que recibas la justicia que mereces.

Mis brazos se congelaron, mis piernas también, cuando barras de metal surgieron de los reposabrazos de la silla y del acolchado cerca de mis piernas. La puerta por la que Kaydee y yo habíamos entrado desapareció. Las otras Voces en la mesa, desde Ang, el doctor, hasta Willis, el capitán, dejaron su comida de desayuno y tomaron sus cuchillos en su lugar.

Simplemente perfecto.

PROBLEMAS DE CONFIANZA

Agité mi mano izquierda. Las barras no cedieron. Agité la derecha. El mismo resultado. Peony, actuando como una jueza ebria de poder, pronunciaba un sermón sobre mis supuestas fechorías ante las Voces reunidas alrededor de la mesa. Su audiencia apenas escuchaba, concentrada en su comida con alguna que otra mirada compasiva lanzada en mi dirección, como queriendo decir: aguanta, Gamma, esto terminará pronto.

Frente a mí, mientras su madre detallaba cómo había alejado a Delta de las Voces y sus órdenes, Kaydee miraba fijamente al suelo. Se habían esfumado sus destellos, sus chispas de arcoíris. Incluso ese pelo color verde azulado, a menudo más recto que una lanza, se marchitaba alrededor de su cabeza.

La oficina que nos rodeaba parecía capturar el estado de ánimo. Una jaula artificial, insípida, eterna e ineludible.

De ninguna manera iba a morir aquí.

—Peony —anuncié, interrumpiéndola justo cuando llegaba a la parte de mi desactivación de las barreras del Puente—. ¿Con quién estás hablando?

Peony plantó las palmas sobre la mesa, planas y anchas.

—Estoy hablando con mis amigos, Gamma, sobre todas tus horribles acciones.

—No, no creo que eso sea cierto.

Peony parpadeó. No encontró una respuesta rápida.

Lo que significaba que podía jugar mi gambito.

—Estás hablando con tu hija —dije, asintiendo hacia Kaydee, quien se enderezó de golpe—. Todos los demás en esta habitación van a hacer lo que tú quieras de todos modos, así que ¿para qué explicar? Ella es a quien estás tratando de convencer.

—Yo...

No había tiempo para dejar que Peony se recuperara. Tenía que seguir presionando, aplastar a la sala.

—Conocimos al verdadero Leo, Peony. Todavía está vivo —dije, esta vez ganándome una mirada penetrante de la copia digital de Leo, quien había estado picoteando unos huevos con aire taciturno—. Dejó claro lo que hiciste y por qué. No pudiste decir adiós.

Peony se enderezó, y sus ojos se volvieron tan duros que me pregunté si habría modificado la realidad digital para hacerlos tan severos.

—Si recuerdas, Gamma, intenté cuidar de mi hija no hace mucho tiempo. —Peony señaló a Kaydee—. Sea lo que sea que fuera antes, tú la has cambiado. Esta nave la ha cambiado. —Caminó por detrás de las sillas, alrededor de la mesa para pararse detrás de Kaydee, quien se negaba a mirar el rostro de su madre—. Y ahora ella ha ayudado a entregar Starship a lo único que no debería tenerla.

—Algo que tú despertaste —dije—. Algo que creaste porque no podías confiar en todos los mecas con los que habías estado trabajando toda tu vida. ¿Cómo es culpa de Kaydee si tus máquinas fallaron?

—Nuestras máquinas son como nosotros —dijo Leo, avanzando mi plan un paso más. La apariencia del hombre me desconcertó, faltándole las placas metálicas que el Leo de carne y hueso había adoptado, pero por lo demás sonando igual—. Tienen fallas. Tú tienes fallas. Añadimos un sistema de seguridad redundante tras otro por si el anterior fallaba. —El hombre miró a Peony—. Seguimos diciéndonos que estábamos haciendo lo correcto. Aun así terminamos aquí. No agravemos el error.

—Entonces qué, Leo, ¿los dejamos ir? —espetó Peony—. ¿*No* borramos a Gamma y dejamos que Kaydee tome el control?

—¿Qué? Puaj —dijo Kaydee—. No.

Al menos la reacción de Kaydee parecía ser compartida alrededor de la mesa. Ni un alma habló apoyando el plan de Peony. Miraban fijamente su comida, su comida digital que no iría a ninguna parte, no alimentaría nada. Incluso Leo, habiendo hecho su declaración, se encogió ante las palabras de Peony. Su código limitado continuaba con sus pequeñas fracturas, difuminando las líneas de Leo. Su tenedor se deslizó a través de dedos no del todo sólidos y rebotó en la mesa.

—Kaydee —dijo Peony, aunque no miró a su hija tanto como lanzó otra mirada de superioridad por toda la mesa—. Ve esto como debería verse. Confío en ti para salvarnos. Salvarnos de nuestros errores. —Se agachó junto a Kaydee, quien se estremeció—. Podríamos estar juntas de nuevo. Tú allá afuera, yo aquí dentro, guiando a Starship hasta el final.

Bueno, eso no era parte de mi plan. Había esperado que las Voces recordaran que no eran simples peones, que vinieran en mi defensa y echaran a Peony. Ahora Kaydee, frente a mí, miraba a su madre como si hubiera hecho una oferta convincente. El pelo verde azulado se levantó, algo de brillo volvió a ese rostro.

—¿Crees que podría hacerlo? —preguntó Kaydee a su madre.

—¿Creer? Lo sé —respondió Peony, con la mano en el hombro de Kaydee—. He visto lo que puedes hacer. Te conozco mejor que nadie, Kaydee, y esto es para lo que estabas destinada.

—¿Destinada, eh? —Kaydee movió sus muñecas—. Me gusta cómo suena eso.

Peony captó la señal, tocó las esposas en la silla de Kaydee. Desaparecieron y Kaydee se puso de pie, se estiró. Miró a su madre, luego a mí.

—Lo siento, amigo —me dijo Kaydee—. Por un momento pensé que íbamos a estar bien.

—¿Kaydee? —pregunté, porque ¿qué más podía decir?

—¿Recuerdas, mamá, cuando fui tras los motores? —preguntó Kaydee, ignorándome. Extendió la mano, agarró las muñecas de Peony—. ¿Sabes por qué lo hice?

Peony negó con la cabeza, una sonrisa esperanzada aún pegada a su rostro.

—Porque me habías atrapado, no me dejaste salida —dijo Kaydee, y luego atrajo a Peony para un fuerte abrazo. Su voz bajó a un susurro, que apenas pude captar—. Cuando estoy atrapada, me vuelvo un poco loca.

Peony se quedó inmóvil. Kaydee no.

Con ambos brazos, Kaydee empujó a su madre, lanzando a Peony contra un Leo confundido y haciéndolos caer al suelo. Mientras Peony maldecía y yo observaba desde mi prisión de silla de oficina, mi mente, mi amiga corrió hacia la puerta de la sala de conferencias y la abrió de un tirón. Con un guiño hacia mí, Kaydee asomó la cabeza y gritó un nombre.

Alpha.

En ese infierno infinito de cubículos, un grito real no llegaría muy lejos. Sin embargo, esto no era una granja de cubículos real, no era una oficina real. Sentí el código arrastrarse arriba y alrededor de mí mientras la llamada de Kaydee cumplía su verdadero propósito: un mensaje, disparado a la red de Starship para buscar su objetivo. Un mensaje, también, con un rastro que llevaría a Alpha directamente aquí.

—¿Qué has hecho? —dijo Peony, levantándose—. Qué...

—Dos opciones —dijo Kaydee, quedándose junto a la puerta abierta—. O haces lo que Gamma sugirió, te sales de esta red y te pones a salvo en algún lugar, o te quedas aquí mismo esperando a que nuestro desagradable enemigo te encuentre.

Peony entrecerró los ojos mirando a su hija, con las manos sueltas a los costados. No podía leer su mente, pero Peony parecía dividida entre el shock y el asombro, incluso un poco orgullosa de lo que Kaydee había hecho. Su boca trabajaba, sin palabras, como un pez tratando de respirar aire.

—Peony —dijo Leo, levantándose para pararse junto a ella—. Tenemos que irnos. Ahora.

Mientras Leo hablaba, nuestra oficina tembló. Un terremoto causado por el programa enfurecido que encontraba su camino hasta aquí. Alpha no vendría corriendo a través de los cubículos como lo habíamos hecho nosotros, perdido en algún laberinto. Derribaría el edificio y recogería lo que quisiera de los escombros.

—Gamma —continuó Leo, mirándome ahora. Mis muñecas se liberaron, mis piernas también. Aparentemente Peony no era la única que controlaba las cosas—. ¿Tienes un lugar listo para nosotros?

—Listo y despejado —dije, poniéndome de pie—. Estarán fuera de la red.

—Vulnerables —gruñó Peony, por fin sacudiéndose a Leo—. Si mueres, si tú...

—Si quieres que viva, mamá, será mejor que te subas a bordo —interrumpió Kaydee—. Porque Alpha casi está aquí.

Extendí una mano hacia Peony, una palma ordinaria zumbando con una rutina particular. Peony solo me fulminó con la mirada, y por un segundo pensé que mantendríamos este enfrentamiento hasta que Alpha irrumpiera y nos matara a todos. Entonces otra mano agarró la mía, firme y fuerte. Willis, el capitán de Starship, severo y sólido, aceptó mi oferta y desapareció.

Absorber todos los datos de ese hombre, todos los algoritmos que componían a un humano que había vivido siglo tras siglo, me ralentizó, hizo que mi cerebro mecánico se sintiera entumecido. No podía moverme, todos mis recursos ocupados. Mientras Willis desaparecía, una rápida disolución en píxeles y luego nada, Ang, el doctor, tomó su lugar. Una tras otra, las Voces siguieron, todo mientras Peony observaba, con una mirada de color ébano.

Fracaso, rabia, solidificándose en resolución.

Cuando llegó el turno de Leo, apretó el hombro de Peony, pasó junto a ella mientras el edificio de oficinas continuaba temblando. Sonidos, ahora, se derramaban con los temblores, un rugido sintetizado mientras el código ensamblado fallaba y se desmoronaba. Alpha no se molestaba en ser amable. No quería corromper esta vez, solo destruir.

—Es tu turno, mamá —dijo Kaydee, los tres siendo los últimos de pie en la sala de conferencias—. Confía en mí.

—Cada vez que lo intento —respondió Peony, negando con la cabeza hacia Kaydee—, me decepcionas.

Tomó mi mano sin decir otra palabra, desapareciendo lentamente con los demás, dejándonos a Kaydee y a mí solos. Las baldosas del techo comenzaron a caer, la alfombra se astillaba. Mientras recuperaba mis funciones, las Voces ahora seguras dentro de mi propia memoria física, las ventanas de vidrio detrás de mí se hicieron añicos.

—¿Hora de irnos? —preguntó Kaydee.

—Ya es tarde —respondí.

Pero cuando alcancé a Kaydee, mientras iniciaba la función que nos enviaría de vuelta a casa, el suelo se desvaneció. Mi mano encontró aire y caímos, el edificio desintegrándose a nuestro alrededor mientras Alpha borraba su código pieza por pieza. En lugar de encontrar su camino a través del laberinto de cubículos, el recipiente decidió destruirlo.

A través de una ventana y hacia el espacio abierto, Kaydee y yo caímos y no caímos. El cielo azul programado se arremolinaba a nuestro alrededor, una paleta de colores salpicada sobre un lienzo virtual. La gravedad, las leyes físicas se detuvieron mientras Alpha eliminaba sus funciones.

—¿Qué está pasando? —dijo Kaydee, mirando en mi dirección, preguntándose.

La respuesta estaba en el frío absoluto que sentí al alcanzar la red de Starship. Mientras las Voces ocultaban su conexión, Alpha la mataba. Inyectó un programa voraz para devorar todo el código y cortar cualquier medio de escape en red. Incluso mientras me estiraba hacia Kaydee de nuevo, el cielo azul comenzó a desvanecerse.

Primero a blanco, luego a la nada.

—¡Encuéntrame! —grité, estirándome, alcanzando a Kaydee. Ella devolvió el gesto, ambos colgando en el limbo, el edificio ahora desaparecido como si nunca hubiera existido. Sin sonidos más allá de nuestras voces, sin suelo, sin cielo, nada—. ¡Vamos a salir por las malas!

En el momento en que su dedo tocó el mío, la agarré justo como había atrapado a las Voces, absorbiendo el ADN digital de Kaydee en mi memoria. Ella desapareció con un grito, dejándome solo en ese vacío. El programa de Alpha continuaba su trabajo, grietas negras creciendo a mi alrededor mientras la base misma de la existencia virtual de las Voces desaparecía línea por línea de código.

—Demasiado tarde —murmuré, y desconecté.

ME INCORPORÉ, mi mano libre del conector del servidor. Una pequeña chispa, algo de humo se elevó con mi desconexión. El vacío blanco reemplazado por un lujo carmesí dorado. Esperaba que Winston estuviera flotando, listo para reprenderme por sobrecalentar la conexión, pero el dron había desaparecido. Delta tampoco estaba conmigo, todavía en su puesto, entonces.

—Oye —dijo Kaydee, apareciendo y frotándose los hombros mientras me miraba—. ¿Lo logramos?

—¿Eso creo? —Asentí hacia la sala del servidor protegida—. No creo que puedan volver allí.

Mientras hablaba, hice un movimiento más sutil: de vuelta en su vacío, había descargado las Voces en mi memoria física personal. Ahora las aislé dentro de mi unidad, separando su carpeta para que no pudiera acceder a nada más. No entendía todo lo que las Voces podían hacer, pero no necesitaba que la madre de Kaydee se pusiera juguetona y tomara el control de mis propios circuitos, intentando volver a la red.

—No creo que deban —dijo Kaydee, con una mirada

vidriosa, aturdida—. Si Alpha está tan avanzado, ninguno de nosotros debería volver allí.

—De acuerdo. ¿Estás bien?

—Claro. Esa fue solo, como, la cuarta forma más loca de morir que hemos encontrado, Gamma. Fácil.

—No te ves bien, Kaydee.

La boca de Kaydee parpadeó entre una sonrisa y un ceño fruncido, su cabello ondeaba en una brisa que solo ella podía sentir.

—¿Alguna vez has pensado que tal vez todo esto nos está afectando, Gamma? —preguntó Kaydee—. ¿Que tal vez no estamos hechos para soportar este tipo de cosas? Quiero decir, mi madre casi me ofreció Starship allí dentro.

—Una oferta que no aceptaste.

—Pero estuve cerca —dijo Kaydee—. No porque confíe en ella, Gamma. No soy tan estúpida. Pero...

—¿Crees que serías mejor que yo?

Kaydee se estremeció, pero no lo negó. Yo tampoco podía negarlo fácilmente. Ella tenía una vida de experiencia. Yo tenía una semana. Ella había sido humana, entendía lo que había pasado por las mentes de aquellos que me habían construido, que habían construido Starship.

Todo eso era cierto, pero no cambiaba un hecho crucial.

—No quiero morir, Kaydee —dije, tan directo como pude sonar—. Puede que tú seas más capaz, pero yo sigo siendo yo, y no dejaré que me deseches. —Extendí la mano, la posé sobre su hombro virtual, una habilidad en la que me había vuelto mejor con el paso de los días—. Así que no te preocupes. Incluso si quisieras, no podrías matarme.

—Ja, gracias Gamma. Significa mucho.

—Bien. Ahora, ¿qué tal si vamos a ver si Winston ya ha llevado a Delta a matarlo?

VEINTISIETE

FUERA

La primera señal de que las cosas no estaban tan tranquilas como esperaba llegó antes de que abriera la puerta. Los sensores en mi nariz detectaron olor a alfombra chamuscada y refrigerante derramado, mis oídos captaron el clásico sonido de metal contra metal que parecía seguir mis pasos por la Starship.

Otra pelea entre mechs, mi especie construida volvía a la carga.

Cuando la puerta se abrió, me quedé a un lado, oculto tanto como fue posible. Por un momento no pude detectar el problema —todo parecía tan reluciente como siempre—, pero el ruido atrajo mi mirada más allá del bar, las mesas, los cubiertos dispuestos para una fiesta que nunca llegaría. Allí, en el extremo opuesto de la sala, cerca de donde habíamos salido de la esclusa de aire, Delta mantenía su posición en la entrada de los ascensores.

Al igual que abajo, la nave movía su espada en un corte afilado tras otro, cortando las extremidades que se acercaban mientras bailaba hacia adelante y hacia atrás para esquivar la energía de brillo azul. Alvie cortaba y mordía alrededor de las piernas de Delta, cubriéndola con sus ladridos jadeantes, garras y brío interminable. Mientras corría hacia ella, el destino de Winston yacía detrás de Delta, una víctima chisporroteante. El olor a quemado provenía de un pequeño fuego que parpadeaba alrededor de la base de la máquina, esas chispas encontrando combustible listo en la alfombra carmesí.

—No para nunca, ¿verdad? —dijo Kaydee, apareciendo a mi lado mientras me deslizaba alrededor de una mesa—. Siempre encuentra una pelea, sin importar dónde vaya.

—Es un talento.

—¿Así es como lo llamas?

Busqué salidas mientras nos movíamos. La sala de servidores carecía de puertas adicionales, y los mechs de Alpha tenían cubierto el ascensor. Volver a la esclusa de aire parecía una opción arriesgada sin un aliado para manejar los mecanismos. Las otras ramificaciones, si recordaba bien el parloteo de Winston, conducían a varias habitaciones para huéspedes que pasaban la noche. Las cámaras de criogenia y sus compartimentos de almacenamiento.

Lo que significaba que la esclusa de aire, por mala que fuera, era la mejor opción. Desde allí podríamos tomar la escalera de mano para bajar unos cuantos niveles, encontrar otra forma de entrar... de alguna manera, y...

—¡Atrás! —gritó Delta, una llamada que me hizo congelar mientras pasaba por el bar.

La advertencia de Delta no parecía dirigida a mí, sino a Alvie, quien atendió las palabras y saltó directamente hacia atrás. Rayos azules chamuscaron la línea del frente donde el par había estado de pie, una explosión cronometrada destinada a reducir las opciones de evasión a cero. Delta, sin embargo, igualó el movimiento de Alvie, evitando el golpe cediendo varios metros.

Varios metros costosos.

Sin las paredes de la entrada confinándolos, los mechs de Alpha se tambalearon, saltaron y retumbaron a través de sus amigos destrozados como una inundación de acero. No cargaron directamente contra Delta, sino que se esparcieron por la habitación, algunos dirigiéndose hacia mí, pero la mayoría moviéndose para completar un círculo alrededor de mi nave y perro favoritos.

—¡Son demasiados para pelear! —grité, y Delta me lanzó una mirada curiosa.

—¿Los tienes? —respondió la nave, agachándose con su espada lista.

Conocía ese movimiento, sabía que estaría analizando el anillo a su alrededor y buscando el punto más débil para lanzar su carga. La ráfaga podría comprarle un momento de salida, pero los mechs de Alpha, sus engranajes rechinantes, sus láseres brillantes, garras agarradoras la seguirían. Un golpe improbable y Delta caería. Una vez que ella cayera, Alvie y yo la seguiríamos rápidamente.

Al menos, con las galaxias y nebulosas arremolinándose en lo alto, tendríamos una buena vista en nuestro camino de salida.

Espera.

—Los tengo, y tengo un nuevo plan —respondí—. ¡Alvie!

El perro hizo lo que los perros robóticos deben hacer: responder sin dudarlo al llamado de su amo. Alvie giró sobre la alfombra, sus garras hundiéndose y lanzando tela mientras mi amigo saltaba. Los mechs más lentos de Alpha no pudieron reaccionar lo suficientemente rápido para atrapar a Alvie mientras el perro aterrizaba, saltaba y rebotaba sobre sus cajas, botes y cuerpos con zancos. El metal cortado marcaba el camino de Alvie mientras se dirigía hacia mí, con los mechs persiguiéndolo pesadamente.

—Oye, amigo, tengo un favor —dije mientras Alvie corría hacia mis brazos—. Rompe a través, luego agárrate, ¿de acuerdo?

Alvie ladró con un jadeo, aunque no estaba seguro de que entendiera lo que quería decir. El tiempo no permitía más detalles. Tenía que confiar en la esperanza.

—¿Qué estás...? —comenzó Kaydee mientras me inclinaba hacia atrás, cambiando el peso a mi pierna plantada.

Su voz se apagó cuando lancé a Alvie directamente hacia arriba, un misil metálico apuntando directamente al accesorio más hermoso de la Starship. Vi volar a mi perro, sentí la garra de un mech alcanzar mi hombro cuando el perro golpeó la burbuja.

Que no se rompió.

Maldita sea.

Me lancé hacia adelante debajo de una mesa, escapando de las cuatro garras que venían de un bot camarero modificado. La máquina siguió mi movimiento, cortando un curso directo hacia mi escondite mientras dos amigos cilíndricos y tambaleantes con cubiertos relucientes rodeaban mis costados para cortarme el paso. Por si pensaba usar la mesa misma como arma, un mensajero comenzó a abrir agujeros en mi cobertura.

—Esa era mi idea —dije, alejándome bruscamente del centro de la mesa mientras el plástico fundido goteaba de otra quemadura de láser—. ¿Tienes alguna?

—¿Rendirse? —ofreció Kaydee, arrodillándose a mi lado—. ¿Tal vez engañas a Alpha de nuevo?

—No puedo confiar en que sea tan estúpido —dije—, pero si no hay otras opciones...

Las deliberaciones terminaron rápido cuando el cama-

rero arrancó la dañada parte superior de la mesa, dejándome acurrucado alrededor de un soporte con un trío de
mechs alcanzando mi cuello. Delta, lejos a la derecha, no
parecía estar mucho mejor: escuché más maldiciones de ella
que sonidos de metal cortando.

—¡Me rindo! —dije, poniéndome de pie y levantando las
manos—. Alpha querrá hablar conmigo.

Los mechs no respondieron. Uno clavó su cuchillo hacia
mi costado y me aparté, esquivando la puñalada pero
dándole al mech camarero la oportunidad de agarrar mi
pierna, luego mi hombro.

—Tengo las Voces —dije a esas placas de acero en
blanco.

Para mi decepción, mis atacantes no se detuvieron. Los
cubiertos volvieron a la carga. Me retorcí, presioné, moví el
bot más grande que sostenía mi hombro lo suficiente como
para convertir una puñalada letal en un rasguño profundo.
Mi piel sintética se abrió a lo largo de mi costado derecho,
las placas subyacentes chillando mientras el cuchillo hacía
su trabajo. Los sensores parpadearon, advirtiéndome que
había perdido algo de función en mi pierna derecha.

Grité para que se detuvieran. Para que Alpha hiciera
que sus mechs se detuvieran. No escucharon.

En algún lugar cercano, Kaydee seguía diciéndome que
lo sentía. Por qué, no lo sabía, no podía preguntar.

El segundo portador de cuchillos tenía la mira puesta en
algo más grande. Mientras su hermano retiraba su cuchillo
raspador del costado, este iba por mi cabeza. Un tiro mortal,
y uno que no podía esperar esquivar: el bot camarero había
duplicado sus agarres, sosteniendo ambos hombros y plantando sus propios pies firmemente en la alfombra. Empujé
con mis piernas, con toda mi fuerza aumentada por Volt, y
encontré demasiada resistencia.

Hasta que no sentí ninguna en absoluto.

Un sonido de crujido se desvaneció tan pronto como comenzó, un rugido fenomenal bloqueando todo incluso cuando nos lanzamos hacia arriba. Los cuchillos amenazantes se soltaron de sus dueños mechs, acelerando hacia el agujero abierto arriba. Mientras pasábamos volando el bar y sus luces brillantes, las botellas almacenadas se unieron a nosotros en vuelo, estrellándose contra máquinas, mesas, sillas y otras decoraciones que se dirigían rápidamente hacia la nueva salida.

Arriba, la burbuja de lujo estaba rota, una grieta en expansión crecía a medida que los fragmentos se desprendían y alejaban hacia las estrellas.

—¡Plan, Gamma! —gritó Kaydee, su yo digital eludiendo el rugido ensordecedor que venía de afuera.

Había tenido una idea cuando lancé a Alvie hacia el cristal, y ese plan dependía de una cosa en particular. Teníamos un segundo o dos antes de golpear el espacio, para nunca regresar, y en ese momento me liberé del confundido bot camarero. Me liberé y pateé hacia el cristal desintegrándose. No apuntaba a agarrarme —de todos modos no había asideros en esos dientes brillantes—, sino a sobrevivir.

Mi pierna izquierda atrapó el borde exterior, golpeando la parte inferior del cristal roto y deslizándose a lo largo. El golpe me dio apenas la resistencia suficiente para hacer un esfuerzo desesperado, sentándome rápidamente mientras la succión del vacío me arrastraba hacia el espacio puro.

El borde irregular del cristal me apuñaló como ese mismo cuchillo, un golpe devastador de una punta como una lanza. Mis sensores gritaron, sentí cables partirse, pero extendí la mano, agarré los bordes afilados, todo el mundo vaciándose detrás de mí, y tiré más. Me empalé más profundamente. Me aferré a la Starship.

Los mechs de Alpha, el salón de lujo, se vaciaron en el espacio detrás de mí. El cuerpo leal de Winston derivaba junto a varias docenas de amigos, disminuyendo ya mientras el ritmo implacable de la Starship empujaba la nave hacia adelante. Flotando con ellos estaban algunos de los mejores vinos, licores y lujos de la Tierra, destinados a vagar para siempre en el vacío helado.

Adelante, el casco de la Starship se extendía hacia atrás, el cristal crujiente dando paso al vasto gris. Las estrellas centelleaban, las nebulosas brillaban, y todo estaba en silencio. La succión también murió, las acciones de emergencia de la Starship sirviendo para sellar el salón de lujo y confinar la brecha a nuestra pobre sección. La ingravidez me invadió, una bandera colgante.

—Vaya, maldición —dijo Kaydee, apareciendo en el cristal frente a mí.

—Sí —dije, dividiendo mi atención entre ella y ejecutando comprobaciones en mí mismo para ver cuán jodido estaba.

El golpe devastador había cortado las conexiones a mi fuente de energía, convirtiendo mi yo-nave afinado en un desastre chirriante. Mi memoria, mi mente no parecían afectadas, pero no sería capaz de ganar una pelea contra un niño, o incluso sentarme en una silla particularmente desafiante. Sacarme del cristal tampoco sería factible.

Pero entonces, nunca había planeado ser el único superviviente.

—¿Puedes verlos? —le pregunté a Kaydee—. ¿Alvie? ¿Delta?

—No puedo ver nada que tú no puedas ver —respondió Kaydee, encogiéndose de hombros—. Tus ojos son los míos, o algo así.

—No es muy útil.

—Bueno, no me informaste de esta idea, así que no estaba preparada.

—Kaydee, conmigo, siempre tienes que esperar lo inesperado.

—Para. Ahora mismo —replicó Kaydee—. Si tú y yo vamos a colgar aquí por el resto de la eternidad, no puedes usar clichés.

—Alpha va a aterrizar la Starship eventualmente. No estaremos aquí para siempre.

—Oh, cierto. Simplemente nos quemaremos en la atmósfera. Encantador.

Incliné la cabeza, prácticamente el único movimiento que podía hacer, —Podría elegir un planeta sin aire. Una roca muerta. Entonces estaríamos bien.

Kaydee se tumbó en el cristal, —Realmente sabes cómo hacer que alguien se sienta bien sobre el futuro, Gamma.

Difícil hacer que alguien se sienta bien sobre el futuro cuando no parecíamos tener uno. Unos cinco metros de cristal frágil se extendían ante mí, uniéndose con el casco de la Starship en un lazo tenue. Abajo, a través del cristal, el bar vacío y algunas piezas clavadas se emparejaban con la alfombra carmesí destrozada. Difícilmente un lujo ahora. Arriba, estrellas, oscuridad.

¿Detrás?

Giré la cabeza tanto como pude, inspeccioné el agujero que Alvie había hecho. El desgarro parecía peor por detrás, la fragmentación se extendía más lejos. Directamente a mi derecha no quedaba un solo fragmento, solo el borde del casco rasgado sobresaliendo hacia el espacio. A la izquierda era lo mismo: una ruptura limpia.

—¿Y ahora qué? —preguntó Kaydee—. ¿Puedes salir de esto?

—No sin ayuda.

—Genial, genial.

En el vacío, el sonido no viajaba. No había oxígeno para transportar las ondas. El tacto, sin embargo, seguía siendo una señal. Mis manos y, diablos, mi estómago atados al cristal, y esos fragmentos vibraban con el movimiento de la Starship. También traqueteaban, muy ligeramente, con algo más. Paradas y arranques irregulares, dardos y guiones. Cada uno su propio temblor, cada uno haciéndose un poco más pronunciado a medida que la fuente se acercaba.

Una lista corta de posibles causas. Una buena, la mayoría malas.

—Oh, gracias a Dios —dijo Kaydee—. Sin ofender, pero no quería flotar aquí contigo para siempre.

—No me ofendo —respondí, viendo a Alvie y Delta coronar el casco de la Starship a mi izquierda.

El perro, mi perro, tenía un mantel en sus fauces, sus garras plantándose en el revestimiento metálico con cada paso. Colgando del otro extremo del mantel, su espada aparentemente perdida, estaba una maltratada Delta. Cojeaba detrás de Alvie, el perro corriendo adelante y Delta arrastrándose detrás, encontrando asideros donde podía. Habían rodeado el cristal, vinieron alrededor de mi extremo.

Los ojos de Delta se encontraron con los míos, su cabeza dio una lenta sacudida. Mientras Alvie probaba el cristal, puso una garra hacia adelante sobre la superficie brillante y agrietada, intenté una sonrisa tentativa.

No, este no era el plan. No, este no era el lugar donde quería estar.

Pero, maldita sea, estábamos vivos. Habíamos salvado a las Voces. Y, por un momento silencioso, las cosas estaban en paz.

—Todavía hay un fragmento de cristal en tu estómago, Gamma —dijo Kaydee—. No estoy segura de que sonreiría.

—No tienes que hacerlo —respondí—. Voy a deleitarme en el ahora, gracias.

—Está bien, máquina loca. Tú haz lo tuyo.

Mientras Alvie, abandonando el mantel una vez que Delta se había asegurado en un parche de metal con rebordes, caminaba sobre el cristal, hice lo mío.

El sonido no se transmitía en el vacío, pero sentí mi propia risa, mi risa agradecida y desafiante de la muerte, de todos modos.

VEINTIOCHO

EVA

¿Cómo liberar a un mech empalado sin destruirlo?

Alvie y yo consideramos la cuestión, el perro cerca de mi cara, con las patas bien abiertas para reducir la presión sobre el cristal destrozado. No estábamos completamente ingrávidos; el campo magnético de la Nave Estelar y la débil gravedad que producía tiraban de mis pies, pero hasta ahora, mi perro mecánico había sido capaz de navegar por la frágil superficie.

—Podría romperlo —reflexionó Kaydee—. Sin la succión del vacío, podrías caer de vuelta dentro de la nave.

—Y quedarme atrapado allí —respondí, el sonido sin ir a ninguna parte, pero Kaydee escuchando a través de nuestra conexión virtual—. Sin mucha potencia en mis brazos y piernas, no podría saltar fuera. La Nave Estelar probablemente ha sellado todas las demás salidas de la habitación para evitar que el oxígeno limitado escape de la nave. Intentemos algo diferente.

Era hora de ver si Delta estaba despierta. Miré más allá de Alvie hacia mi amiga, que se aferraba al casco de ceniza de la Nave Estelar con un agarre flojo, su rostro vuelto hacia las estrellas. ¿Qué buscaba allá afuera? ¿Amenazas?

Esperé, observé, sin querer interrumpir. Delta no había mostrado signos de asombro antes, siempre había estado concentrada y lista para la misión, una fuerza letal impulsora sin tiempo para paradas laterales. Aquí, sin embargo, miraba hacia afuera, sus músculos por una vez no listos para saltar, sus ojos no entrecerrados para detectar un punto débil. Sus pies flotaban sueltos, como una nadadora descansando en una piscina.

—¿Qué está haciendo? —murmuró Kaydee.

—Dándose cuenta, tal vez, de que no todo se trata de violencia —respondí—. No estoy seguro de querer romper el hechizo.

Pero las ensoñaciones se disfrutan mejor cuando no estás empalado en cristal, así que no dejé que Delta contemplara por mucho tiempo. Después de un par de minutos más dejando que mis sistemas me advirtieran sobre los peligros de mi posición actual, asentí hacia Alvie. El perro levantó las orejas, cruzó sus ojos brillantes con los míos y esperó alguna instrucción. Si le dijera que me derribara del cristal y nos enviara rebotando hacia el infinito, Alvie lo haría sin dudarlo.

Una extraña especie de consuelo, eso.

¿Los humanos obtenían la misma sensación de sus mechs? ¿La idea de que había algo, incluso algo metálico e insensible, que sería leal hasta su última chispa?

En lugar de la destrucción mutua, asentí hacia Delta. Alvie pareció captar la idea y comenzó un cuidadoso camino de vuelta a la otra nave. Cuando Delta no reaccionó a su aproximación, Alvie le tocó el hombro con el hocico. Ella parpadeó, miró en mi dirección, y asentí hacia abajo señalando el pico de cristal que atravesaba mi estómago.

Delta simuló un suspiro, tocó su boca con la oreja de Alvie y habló. Sin sonido en el vacío, pero el contacto aún podía enviar vibraciones. Alvie ladró un reconocimiento silencioso. Delta, con una media sonrisa deslizándose por un lado de su labio, se movió hasta que tuvo las rodillas en el borde donde el cristal se encontraba con el casco de la Nave Estelar. Sostenía el mantel que la unía a Alvie en una mano, la otra manteniendo un agarre en un asidero del casco. Alvie, con el mantel en la boca, se arrastró junto a ella.

—¿Qué está haciendo? —preguntó Kaydee, acariciándose la barbilla, envuelta en ropa de detective inglés antiguo—. ¿Qué sabe ella?

—Yo no intentaría averiguarlo demasiado —respondí mientras Delta levantaba un solo dedo en su mano con el mantel, luego un segundo—. Tengo la sensación de que vamos a averiguarlo.

El tercer dedo se levantó y Delta giró sobre su cadera. Alvie saltó hacia atrás, y Delta lanzó al perro hacia adelante. Con el peso de la gravedad, la fuerza de Alvie debería haber desgarrado el mantel. En gravedad cero, el impulso del perro se invirtió, enviando a mi cachorro hacia mí con toda la fuerza de un gran martillo con forma de perro.

—Oh, no —tuvo tiempo de decir Kaydee antes de que Alvie chocara contra mi pecho.

La fuerza del perro se me transfirió en un instante, empujándome fuera de mi encierro de cristal. Me liberé, las chispas marcando mi partida mientras el cristal me dejaba algunas heridas de salida. Sin ataduras por un instante, traté de encontrar un plan, una razón para lo que demonios acababa de suceder.

La razón voló directamente hacia mí, saltando sobre Alvie mientras el cristal se astillaba bajo sus pies. Delta, con su mano libre extendida, saltó de mi perro y vino hacia mí. Sin sonido, sin aire, estiré mi pie hacia mi compañera nave. Delta agarró mi resistente bota —el equipo de Leo había aguantado bastante bien a través de todo esto— y mi momentáneo lanzamiento al espacio se detuvo tan pronto como comenzó.

Al principio no entendí cómo Delta, flotando tan libre como yo sobre el cristal que se hacía añicos, había detenido nuestra fuga. La respuesta se hizo evidente cuando empezamos a movernos, no alejándonos de mi punto de empalamiento sino de vuelta hacia él, a lo largo del cristal en pasos lentos y sobre el casco. Delta, con la cabeza ya de vuelta hacia las estrellas, se aferraba a mi bota con la mano izquierda y al mantel con la otra.

Alvie tenía el extremo del mantel sujeto en sus fauces y, como una especie de cometa espacial, el perro nos arrastró a través del vacío de vuelta al casco. Los cuidadosos pasos del cachorro sortearon el cristal como un escarabajo caminando sobre un estanque ondulante, una visión que no consideré hasta que Kaydee dijo que se parecía a los viejos programas de la Tierra sobre el mundo natural.

—Y ahora míranos —dijo Kaydee mientras Alvie nos recogía, alternando entre su boca y sus patas para recoger el mantel—. Tan poco naturales como se puede ser.

—No estoy seguro de que alguna vez fueras natural —respondí.

—Oye —dijo Kaydee, y luego se rio—. Probablemente tengas razón.

Delta tocó primero el casco, Alvie soltó el mantel y cambió a un agarre suave en los tobillos de la propia nave. Cuando Delta plantó sus pies, se inclinó, dejó que el mantel flotara libre y recuperó el agarre en el casco. La imité, plantando mis propias botas en el metal gris un momento después. Débil, lento, con cada movimiento sintiéndome como si tuviera que empujar a través de agua espesa, encontré mi propio asidero.

Delante y detrás de mí, el costado de la Nave Estelar se extendía como una llanura opaca. A través de mi mano que se aferraba, los rumores de la nave vibraban. Mi cabello corto se movía al azar, mi ropa se hinchaba y se desinflaba mientras me movía. Mis sistemas me informaron que estaban teniendo dificultades para decodificar qué dirección era arriba o abajo.

—Estaría vomitando por todas partes ahora mismo —dijo Kaydee—. Supongo que hay algunas ventajas en la vida virtual.

—Algunas —respondí, cerrando los ojos por un segundo e intentando recalibrar.

Habíamos salido de la Nave Estelar cerca de su frente, el Puente y el ejército mech de Alpha no estaban muy lejos. Las esclusas de aire que conducían de vuelta al interior estarían esparcidas a lo largo de la nave, pero forzar una reentrada cerca de Alpha nos pondría en una mala posición. Delta no tenía su espada, y yo tenía las capacidades de lucha de una planta de interior marchita. Sin mencionar la valiosa carga almacenada en mi memoria.

Dadas esas realidades, calculé que nuestra mejor oportunidad estaba en una retirada estratégica.

Tuve que tocar el hombro de Delta para apartar su atención de las estrellas. De nuevo parpadeó cuando me miró, pero asintió cuando señalé por encima de su hombro hacia la lejana popa de la Nave Estelar. Alvie, observando, volvió a ladrar sin sonido. Cuando empezamos a movernos, el perro lideró el camino, correteando por el costado, trazando los asideros.

—Mantenimiento —dijo Kaydee cuando le pregunté por qué la Nave Estelar estaba cubierta con esos convenientes pequeños salientes—. No se planea cruzar la galaxia en perfecta forma, así que hay rutas entre prácticamente todos los lugares del casco.

—¿No podría la gente usar estos para llegar a lugares donde no se suponía que debían ir?

—Gamma, podrías pensar que es fácil entrar en una esclusa de aire y simplemente salir —respondió Kaydee, bailando por el casco cerca de mí mientras trepábamos hacia popa—. Pero, en los tiempos en que había, ya sabes, reglas para estas cosas, tenías que obtener todo tipo de autorizaciones para hacer una EVA.

—¿EVA?

—Actividad extravehicular. Lo que estamos haciendo ahora. ¿No son divertidos los acrónimos?

—No.

Quería preguntarle a Delta qué encontraba tan interesante en las estrellas —seguía mirándolas mientras avanzábamos—, pero no podía exactamente hablar con ella en el vacío. En su lugar, escuché a Kaydee parlotear sobre cómo la sociedad de la Nave Estelar manejaba el espacio en los buenos viejos tiempos.

El espacio, según lo contaba Kaydee, había sido ignorado tanto como fuera posible. Como un prisionero podría ignorar las paredes que lo encierran, la población de la Nave Estelar tendía a evitar hablar de ello. Los ingenieros, los pilotos, los que vigilaban los encuentros cercanos con asteroides aleatorios, ellos se preocupaban durante sus turnos. ¿Después?

—Películas, música, pasatiempos —dijo Kaydee—. No queríamos salir ahí fuera. No queríamos pensar en cómo estábamos siempre a una pequeña brecha del casco de la muerte. Era más saludable concentrarse en la próxima temporada de *Chatarreros*.

—¿*Chatarreros*?

Kaydee se rio, puso los ojos en blanco.

—Un programa terrible, pero no teníamos mucho con qué trabajar. Sí, podías volver a revisar el catálogo de la Tierra, pero para cosas frescas y nuevas... Los equipos competían para tomar chatarra mech y convertirla en algo útil. Límites de tiempo, jueces, todo eso.

Capté algo en sus palabras mientras cruzábamos el punto medio de la Nave Estelar. Mi reloj interno decía que ya habían pasado un par de horas en nuestra lenta caminata, horas que Alpha podría estar usando para tomar más control en el interior. Para cazar y eliminar a Val.

Concéntrate, Gamma. No había nada que pudiera hacer al respecto ahora.

—¿Estuviste en él? —pregunté, siguiendo el hilo en su voz.

—No en la versión para adultos —dijo Kaydee, todavía sonriendo, mirándome y sin embargo absolutamente no mirándome—. Leo y yo, un par de otros amigos. Hicimos la edición infantil.

—¿Y ustedes...?

—¿Ganamos? Ja, no —Kaydee chasqueó los dedos, y una divertida pequeña colección de metal apareció en el espacio virtual a nuestro alrededor. Se parecía un poco a una tostadora y una multiherramienta aplastadas juntas, un erizo de acero cuadrado—. Construimos esta cosa en las dos horas que teníamos, una criatura que te seguiría lista para sacar cualquier herramienta que necesitaras.

—Parece bastante inteligente, ¿no?

—Sí, hasta que te das cuenta de que una caja de herramientas hace lo mismo y nunca se queda sin baterías.

Buen punto.

—Perdimos contra un scooter volador.

—¿Qué?

—Lo sé, ¿verdad? —dijo Kaydee—. Esa cosa era una pesadilla, pero muy divertida. Le ataron un montón de imanes, y para un niño pequeño, podías presionar el botón y flotar. Con un pequeño empujón podías levitar por ahí.

Eso sí sonaba bastante genial, la verdad.

Kaydee continuó desde ahí, describiendo los inventos perdidos de su juventud en la Nave Estelar mientras avanzábamos lentamente. Delta continuó su contemplación de las estrellas, Alvie mantuvo las tareas de liderazgo, y después de demasiadas horas, con el retumbar de la Nave Estelar aumentando, llegamos tan a popa como pudimos.

El resplandor azul de los motores ocultaba las estrellas mientras miraba los enormes motores de la Nave Estelar, sus extremos circulares expandiéndose más allá del casco y hacia la distancia. El casco aquí se sentía cálido al tacto, aunque tenía la sensación de que estos motores, funcionando ahora solo con energía solar, iban a una pequeña fracción de su empuje inicial. No obstante, la vista puso a la Nave Estelar de nuevo en una nueva perspectiva.

La Nave Estelar no era un mundo, un hogar, tanto como era un cohete acelerando hacia un destino que ahora llegaba antes de lo que sus creadores pretendían. Si aterrizaba, si alguna parte de su misión permanecía intacta, dependía de nosotros.

—Esta parece buena —dijo Kaydee, señalando donde Alvie había encontrado otra esclusa de aire. Los asideros continuaban más allá, pero parecían dirigirse directamente al corazón de los motores, un lugar al que no necesitábamos ir—. Si Alpha ya está aquí atrás, entonces estamos realmente jodidos.

—Si lo está, entonces saltaré allá afuera —respondí—. Un largo viaje entre las estrellas parece una buena forma de irse.

—Por una vez, Gamma, estoy de acuerdo contigo.

VEINTINUEVE

RECONSTRUCCIÓN

Afortunadamente, la esclusa de aire no tenía mechs esperándonos. No había nadie esperando en absoluto. Yo iba a la cabeza, con Alvie pisándome los talones. Delta se tomó su tiempo para reunirse con nosotros en la cámara, con una última y larga mirada a las estrellas. Cerró la puerta detrás de nosotros, encerrándonos en el pequeño espacio. En el pasado, habíamos dependido de otros mechs, de Alvie para que nos dejaran entrar.

¿Esta vez?

—¿Qué pasa si la rompemos? —le pregunté a Kaydee.

—No estoy segura —Kaydee se encogió de hombros—. Mi suposición es que la Nave estelar sellaría el pasillo, dejándolos encerrados aquí sin salida.

—¿Lo que nos deja con...?

—¿Tu imaginación?

Delta no parecía dispuesta a ofrecer mucho. Se impulsó, flotando hacia un lado. Sin estrellas disponibles para mirar, se conformó con las paredes blancas moteadas. Alvie, igualmente perdido, pateaba con sus patas en el vacío. Yo me quedé pensativo.

Una nave como la Nave estelar tendría que tener en cuenta que la gente saliera sin que hubiera alguien físicamente presente para dejarlos entrar de nuevo, ¿verdad? No era posible que una respuesta rápida a algún problema de mantenimiento pudiera resultar en que alguien se quedara encerrado afuera.

—Claro —dijo Kaydee, captando mis pensamientos. Se puso en el interior de la esclusa de aire, más allá de nuestra barrera, como para burlarse de mí—. Pero ¿quién está escuchando ahora mismo? Las únicas personas en el Puente son tus enemigos.

—¿Solo el Puente?

Kaydee comenzó a responder, luego inclinó la cabeza y me miró de reojo.

—¿Qué estás tramando, Gamma?

Impulsándome desde la puerta interior, volví a la escotilla que nos separaba del vacío. Alguien abriendo y cerrando una esclusa de aire podría no llamar mucho la atención, pero ¿qué pasaría si la dejaba abierta? Agarré la palanca pintada de blanco con la punta roja y la tiré hacia atrás, abriendo una vez más la escotilla y exponiendo el infinito bañado por el motor.

Intenté no mostrar lo difícil que era tirar de esa palanca en mi nuevo y lamentable estado.

Delta no lo notó, salvo para mirar más allá de mí hacia la oscuridad. Alvie hizo un ladrido silencioso. Al menos el perro parecía preocupado por mí.

Dejé la escotilla abierta, me impulsé de vuelta hacia la puerta interior de la esclusa de aire y esperé. Después de varios minutos, las luces dentro de la esclusa parpadearon en amarillo tres veces. Después de otros pocos minutos, un destello naranja.

—Estás irritando a la nave —dijo Kaydee.

—Ella me está irritando a mí —respondí.

Quince minutos después de que abriera la escotilla, las luces del interior se pusieron rojas y se quedaron así. Crucé los brazos y esperé. Era hora de poner a prueba mi corazonada.

Tres minutos más. Cronometrados con precisión por un programa que escupía el temporizador en mi ojo derecho en pequeños números color turquesa.

Sin preámbulos, la escotilla se cerró de golpe. La palanca se enganchó. Esta vez, la esclusa de aire inició su ciclo. Un estallido de presión cuando el oxígeno inundó nuestro estrecho espacio. Un zumbido vago hizo clic en mis circuitos cuando los imanes de gravedad de la Nave estelar se activaron a nuestro alrededor, succionando suavemente a nuestro trío hacia el suelo de la esclusa. El sonido también regresó, los ruidos faltantes se derramaron como si alguien, en algún lugar, subiera un botón de volumen un valor a la vez.

—Gamma, eres un idiota —llegaron las palabras, una frase repetida varias veces hasta que hice un gesto de aprobación hacia la nada. La voz pertenecía a un mech particularmente chiflado, uno que podría notar si la Nave estelar tenía un evento anómalo que necesitara atención—. ¿Qué estás haciendo dejando una escotilla abierta?

—Llamando tu atención —respondí—. ¿Te importaría dejarnos entrar?

—Eso es lo que estoy haciendo —dijo Volt, su voz crepitando a través de los altavoces—. Volt te cubre las espaldas, como siempre.

—Gracias, amigo.

—Si quieres agradecerme, dense prisa —continuó Volt mientras la presión se igualaba, la esclusa interior parpadeaba en verde y se abría de golpe—. Cualquiera que estuviera prestando atención habría visto esa alerta de la escotilla.

Volt siguió hablando mientras entrábamos, el mech se quejaba de que la Nave estelar tenía alarmas listas para gritar sobre posibles amenazas de vacío. El Puente lo habría notado con seguridad, pero Val y cualquier otro mech también lo habrían hecho. Me pregunté si Leo y sus alterados hermanos tecnológicos habían visto la alerta, suponiendo que éramos nosotros.

El pasillo que se alejaba de la esclusa de aire pintaba la popa de la Nave estelar como un lugar donde se hacían las cosas. Sin alfombra carmesí, sin concesiones a las comodidades de las criaturas. Una iluminación dura peinaba el techo mientras mapas y carteles que indicaban los procedimientos adecuados cubrían las paredes de color gris pistola. Una franja que corría a lo largo del suelo dividía las direcciones previstas, facilitando que cualquiera que transportara carga se mantuviera donde debía. Cada pocos metros se ofrecía una alarma desplegable para solicitar asistencia, y junto a cada una parecía haber otra pequeña derivación hacia este o aquel subsistema del motor.

—Mi punto, Gamma —continuó Volt mientras caminábamos—, porque siempre apunto a tener un punto, es que todos saben dónde estás.

—No —dije—. Solo saben que una escotilla estuvo abierta. Podría haber sido cualquier cosa.

—Cámaras, recipiente tonto. Toda esta nave está cubierta de cámaras. Imagina mi sorpresa, cuando aquí estoy cuidando el jardín de energía de la Nave estelar —la señora dice que debería llamarlo así, mejor para el estrés de mis circuitos— y aquí está mi amigo favorito saludando a todos los que quieren matarlo.

—Espera, ¿señora?

Kaydee hizo eco de mi pregunta. Delta también tenía la nariz y los ojos arrugados en confusión.

—Te dije que estaba haciendo algunas actualizaciones —dijo Volt, su voz moviéndose de altavoz a altavoz mientras caminábamos—. Ahora es una verdadera bomba, y no me refiero solo al nuevo láser, que es, uuuf, algo que tienes que ver.

—Me encantaría —respondí—. Gracias por la ayuda, Volt. ¿Qué tal si me avisas si los mechs de Alpha se acercan a nosotros, de acuerdo?

—Ese es el problema, Gamma. Alpha está moviendo a sus secuaces, y hay un montón de ellos, y están consumiendo mucha energía, pero no se dirigen hacia ustedes. Bueno, no directamente.

Yo sabía la respuesta antes de que Volt la dijera, pero pregunté de todos modos.

—Los humanos, Gamma. Alpha sabe dónde están, y va tras ellos.

—¿Pero no al Vivero?

—Todavía no. Las amenazas actuales antes que las futuras, ¿no es cierto?

—Aparentemente.

Llegamos al centro de la popa, el equivalente al Puente de la Nave estelar anidado en el trasero de la gran nave. El rumor tenía una intensidad real aquí, mis pies temblaban como si estuvieran bajo un masaje constante. A diferencia del Puente, el centro de la popa servía más como una cafetería, un espacio de reunión general que un lugar donde se hacían las cosas. Mesas y sillas dispersas, muchas rotas o arrojadas a un lado, se unían a máquinas expendedoras maltratadas con contenidos caducados hace mucho tiempo en el espacio circular y plano. Habíamos tomado un ascensor hasta el nivel central, y su pareja se sentaba en el lado opuesto, lista para llevar a los ingenieros a cualquier sección que necesitara atención.

Justo detrás, donde, si uno fuera a clavar una aguja particularmente larga encontraría el espacio exterior, había cuatro pantallas enormes. Una parpadeaba, otra tenía un negro muerto, pero las otras dos alternaban varios informes de estado. Los motores de la Nave estelar, asombrosamente, mostraban verdes casi en todos los indicadores. O la calidad de la construcción era estelar, o...

—Apenas los hemos usado en siglos —dijo Kaydee, apareciendo cerca de las pantallas—. La Nave estelar alcanzó su velocidad máxima no muy lejos del inicio del viaje. Desde entonces hemos estado navegando, hasta ahora.

—¿Hasta ahora? —pregunté.

—Toma tanto tiempo desacelerar como acelerar, si se es responsable —respondió Kaydee.

—No voy a contar con que Alpha lo sea.

—Yo tampoco.

—¿Qué pasa si nos desacelera bruscamente?

Kaydee se encogió de hombros.

—Tal vez volemos algunos motores. Tal vez la Nave estelar se rompa por la fuerza. Tal vez nada porque todos esos ingenieros de vuelta en la Tierra sabían lo que hacían.

—Pero tienes una corazonada, ¿verdad?

—Oh, sí. Todos vamos a morir.

Genial.

Más allá del estado de los motores, las pantallas también mostraban algunos recuerdos extraños de la antigua vida de la Nave estelar: un calendario semanal de comida caliente —¿tacos los martes? ¿Pastel de carne cada dos viernes?—. Eventos también, como bandas tocando para próximos días festivos, sin importar que los músicos hubieran dejado de cantar hace mucho tiempo. El rostro de una ingeniera de ojos hundidos aparecía cada pocos minutos, declarándola la empleada del mes.

Se había ganado una galleta gratis por sus esfuerzos.

Un sonido de chasquido arrancó mi atención de las pantallas. Delta, aparentemente de vuelta a su antiguo yo, había arrancado la pata de una mesa. Llamó a Alvie, hizo que usara sus garras para rasgar un extremo, convirtiéndolo de un mueble liso en un arma dentada. Levantándolo, Delta balanceó el palo de un metro de largo hacia adelante y hacia atrás varias veces, asintiendo.

—No es mi espada —dijo Delta cuando me acerqué—, pero servirá. Ahora, el resto.

—¿El resto?

Con yo siguiéndola, Delta saqueó la cafetería, convirtiéndola en un depósito de armas. Las patas de las sillas fueron cortadas en cuchillas más cortas, los dientes y garras de Alvie trabajando las más pequeñas en cuchillos que Delta escondió entre su ropa. Me entregó algunos también, aunque acabé prefiriendo una pata de mesa sin marcas para mí.

La cosa también servía como bastón, ¿ves? Mis piernas parecían estar debilitándose, cada paso hacía que aparecieran advertencias ante mis ojos sobre desequilibrio, una falta de estabilidad.

—Sabes a dónde vamos, ¿verdad? —le pregunté a Delta mientras terminaba un cinturón improvisado para cuchillos, con dientes de metal envolviendo su cintura.

—A esos humanos.

—¿Estás de acuerdo con eso?

—Sí.

Parpadeé. Delta se enderezó, silbó a Alvie y señaló el pasillo que se alejaba de la cafetería, hacia el Conducto.

—¿Por qué el cambio de corazón? —pregunté, avanzando pesadamente mientras comenzábamos a caminar, mi bastón haciendo un tintineo metálico en cada paso.

—No tengo corazón —respondió Delta—. Lógicamente, te dirigirás allí. Tienes las Voces, que ofrecen la única oportunidad para que la Nave estelar, y por extensión yo misma, complete mi misión. Por lo tanto, voy contigo.

—Qué romántica —murmuró Kaydee a un lado.

Opté por una táctica diferente.

—Seguías mirando las estrellas —pregunté—. ¿Por qué?

Delta me lanzó una mirada fulminante.

—Lo sabrás cuando, si es que quiero que lo sepas.

Los muros seguían en pie. Delta, el enigma ultraviolento.

—Gamma —dijo Delta después de otro paso, su glaciar derritiéndose—. Estás herido. Estás casi indefenso. No quiero verte morir. Ve con Volt. Yo puedo ir a los humanos sin ti.

—Si apareces allí sin mí, te matarán.

Delta se rió.

—Los humanos pueden intentarlo.

—Ese es el problema, Delta. Lo harán.

El Conducto se abrió ante nosotros, su corredor azul brumoso era una vista agradable después de pasar tanto tiempo en el vacío. Los ruidos resonaban arriba y abajo, mechs moviéndose en sus asuntos. Escuchando, podíamos distinguir un crujido más fuerte. El paso a paso robótico mientras los mechs se movían en concierto por cientos, todos acercándose.

El ejército de Alpha no era rápido, pero no se detendría. Detrás de él, además, estaban las Líneas de Fabricación, donde más mechs serían ensamblados a partir de chatarra. No eran los enemigos más mortales, no, pero para los humanos, significaría una lucha interminable. No podían mantenerse despiertos, no podían luchar para siempre. Incluso nuestras baterías se agotarían si se las presionaba durante horas y días sin descanso.

—¿Te importan tanto estos humanos? —preguntó Delta.

Negué con la cabeza, un impulso familiar subyacía en mis palabras.

—Tenemos una misión, Delta. Eso es todo. Quiero verla cumplida.

Había vacilado, allá en el Puente. Con Alpha. Vacilado y encontrado mechs tan imperfectos como los humanos que los crearon. No podía decidir el destino de la Nave estelar, pero tal vez podría empujarla un poco lejos del monstruo que ahora estaba al timón.

Val y su enclave representaban la única alternativa real. Llevaría las Voces hasta ella, y vería si, juntos, los humanos podían encontrar una manera de corregir sus errores.

TREINTA

DESCENSO

El ascensor no funcionaba. O mejor dicho, una luz roja furiosa nos indicaba que la simple plataforma, un semicírculo con barandilla que sobresalía hacia el Conducto, no se movería. Delta, Alvie y yo la miramos fijamente, como si nuestra voluntad colectiva pudiera hacer que el ascensor cambiara de opinión.

—¿Por qué? —preguntó finalmente Delta.

—No lo sé —respondí. La luz roja, que dominaba un panel de cuatro botones también ocupado por las opciones de subir, bajar y el verde que indicaba que todo estaba bien, ofrecía poca explicación—. ¿Dónde está el siguiente?

Delta señaló al otro lado del Conducto, hacia las pasarelas de la otra orilla. Otro ascensor allí reflejaba a este, pero cuando enfoqué la vista, capté un destello rojo similar. También bloqueado. Otro ascensor aparecería no muy lejos, pero cada paso en esa dirección nos acercaba más a los mechs que Alpha enviaba.

—¿Escaleras? —sugerí, y Delta resopló.

—No puedes bajar eso por las escaleras —dijo, señalando mi bastón.

—¿Ves otra opción?

—Sí —Delta señaló hacia los motores—. Ve tú y quédate a salvo. Volveré por ti después.

—Me refiero a otra opción que tenga sentido.

Delta puso los ojos en blanco, se dio la vuelta y miró hacia arriba del Conducto. Yo fui en la dirección opuesta, iniciando mi lento trayecto hacia el tramo de escaleras. El Conducto tenía ascensores cada cien metros más o menos, las plataformas transportaban a personas y carga arriba y abajo por los niveles. Las escaleras eran más escasas, la mitad que los ascensores, pero podían servir.

Siempre que no tuvieras que ir muy lejos, claro.

—Está tratando de protegerte —dijo Kaydee, arrastrándose junto a mí.

—No quiere pensar en mí en una pelea —respondí.

—Lógico.

Le lancé a Kaydee una mirada frustrada antes de contenerme. ¿Quién querría jugar a ser protector de un mech averiado como yo? Me interpondría en el camino, requeriría vigilancia para asegurarse de que Alpha no me eliminara. Delta tenía razón al tratar de meterme en un casillero.

Conciliar mis propios sentimientos (fragmentos, tuve que recordarme, generados por funciones que me empujaban hacia mi misión programada de proteger a los humanos) con mis limitadas capacidades parecía imposible: podía ver todas las razones por las que debería hacerme a un lado, trabajar en mis propios circuitos con herramientas encontradas cerca de los motores, pero eso dejaría a Delta negociando sola con una tribu complicada.

—Pero eso no es todo, ¿verdad? —dijo Kaydee, más suavemente ahora, mientras llegábamos a las escaleras.

Al principio, Kaydee me dijo que nos habíamos entremezclado. Como mi mente, un programa vivo anidado en mi sistema operativo, sus funciones se fusionarían con las mías, transformando el frío cálculo que impulsaba mis decisiones en algo más desordenado, más parecido a lo humano. El código no era lo único que cambiaría. Las emociones, los recuerdos, las creencias, todo se filtraría de la vida de Kaydee a la mía.

Al menos, eso es lo que usaba para explicar el miedo que se había infiltrado desde que fui atravesado por ese cristal, solo en el universo.

—Si Alpha gana y yo no estoy allí, me encontrará eventualmente —dije, con el bastón en mi mano derecha y la barandilla de la escalera a la izquierda. El primer escalón esperaba, invitándome a comenzar la larga bajada—. Esos mechs me atraparán y me harán pedazos.

—¿Y?

Planté el bastón en el escalón, asegurando su inestable apoyo. Llevé mi pierna derecha y la seguí, pisando con seguridad los peldaños de metal estriado. Mi pie izquierdo se unió. Un escalón bajado, otros doce por delante hasta el siguiente nivel. No quería pensar en cuántos niveles más después de eso.

—Estaría solo —dije.

Alvie, como en protesta, ladró con un jadeo detrás de mí, aventurándose en el primer escalón mientras yo pasaba al segundo.

—Bueno, quizás no completamente solo —sonreí—. Pero aun así.

—Eso lo estás sacando de mí —dijo Kaydee, apareciendo más abajo en las escaleras, apoyándose contra la pared y chupando una enorme paleta de menta en espiral—. Al final, cuando me llevaron al hospital, estaba sola. Todos esos años flotando, una mente en el vacío digital esperándote, me sentí sola.

Cuando llegué al tercer escalón, Kaydee se apartó de su posición de apoyo y agitó la paleta hacia mí.

—¿Sabes qué, Gamma? —dijo Kaydee—. No tienes que preocuparte por eso.

—¿No?

Kaydee levantó la paleta sobre su cabeza y, como si algunas nubes se hubieran despejado en un día de verano, una luz dorada se derramó a su alrededor.

—Me tienes a mí, tonto —sonrió Kaydee—. Y no hay nada que puedas hacer al respecto.

¿Qué podía hacer yo sino reír?

Y resbalar, con el bastón errando su apoyo.

Me desplomé hacia adelante. Mis ojos se cerraron, mi cuerpo haciendo lo posible por prepararse para la inminente colisión. Una que, después del breve pánico, nunca llegó. En su lugar, mi camisa se tensó contra mi pecho, mis pies se equilibraron sobre sus dedos mientras me inclinaba sobre las escaleras. Delta me jaló hacia atrás, me atrapó y me asentó en el escalón. Soltó mi ropa. Noté que no me dejó balancearme demasiado, lista para atraparme de nuevo.

—Si quieres las escaleras, tomaremos las escaleras —dijo Delta—. Pero hagámoslo a mi manera, ¿de acuerdo?

La manera de Delta implicaba que yo me agarrara fuerte mientras ella saltaba por las escaleras un tramo a la vez. Hacía los saltos con una gracia imperturbable a pesar de llevar su espada y mi bastón en las manos. Cada salto terminaba con varios pasos para disipar el impulso, un rápido giro hacia el siguiente tramo, y allá íbamos de nuevo.

Alvie y sus ladridos jadeantes nos seguían a saltos.

La facilidad me recordaba, una vez más, que nosotros, los recipientes, estábamos construidos de manera muy diferente unos de otros. Incluso en mi mejor momento, no habría podido hacer estos saltos, pero Delta podría duplicar su peso y aun así salvar metros por el aire. Ni una sola vez mencionó que necesitara un descanso para recargarse, ni una sola vez murmuró que todo esto fuera ridículo. Se propuso la tarea y la llevó a cabo.

Los niveles que brevemente ocupamos mostraban, mejor que mi viaje en ascensor con Volt, a los verdaderos habitantes que habían vivido tan atrás en la Nave Estelar. Las entradas de los apartamentos eran más pequeñas, más juntas. En la parte delantera, las tiendas y restaurantes se aferraban a sus escaparates rotos, pero aquí parecía que pocos hubieran existido alguna vez, con espacios maltratados entre las viviendas que marcaban las pasarelas con metralla, antiguos charcos químicos y ocasionales tomas de corriente chispeantes. Ningún mech de limpieza persistía en mantener las apariencias aquí.

Los humanos de Val también hacían obvia su presencia. Mechs destripados salpicaban el Conducto, sus cuerpos destrozados por hachas y acribillados por flechas se descomponían. Los humanos habían despojado las partes útiles, dejando a los mechs como literalmente cascarones: huecos, con cables desparramados donde alguna vez vivieron fuentes de energía y procesadores.

Si Delta vio algo de esto, si le importaba, no lo dijo. Kaydee también se mantuvo callada, sin siquiera ofrecer un comentario mordaz sobre mi incómodo viaje.

El Conducto hablaba lo suficiente por todos nosotros.

Cuando llegamos al nivel de los Chatarrero, no muy lejos del fondo, hice que Delta me dejara bajar. Le devolví su espada, tomé mi bastón y me enderecé. La pasarela se veía como la había dejado, más limpia que las de arriba y no menos ominosa con su metal silencioso. Las puertas se extendían ante nosotros, tanto hacia nuestra esperanza como hacia nuestra probable perdición.

—¿Lista? —le pregunté a Delta.

—Te bajé hasta aquí saltando, ¿no? —respondió Delta, ajustando sus cuchillos después de mi transporte—. Ya ha tardado bastante. Vamos.

Al principio pensé que Delta tomaría la delantera, pero se quedó atrás, haciéndome un gesto para que avanzara.

—Has estado diciendo que me matarán en cuanto me vean —dijo Delta mientras yo empezaba a caminar—. Demuestra que tienes razón, Gamma.

Punto anotado. El papel de Delta vendría más tarde cuando llegaran los mechs de Alpha. Ahora, con mi bastón, mi cuerpo magullado y cicatrizado, tendría que convencer a Val, Chalo y Beta de que valía la pena escucharnos.

Esa idea se volvió más difícil unos cinco pasos después de iniciar nuestro viaje, cuando una pequeña silueta salió de un nicho adelante. La sombra se movió y capté la cuerda del arco, vi los brazos moverse, la flecha saltar. Mi antiguo yo, con los agudos reflejos programados de Leo, podría haber logrado esquivarla. Delta podría haberla atrapado o desviado. Parada muy atrás, Delta no tuvo tiempo.

En cambio, vi la flecha atrapar la luz del Conducto mientras volaba, la neblina azul haciendo que la punta de metal centelleara como una estrella. Esa estrella se incrustó en mi hombro izquierdo, la fuerza inclinándome hacia atrás, adormeciendo mi brazo izquierdo. Un destello ante mis ojos confirmó que la flecha había cortado el cableado de esa zona.

—¡Alto! —grité, viendo que la forma tensaba otra flecha—. ¡Estamos aquí para ver a Val!

La sombra vaciló mientras Delta se movía a mi lado. Echó un vistazo al asta que sobresalía de mi hombro. Su mano izquierda se deslizó hacia su bandolera de cuchillos y no dudé que pudiera lanzar uno de esos más lejos y más rápido de lo que el arquero de allá arriba podría disparar.

—No lo hagas —le dije—. Es un error. Se detendrán.

—¡Quédense ahí! —gritó la sombra, como si me hubiera escuchado—. Den un paso más y están muertos.

—Difícilmente —murmuró Delta.

—Date prisa —le grité a la sombra—. Dile a Val que si no se prepara, no tienen ninguna oportunidad.

En lugar de una pregunta, escuché una risa, una risa siniestra.

—Si quieren a Val, llegaron tarde —anunció la sombra —. Ya se ha ido.

TREINTA Y UNO

PRIMEROS AUXILIOS

Nos quedamos en la pasarela durante demasiados minutos bajo la flecha de la sombra hasta que el chico respondió por nosotros. El niño no tenía su sonrisa arrogante ni el brío en su paso esta vez, haciéndonos señas con un rostro pálido de miedo. La sombra resultó ser una chica no mucho mayor, cruda y valiente. Nos observó pasar, con la flecha lista, como si esperara que nos convirtiéramos en enemigos en cualquier momento.

—Estamos tensos —dijo el chico mientras pasábamos por el pequeño nicho—. La mayoría de los adultos ya se han ido. —Me miró de arriba abajo—. Estás hecho un desastre, ¿verdad?

—¿Qué me delató?

—La flecha se ve horrible.

—Tu amiga la puso ahí.

El chico se encogió de hombros.

—Eres un mech. Ella hizo lo que debía.

Más allá del nicho, los humanos esparcían desorden por el camino. La basura se cruzaba sobre las baldosas planas, creando barricadas rígidas y formas fáciles de tropezar. El chico se escabulló entre ellas, Delta me ayudó a maniobrar por encima, por debajo y a través. De vez en cuando pasábamos por otro puesto de francotirador improvisado ocupado por un chico o una chica, todos armados con arcos, garrotes y escombros aleatorios.

El desorden no hacía mucho por el aspecto, pero podía ver cómo ralentizaría a los mechs torpes de Alpha. Esos pies festoneados, las orugas en muchos encontrarían dificultades, haciendo que los grandes tropezaran y cayeran. Blancos fáciles incluso para arqueros novatos.

—Los primeros llegaron anoche —continuó el chico mientras nos acercábamos a la tienda del Chatarrero—. ¿Esos pequeños voladores, los que tienen láseres realmente desagradables? —Se estremeció—. Sin Beta nos habrían sorprendido.

Delta resopló.

—¿Ella la conoce? —el chico captó el sonido, miró hacia Delta mientras pasábamos con dificultad sobre un barril volcado.

—Se podría decir que sí —respondí—. Dijiste que se habían ido, ¿Val, Chalo?

—Beta dijo que estábamos jodidos. Val dijo que quería pruebas.

Las pruebas implicaron emprender una expedición hacia el Jardín. Val se llevó a Beta y a los adultos capaces de cazar, dejando a los demás atrás para establecer las fortificaciones. Alvie, Delta y yo seguimos al chico a través de la tienda del Chatarrero hasta las forjas y el pueblo improvisado. Las miradas nos seguían, pero los humanos que vimos tenían las manos ocupadas tallando nuevas armas, cocinando comida o cuidando a los heridos.

Esto último me llamó la atención. Seis figuras yacían sobre colchonetas cubiertas de tela dentro de una tienda en la gran sala que Val había acondicionado como plaza del pueblo. Todos adultos, todos quemados en varios lugares. Después de que el chico se marchara, diciéndonos que nos quedáramos aquí hasta que Val regresara, Delta tomó a Alvie y se marchó directamente a mejorar su equipo. Yo había planeado ir a las forjas, ver si alguien podía ayudar con una reparación, pero los gemidos provenientes de la tienda robaron mi atención.

Sabía lo que se sentía cuando me golpeaban. Mi cuerpo me decía exactamente dónde, qué se había dañado. Podía parpadear y ver mis propios planos, identificar qué piezas nuevas necesitaba y qué debía hacerse con ellas. El dolor podía bloquearse con un pensamiento.

Estas personas llevaban la agonía en sus cuerpos, cubiertos con sábanas y vendajes improvisados. Los ojos estaban más cerrados que abiertos, apretados con muecas mientras mantenían sus piernas y brazos en el aire para evitar que las heridas sensibles tocaran algo. El último, con un vendaje alrededor del pecho, parecía inconsciente.

—Eres nuevo —dijo el único ocupante coherente de la tienda, un hombre joven con un temblor en el labio. Las sombras bajo sus ojos y un tono arrastrado en su voz sugerían que el sueño no había sido su compañero por algún tiempo—. ¿Sabes que tienes una flecha en el hombro?

Casi lo había olvidado. Anular el dolor tenía sus desventajas.

—¿Tal vez podrías ayudarme? —pregunté, y el hombre me indicó un taburete vacío. A pesar de estar cubierto de metal negro incrustado, el asiento delgado me sostuvo sin doblarse.

El hombre se acercó a un banco de trabajo saqueado, uno destinado a la fabricación de herramientas, no a la medicina. De hecho, los alicates que sacó parecían menos adecuados para la cirugía que para el acero. Cuando alcanzó una botella llena de líquido transparente, le dije que no era necesario.

—Sé que duele, amigo —respondió el hombre, desenroscando la tapa—, pero tendrás problemas más grandes si esa herida se infecta.

—No lo hará.

—El pobre tipo no lo sabe —susurró Kaydee, volviendo por primera vez desde que habíamos dejado las escaleras—. Leo realmente hizo un buen trabajo con todos ustedes.

Mi doctor no podía oír a Kaydee, pero debió captar la certeza en mi voz. Puso la tapa en la botella lentamente, su agarre en los alicates se tensó, al igual que la piel alrededor de sus ojos. Sospecha, miedo. Reconocí esas emociones.

—Relájate, por favor —dije, manteniendo mis manos sobre mis rodillas—. No estoy aquí para lastimar a nadie.

—Entonces eres como ella. La que se queda en las sombras.

¿La que se queda en las sombras?

—En algunos aspectos —respondí—, por ejemplo, ambos preferimos no tener flechas clavadas en nuestros hombros.

El hombre no se movió.

—Eres un mech. Un enemigo.

Humanos.

—Mis amigos y yo somos su única oportunidad de sobrevivir —dije—. Puedes llamarme como quieras, pero si no quieres que el resto de tus amigos terminen como este grupo, me ayudarás.

Eso, al menos, sacó al doctor reclutado de su aturdimiento. Se acercó, giró otro taburete para sentarse frente a mí. Me examinó, deteniéndose aquí y allá como si se convenciera de que lo que veía hacía obvio mi origen mecánico. A estas alturas, mi piel sintética había hecho su trabajo, cubriendo las cicatrices del vidrio —aunque sin hacer nada por el daño debajo— así que el hombre estaba jugando un juego mental consigo mismo.

Por fin agarró la flecha con los alicates.

—Esto dolerá —dijo, luego tragó saliva—. Quiero decir, supongo que no lo hará.

—No lo hará —afirmé.

Tiró, la punta de la flecha hundiéndose de nuevo en la piel que había fluido para cerrar la herida. El punto de impacto se abultó mientras el hombre tiraba, los alicates ofreciendo un buen agarre. Sin embargo, mi piel no se rompió. La flecha permaneció atascada.

—No está intentando con mucha fuerza —dijo Kaydee, asomándose por encima del hombro del hombre y observando su intento—. Tal vez no está a la altura de esto, Gamma.

No. Podría haberme levantado y marchado, convencido a Delta de que arrancara la flecha, pero necesitaba ver algo ahora, algo que no había notado hasta que entré en esta tienda. Los humanos podían ser tan cariñosos entre sí, incluso en la muerte.

¿Podrían alguna vez sentirse así por un mech? Si estuviéramos heridos, acostados inmóviles ante ellos, ¿este hombre me llevaría de vuelta para ayudarme, o se alejaría?

—Deja de tener miedo y tira —dije—. Haz lo que harías para salvar a tus amigos.

—No eres mi amigo —respondió el hombre, dejando los alicates.

—Eso no es lo que dije —repliqué. Las historias del Bibliotecario, revoloteando por mi mente, me alimentaron las líneas, la forma de hacer una conexión emocional—. Si no quieres que mueran, sacarás esta flecha.

De nuevo la mirada fija, el dilema en ese labio tembloroso. Un trago, un asentimiento, y el doctor tomó los alicates de nuevo. Esta vez el tirón comenzó lento, el hombre tanteando la punta de la flecha mientras la peinaba a través de los cables, el metal desgarrado bajo mi piel perfecta. Se sentía como un insecto en mis entrañas escarbando, las púas de la flecha enganchándose y aferrándose mientras el doctor la deslizaba hacia afuera.

—Solo queda la piel ahora —murmuró el doctor para sí mismo.

Hizo una mueca, tiró, encontró la piel demasiado fuerte de nuevo. Estaba a punto de dudar del hombre cuando cambió su agarre, deslizó los alicates a lo largo del eje de la flecha hasta donde se encontraba con mi piel, los bordes rotos.

—Aguanta —dijo el hombre, las palabras descuidadas de alguien inmerso en su momento.

Los alicates mordieron alrededor de la costura, el doctor usándolos para abrir espacio. Mi piel sintética quería cerrarse, pero los alicates mantenían la brecha, la mantenían lo suficientemente amplia para que el hombre liberara la punta de la flecha. Retirando los alicates, sosteniendo la flecha en alto, el doctor miró el eje sacudiendo la cabeza.

—Ni una gota de sangre —dijo el doctor cuando le pregunté qué estaba mirando—. Sé que es obvio, pero te ves tan real.

—Lo suficientemente real —dije, luego señalé a los pacientes en las camas—. ¿Te gustaría algo de ayuda? Estoy esperando a Val, y tengo toda la biología humana guardada en mi cabeza.

Había necesidades urgentes: necesitaba más reparaciones internas, las Voces deberían haber sido excavadas de mi memoria y almacenadas en algún lugar seguro, dejar a Delta a su suerte siempre era arriesgado.

Y sin embargo, vi una oportunidad, una posibilidad aquí de convertir a un humano y sus pacientes de la sospecha a la confianza. De, si no enemigos, al menos riesgos en aliados. Así que cuando el doctor asintió, comenzando con el primer paciente sin un titubeo en sus palabras, ese temblor en el labio desapareciendo, escuché y aprendí a curar.

REUNIONES

Después de guiar al doctor en un tratamiento más detallado para sus pacientes, el hombre se ofreció a ser mi embajador en las forjas, el único lugar donde podría haber suficiente chatarra para reparar mis heridas internas. Val y los demás aún no habían regresado, y su ausencia proyectaba un ambiente sombrío y tenso sobre los jóvenes y ancianos alrededor del enclave. Mientras veía a los humanos trabajar para construir más barricadas y preparar comidas sobre fuegos encendidos con chispas en barriles, sus hombros se encorvaban. Los susurros se deslizaban, las miradas se clavaban en el suelo. Las manos vacías permanecían cerca de las armas.

No sonaba música alguna. El rugido de Starship dominaba el trasfondo.

Al menos hasta que llegamos a las forjas. Allí, algo borraba la penumbra, y ese algo era Delta.

Había tomado su propia forja, un horno esférico negro empotrado en una pared. El calor azotaba el recipiente, aunque no se notaba, ya que ni una sola gota de sudor perlaba su piel. Los otros humanos que manejaban sus forjas se habían detenido en su mayoría, cubiertos de mugre y desesperación, para ver a mi amiga convertir su basura en oro.

Delta trabajaba con precisión, cada movimiento era un chasquido con la fuerza adecuada para eliminar una rebaba o enderezar una curva. Sacaba cuchillos de su bandolera, los golpeaba hasta convertirlos en una perfección naranja brillante y luego los arrojaba a un lado. Alvie, aparentemente inmune al calor, atrapaba cada uno y lo depositaba en un parche de suelo desnudo para que se enfriara. Un juego para él, mortalmente importante para ella.

—¿Vas a dejar que opere de nuevo? —preguntó Kaydee mientras el doctor levantaba una mano hacia sus compañeros, presentándome como un amigo en lugar de otro mech sospechoso.

—Delta no es mecánica —respondí. La última vez, en una tienda de ropa muchos niveles más arriba y varias vidas atrás, sus intentos de recomponerme tuvieron más éxito por suerte que por talento—. Preferiría probar una mano más segura.

Afortunadamente, al equipo de Val no le faltaban personas dispuestas a tejer un cable o juntar un trozo de metal roto. Una en particular, una chica delgada cuyo rostro se iluminó ante la oferta de desarmarme, parecía una elección acertada.

—Juny —dijo la chica, apartándome del doctor y llevándome hacia una forja más pequeña en la parte trasera, ya abarrotada de otros trabajadores—. Juniper, pero ¿quién tiene tiempo para eso, verdad?

—Cierto —dije, sintiendo ya una afinidad con la joven grasienta. Sonaba como, actuaba como Kaydee—. Soy Gamma.

—No se parece en nada a mí —murmuró Kaydee a mis espaldas—. Mira ese pelo. Ni siquiera es azul.

No me importaban dos centavos el pelo. Más importante era la voz rápida de Juny mientras hacía un repaso veloz sobre mí, Beta y cómo pensaba que estaban diseñados los recipientes. Nos acercamos a una mesa grande —una placa de casco gris de repuesto soldada sobre algunas viejas patas de mech— y Juny arrojó el desorden sin tomarse un segundo para respirar. Deslicé correcciones entre la avalancha donde pude, retocando detalles sobre cómo funcionaba mi piel sintética —más como musgo, menos como masilla— y dónde se ubicaban mis procesadores —más cerca de los pulmones que de donde estaría un corazón humano.

—Acuéstate ahí mismo —dijo Juny, haciendo un gesto hacia la mesa de placas.

Podría haber dudado de no ser por los sonidos que venían de la forja de Delta. El ritmo impecable, la confianza en cada golpe. Trabajaba sabiendo que necesitaría cada una de esas armas en la próxima pelea, una en la que yo sería inútil sin que me recompusieran las entrañas.

—Serás aún más inútil cuando ella arruine el trabajo —dijo Kaydee, con los brazos cruzados y mirándome—. Así que Beta le ha dado una visión general de cómo funciona un recipiente. Eso es muy diferente a meterse dentro donde realmente puede estropear las cosas.

—No lo va a hacer sola —respondí.

—¿Ah, no? ¿Quién va a ayudarla? ¿Delta?

Juny entrecerró los ojos, asomando la cabeza mientras colocaba herramientas a mi alrededor.

—¿Con quién hablas?

—No te preocupes por eso —dije, haciendo un chequeo

de mí mismo para identificar todas las partes dañadas. Una lista considerable—. Esto es lo que necesitarás.

Juny registró la letanía en un trozo de chatarra, grabando lo suficiente para conocer cada parte y cuántas con un cuchillo de su cinturón de herramientas. Silbando cuando terminé, releyó la lista y me miró encogiéndose de hombros.

—No sé si tenemos todas estas, o alguna, pero puedo encontrar sustitutos —dijo Juny—. ¿Te parece bien?

—¿Vale la pena intentarlo?

—Lo has captado —Juny golpeó mi mesa—. Tardará un poco, así que puedes ir a otro lugar si quieres.

—Creo que me quedaré justo aquí, si no te importa.

—Claro. Al menos sabré dónde encontrarte.

Juny se alejó trotando, dejándome mirando a una confundida Kaydee. Le guiñé un ojo y luego desaparecí dentro de mí mismo.

CON DELTA TRABAJANDO en las forjas detrás de mí, pensé que tenía una sólida protección contra cualquier humano curioso. Ella también me daría un empujón si los mechs de Alpha irrumpían o Val regresaba. Lo que me dejaba con una oportunidad para charlar con un grupo en particular, ahora en igualdad de condiciones.

Me reuní con las Voces, Kaydee a mi lado, en el salón de lujo de Starship, edición virtual. En lugar del lugar vacío y desalentador que había visto, usé mis conocimientos digitales para recrear el club como podría haber sido. Mesas impecables cubiertas con manteles blancos, una alfombra carmesí sin manchas ni hilos rotos. No había robots mayordomos, sino humanos detrás de la barra, atendiendo mesas rodeadas de rostros sonrientes.

Me senté en la mía, una cosa redonda y enorme decorada con platos, velas y un centro de mesa de rosas sacado de alguna vieja película sobre una boda. Kaydee se sentó frente a mí, mirando alrededor, tan confundida como yo confiado.

—¿Un traje? —dijo Kaydee cuando sus ojos finalmente me encontraron—. Gamma, pareces un mal espía.

—Entonces he tenido éxito —dije, extendiendo mi mano izquierda y mirando el reloj de oro brillante que emergía de debajo de una manga. Una forma ineficiente de contar los minutos en comparación con los números que se arrastraban en mi ojo, pero el peso en mi muñeca tenía una sensación agradable—. Según lo que he visto y leído de vuestro pasado, las decisiones importantes solían tomarse durante cenas como estas.

—Vaya. Realmente tienes una manera de hacer que todo se sienta especial.

—¿No lo es? —Parpadeé, y la combinación habitual de sudadera con capucha y vaqueros de Kaydee se convirtió en un vestido de lentejuelas brillantes, justo como los que se llevaban tan a menudo junto a los trajes en esas mismas películas de espías—. ¿Eso ayuda?

Los labios de Kaydee se curvaron, y no de la manera correcta. Su cuerpo se estremeció, se difuminó y abandonó el vestido por su combinación habitual.

—Nunca vuelvas a hacerme eso, ¿de acuerdo, Gamma? —dijo Kaydee—. Lo digo en serio. Lo que visto, cómo me veo, eso depende de mí, no de ti. No importa dónde estemos.

Por más confusos que solían ser los humanos, a veces incluso yo sabía cuándo estaban hablando en serio. Asentí y me disculpé.

—Bien —dijo Kaydee—. Entonces, ¿qué estamos haciendo aquí?

—Conseguir que tu madre vuelva a estar de nuestro lado.

Antes de que Kaydee pudiera objetar, me concentré, me sumergí en mis unidades y encontré la carpeta oculta que contenía un conjunto particular de programas, unos que de otro modo estaban desconectados de mis funciones. Ahora, envolviéndolos en restricciones, los puse en marcha de nuevo.

Una por una, las Voces aparecieron en sus asientos, cada una tan sorprendida como la anterior. Willis parecía tan sobresaltado que intentó ponerse de pie, solo para descubrir que no podía dejar su silla. El doctor me miró con no tanta ira como fascinación, su boca abierta y preguntas no formuladas colgando de sus labios. Otros miraban sus manos, tocaban sus caras, tomaban grandes bocanadas de aire.

Solo una empezó a maldecir tan pronto como pudo.

—Hola, mamá —dijo Kaydee a Peony, vestida con un traje de noche rubí. Todas las Voces llevaban atuendos que había robado de archivos cinematográficos, creando una asamblea bien vestida—. Qué gusto verte.

Peony no le dijo nada a su hija, en su lugar me fulminó con la mirada. Intentó ponerse de pie, falló. Intentó voltear la mesa y no se movió. Leo le dijo a Peony que se detuviera, pero ella agarró el cuchillo de carne de su lugar y me lo lanzó. La hoja fue recta, me habría golpeado de lleno, pero en su lugar parpadeó de vuelta junto al plato de Peony como si nunca se hubiera movido.

—Pensé que podríamos tener una agradable conversación —dije, inclinándome hacia adelante y apoyando los codos sobre la mesa—. Ahora que he salvado vuestras vidas, creo que me debéis al menos eso.

Esperaba resistencia, pero la furia que vi en los ojos apretados de Peony me desconcertó. Sus puños se cerraron con tanta fuerza que sus manos se pusieron blancas.

—No has salvado nada —Peony pronunció cada palabra como si fuera un trueno—. Solo has destruido Starship, y a todos nosotros.

Alrededor de la mesa, miré a las otras Voces, esperando ver ojos en blanco, un suspiro, la confirmación de que Peony estaba exagerando una vez más.

En su lugar, encontré miradas duras, miradas que confirmaban que lo que Peony decía era cierto.

TREINTA Y TRES

INMORTALES EN LA CENA

Sistemas. Las cosas que por millones y miles de millones mantenían a Starship funcionando. Antes de las Voces, habían sido monitoreados por la gente de Starship, cuidados y mantenidos para mantener vivos a los ciudadanos de Starship tanto física como en propósito. A medida que esa gente disminuía, las Voces asumieron una parte cada vez mayor, usando mechs y la red de Starship para mantener la nave estable. Ahora, sin ninguna conexión a la red, ¿quién sabía qué podría estar fallando en toda la vasta nave, quién sabía qué podría estar a punto de romperse?

—Es frágil —concluyó Leo su explicación—. Starship puede volar por sí misma, sí, pero el espacio no es un paraíso sin fallas. Los componentes fallan y necesitan ser reemplazados. Los micrometeoritos golpean y dañan partes sensibles. Un mech pierde la cabeza y rompe algo. Nosotros vigilábamos todo.

—Peony no toma el liderazgo porque tenga la personalidad más fuerte —agregó Willis—. El resto de nosotros dedicamos nuestra atención a mantener a Starship a flote.

Asentimientos alrededor de la mesa.

Mi yo del pasado podría haber escuchado todo esto y haberse alejado preocupado, preguntándose si había cometido algún gran error.

Mi yo del pasado era la definición de ingenuo.

—Bien por ustedes —dije—. Pero sus habilidades ya estaban limitadas para cuando los encontré escondidos en esa sala de servidores. Alpha se ha estado extendiendo por toda la nave, así que...

—Porque lo dejaste entrar en el Puente —intervino Peony.

—Habría entrado eventualmente de todos modos, incluso si hubiera tenido que destrozar Starship para hacerlo —repliqué.

Al otro lado de la mesa, intenté captar la mirada de Kaydee, buscando algo de apoyo, algo de ese fuego. Si estos dominios digitales tenían una desventaja, la incapacidad de Kaydee de aparecer junto a mí y susurrarme consejos era definitivamente la más aguda. Tal como estaba, jugueteaba con su tenedor, observando a su madre y frunciendo el ceño.

No era lo más útil.

—Suficiente —dijo Leo, sonando de alguna manera exhausto a pesar de no tener partes biológicas—. Nos tienes atrapados y estás aquí, Gamma. ¿Qué quieres?

Durante la larga caminata a lo largo del casco de Starship de vuelta a sus motores, el silencio inducido por el vacío y la maravilla cósmica me hicieron reconsiderar las opciones. Según lo veía, la guerra de Alpha contra Val y los variopintos humanos, Delta y Beta, probablemente terminaría con una destrucción masiva. Dados los números de Alpha, las probabilidades y la lógica decían que él ganaría, con los incansables mechs aplastando a los humanos hasta convertirlos en polvo. Incluso si prevalecíamos, las pérdidas serían tan grandes que empujarían a los humanos aún vivos hacia la extinción.

Alguien tendría que guiar a Starship en cualquier caso, para proteger el Vivero y todas esas vidas esperando un destino. Delta y Beta eran mejores luchadores. Volt no tenía deseos de hacer de niñera.

Lo que me dejaba a mí.

Si Alpha ganaba, intentaría sobrevivir, convencer a la máquina loca de que estos humanos, inconscientes, no nacidos, deberían tener una oportunidad. Apelaría a todo lo que pudiera del tierno ego de Alpha, afirmando que podría gobernarlos, que podría usarlos para cualquier fin, solo para mantenerlos con vida.

El éxito potencial, sin embargo, me dejó con una pregunta.

—¿Qué sucede cuando Starship llegue a su destino? —pregunté a las Voces—. ¿Cómo traemos a tanta gente a la vida y creamos una sociedad funcional?

Peony resopló.

—Tú no. Nosotros lo hacemos.

—Gradualmente —intervino el doctor, suavizando las palabras de Peony—. Unos pocos a la vez. Demasiada gente significa demasiado conflicto. Tomará generaciones despertar a todos, pero es la forma más segura.

—Usaremos la propia Starship para hacerlo —dijo Sybil, la arquitecta de la nave—. Está construida para aterrizar y nunca volver a despegar. Su volumen servirá como hogar, una base durante el tiempo que sea necesario. Tendrán comida, tendrán refugio, sostenibilidad incluso en un nuevo mundo hostil.

—Los planes específicos están en la red de Starship —agregó Leo—. Los estudios, las matemáticas que muestran cómo se ve la expansión óptima para garantizar la diversidad genética, una población segura y estable que no abrume los recursos de Starship. Podemos mostrártelos.

—¿Mostrárselos? —preguntó Peony—. ¿Por qué?

—Porque cree que es la última oportunidad que tenemos —intervino Kaydee—. Pero eso no es cierto, ¿verdad?

Las Voces miraron con curiosidad a Kaydee. Yo también lo hice, tratando de seguir su pregunta. ¿No era yo su última oportunidad?

—Somos nosotros, ¿no? —continuó Kaydee, girando los ojos y levantando las manos para acentuar lo obvio—. Ese es todo el plan, ¿no es así? ¿Mamá? ¿No estamos aquí todos digitales y demás hasta que llevemos a Starship a donde necesita ir, y luego, pum, nos descargamos en algo como lo que tiene Gamma?

—¿Qué? —pregunté.

Kaydee golpeó la mesa con el mango de su cuchillo.

—Por eso convirtieron a tanta gente en mentes y las metieron en los discos duros. Aterrizamos, obtenemos nuestros nuevos cuerpos y guiamos a todos los niños de probeta hacia su nuevo mundo.

Leo tosió. Peony, por una vez, tenía la mandíbula floja, una mueca mezclada con ojos caídos y brillantes. Hice una búsqueda rápida en mis datos y no encontré nada que respaldara las palabras de Kaydee, así que decidí quedarme callado, a ver si me había perdido este plan en mi loca carrera por Starship.

—Kaydee —dijo Ang, luego miró a Peony, quien asintió en su dirección—, Kaydee, eso no va a funcionar. Cuando convertimos a una persona en una mente, mapeamos sus vías neuronales y alimentamos tanto de eso como podemos en un programa.

—Uno desarrollado, al menos inicialmente, en la Tierra

—agregó Sybil—. Seguimos arreglando problemas en él durante el vuelo. Las mentes anteriores, como los mechs anteriores, no funcionaban muy bien. Perdían estabilidad, hacían sugerencias sin sentido o colapsaban una vez que entendían lo que eran. Lo has visto de primera mano.

—Sí, lo sé —dijo Kaydee—. Así que tuvimos algunos problemas, pero todos estamos aquí. Mamá puede estar loca, pero déjame decirte que era así mucho antes de dar el salto a esto.

Peony sorbió, sonrió ligeramente.

—Ese es precisamente el punto —dijo Ang—. Es un salto de una sola dirección. No estás más equipada para manejar un cuerpo de lo que lo está una calculadora.

—La programación no está ahí —intervino Leo—. Volver siempre fue una idea, pero nunca logramos que funcionara.

Kaydee entrecerró un ojo, inclinó la cabeza, su cabello tornándose del tono más brillante de verde azulado que jamás había visto, como un océano poco profundo bajo un sol tropical.

—¿Están diciendo que esto es todo? ¿Para siempre? —preguntó Kaydee.

—La inmortalidad no es todo lo que parece, ¿verdad? —respondió Willis con una risa forzada—. Pero ese es el precio que pagamos para ver esto hasta el final.

Vi a Peony intentar ponerse de pie nuevamente, vi la silla mantenerla rígida. Con un pensamiento, liberé esas ataduras, le di un asentimiento, y la madre de Kaydee rodeó rápidamente la reunión hasta el lado de su hija, envolviendo a Kaydee en sus brazos.

—¿Entiendes la urgencia entonces? —dijo Leo, volviéndose hacia mí—. Tienes que devolvernos a la red rápido, antes de que algo salga mal.

—Alpha los encontrará.

—Un riesgo que tenemos que correr —sonrió Leo—. O podrías encontrar esa maldita nave y acabar con él por nosotros.

O por nosotros mismos. De cualquier manera, había encontrado lo que quería. El mapa que llevaba al final de Starship se había completado. Ahora podía devolver a las Voces a la red, cómodo con que no perdería demasiado si Alpha devoraba sus almas digitales. Claro, Starship podría desmoronarse sin sus intervenciones, pero si Leo quería correr el riesgo, yo no lo detendría.

Al otro lado de la mesa, Peony susurraba al oído de Kaydee. Mi amiga no levantó la vista de su regazo, no hasta que sintió que la miraba. Cuando alzó la mirada, esperaba ver lágrimas en esos ojos, un sueño quizás destrozado.

En cambio, vi fuego. Determinación.

—¿Lista? —le pregunté.

—Vamos —respondió Kaydee, y en un instante el comedor, la alfombra, la burbuja del techo desaparecieron.

Las forjas regresaron, las olas de calor me envolvieron mientras yacía en la mesa. Las sombras se movían, el aire parpadeaba mientras la gente corría a mi alrededor. El sonido regresó con fuerza, ahogando el rumor de Starship con gritos y alaridos sin una pizca de alegría.

El grupo de Val había regresado.

TREINTA Y CUATRO

ESTRATAGEMA

Más quemaduras, más cicatrices, más bajas.

Después de que me bajé de mi mesa —mis reparaciones aún sin terminar—, Val, con la cara enmarcada por sangre seca de un corte en la frente, la requisó para una reunión mientras los heridos pasaban. Había visto tantos mechs destruidos que la visión de sangre biológica real me mantuvo paralizado: estos no eran cables, aceites y chispas, sino rosa y rojo, huesos rotos y rostros contraídos o cediendo a gritos de dolor. Las líneas resbaladizas que dejaban atrás no eran negras o marrones, sino carmesí.

—Demasiados —comenzó Val con un suspiro tembloroso. Delta, Beta, yo y Chalo nos unimos a ella alrededor de la mesa de trabajo. Chalo, con su armadura de plumas brillantes, parecía ileso, aunque noté cables enredados en las muescas de sus hachas—. Demasiados para luchar contra ellos. Tenemos que huir.

Chalo asintió mientras Delta pasaba los dedos por sus nuevos cuchillos, cada uno atrapando y reflejando la luz rancia de la habitación.

—Demasiados para ti, quizás —dijo Delta.

Beta frunció el labio y puso una mano en el hombro de Delta, provocando una mirada aguda de la otra nave —Hermana, por cada uno que masacraras, otros dos tomarían su lugar hasta que no tuvieras a dónde voltearte. Te enterrarían. Casi nos entierran a nosotros.

Delta tenía la misma expresión que cuando le conté las probabilidades imposibles en el Conducto de vuelta al Puente: lo creería cuando sucediera.

—¿Quién es ella? —preguntó Chalo, señalando a Delta—. ¿Una amiga tuya?

—Mejor que una amiga —respondió Beta—. Es la mejor arma que tenemos.

Ambos humanos evaluaron a Delta. Las mismas medidas que me dieron cuando aparecí aquí por primera vez. Catalogando mi utilidad, dónde encajaría en sus planes, su sociedad. Otra herramienta para emplear.

—¿Huir a dónde? —pregunté, dirigiendo la conversación de vuelta al punto. El lugar de un mech en el mundo de un humano podía esperar hasta después de que escapáramos de la masacre de Alpha—. La única salida hacia popa son los motores, y eso es una trampa.

—Una que podríamos defender —respondió Val—. Un cuello de botella, como el Puente.

—Si nos vamos ahora, podríamos fortificarlo —asintió Chalo.

Beta estaba negando con la cabeza —Alpha ha desactivado los ascensores. Incluso si pudiéramos llevar a nuestros heridos a las escaleras y subir los niveles, estarían agotados cuando llegáramos. Los mechs podrían atraparnos en el camino, lo que sería un desastre.

—Aquí, entonces —ofreció Chalo—. Tenemos nuestros recursos, nuestra gente, las defensas que hemos construido.

La mesa reflexionó sobre la idea. Val se limpió el corte

con un paño que alguien le entregó. Delta reanudó su juego con los cuchillos. Beta suspiró. Y yo escuché a Kaydee.

—Nunca han estado en esta situación antes, Gamma —dijo Kaydee, mirando hacia un lado con el ceño fruncido. La conversación con las Voces parecía haberle quitado la energía, dejando su voz plomiza—. Nunca han estado bajo ataque, no así. No tienen idea de lo que están haciendo.

Estaba a punto de responder que yo tampoco cuando capté la intención de Kaydee.

El Bibliotecario, en sus escasos minutos como mi Mente, me había dejado más historias de guerra de las que cualquier humano podría analizar en toda su vida. En momentos, escaneé diarios dejados por grandes generales y libros de texto enseñados durante generaciones en academias militares. Reproduje escenarios: mechs y la tribu de Val luchando entre sí. La mayoría terminaban con los humanos, con nosotros rodeados y eliminados sin mucho esfuerzo.

De las opciones, solo una se presentaba como una oportunidad real.

—Los alejamos —dije—. Un pequeño grupo distrae a los mechs con lo que Alpha realmente quiere. Val, tú aprovechas el tiempo para fortificar este lugar, poner a tu gente de pie.

—Nada de lo que podamos hacer aquí importará contra todas esas máquinas —replicó Val.

—No si podemos llegar a las Líneas de Fabricación y romperlas —respondí—. Nunca lo lograríamos con un grupo grande, pero yendo pequeños y rápidos, podemos llegar allí. Entonces, o bien puedo borrar su programación, o Beta y Delta pueden hacer lo que mejor saben hacer. Cuando Alpha no pueda reparar, los iremos desgastando. Golpear rápido. Somos más rápidos que ellos.

—Las Líneas están casi en el Puente —dijo Beta—. Un largo camino.

—La única manera. Mientras Alpha pueda seguir convirtiendo chatarra en un ejército, nunca ganaremos.

Las miradas se cruzaron, los dedos golpearon la mesa, varios suspiros, pero los asentimientos llegaron uno por uno. Ahora que tenía su apoyo para el plan inicial, tenía que convencerlos del segundo.

—Vas a mantener a las Voces aquí —le dije a Val—. Tan pronto como alejemos a los mechs, necesitas llegar a tu terminal y cargarlas de vuelta a la red. Es lo que quieren.

—Entonces están locas.

—Absolutamente —dijimos Kaydee y yo al unísono—. Pero afirman que la nave podría fallar sin su trabajo. No podemos arriesgarnos a que tengan razón.

—¿Beta, Chalo? —dijo Val después de una respiración —. ¿Deberíamos confiar en este mech?

Beta se encogió de hombros —A menos que tengas una mejor idea...

Chalo le dio un asentimiento a Val —Si los mechs quieren arriesgarse, yo digo que los dejemos.

Qué hombre tan agradable, ese tipo.

—Bien —Val me dio una mirada dura—. Lo haremos a tu manera. Prepárense y váyanse. Cada segundo que están aquí acerca más a Alpha.

Estaba el pequeño asunto de mis reparaciones. Por mucho que me gustara ofrecerme como voluntario para un trabajo de señuelo, si iba a ser algo más que un cebo fácil para los mechs de Alpha, necesitaba recuperarme. Juny pensaba lo mismo, y había llenado un cubo con piezas para cuando nuestra improvisada conferencia de guerra terminó. Val y Chalo se fueron, y yo volví a ocupar mi lugar en la mesa.

Delta, Beta y Juny me miraron desde arriba, con la ingeniera dando una brillante sonrisa a las dos naves letales.

—¿Ustedes dos son mis asistentes, o qué?

—Dinos qué hacer —dijo Delta—, y lo haremos.

—¡Maravilloso! —Juny colocó herramientas a mi lado—. Agarren sus cuchillos. Primero, ¡cortamos!

Me gustaría decir que, solo con apagar el dolor, que tres personas me despedazaran a la vez no era gran cosa. Me gustaría *mucho* decir eso.

En cambio, incluso sin dolor, sentí un shock tras otro. Las conexiones con las extremidades iban y venían mientras el trío reconectaba, cortaba y reconstruía las piezas dañadas. En un momento perdía toda la capacidad de controlar mi brazo izquierdo, y varios segundos después, volvía en piezas. Un dedo hormigueaba, un codo se contraía.

Kaydee, flotando sobre el grupo con una imaginativa variedad de expresiones de asco, no ayudaba en nada.

—Tengo que decir, Gamma, que realmente te ves asqueroso con las tripas por todas partes —dijo Kaydee mientras Juny trabajaba en mi sección media apuñalada por vidrio.

Como si ella se veía mejor.

—Oh, definitivamente no —reconoció Kaydee—, pero entonces, como aparentemente voy a seguir siendo un fantasma para siempre, nunca lo sabrás.

—No querría saberlo ni aunque fueras un fantasma.

—Qué dulce, Gamma. Eso me gusta de ti.

—¿Que no quiera verte destripada?

—Entre otras cosas —Kaydee chasqueó los dedos y adjetivos de chicle aparecieron alrededor de su cabeza. Tonto, inocente, bienintencionado y otras palabras que sonaban vagamente insultantes—. Oh, y sé que parecía triste allá atrás con mi mamá, pero ¿adivina qué?

—¿Qué?

—Voy a salir, Gamma. No me importa lo que hayan dicho, voy a encontrar una manera de salir de tus unidades y entrar en las mías —dijo Kaydee, señalándome con un dedo—. Así que no te mueras antes de que yo tenga mi propia oportunidad de vivir.

Habría respondido, excepto que sentí un fuerte clic en mi medio, seguido de un entusiasta destello verde sobre mis ojos. Mi estado del sistema se ejecutó, mostrando buenas conexiones con todas las extremidades, todas las operaciones. No excelente —la reparación improvisada con chatarra rápida no me había devuelto a la perfección de Volt—, pero podía caminar y, me atrevo a decir, blandir un garrote.

Lo que significaba que, cuando Juny me declaró operativo, era hora de correr.

TREINTA Y CINCO

CARNADA

Habíamos hecho el plan y lo ejecutamos sin esperar. Delta y Beta siempre tenían sus armas listas y me lanzaron un mejor bastón hecho de acero más rígido que la pata de mesa rota que había recogido antes. Me tomé treinta segundos para descargar las Voces de mi propia memoria a una unidad portátil, entregándole el dispositivo a Val, quien rápidamente lo guardó y se fue a supervisar sus propios preparativos.

Ni un solo deseo de buena suerte, un gesto de apoyo o una mano en el hombro. Todas las formas típicas humanas de decir "ve y triunfa" parecían faltar. Al menos Chalo nos dio conjuntos de esa armadura de plumas, extrayendo una promesa de devolverla cuando termináramos.

En fin. No estaba haciendo esto por Val.

Supongo que lo estaba haciendo por mí. Por Delta y Beta. Por todos esos humanos atrapados en tubos de ensayo esperando la oportunidad de nacer en un mundo con menos sufrimiento, con menos problemas. Eso era por quién lo estaba haciendo, y eso era lo que me mantenía firme mientras nosotros tres recipientes y Alvie salíamos del campamento humano de vuelta al Conducto.

Aquí afuera, la fuerza que se acercaba se hacía notar. Los estruendos y retumbos resonaban claramente a lo largo del vasto cañón, mucho más cerca ahora que cuando Delta y yo llegamos. Las pisadas rebotaban desde arriba y justo adelante, una pista que sugería que Alpha pretendía rodear a sus víctimas antes de abalanzarse sobre ellas. Val y Chalo habían hablado de retirarse, pero a menos que se fueran ahora, no tendrían a dónde ir.

Mientras Beta y Delta miraban más allá de los escombros volcados y peligrosos esparcidos por los pasillos, me incliné hacia Alvie y le susurré unas palabras claras. El perro tomó la indicación, me dio un solo ladrido y luego se alejó corriendo por el Conducto, alejándose de las pisadas y hacia las escaleras.

—¿Adónde va? —dijo Beta.

—Alvie tiene cosas mejores que hacer que morir con nosotros —respondí, y luego señalé con mi bastón hacia el Conducto—. ¿Vamos?

—Por favor. Estoy tan aburrida. —Delta se lanzó a una carrera a grandes zancadas, saltando sobre los obstáculos sin perder el ritmo, una gacela en su elemento.

Beta, que no era de las que se quedaban atrás, la siguió, usando algunos obstáculos como impulso para saltar demasiados metros en el aire para mi gusto. Las dos se emparejaron rápidamente, mientras yo tropezaba como un humano torpe. Después de haber pasado horas en gravedad cero, y luego horas más con piernas apenas funcionales, tuve que readaptarme a otro grado de rendimiento: no del todo mi fuerza anterior, pero lo suficiente para correr.

El objetivo: atraer a los mechs de Alpha hacia nosotros hasta el Jardín.

Los múltiples niveles conectados, las plantas enredadas y el suelo inestable nos darían una ventaja, sin mencionar un gran agujero en el centro que podríamos usar como trampa o como escotilla de escape. Atraer al ejército de mechs allí, infligir algún daño y luego desaparecer por el otro lado en una carrera hacia las Líneas de Fabricación.

Ese era el plan ideal. ¿La realidad?

Los mechs nos encontraron treinta minutos después de salir del enclave humano.

Habíamos dejado atrás las fortificaciones de Val hacía mucho, los pasillos del Conducto eran su habitual desastre. Vastas pilas de basura se extendían a nuestra izquierda mientras corríamos, brillando en la niebla. Los golpes, choques y estruendos ahogaban el sonido de mis pasos, sacudiendo mis piernas cada vez que hacía contacto con el suelo metálico. El Jardín estaba a otra hora de carrera por delante, pero Beta y Delta redujeron la velocidad de todos modos, esperando a que los alcanzara.

—¿Ideas? —preguntó Delta cuando los alcancé. Ambos recipientes miraban hacia arriba donde las líneas de luz en marcha mostraban el avance de las fuerzas de Alpha—. Necesitamos llamar su atención, ¿verdad?

Había esperado que nos topáramos directamente con los mechs, y que la colisión sirviera para alertar a las fuerzas de Alpha sobre dónde debían estar. Sin embargo, dado el cierre de los ascensores, tenía sentido que los niveles más bajos fueran los últimos en ser alcanzados por los robots de movimiento lento. Si queríamos enfrentarnos a ellos, tendríamos que subir.

O...

—El antiguo terminal de Val —dije—. No está lejos, ¿verdad?

—A unos diez minutos de sprint —reflexionó Beta.

—Si llegamos allí, puedo hacer que Alpha nos encuentre rápidamente.

Beta tenía razón en el tiempo, al menos para ella y Delta. A mí me tomó quince minutos a toda velocidad alcanzarlos en el antiguo apartamento de Val. Su terminal parpadeante estaba dentro, intacto desde mi última visita. Esta vez, no necesité conectarme para hacer lo que quería. En cambio, simplemente envié un mensaje a través de la red de comunicación de la Nave. Una sola grabación, una sola frase, transmitida a través de todos los altavoces funcionantes de la Nave utilizando el protocolo de alarma del barco.

—¿Qué dijiste? —preguntó Beta cuando me reuní con ellos afuera—. Oímos algo, pero este altavoz está destrozado.

—Le dije que, si quiere las Voces, nos encontrara donde lo dejamos por muerto.

—¿Morderá el anzuelo?

La respuesta no vino de mi boca, vino de los mechs que alineaban los niveles de arriba. Algunos estaban más allá de nosotros, más cerca de los humanos de lo que estábamos, pero, casi al unísono, las líneas en movimiento rotaron. Las luces y los pisotones se dieron la vuelta y comenzaron a dirigirse de nuevo hacia el Jardín.

—Idiota —dijo Delta—. ¿Por qué comprometería toda su fuerza con nosotros? Podría dividirse y tomar a los humanos también.

—Somos la jugada ganadora —dije—. Si obtiene las Voces, Alpha puede controlar la Nave sin temor. Sabrá dónde están los humanos y podrá cazarlos, exponerlos al vacío, cortarles el oxígeno.

—¿Y cuando descubra que estamos mintiendo? —preguntó Beta.

—Entonces estará de vuelta donde está ahora, solo unas

pocas horas perdidas, pero con sus mayores enemigos aniquilados.

Delta y Beta tomaron ese razonamiento y se lanzaron a otra carrera, dirigiéndose velozmente hacia el Jardín. Los seguí, con Kaydee apareciendo y trotando a mi lado en una versión muy inexacta de su velocidad de carrera.

—No son la pareja más astuta, ¿verdad? —dijo Kaydee, señalando a los dos recipientes que iban delante.

—No fueron diseñados para la estrategia —respondí—. Eso es como criticar a un mech de basura por no ser un buen cocinero.

—¿A la defensiva, eh?

—¿De un humano criticando injustamente a un mech? Posiblemente.

—Está bien, señor susceptible.

—Está bien —Era hora de cambiar de tema. Íbamos a una pelea y necesitaba a Kaydee de mi lado, lista para ofrecer consejos—. ¿Cómo va tu trabajo?

—¿Te refieres a mi intento de resurrección?

—¿Supongo?

—Cuando tengamos algo adecuado para probar, estaré lista. —Kaydee me miró de reojo—. Y no, Gamma, un mech de basura no es adecuado. Los respeto y todo, pero no voy a dejar que mi primer cuerpo real en mucho tiempo sea una caja llena de basura.

Dejé que se saliera con la suya en esa.

ENCONTRAMOS los primeros mechs fuera del Jardín. Habían escalado la escalera de los humanos, doblando y rompiendo los peldaños en el camino. Detrás de un trío de mechs yacían varias máquinas más en forma de caja que habían caído, aplastándose entre sí en una pila que amortiguaba a las que seguían. Delta y Beta evaluaron al trío mientras yo llegaba, Delta sosteniendo su espada y Beta haciendo girar sus dos cuchillos largos.

Nuestros oponentes tenían formas esbeltas, mechs ágiles de seis extremidades diseñados —según mis archivos— para trabajos de mantenimiento difíciles en el exterior de la Nave. Con manos de diez dígitos en los extremos de las extremidades, esqueletos flexibles y ojos verde esmeralda brillantes, nos observaban sin otra expresión. Sin advertencias verbales, sin demandas directas de Alpha.

Cuando nos acercamos, cada uno dio un solo paso atrás antes de inclinarse. Cuatro extremidades los estabilizaban en el suelo mientras las dos manos restantes se hundían en los escombros de los mechs en la base de la escalera rota.

—¿Qué están haciendo? —pregunté, lento.

—¡Vamos! —gritó Delta.

El recipiente se lanzó hacia adelante, manteniendo su hoja recta y nivelada frente a ella, como una lanza. Beta agitó ambas manos, lanzando los cuchillos al objetivo de la izquierda. Cada hoja dio en el blanco, cortando las manos delanteras de la máquina. Sin embargo, en lugar de caer y morir, el mech ajustó su equilibrio sobre sus soportes centrales.

—Adaptables —dijo Beta mientras yo pasaba junto a ella, con mi bastón reforzado levantado como un garrote.

Los mechs atacaron en segundo lugar. Casi al unísono, cada máquina se balanceó hacia arriba y hacia adelante, sus dos manos excavadoras arrancando fragmentos de metal, extremidades de cajas atrofiadas o baterías chispeantes y lanzándolas hacia nosotros. La chatarra volaba como meteoros, silbando con fuerza. Delta atrapó el primero, moviendo su espada y desviando el motor hacia arriba y lejos. Un segundo, un pie en forma de platillo, le golpeó el hombro, desequilibrándola, pero Delta se ajustó y mantuvo la carga.

Intenté copiarla. Mala idea.

Balanceando mi bastón hacia abajo como un jugador de béisbol frustrado, golpeé una batería que se acercaba contra el pasillo a mis pies. La cosa, con su estructura comprometida, explotó de inmediato, gastando su energía almacenada en una explosión crepitante que, junto con un brazo lanzado, me derribó las piernas y me hizo caer de espaldas. Mi bastón rodó por algún lado, siguiendo la gran tradición de mis armas de volverse inútiles segundos después de cualquier pelea.

—Ay —dijo Kaydee mientras Beta pasaba saltando por encima de mí, usando la barandilla del pasillo para saltar sobre sus propias amenazas.

—Cállate —dije, pateando mis piernas para un reinicio rápido. La corriente de la batería aturdió mi propio suministro de energía, alterando mis entradas—. Al menos no estoy muerto.

No se podía decir lo mismo del trío de mechs. Delta, balanceando su espada en largos cortes y ajustando su carrera a un ataque en zigzag, solo recibió un par de golpes más antes de llegar a los lanzadores. El mech de la derecha hizo su ajuste al combate cuerpo a cuerpo demasiado tarde, levantando sus cuatro extremidades con placas robadas y un solo peldaño de escalera solo para que la hoja forjada de Delta lo cortara de lado a lado. Partido por la mitad, el mech se derrumbó.

Mientras me ponía de pie, el mech del medio hizo una jugada más inteligente: cuando Delta levantó su espada, el mech del medio la derribó. Dos manos inmovilizaron los brazos con la espada de Delta contra el suelo mientras sus dos inferiores sujetaban sus piernas firmemente de la misma manera, dejando que las manos del medio se pusieran a trabajar. Presionados juntos, los diez dedos parecían cuchillos, y podrían haber hecho su peor daño si yo no hubiera hecho algo inteligente por una vez.

La batería a mis pies no tenía carga, pero aún tenía peso. El mech me la había lanzado, así que pensé en devolverle el favor. Como un lanzador de ese antiguo juego humano, me preparé y lancé el ladrillo muerto. Apunté a la cabeza del mech, naturalmente fallé y golpeé su pierna trasera derecha. El golpe rompió la articulación de la rodilla del mech, liberando la pierna izquierda de Delta. Ella no perdió el tiempo, recibiendo un golpe en el estómago mientras envolvía su pierna alrededor de la otra extremidad trasera del mech y la retorcía.

La pareja rodó, y sin el suelo para inmovilizarla, el mech no pudo igualar la fuerza de Delta. Golpeando con los codos, Delta aplastó la cabeza del mech contra el pasillo, destrozando su procesador. Mientras recuperaba mi bastón y me dirigía hacia ella, el recipiente se levantó de los ojos muertos del mech, mirando las profundas puñaladas en su estómago. Cables expuestos y un esqueleto plateado se mostraban a través de las heridas.

No era bueno.

Beta, al menos, eliminó a su objetivo sin mucho esfuerzo. Había lanzado más cuchillos en su aproximación, cada uno cortando una extremidad con precisión. El mech murió lentamente, sus ojos verdes observándonos mientras su núcleo inútil yacía en el suelo.

—¿Vas a estar bien? —pregunté, uniéndome a los dos asesinos.

—Diez por ciento de pérdida —respondió Delta, haciendo una mueca—. Piernas.

Mientras hablaba, los golpes y los estruendos continuaban creciendo, algunos provenientes de detrás de nosotros mientras los mechs encontraban otras formas de bajar a nuestro nivel. Acompañándolos venía un zumbido familiar, jets eléctricos disparando. Mensajeros y sus pequeños láseres acercándose.

Habíamos pedido ser atrapados, y ahora lo estábamos.

FIESTA EN EL JARDÍN

Queríamos que los mechs nos siguieran al Jardín, y lo hicieron. Algunos ya estaban dentro, esperando mientras subíamos por la escalera en ruinas —los peldaños rotos eran suficientes para trepar con cuidado—, mientras el resto se abalanzaba hacia nosotros.

En la parte superior de la escalera, con Beta liderando, encontramos una colección de cajas vacilando después de ver a sus compañeros caer a su destrucción. Estas cajas ambulantes ni siquiera tenían brazos, pero sus cuerpos estaban tallados con bordes. Cuando Beta llegó al nivel inferior y arenoso del Jardín, las cajas cargaron, sus cajas de resonancia anunciando llamadas metálicas a la batalla.

Delta se impulsó hacia arriba la distancia restante de un solo tirón y yo la seguí, con el bastón colgando de un lazo sobre mis hombros, a un ritmo más tranquilo. Los otros dos recipientes estarían bien juntos y yo quería que una máquina en particular me viera.

Los mensajeros zumbaron como abejas furiosas, sus pequeños propulsores encendiéndose y apagándose para un vuelo preciso. Con cabezas cubiertas de cámaras para guiar ese mismo vuelo, supuse que Alpha estaría observando sus transmisiones, buscando evidencia, tratando de confirmar su decisión de loco de enviar toda su fuerza tras tres mechs.

Así que deslicé en mi mano la otra cosa que le había pedido a Juny que me consiguiera mientras me acercaba a la parte superior de la escalera.

Los mensajeros se lanzaron en picado, sus colas de aguijón brillando mientras los láseres atornillados comenzaban a cargarse. Me quedaban dos peldaños. Con mi mano derecha, me estiré hacia arriba, pateé con mis piernas para un impulso extra. Con la izquierda, tomé la unidad, la deslicé entre mis dedos y la agité hacia los mensajeros.

—¿Quieren esto? —grité a los cinco mechs flotantes mientras se reunían a mi alrededor—. Las Voces son mías, Alpha, al igual que esta nave.

Me impulsé de nuevo, no exactamente el método prescrito para subir una escalera, pero, tan cerca de la cima, tendría que servir. Mi mano derecha se aferró a un borde arenoso, mi izquierda se unió a ella y me elevé. Debajo de mí, sentí calor cuando los mensajeros desataron su particular marca de maldad en la pobre escalera. Los láseres derritieron las barras restantes, enviando todo el conjunto a estrellarse abajo.

No es como si fuéramos a volver de todos modos.

Dentro del Jardín, golpeé el panel que operaba la puerta por la que habíamos entrado. Con un movimiento suave y chirriante a través de la arena, el portal se cerró. Cualquier mech capaz de operar el panel podría abrirlo de nuevo, pero esos mensajeros carecían de manos. No habría emboscadas por detrás.

Y no quedaba mucho por delante. Por ahora.

Beta y Delta jugaban al pilla-pilla con un último mech caja. La máquina perseguía a Beta ciegamente, un intento fútil de atrapar al recipiente más ágil, que seguía perdiendo a la máquina cuadrada entre las dunas de arena profundas. Mientras avanzaba, vi a Beta recoger sus cuchillos arrojados, guiando a la caja de vuelta por su propio rastro de rearme. Delta se sacudía los cables de su hoja, recién salida de zambullirse en otra caja muerta, y esperaba a que Beta trajera a su próxima víctima.

—Es casi triste —dijo Kaydee mientras Beta traía a la caja alrededor de una duna más, alineando al mech para que Delta lo ensartara.

—Si el mech siguiera siendo él mismo, sería peor —dije, desenganchando mi bastón. Los ruidos de mechs arriba indicaban que no estaríamos solos por mucho tiempo—. Todos están aquí así por culpa de Alpha. No tienen elección.

Beta llevó al mech a su carrera final, alejándose bailando en el último metro para que Delta pudiera clavar su hoja directamente. La espada se hundió y Delta comenzó un paso lateral, cortando mientras avanzaba hacia adelante y se alejaba, rodeando el costado del mech mientras la hoja continuaba a través. La espada salió con un rocío de refrigerante, una chispa desolada, y la caja, con su tercio superior descansando separado del resto, se deslizó hasta detenerse muerta.

Salpicada de refrigerante pero sin nuevas heridas, Delta vino hacia mí mientras yo miraba las escaleras del Jardín a mi derecha. Beta recogía más cuchillos arrojados.

—Un calentamiento fácil —dijo Delta—. ¿Mensajeros afuera?

Asentí.

—No abras eso a menos que tengas frío.

—¿Una broma?

—Se me conoce por hacerlas de vez en cuando.

Delta me dirigió la más pequeña de las sonrisas.

—Me alegra que estés cómodo. Esto se pondrá feo antes del final.

—Menos mal que ya parezco basura.

Las Líneas de Fabricación estaban unos niveles por encima de nosotros en el Conducto, así que una vez que Beta y Delta se prepararon, nos dirigimos directamente hacia arriba. Cinco niveles y estaríamos en el lugar correcto.

—¿Por qué te quedaste con los humanos tanto tiempo? —preguntó Delta a Beta mientras subíamos las escaleras sombrías. El Jardín mantenía su luz enfocada en las plantas, con diodos púrpura-azules alineando sus escalones laterales —. ¿O ese era tu trabajo?

—No pude vencer al mech en el Vivero, así que hice lo siguiente mejor —respondió Beta—. Eran bebés pequeños. Demasiado patéticos para dejarlos solos.

—Entiendo eso —dijo Delta—. Val no parece muy cariñosa.

—Es dura, pero se preocupa a su manera.

Pasamos más niveles áridos, cada uno ofreciendo vida silvestre diferente al anterior. De arena a matorrales, a granos esponjosos y arbustos. Escuché el sonido de la cascada central, pero el ejército de Alpha aplastaba su ruido. Delta y Beta gritaban su conversación entre sí, un intercambio de conocerse mutuo conducido a niveles ensordecedores.

Era bueno verlas calmarse entre sí. A donde íbamos, cualquier sospecha, cualquier mala voluntad tenía que dejarse de lado.

—De todos modos, todos van a morir —reflexionó Kaydee—, mejor irse con amigos que con enemigos.

Material inspirador.

Subimos a un nivel por encima de las Líneas de Fabricación, una zona intermedia en la transición de llanura seca a bosque frío. Aquí abundaban los hongos y pequeños abetos, la niebla del Conducto convertida en una ligera escarcha. Los musgos cubrían el suelo, suaves y jugosos verdes. Debía haber algún uso para este bioma, pero al principio, no se me ocurrió ninguno.

—Posibilidades —dijo Kaydee mientras caminábamos por el bosque—. Los creadores de la nave estelar no querían excluir un área solo para descubrir que la necesitábamos por alguna razón, ya sea biológica o psicológica. Solían engrosar la nieve aquí, darnos la oportunidad de jugar.

Nuestro trío se abrió camino hacia el centro del nivel, un espacio redondeado rodeado de árboles de tres metros de altura que rodeaban un agujero abierto. A través de ese agujero goteaba agua en chorros cortos y largos, con una densa niebla elevándose alrededor de los bordes cuando el calor ascendente se encontraba con el aire frío. Descontando la inminente perdición, encontré todo el lugar hermoso.

—Atráiganlos, luego huyan —les dije a Beta y Delta, aunque por los giros de ojos que recibí, el recordatorio debió haber sido innecesario.

—No uses "huir" —bromeó Beta—. Prefiero "avanzar". No estamos corriendo, nos estamos moviendo hacia adelante.

—Claro.

Lo llamaría como Beta quisiera, siempre que esos cuchillos se llevaran a los mechs en lugar de a mí.

Mi breve respuesta concluyó con un fuerte golpe, uno acompañado por tres más cuando otro cuarteto de mechs flexibles saltó desde arriba. Sus manos de diez dígitos atraparon el borde brumoso, volteándolos hacia arriba y sobre sí mismos en una fracción de segundo. La hoja arrojada de

Beta golpeó a uno mientras se levantaba, atrapando su sección media y derribándolo por el agujero.

El ataque debió haber sido una señal, porque más mechs vinieron precipitándose desde los lados, incluyendo un enjambre de polinizadores. Los pequeños artefactos parecidos a ratas corrieron hacia mí, superando a las cajas más grandes y los mechs de limpieza armados con cuchillos, garrotes y cualquier otra chatarra que pudieran encontrar.

—Por favor, no mueras, Gamma —chilló Kaydee mientras agarraba mi bastón con ambas manos, poniendo mi espalda contra el tronco grueso de un árbol.

Cuando los primeros polinizadores llegaron a mi alcance, barrí el bastón en un golpe duro que rozó el suelo. Dos recibieron el golpe, saliendo disparados hacia atrás. Tres más saltaron el golpe, apareciendo hacia mi pecho como si fueran lanzados por un resorte.

Me agaché, dejando que el trío rebotara en el árbol detrás de mí. Dando un paso después de mi barrido, ajusté mi agarre y sacudí mi barra en la dirección opuesta. Los polinizadores que habían esquivado mi primer golpe cayeron del árbol al suelo justo a tiempo para ser golpeados por el segundo, sus pequeñas formas robóticas volando hacia la escarcha.

Más polinizadores se acercaron, y unos metros detrás de ellos avanzaban los chicos grandes, pateando agujas de pino con cada paso pesado. Hacia el centro, Delta se las arreglaba contra dos mechs flexibles más, cortando manos con cada golpe mientras esquivaba apuñaladas de cuchillos y manos que intentaban agarrarla.

Beta... bueno, Beta desafiaba la gravedad.

Los mensajeros seguían a los mechs flexibles, surgiendo del agujero central con sus extremos brillando. Beta saltó hacia ese enjambre, sus manos arrojando cuchillos —me di cuenta de que, en algún momento durante nuestro camino al Jardín, Delta le había dado a Beta su bandolera de cuchillos— a los robots y luego retirando las hojas mientras caía. Beta plantó sus pies en los mechs flotantes, apartándolos mientras cortaba a otros antes de saltar al lado opuesto del centro, desapareciendo en la niebla.

Justo cuando los mensajeros comenzaban a reagruparse, fijando su mirada en Delta y en mí, Beta volvió corriendo para otra ronda. A pesar de los cuchillos, a pesar de las patadas perfectas que hacían chocar a los robots entre sí o enviaban sus láseres disparando contra otros mechs de Alpha, lo más aterrador de todo el ataque de Beta era la amplia sonrisa pegada en su rostro.

Había visto esa sonrisa antes, en Alpha, cuando había estado cerca de arrebatar la victoria. Delta, también, adoptó una sonrisa similar mientras cortaba y rebanaba.

¿Qué me haría estar tan eufórico?

—¿Qué tal vivir, para empezar? —dijo Kaydee.

Buen punto. Había estado apartando a los polinizadores, el alcance de mi bastón y algunos golpes más rápidos demostrando ser más que capaces de mantener a las pequeñas cosas lejos de mí. Ahora tenía que agacharme alrededor de mi amigable pino para esquivar una caja que cargaba. Al otro lado, las ruedas de oruga trituradoras y los utensilios cortantes de un mech culinario me esperaban.

Las armas de la cosa golpearon contra mi bastón, la simple programación del mech tomando la proximidad de mi arma como la mayor amenaza. Dejé que el mech culinario se pusiera a trabajar mientras yo daba estocadas, observando con mi ojo izquierdo cómo la caja que pasaba se giraba, se enfrentaba a mi espalda y se preparaba para otra carga.

—Son todos unos idiotas, ¿no? —dijo Kaydee mientras me lanzaba hacia un lado.

La caja intentó detenerse, pero en el musgo escarchado sus amplios pies metálicos no pudieron obtener mucha tracción. El mech se estrelló contra su hermano, rompiendo brazos incluso mientras se empalaba en los utensilios del mech culinario.

Mi zambullida tuvo consecuencias: los polinizadores aprovecharon la oportunidad, abalanzándose sobre mí. Treparon por mis piernas, mis brazos y corrieron por mi pecho mientras sus pequeñas herramientas cortaban mi piel. En un milisegundo apagué el sentido del dolor, rechazando la información sobre el daño para mantener la cabeza fría. Soltando mi bastón, recurrí a mis manos y pies, pateando y lanzando las máquinas lejos o contra otros mechs que se acercaban.

Un pequeño monstruo hizo una carrera hacia mis ojos cuando tenía las manos ocupadas, un asalto perfectamente cronometrado que debería haber cortado mi visión de no ser por un destello. La hoja de Delta barrió, llevándose al polinizador y, estaba bastante seguro, la punta de mi nariz con él. Su mano se extendió, agarró mi brazo y me levantó.

—Acostarse es morir, Gamma —dijo Delta, preparando su espada de nuevo.

Beta, en otro salto volador a través del centro brumoso, derribó a otros dos mensajeros y rodó para unirse a nosotros. No había esperado un respiro, pero los otros mechs culinarios, cajas y las creaciones más viejas y cuadradas de Alpha se demoraban en los bordes del nivel.

—Están cortando las salidas —dijo Beta, reemplazando cuchillos y mirando alrededor.

—Ya nos tienen rodeados —respondí—. ¿Por qué esperar?

La respuesta a mi pregunta vino descendiendo hacia los bosques fríos desde arriba. No con alas, sino con brazos, tantos brazos rojos y largos. Garras aferrándose se agarraron al techo, seguidas por un cuerpo esbelto color cereza. Como una especie de mono, el robot saltó del techo a un árbol y luego al suelo, sus docenas o más de brazos retrayéndose y extendiéndose mientras se movía, fluyendo casi como cabello. Cuando tocó el suelo, el mech se levantó lentamente, ojos rojos y furiosos mirándonos, mirándome a mí.

Conocía esos ojos, conocía ese cuerpo y esos brazos. De cerca, incluso podía ver las marcas de mordeduras persistentes donde Alvie, atacando por sorpresa, le había asestado un golpe fatal a la Canciller fuera de la esclusa de aire. Alpha había hecho algunas modificaciones: la Canciller parecía tener casi el doble de su altura anterior, con más brazos, y esas extremidades no parecían hechas para pasar páginas y revisar exámenes.

—Esto debería ser divertido —dijo Delta, apuntando su hoja hacia el mech.

—Oh, sí —secundó Beta.

—Ambas están locas —concluí.

TREINTA Y SIETE

UNA ZAMBULLIDA

Pasar de educadora homicida a asesina mecánica homicida no era un gran salto. La Canciller asumió la transición, juzgando en silencio a nuestro trío, con los brazos suspendidos en la niebla. Beta y Delta hicieron sus comentarios y prepararon sus armas. Yo tenía mi bastón y una idea.

—Es hora de correr —dije, lo suficientemente alto como para hacerme oír por encima del zumbido y el chirrido producido por tantos mechs en un solo espacio.

—¿Correr? —respondió Beta—. Pero si esto se está poniendo interesante.

—El objetivo —siseé.

La Canciller parecía dispuesta a dejarnos hablar. ¿Y por qué no? Cada segundo que pasábamos aquí permitía que las fuerzas de Alpha se reagruparan más y más, obstruyeran los niveles a nuestro alrededor y aseguraran nuestra perdición.

—Tiene razón —dijo Delta—. Una muerte más y nos vamos.

No era lo que yo quería, pero no podía obligar a las dos vasijas a cambiar de opinión. Ni siquiera tuve la oportunidad: tras sus palabras, Delta arrojó su espada hacia la Canciller, siguiéndola en una carrera.

El mech bloqueó la hoja con su brazo escudo, enviando el arma al suelo fangoso. Delta se deslizó mientras Beta lanzaba cuchillos sobre ella, y la Canciller volvió a detener los lanzamientos con dos brazos que portaban gruesas placas de metal. Desde su deslizamiento, Delta recogió su espada caída, esquivó las estocadas de otros dos brazos con afiladas agujas en sus extremos y se lanzó con un golpe penetrante justo donde debería haber estado la Canciller.

—Esto no es bueno —dije mientras el ataque de Delta se quedaba corto, con la punta apenas rozando al mech rojo. Los brazos inferiores de la Canciller empujaron al mech hacia el centro del hueco, con las manos con garras aferrándose a los bordes—. ¿Ideas, Kaydee?

—Yo voto por correr, Gamma. Correr muy rápido.

La maniobra de Delta la dejó vulnerable durante el momento que tardó su hoja en extenderse, el momento que tardó en darse cuenta de que había fallado y en encontrar un nuevo plan. La Canciller aprovechó la oportunidad, su segundo brazo escudo se balanceó para golpear el centro de Delta y enviar a mi amiga volando hacia atrás. Arriba, el par de brazos más altos armados con láseres obligaron a Beta a realizar movimientos evasivos para esquivar sus abrasadores disparos.

Como de costumbre, el enemigo me ignoró.

Kaydee sugirió correr, pero no había caminos abiertos desde mi nivel. Los mechs de Alpha parecían contentos con atraparnos por el momento, pero el sentido común sugería que cualquier intento de salida provocaría una destrucción rápida y brutal.

Lo que nos dejaba con el plan de respaldo.

—¿Ya? —preguntó Kaydee mientras me abría paso hacia

la derecha, zigzagueando entre los árboles y pasando junto a los cadáveres de mechs que había dejado atrás antes—. ¿Ni siquiera vas a intentar ayudar?

—Delta es la que siempre habla de la misión —dije, sin sentirme realmente orgulloso de decirlo—. Si todos morimos aquí, la Nave Estelar será de Alpha para siempre. —Suspiré y me agaché, observando la pelea e intentando calcular el momento adecuado—. Además, tú y yo sabemos que yo sería una carga en todo eso.

"Todo eso" era un borrón metálico. Delta y Beta bailaban con la Canciller, cuyos brazos giraban tan rápido que me resultaba difícil entender cómo las largas extremidades no se enredaban entre sí. En su lugar, trabajaban al unísono, los escudos empujando a las vasijas a posiciones vulnerables donde los láseres o las lanzas podían hacer un rasguño. Delta y Beta luchaban, esos rápidos cortes y estocadas no llegaban al núcleo de la Canciller.

Un brazo rasgado aquí, una lanza desviada allá, pero mis amigas estaban recibiendo golpes: largos cortes brillaban bajo la luz de la nieve a lo largo de los costados de Delta y Beta, ya que resultaban demasiado lentas para realizar todas las evasiones necesarias. El cabello de Delta humeaba donde un disparo láser había chamuscado el lado de su cabeza.

La pelea parecía tener una conclusión inevitable.

Después de lo cual yo sería un postre fácil.

Con la decisión clara, salí corriendo del árbol en una carrera plana hacia el hueco central. La Canciller todavía lo ocupaba, bailando a distancia de las dos vasijas. El mech no parecía notarme, ningún ojo rojo ni brazo se movió en mi dirección. Cinco metros desaparecieron en otros tantos pasos largos, y esta vez logré plantar el pie justo cuando salté.

Puse mis manos frente a mí en un clavado, metiendo el bastón bajo mi brazo mientras me lanzaba hacia abajo a través del centro. El agua salpicó, helada, sobre mi espalda mientras la niebla hacía invisible mi destino.

Mi zambullida se detuvo bruscamente, un tirón que me dejó colgando boca abajo. Sentí el problema: la Canciller tenía un brazo en mi pierna, una de sus dos opciones con garras que había estado manteniendo al mech colgando en el hueco. La Canciller me tiró hacia un lado mientras su movimiento obligaba al mech a abandonar su refugio aéreo.

Tenía que esperar que Delta o Beta pudieran aprovechar eso, porque yo no podía hacer mucho colgando sobre un pozo profundo y oscuro.

—Bueno, si caes, al menos sabemos dónde terminarás —observó Kaydee.

—No ayudas —respondí sobre el constante choque, golpeteo y maldiciones que venían de mis amigas.

Encorvándome, miré hacia arriba a través de la niebla. Sombras y chispas se movían en la niebla retorcida. Delta y Beta hicieron una nueva lectura de la situación táctica y, por una vez, parecían trabajar juntas. Escuché a Delta gritar un movimiento y vi la forma de Beta —las largas sombras de los cuchillos marcaban la diferencia entre ellas— hacer una retirada de dos pasos. La Canciller, que parecía estar dedicando tres brazos a cada una de mis amigas, envió un escudo, una lanza y un láser persiguiendo a Beta.

Delta saltó hacia su izquierda, hacia el hueco y esos brazos extendidos. Mientras la vasija, arrastrando su espada detrás de ella, se aferraba al grupo de brazos de la Canciller que perseguían a Beta, sus propios brazos perseguidores se ralentizaron. Demasiado rápido, demasiado imprudente, y podrían quemarse, apuñalar o golpear su propio lado. Al curvarse hacia Delta, persiguiéndola, hizo una cosa bien: la

Canciller se dejó al descubierto, unos pocos metros en blanco entre ella y Delta.

La vasija blandió su espada, un tajo lateral sin preparación. Girando de lado, la hoja parecía destinada a partir a la Canciller en dos. Si hubiera tenido aliento que contener, lo habría hecho.

Delta falló. Vi girar la hoja, la vi detenerse, y luego noté la sombra debajo. La otra garra de la Canciller, hermana de la que me mantenía en alto. Se había deslizado desde cerca de la Canciller y había atrapado la hoja, agarrando la empuñadura del arma. El mech volvió el arma de Delta contra ella, los brazos del escudo, la lanza y el láser envolviéndola por detrás para cortar cualquier retirada.

Un tiro, una salida.

—¡Delta! —grité, y lancé mi bastón hacia arriba mientras la Canciller arremetía con la espada de Delta.

En un solo movimiento, Delta se inclinó hacia la izquierda, atrapó mi bastón, mi barra de metal, y lo balanceó hacia arriba contra su propia hoja. Mi pobre bastón hizo un terrible chirrido cuando la espada de Delta lo mordió, cuando lo atravesó, pero mi arma hizo su trabajo, desviando el golpe de la Canciller hacia arriba y sobre el hombro de Delta.

Delta dejó caer mi bastón, ahora con una nueva punta afilada, de su mano izquierda a la derecha en movimiento, su hombro girando con la atrapada y lanzando la nueva lanza directamente hacia la Canciller. Vi la sombra, vi las chispas cuando la lanza dio en el blanco. Un gemido fracturado y confuso salió del mech, sus brazos se agitaron, su motor falló. Delta saltó de su percha, aterrizó en el lado cerca de la Canciller, a salvo por el momento.

A diferencia de alguien más que yo conocía.

—¡Ayuda! —grité, un grito ahogado por el repentino

estruendo cuando el ejército de mechs de Alpha, no contento con darnos un respiro, avanzó.

El Jardín se sacudió con el movimiento. La Canciller se tambaleó, comenzó a caer. Vi a Delta arrebatar su hoja de la garra retorcida. La vi levantar la espada mientras la Canciller, echando chispas, con mi bastón clavado en su núcleo como una bandera, vacilaba.

Y cayó.

La gravedad me arrastró hacia abajo durante un rápido segundo, un descenso interrumpido rápidamente por los pocos platillos en este nivel hechos para capturar agua. Me estrellé contra una pequeña poza, conectada por riachuelos al borde. Mi orgullo herido, quizás, pero solo eso.

—¡Tu pierna, Gamma! —gritó Kaydee.

La garra de la Canciller mantenía su agarre, y me volví hacia ella, sacudiendo mi pierna mientras el mech caía más allá de mí, sus brazos extendiéndose por todas partes. En ese caos, en el extremo de una lanza, colgaba Beta. La vasija pasó demasiado rápido para que pudiera decir dónde había sido herida, si aún estaba viva, pero no había duda de la forma anidada en ese enredo.

Un enredo al que me uniría en un segundo. El brazo se desplegó, la garra se sacudió, y comencé a moverme hacia el borde de la poza. Comencé, y me detuve.

La hoja de Delta pasó volando, cortando el brazo que me sostenía en un lanzamiento perfecto. La tensión se liberó y, con un rápido empujón, me quité las abrazaderas metálicas de la pierna derecha. La diversión de la libertad duró poco: el lanzamiento de la espada rompió los platillos ya dañados por la caída de la Canciller, toda la estructura colapsándose mientras yo encontraba mi equilibrio.

—¡Corre, idiota! —gritó Delta desde arriba, y miré en su dirección para ver a la vasija retrocediendo hasta el borde, sin armas en las manos, mientras los mechs se acercaban por todos lados.

No podía ayudarla, atrapado un nivel más abajo sin armas. No podía, y no dejaría que su sacrificio fuera en vano. Salpicando, me lancé desde el platillo poco profundo, impulsándome y saltando los pocos metros hasta la tundra árida. Detrás de mí, escuché una maldición desafiante, luego sentí el silbido del viento mientras Delta caía, siguiendo a Beta y a la Canciller hacia las profundidades de Pureza.

Golpeando el suelo frío, rodé, me levanté y comencé a hacer lo que Delta me dijo.

Corrí hacia lo único que importaba, y me odié por ello.

TREINTA Y OCHO

PERSEGUIDO

Delta, Beta, desaparecidas. Delta, Beta, desaparecidas. Las palabras se repetían una y otra vez mientras me escabullía del Jardín. La luz azul del Conducto y los pasillos libres de plantas no me ofrecían consuelo alguno de lo que había visto allí atrás, solo confirmaban que seguía corriendo, que aún me perseguían.

Habíamos planeado esto como una misión de todo o nada. Esperar el éxito sin bajas habría sido ilógico, pero quizás Kaydee me había influenciado lo suficiente como para que lo hiciera. El futuro parecía brillante, con nosotros tres recipientes removiendo a Alpha del poder y salvando la Nave Estelar.

Ahora Delta y Beta yacían enterradas en el fondo de Pureza, sentadas en un oscuro charco esperando que las enzimas de la Nave Estelar hicieran su trabajo y las redujeran a chatarra.

—Delta no murió, Gamma —dijo Kaydee mientras mis pies golpeaban el metal y la salida del Jardín se cerraba a mis espaldas—. Se zambulló.

Se zambulló sin un arma, se zambulló con un enemigo

mortal en una jaula trampa en el fondo del Jardín. Difícilmente una escapatoria. Difícilmente una razón para tener esperanza. Sin embargo, no podía hacer lo que haría un humano y ceder a la desesperación, colapsarme y esperar la muerte. No, la lógica ofrecía su frío consuelo y me mantenía en movimiento.

Después de todo, la misión tenía prioridad.

Adelante, metal y niebla azul. Las Líneas de Fabricación. Avancé con fuerza, poniendo toda mi energía en el sprint más rápido que podía manejar. Ningún meca apareció ante mí, nuestra jugada había funcionado.

¿Detrás? Otro asunto.

Las lentas cajas de Alpha y los demonios con cuchillas sobre orugas no podían alcanzarme, pero los familiares jets de mensajería zumbaban mientras los insectos armados con láseres enjambraban desde el Jardín en persecución. Una mirada atrás confirmó que media docena venía por mí desde arriba y abajo, abejas de la peor clase.

—Y, una vez más, no tienes un arma —dijo Kaydee, trotando junto a mi sprint como si estuviera en un relajado paseo matutino—. ¿Cómo sigues permitiendo que esto suceda?

—Mala suerte.

Kaydee no podía discutir eso, pero se mordió el labio mientras mantenía un ojo en los mensajeros que se acercaban. No había ni una mínima posibilidad de que pudiera superarlos en velocidad, no con tanto camino por recorrer hasta las Líneas. La pregunta ahora era cuán cerca podría llegar antes de que me hicieran pedazos.

Delta o Beta podrían haber hecho ambas cosas. Correr adelante, lanzar cuchillos hacia atrás. Tal vez alguna patada acrobática desde la pared lateral del Conducto hacia el centro, luchando con las pequeñas máquinas y estrellándolas entre sí antes de saltar de vuelta a la seguridad. No algo dentro de mi repertorio.

Así que corrí.

El primer disparo llegó momentos después, mientras pasaba junto a puertas cerradas, destrozadas y maltratadas que conducían a apartamentos abandonados hace mucho tiempo. Los portales en espiral parecerían ofrecer una oportunidad para esconderse, pero, hasta donde yo sabía, las viviendas no tenían otras salidas. Esconderme allí significaría salir cuando los mecas de Alpha me alcanzaran.

—Sí, la seguridad contra incendios no era una gran prioridad —murmuró Kaydee mientras me desviaba a la izquierda, golpeando contra la barandilla para evitar el disparo.

La explosión naranja acertó en la pasarela delante de mí y la usé como guía, saltando en esa dirección mientras el siguiente láser derretía la barandilla donde mi mano había estado un milisegundo antes. Cada disparo necesitaría un poco de tiempo para recargarse, y había seis, así que...

Mi hombro derecho se chamuscó. No completamente derretido, no del todo inservible gracias a las defensas que habíamos tomado de los humanos antes de partir. Esa armadura reluciente cumplía su propósito de desviar los disparos, manteniéndome en movimiento.

—Otro golpe ahí y estás acabado —dijo Kaydee—. Necesitas una nueva idea, vaquero.

—¿Vaquero? ¿Ahora?

—Si vamos a ser chamuscados, me gano el derecho de usar nombres tontos.

Mi mente se había vuelto loca. Tal vez ella siempre lo había estado.

Igualmente loco sería quedarme aquí en esta pasarela, bajo fuego. Las Líneas de Fabricación tampoco estaban cerca. Otra puerta destrozada apareció a mi derecha y aproveché la oportunidad, lanzándome a través de ella mientras más luz ardiente chamuscaba el suelo detrás de mí.

Aterricé sobre baldosas corroídas, oxidadas gracias a la niebla del Conducto y la atención irregular de, bueno, cualquiera. Una sustancia viscosa cubrió mis manos y mi ropa mientras me empujaba hacia el interior, agarrándome a una mesa inclinada para ponerme de pie. Abundaban más mesas en un espacio más grande de lo esperado, mucho más amplio que los apartamentos que había visto, con paredes parcheadas que aún sostenían marcos de cuadros. El arte salvado por los paneles de vidrio se encontraba en esos marcos, gris como la luz azul del Conducto que se filtraba por la gran ventana sucia.

Los mensajeros no me dieron ni un segundo más para analizar mi nuevo refugio, dirigiéndose hacia y a través de la puerta. Sus láseres parecían motas de fuego en las sombras, casi hermosas. Más importante aún, la luz los convertía en blancos fáciles.

Levanté y lancé la mesa, su tapa redonda volando hacia el grupo de mensajeros sin gracia alguna pero con máxima efectividad. Los pequeños robots y sus propulsores podían moverse rápido pero no instantáneamente, y su agrupación al entrar en el restaurante permitió que la mesa se tragara a cuatro de un solo golpe. Sus estructuras se doblaron, sus propulsores se apagaron y los mecas se estrellaron contra el suelo junto con el mueble.

—¡Nada mal! —dijo Kaydee mientras yo corría hacia la parte trasera y el largo mostrador que recorría la longitud del espacio.

Quedaban dos mensajeros, y no les importaba en lo más mínimo que hubiera destrozado a sus compañeros. Capté sus reflejos en las paredes de azulejos en la parte trasera del restaurante, los resplandores naranjas se hacían más brillantes. A mi izquierda, pasé junto a una silla volcada y medio rota y, sin detener mi zancada, recogí los restos y los lancé hacia atrás.

Un humano podría haber confiado en el azar al hacer un movimiento como ese, esperando contra toda esperanza que la suerte estuviera de su lado. Yo no necesitaba suerte, la programación de Leo servía para calcular el ángulo, la velocidad y el momento de liberación para que mi basura lanzada se dirigiera hacia el reflejo de un mensajero.

El láser del meca disparó mientras mi proyectil volaba hacia él, un destello sombrío seguido de fuego y otro estruendo al chocar cuando mi objetivo golpeó el suelo.

Su compañero me acertó directamente en la espalda.

El calor atravesó mi armadura, carbonizó y peló la piel sintética debajo. Lo suficiente fue absorbido para mantener el daño al mínimo, aunque mis alertas pintaron otra sección del cuerpo de amarillo: cualquier golpe adicional allí sería fatal.

—Uno contra uno —dijo Kaydee mientras yo giraba detrás del mostrador del restaurante—. ¿Podrá ganar? ¿Qué opinan, público?

Aplausos falsos resonaron mientras me agachaba, observando el reflejo mientras el mensajero se acercaba flotando. No tendría un tiro hasta que el meca rodeara mi barrera, lo que me dio un segundo para evaluar mis opciones: sartenes moteadas, cubiertos, tazas.

—Oh, por favor, usa las sartenes —continuó Kaydee—. El mejor arma que has tenido hasta ahora, sin duda.

Por mucho que odiara darle la satisfacción, Kaydee tenía razón. Tomé dos sartenes de los estantes y me levanté cuando el mensajero pasó volando sobre el mostrador. Balanceé los círculos de metal como raquetas de tenis, golpes por encima de la cabeza como si estuviera aplastando una mosca. El mensajero quemó la primera sartén con otro disparo, dejándome balanceando un mango brillante a medias.

La segunda sartén hizo el truco, derribando al mensajero al suelo. Un golpe de seguimiento redujo al frágil robot a circuitos chispeantes.

—¡Victoria! —gritó Kaydee, con fuegos artificiales digitales estallando a nuestro alrededor.

No me molesté en apreciar el espectáculo de luces. Habría más mensajeros, y el resto de los mecas de Alpha también vendrían. Manteniendo mi sartén elegida, salí del restaurante, eché un vistazo hacia el Jardín y las formas, los estruendos que se movían en mi dirección, y salí corriendo.

TREINTA Y NUEVE

LAS LÍNEAS

El Conducto tenía un aspecto diferente cuando corrías por él a toda velocidad. La variada decadencia y los letreros de neón parpadeantes se mezclaban, eliminando lo individual de cientos de años humanos y fundiéndolo en una masa azul-negra de metal y sombra. Con la limpieza de Alpha, los incendios esporádicos y los mechs aleatorios que deambulaban habían desaparecido, reemplazados por un frío vacío.

Si todo en la Nave Estelar muriera y no quedara ni un alma en movimiento, ¿cuánto tiempo viajaría la nave así? ¿Un año, diez, mil antes de que alguna colisión o un fallo del sistema hiciera estallar la nave y esparciera todo esto en el vacío?

Una pregunta quizás mejor considerada cuando no te persigue un ejército robótico incesante.

Mis pies, calzados con botas bien hechas, resonaban con cada paso, las suelas recicladas agarrándose a la pasarela cubierta de niebla. Con los mensajeros destrozados, me había ganado algo de tiempo. Los movimientos de los mechs resonaban desde atrás, por supuesto, pero parecían más silenciosos, menos enfocados: Alpha dividía sus esfuerzos, decidiendo que un solo recipiente no valía toda su fuerza.

—No te menosprecies. Vales mucho, pez gordo —fanfarroneó Kaydee.

—Mantendrá a los rápidos sobre mí, tal vez —dije—. Tengo que esperar que aún no sepa adónde voy.

—Con su ego, apuesto a que piensa que vas hacia el Puente.

—Eso sería agradable.

Y plausible. Sin embargo, si Alpha tenía un rasgo con el que podía contar, era su imprevisibilidad. El recipiente demostraba una y otra vez su disposición a ser despiadado, inventivo y totalmente errático en sus esfuerzos. Por lo que sabía, podría dejarme correr directamente hasta el Puente sin otra pelea solo porque quería destrozarme él mismo.

O intentar una vez más corromperme, robar mis funciones y doblarlas a sus propios fines.

Más adelante, una estructura familiar emergió de la niebla cerúlea. De vez en cuando en el Conducto, grandes edificios abarcaban su ancho, dando oportunidades de cruzar de un lado a otro mientras permitían una grandeza más allá de los estrechos apartamentos y tiendas anidados en los costados de la Nave Estelar.

En esos costados ahora descansaban restos jocosos, bares deportivos y viejas tiendas vendiendo mercancía de la Universidad, desde camisetas hasta tazas y libros. En los pocos niveles inferiores, mirando a través del Conducto, capté los despojos monótonos de las residencias estudiantiles, cada portal numerado de la misma manera escolar.

Corrí por debajo de la Universidad misma, demasiado bajo para sus estimados corredores. No es que tuviera algún deseo de volver por ese camino después del intento de asesinato encontrado dentro. Kaydee también guardó silencio, recordando, tal vez, las mismas cosas que yo: un Decano y una Canciller exigiendo perfección y condenando a cualquiera que no fuera lo suficientemente bueno para alcanzarla.

Una Canciller que aparentemente no había borrado lo suficientemente bien la primera vez.

—¿Crees que estén vivos? —le pregunté a Kaydee mientras seguía corriendo—. ¿Beta y Delta?

—Si alguien va a salir de ese lío, son ellos —dijo Kaydee, su voz carecía de esa cierta convicción—. Pero eso no parecía muy bueno.

—¿Así que un rescate de último segundo no parece muy probable?

—Si estás apostando a que Delta venga gritando cuando algún bot de basura te tenga acorralado, yo buscaría un plan diferente.

—Ese es el optimismo por el que acudo a ti —Parpadeé al pasar la Universidad, emergiendo de su masa negra de vuelta a la luz completa del Conducto. Los humanos parpadeaban para humedecer sus ojos, para mí la acción servía para recalibrar mis sensores, ajustarlos al nuevo nivel de luz —. ¿Tienes alguna idea útil?

—Depende —Kaydee masticó un largo mechón de cabello mientras flotaba en el aire a mi lado, con las piernas cruzadas en forma de pretzel—. ¿Cuál *era* tu idea cuando llegaras a las Líneas?

Tenía algunas opciones, todas dependiendo de cómo se vieran las Líneas de Fabricación cuando llegara. Si entrábamos rodeados de mechs, luchando por cada paso en una batalla encarnizada, entonces apuntaría a una ruta de bombas. Volar todo lo que pudiéramos antes de que Alpha nos hiciera pedazos. Estilo gloria final.

Eso no parecía probable, lo que significaba que podía abrir el libro de jugadas completo. Había tantas…

—¿Qué te pasa? —le pregunté, deteniendo el pensamiento desbocado antes de que pudiera continuar—. ¿Estás actuando alegre, sombría y frívola a la vez y no entiendo por qué?

—¿Preferirías que anduviera por ahí haciendo pucheros como antes? —replicó Kaydee, luego simuló un berrinche.

—No realmente.

—Mira, estoy abrazando mi destino, ¿de acuerdo? Tú y yo, juntos en esto hasta el final. No es el peor destino, ¿verdad?

—¿No?

—Exactamente. ¿Ves? Tengo todas las razones del mundo para estar feliz, a menos que actúes como un tonto y nos mates porque estás holgazaneando con un montón de mechs calientes pisándote los talones.

Buen punto. Aceleré el paso.

Pasada la Universidad, el Conducto ganó algo de respetabilidad. Al menos, eso es lo que percibí de lo que vi: las fachadas de las tiendas se ensanchaban, los letreros no tenían tantas grietas. Menos derrames químicos corriendo junto a mis pies. Incluso en el colapso, los mechs no habían devastado esta parte tan mal como las otras. Lo habría encontrado encantador excepto por lo que decía sobre la sociedad humana y mech.

Sin importar la situación, tu estatus lo significaba todo.

Las Líneas de Fabricación aparecieron más rápido de lo que esperaba, mucho antes de que me hubiera decidido sobre qué hacer cuando las encontrara. Como la Universidad, las Líneas abarcaban el Conducto. Bandas estrechas que cruzaban la gran brecha descansaban en este nivel, con la mitad de las ocho superpuestas con vías diseñadas para transportar carros magnetizados. Esas vías se elevaban desde la niebla. Al verlas, disminuí la velocidad, me desplacé hacia la derecha para pegarme a la pared del Conducto.

Los mechs estaban por todas partes moviendo chatarra, carros y entre ellos de un punto a otro. Los mechs de basura subían y bajaban en ascensores, descargando materiales en los carros y alejándose de nuevo. A diferencia del ejército de Alpha, estos seguían siendo más o menos como sus creadores los habían concebido: poblados de herramientas y directivas orientadas hacia la construcción, no la destrucción. Aun así, mensajeros y sus láseres se deslizaban entre el colectivo.

—¿Por qué? —preguntó Kaydee mientras contaba los mensajeros—. No es como si los mechs fueran a rebelarse contra él.

—No creo que sean los mechs los que le preocupan.

—Oh, claro. Nosotros.

Demasiado deseo que Alpha dejara las Líneas sin defensa. Sin embargo, los mensajeros no estaban en todas partes: sus jets eran precisos, pero noté que los pequeños bichos se mantenían en el Conducto. Claro, seguían a los carros y mechs alrededor, pero cuando sus cargas desaparecían dentro de las numerosas puertas, los mensajeros permanecían flotando afuera. Cuando alguien nuevo salía cerca, el mensajero se deslizaba junto a ellos.

Un patrón programado. Bastante fácil de explotar.

Kaydee debió haber sentido mi comodidad. Se balanceó hacia el centro del Conducto, aumentando su tamaño hasta ser un gigante imponente. Señaló las diversas puertas circulares que bordeaban el Conducto, algunas de las cuales no podía ver desde mi escondite lateral. Mientras Kaydee señalaba, aparecían etiquetas sobre cada una, mostrando su propósito.

Diseño, Reciclaje, Cableado y otras que descarté al verlas. Esto no era un recorrido, sino una misión, y una misión con un reloj que marcaba rápidamente. Necesitaba la sede, la sala de control, la terminal que dirigía esta fiesta.

Kaydee señaló esa, en mi lado pero muy atrás. Tendría que pasar por otras cuatro aberturas y esperar no ser atrapado. Qué asco.

—Pero es posible —dijo Kaydee, esta vez resaltando los carros en movimiento y sus mensajeros seguidores—. Si lo cronometras bien, podría haber solo uno por aquí. Puedes entrar, escabullirte por las líneas y ¡bam! Salir por atrás donde nadie va a notarlo.

—Lo haces sonar tan simple.

—Vamos, Gamma. Comparado con lo que hemos pasado ya, escabullirse entre unos cuantos mechs no va a ser tan malo —Kaydee se encogió, se deformó a mi lado en un instante—. Mira, sé que has tenido una manta de seguridad con Delta y Beta durante mucho tiempo. Lo entiendo.

Hasta que lo dijo, no me había dado cuenta de los nervios subyacentes. Al menos, así es como los humanos lo llamaban. Más bien, mi programación haciendo un análisis de riesgo y dándose cuenta de que estaba en verdadero peligro, peligro que se habría reducido con Delta y su espada en la ecuación. La carrera inicial desde el Jardín, destrozando a los mensajeros en el restaurante, eso fue una reacción rápida, una lucha por sobrevivir.

Mientras recuperaba el aliento, mis sistemas me alcanzaron. Me había agachado más contra la pared de lo que había notado, presionando mi espalda contra una estructura de apoyo que sobresalía, un pequeño rincón escondido de la luz. Cada centímetro que me comprimía en ese rincón reducía el riesgo de ser descubierto en un punto porcentual, tal vez dos.

—La última vez que estuvimos tan solos —dije—, ni siquiera había conocido a Delta todavía.

—Eras inocente entonces también. No sabías lo loca que era este lugar.

—Para ser mi mente, no me preparaste muy bien.

—O te hundes o nadas, Gamma. Tenías que descubrirlo por ti mismo.

Claro que sí. Kaydee tenía razón. La Nave Estelar ahora no era un lugar para los indecisos, los cobardes o los que estaban de luto. La gente dependía de mí. Delta y Beta incluidos.

—De acuerdo —dije—. Estoy listo.

—Ve por ellos, tigre —Kaydee se rio al decirlo—. Saqué eso de una película.

Miré más allá de ella, observé a los mechs, cronometré mi primer movimiento. Ya sabía cuál sería el último: después de esto, volvería al Jardín, al diablo con el ejército de Alpha. Encontraría a Delta y Beta y los traería de vuelta.

Pieza por pieza si fuera necesario.

CUARENTA

SIGILOSO

Antes, durante nuestro viaje hacia el niño burbuja adinerado —¿acaso eso parecía haber ocurrido hace mucho? —, nos habíamos detenido brevemente en la parte trasera de las Líneas de Fabricación. Allí, las materias primas se cargaban en los carros. El contenido de los carros se inspeccionaba, se enviaba a la sección que tuviera sentido según la calidad, y luego seguía su camino. Un sistema eficiente con señales de advertencia, luces y no mucho más.

Sin embargo, sin el Pozo Séptico funcionando, las líneas de suministro de Alpha debían haber encontrado una fuente de chatarra diferente: esos mechs de basura, los pilares del ejército de Alpha, llegaban traqueteando en elevadores desde arriba y abajo. Se acercaban a los carros en el Conducto, se elevaban y vaciaban su contenido dentro, mientras los mechs más grandes empujaban los carros hacia las propias Líneas. Tal vez menos eficiente que el Pozo Séptico, pero viable sin la atención humana para escoltar una pieza desde la basura hasta la grandeza.

Pobre Alpha, teniendo que arreglárselas.

Aunque esto explicaba su ejército improvisado.

Cuando el carro, su mech guía y el mensajero que lo custodiaba dejaron la puerta sola para que yo me deslizara, las Líneas continuaron su complicada danza. Las vías incrustadas en los suelos se entrecruzaban en enredos similares a nudos, y una programación precisa provocaba cambios en las rutas cada pocos segundos. Más carros pasaban zumbando, entrando en túneles que se expandían en todas direcciones. Al parecer, los cubos rodantes no necesitaban mechs dentro de los túneles, solo al cruzar el Conducto, porque las cosas avanzaban a toda velocidad por su cuenta.

Una pantalla marcaba el lateral de cada carro, mostrando el destino en letras azul-verdosas brillantes. Las pantallas destellaban cuando los carros pasaban, pequeños salpicones de color en lo que, por lo demás, era una atmósfera amarilla y naranja. Los diodos anidados hacían su trabajo en el techo tipo queso gruyère, más brillantes que los apartamentos, restaurantes y otros espacios que había visto en la Nave Estelar.

—Si estás creando máquinas, querrás poder verlas —dijo Kaydee.

—Al menos nadie me ha visto todavía.

Me había pegado a la pared derecha a lo largo del Conducto, luego me balanceé a través de la puerta al llegar a las líneas, deslizándome mientras el carro pasaba. Los túneles presentaban opciones, pero tomé la más directa: a la izquierda.

Cuando el camino parecía libre de carros, me escabullí a través del túnel de ocho metros de ancho y entré en el nuevo pasaje. Este estaba bordeado de alcobas, similares a las del Pozo Séptico de abajo: nichos con estaciones de trabajo, refrigerios caducados hace mucho para los trabajadores y suministros. A pesar del ritmo de fabricación de ejércitos de

Alpha, no vi un solo mech aquí conmigo, aunque los carros se disparaban por el centro del túnel y lo cruzaban a intervalos regulares.

—¿Dónde está todo el mundo? —pregunté.

—Los sacaste tú, ¿recuerdas? —respondió Kaydee.

—Claro, pero ¿no debería haber más? ¿No está Alpha siempre fabricando más?

—¿Tal vez? ¿Quién sabe lo que ese tipo está pensando?

Kaydee tenía razón en eso, al menos. Una vez que te alejabas del objetivo principal de Alpha —tomar el control de la Nave Estelar, guiarla hacia algún destino final—, la nave no tenía mucho sentido. Como un nervio, Alpha tendía a reaccionar en direcciones impredecibles.

No es que me importara demasiado. El pasillo vacío me permitía avanzar bien, ralentizado solo en las intersecciones donde esperaba a que las combinaciones de mensajero-mech despejaran los carros y me dieran espacio. También hice algunas comprobaciones superficiales en las estaciones de trabajo, esperando tener suerte y que alguna me diera el acceso que buscaba, pero todas eran terminales tontas. Sin acceso a la red, solo controles estrictos para las Líneas.

Podría haber jugado con ellas, desviado los carros y atascado el sistema, pero eso parecía una forma estúpida de revelarme.

La primera pista de que mi pequeño atajo no tendría un final perfecto llegó cuando pasamos la última conexión transversal del Conducto. A lo largo del camino, las Líneas de Fabricación cantaban la canción de la manufactura, el rechinar de metal y ruedas. El ozono permanecía en el aire, junto con otros olores penetrantes que pasaban en una respiración y desaparecían al siguiente.

—Si fueras humano, te diría que consiguieras un respirador —dijo Kaydee, señalando los estantes con máscaras colgados en las paredes—. Pero tú, Gamma, puedes inhalar toda la porquería tóxica que quieras.

—¿Hurra por mí?

—Hurra por ti. Definitivamente.

—Parece que los humanos tienen muchas debilidades —reflexioné, deslizándome detrás de un carro hacia la sección final del pasillo.

—Es justo, de lo contrario seríamos demasiado asombrosos.

—Ajá.

Las vías de los carros desaparecieron en este último tramo, reemplazadas por baldosas sucias y rayadas. Las alcobas aumentaron, convirtiéndose en un laboratorio completo con mesas de trabajo a ambos lados cargadas de componentes. Parecía que los carros que salían de este lado estaban cargados de chatarra cruda, lista para convertirse en un montón de mechs hechos en serie. Sin embargo, las mesas de trabajo aquí, cubiertas de arenilla, parecían estar abastecidas con piezas hechas a medida destinadas a convertirse en creaciones únicas.

Confirmando mis sospechas, varios tubos metálicos largos yacían a mi derecha. Del mismo color y ancho que los brazos del Canciller, explicaban de dónde había salido ese monstruo.

—Pero ¿quién estaría haciendo estos? —preguntó Kaydee mientras yo miraba los brazos durante un segundo demasiado largo—. Alpha no está aquí abajo, ¿verdad?

—No tendría que estarlo —respondí, acercándome a la mesa de trabajo más cercana y echando un vistazo más de cerca a las herramientas disponibles—. Envía algunas instrucciones personalizadas a los mechs y podría tener sus monstruos hechos a medida.

—No sé si te has fijado en esos mechs que transportan

estas cosas, Gamma, pero no están precisamente cons-truidos para trabajos de precisión con los dedos.

Buen punto. Las máquinas pesadas que tiraban de los carros no serían capaces de atornillar dos pernos juntos, mucho menos ensamblar algo como el Canciller. Tal vez Volt podría haber hecho algo así. Leo, ciertamente, pero me costaba creer que el mitad mech, mitad hombre estaría aquí arriba ayudando a Alpha después de nuestro encuentro. Esos mechs flexibles contra los que habíamos luchado tendrían la destreza, pero no veía ninguno merodeando por aquí.

Un misterio, pero no uno para el que tuviera tiempo ahora. Dejé atrás las mesas de trabajo y fui al final del pasillo. A la derecha, el camino se curvaba de vuelta por donde había venido, hacia el elevador donde habrían estado subiendo las piezas crudas. A la izquierda, el Conducto y mi destino.

El azul no había cambiado mucho durante mi escabullida. Los mechs de basura seguían vertiendo chatarra, los mechs más grandes seguían moviéndola. Los mensajeros revoloteaban. No se oía ningún estruendo de un ejército de mechs acercándose. No quería pensar en lo que eso significaba para Val y los demás, pero un problema a la vez.

—¡Ve! —susurró Kaydee.

Di la vuelta a la esquina, pegándome a la pared derecha. No muy lejos, la pasarela terminaba en los últimos ascensores. El extremo más rico y limpio de la Nave Estelar. No era sorprendente que tuvieran los mecanismos de creación de mechs solo para ellos. Antes de todo eso, sin embargo, estaba la sala que yo buscaba.

Al principio, las Líneas parecían un apartamento, aunque uno desbordante de pantallas. Muchas mostraban advertencias en rojo, diciendo que el ascensor de carga no funcionaba, que los carros no se movían eficientemente. Vi esto desde la puerta espiral ampliamente abierta. No se necesitaba seguridad cuando lo controlabas todo.

Donde en otros apartamentos había armarios de cocina y sofás, aquí dominaban las estaciones de trabajo. Terminales que definitivamente no parecían tontas, con pantallas de inicio de sesión similares a las de Val. Unas con acceso a la red y, tal vez, una oportunidad de ajustar las Líneas de Fabricación. Más allá de estas, una pequeña mesa se situaba cerca de un viejo refrigerador cuadrado y dos jarras de vidrio vacías sobre placas calientes.

—Café, té, aperitivos —dijo Kaydee mientras me deslizaba dentro, sin ver nada—. Parece el clásico lugar de reunión para el trabajador asalariado.

—Esperemos que no haya ninguno de esos por aquí.

—Ni siquiera sabes lo que son.

—¿Mechs de algún tipo? —Consideré que el espacio principal estaba despejado. La 'sala de estar' anexa parecía igual, también vacía—. ¿Estaban atrapados aquí para siempre?

—Se podría decir eso.

Kaydee no elaboró más, y no me molesté en seguir preguntando. Había terminales en abundancia, pero ¿cuál tendría acceso a las propias Líneas? ¿Alguna? ¿Podía perder el tiempo comprobando cada una?

—Aquí tienes un consejo —dijo Kaydee, apareciendo y señalando más adentro del apartamento—. Solemos poner la mayoría de las cosas buenas en la parte de atrás.

La intuición de Kaydee resultó prometedora. Hacia la parte trasera de la cocina, donde estaban los dormitorios en otros apartamentos, esperaban más puertas espirales. Estas estaban cerradas, con gemas rojas brillando en cada una. Bloqueadas. Miré hacia atrás, hacia la puerta abierta que daba al Conducto. En cualquier momento un mech podría entrar por allí, podría preguntar qué demonios estaba haciendo yo aquí.

—Probemos primero una de las otras —dije—. Si eso no funciona, entonces nos pondremos a romper cerraduras.

—Tan buena idea como cualquier otra.

Volví a la sala de estar, justo fuera de la vista de la entrada del apartamento. Justo fuera de la vista de la entrada. No era mucha defensa, pero tomaría lo que pudiera conseguir. Presioné mis dedos juntos, la piel retrocediendo para formar el conector. El terminal estaba listo, el puerto disponible.

—Debo decir, Gamma, que ha pasado un tiempo desde que hackeas algo —dijo Kaydee, agachándose junto a mí—. Estoy aburrida.

—Espero que esto no sea muy emocionante.

Moví el puerto hacia el terminal, lo tenía casi listo para conectar, cuando el inconfundible ruido metálico de un mech acercándose me hizo detenerme. Retrocedí, me escondí cerca del terminal y observé cómo una extraña máquina entraba en el centro de mando. Dos brazos, tres piernas, todos delgados y alambrados. Los brazos terminaban, como los de esos mechs flexibles de antes, en manos de diez dedos. Unas más que capaces de manejar pequeñas herramientas. De reconstruir algo como el Canciller.

Pasó directamente, ignorándome, dirigiéndose hacia esas puertas traseras cerradas.

—Kaydee, creo que tengo una idea.

—Por una vez, Gamma, creo que estamos pensando lo mismo.

ARENA

Nuestro objetivo estaba de espaldas a la puerta, inclinado sobre una terminal de doble pantalla. La puerta de espiral que bloqueaba la oficina permanecía abierta, conveniente para que nos escabulléramos detrás. Más allá de la terminal, la oficina tenía un ambiente extraño: cuadros adornaban las paredes, incluyendo varios títulos enmarcados de la Universidad de la Nave Estelar y fotos familiares con niños sonrientes y lo que debían ser fondos falsos de la Tierra.

Una planta, muerta hace tiempo y marchita hasta convertirse en tallos negros, descansaba en una maceta.

—Sí, parece que alguna vez trabajó un humano aquí —dijo Kaydee—. Recuerdo el lugar que hacía esas fotos. Siempre fue lo más cursi, querer ponerse frente a un planeta que nunca verías.

De acuerdo. Los humanos a veces no tenían mucho sentido lógico.

—Nos gustaba fingir, ¿sabes? —continuó Kaydee mientras me acercaba sigilosamente al mech, con los dedos juntos, formando ese puerto—. Como si pensáramos que si esta foto sale bien, tal vez algún día podremos estar allí en la vida real, ¿sabes? Un sueño.

Sueños. Un concepto extraño para mí. Conocía el fenómeno humano, por supuesto, pero sin dormir, yo-

El mech giró, levantando las manos, alcanzando mi cara. Para retorcerme el cuello, sacarme los ojos, quién sabía, a quién le importaba. Divisé el puerto, justo allí en el pecho del mech. Me abalancé hacia adelante con los dedos apretados. Sentí que se bloqueaba mientras las manos del mech se apretaban en mis mejillas, mi sien.

Ir al mundo digital era algo parecido a un sueño, ¿no?

Nos encontramos en un ring polvoriento. Bloques de adobe, blanqueados por un sol brillante, formaban las paredes, elevándose metros en el aire antes de inclinarse hacia atrás para revelar gradas llenas de formas fluctuantes. Coloridas, retorcidas, las formas en las gradas se resolvían si las miraba en hebras codificadas, piezas del mech animando su función central.

Esa función se erguía frente a mí en el ring, alta contra la luz. Dos manos, tres piernas y bastante más grande que en la realidad, el mech me miraba con ojos rosa intenso. No tenía armas y, mientras apretaba mis manos, yo tampoco.

—Algo realmente primitivo —dijo Kaydee, estirándose a mi lado. Llevaba pantalones cortos y una camiseta amarilla. Sin armas—. Aquí estamos en una nave espacial rugiente y tenemos que pelear a puñetazos en la tierra.

—No es nuestra elección —flexioné la vieja mente digital, intenté ver qué podía alterar aquí. ¿La respuesta? Nada —. Este está bien diseñado. No encuentro lagunas.

—Genial, genial.

Los programas vitorearon, un sonido artificial y dentado más parecido a una señal rota que a un verdadero llamado a las armas. No es que importara: nuestro enemigo tomó el sonido como razón para cargar, y vaya que cargó. El mech, con sus dos piernas golpeando hacia adelante en zancadas inclinadas mientras la tercera en el centro mantenía el equilibrio, se movió rápidamente hacia Kaydee y yo.

—¿Nos separamos? —dijo Kaydee.

—Nos separamos.

Ella fue a la izquierda, yo a la derecha. El mech, con el polvo arremolinándose detrás, viró hacia mí. Me siguió mientras me dirigía completamente hacia la pared. Giré, puse mi espalda plana contra esas piedras calientes y observé cómo el mech se acercaba, cómo levantaba su puño derecho para un golpe demoledor.

Delta y Beta eran asesinos en una pelea. Podían cortar y rebanar con los mejores.

¿Pero yo?

Yo podía esquivar, nena.

El mech se lanzó como si yo tuviera la velocidad de un perezoso, un gran golpe apuntando a mi barbilla. Esperé, luego me aparté de un tirón. El golpe movió el aire junto a mi mejilla, un viento metálico caliente explotó hacia adelante cuando el gran robot golpeó la pared detrás de mí. Esos ladrillos amarillo-blancos se desprendieron bajo el sol, golpeando mi espalda y esparciendo escombros en la arena.

Me hice a un lado rodando, mirando hacia arriba al mech para ver si se había destrozado la mano en el ataque. Desafortunadamente, el esqueleto de la cosa tenía suficiente fuerza para dar un golpe así sin inmutarse. Incluso mientras me giraba, levantó ambas manos juntas en un puño sobre su cabeza y las arrojó hacia mí.

Otra rodada más lejos y los puños se hundieron en la tierra, levantando una columna de arena. Ensombrecidos por la arena, esos brazos se levantaron de nuevo, listos para otro golpe. Vino, rodé, otro fallo.

Un humano podría ajustarse, podría descifrar mis rodadas. Este mech era un ingeniero, trabajando duro para construir mechs. ¿Qué tan buena sería su programación de combate? ¿Podría seguir rodando un metro a la vez?

El mech balanceó de nuevo. Rodé de nuevo. Repetí la secuencia dos veces más, dejando un rastro de hoyos en la tierra mientras trazábamos la pared exterior de la arena. Bien, hipótesis confirmada. El mech seguiría balanceándose hasta conectar.

La próxima vez, cuando balanceó, rodé *hacia* el mech en lugar de alejarme. El balanceo vino en el mismo ángulo, el mismo espaciado, el mismo fallo. En los tobillos del mech, pateé fuerte su pie derecho. Mi patada rebotó, haciendo un ruido sordo y desviándose. Ni una abolladura, ni un movimiento. Fuera cual fuera mi fuerza afuera, aquí no tenía voz ni voto.

El mech retrocedió, balanceó de nuevo.

Me enrosqué, rodando para esquivar el balanceo en una voltereta que me puso de nuevo de pie. El mech me siguió, cambiando el ataque ahora que estaba de pie. El golpe de gancho de nuevo, apuntando directo a mi barbilla. Di un paso lateral a la derecha, vi pasar el puñetazo. Siguió un golpe izquierdo, que esquivé agachándome sobre mis rodillas. Un poco más alto y el mech habría tenido mi cabeza.

—¡Gamma! —Kaydee gritó mi nombre mientras corría detrás del mech. En cada mano sostenía una roca, un trozo desprendido de la pared por el primer golpe del mech—. ¡Atrapa!

El lanzamiento vino por debajo, llegando a mis brazos justo cuando el mech daba otro puñetazo, aparentemente imperturbable por el acercamiento de Kaydee.

Tomé la decisión equivocada: intenté atrapar la estúpida roca.

Mis pies no me llevaron lo suficientemente lejos a un lado, con las manos extendidas para atrapar el misil de Kaydee, y el mech rozó mi hombro. Debería haber sido un golpe de refilón, debería haber sido un moretón como mucho.

En su lugar, volé, girando, por el aire. El mech golpeó con tanta fuerza que dejé el suelo atrás y salí disparado a través de la arena para estrellarme contra el lado opuesto. La pared se astilló a mi alrededor, y sentí, *sentí* que mis extremidades se rompían. Aquí en el mundo virtual, no tenía sensores, no tenía las alertas que me dirían cuán condenado estaba, así que no parpadeaban advertencias frente a mis ojos, ninguna función gritaba mi inminente final.

No es que los necesitara. Podía ver mi cuerpo a mi alrededor. Mi brazo izquierdo se había ido, simplemente volado por el golpe. Parte de mi pecho se fue con él. El golpe contra la pared aplastó mis piernas, y no podía sentir mi brazo derecho, aunque parecía moverse cuando agitaba los dedos.

Por supuesto que el mech no estaría peleando limpio. Estábamos en su terreno.

Al otro lado de la arena, el mech corría hacia mí, Kaydee siguiéndolo. Aparentemente su ataque por la espalda a la máquina falló, y sus gritos no captaron la atención del mech. En cambio, la máquina mantuvo su enfoque en mí, acercándose y levantando arena con cada paso. Su hombro se echó hacia atrás, poniendo su puño en modo demolición.

No podía moverme, no podía esquivar. Predecible, sí, pero demasiado poderoso para vencer.

Si no quería terminar revuelto, borrado, tendría que correr.

—¡Espera! —La voz de Kaydee llegó a través del aire claro, como si supiera lo que estaba pensando—. ¡Casi lo tengo!

¿Tenía qué? El mech se ralentizó al acercarse, alineando su puñetazo mortal. Mis piernas no se movían, pero logré levantar mi brazo derecho, mis dedos en un gesto que Kaydee habría apreciado.

La desaceleración le dio a Kaydee su oportunidad. La mujer que corría saltó, con una roca en una mano, sobre la espalda del mech. La máquina se sacudió ante el contacto, pero no se desvió de mí. Esos ojos rosa intenso y furiosos lanzaban fuego a mi cara. Otro pisotón hacia adelante mientras Kaydee trepaba por la estrecha columna metálica del mech.

Capté la mirada de Kaydee cuando despejaron el hombro del mech, no vi miedo en su mandíbula apretada, su agarre fuerte mientras levantaba la roca. El mech niveló su puño derecho, comenzó el balanceo.

—Se acabó el tiempo —dije, mi voz un susurro metálico.

—¡Quédate! —gritó Kaydee de nuevo, su primer golpe astillando el blindaje del cuello del mech.

El puño se acercó duro, rápido.

Tomé mi decisión.

CUARENTA Y DOS

SABOTAJE

Reboté hacia afuera. Un cambio brusco de la brillante arena del estadio a la habitación en penumbra. La única terminal proyectaba su luz azul por la oscuridad, dejando sombras por todas partes. Mi trasero estaba en el suelo. Mis sistemas no estaban listos para que yo volviera, para retomar el control, así que me hundí y miré hacia arriba a la máquina que sostenía a la persona más importante de mi existencia.

La había dejado allí. Me había desconectado sin llevarme a Kaydee conmigo.

Dejar que el puñetazo del mech cayera podría haber destruido alguna parte de mí mismo que no podía permitirme perder. Podría haber vuelto a mi cuerpo como un programa dañado, podría haber sido empujado por el camino que Alpha había tomado. O podría haber sido eliminado sin un solo efecto negativo, como Delta lo había sido antes.

La misión decía que no podía correr ese riesgo. La misión decía que los humanos morirían si fallaba, que Beta y Delta habrían muerto por nada.

Me repetí esa afirmación mientras me ponía de pie, con

las manos listas para ir al cuello del mech e intentar destrozarlo. Brutal, quizás, pero sin armas reales no tenía muchas otras opciones. O el mech ganaría, o Kaydee...

Ella dijo que me quedara. Siguió diciendo que me quedara, lo que significaba que veía algo. Una vulnerabilidad, una forma. Por ahora, el mech parecía muerto, sus ojos oscuros y sus partes inmóviles. Podía esperar y ver si volvía a la vida o arriesgarme, apartar mi concentración del mech y hacer lo que vine a hacer aquí.

Ya echaba de menos las ocurrencias de Kaydee.

Con el silencio respondiendo a mis pensamientos, me moví alrededor del mech y me instalé en la terminal. La máquina ya había iniciado sesión, resolviendo el primer problema de seguridad. Con suerte, las Líneas de Fabricación no tendrían capas de contraseña, no me obligarían a intentar hackear mi camino.

Después de lo que acababa de suceder, volver al éter digital solo parecía aterrador, triste, no estaba seguro. Las emociones se manifestaban bruscamente a través de mis circuitos, la influencia de Kaydee se hacía sentir en cómo mis funciones generalmente pragmáticas me alejaban de hacer lo mismo que había llevado a su pérdida.

¿Era esto lo que se sentía al estar de luto?

Mis dedos tecleaban y tocaban mientras intentaba dar sentido a mis sentimientos. El diseño claro de la terminal me llevó rápidamente al lugar correcto, unos pocos toques en la pantalla táctil y tenía las Líneas de Fabricación desplegadas ante mí. Una caja parpadeante apareció cuando abrí el programa por primera vez, declarando que la eficiencia estaba muy por debajo de lo óptimo. Eso pasa cuando tu principal suministro de piezas se corta y dependes de mechs de basura improvisados para entregar la mercancía.

La pantalla mostraba cada línea en columnas con datos

desplegados en iconos y números. Usando una leyenda útil, analicé la imagen y terminé descubriendo que Alpha había recurrido al canibalismo. Esos mechs de basura no viajaban a los niveles más bajos del Conducto en busca de chatarra, estaban tomando otros cuerpos y piezas de mechs, llevándolos de vuelta a las Líneas para que pudieran ser grapados de nuevo.

Y de manera diferente.

El juego de mechs de Alpha parecía haber mejorado. Ya no se contentaba con clavar cuchillos de basura en robots utilitarios tambaleantes, los nuevos diseños de Alpha incluían esas cosas flexibles de múltiples dígitos contra las que habíamos luchado fuera del Jardín. Más perros, como Alvie pero más largos, más malvados, más rápidos; no era difícil ver de dónde Alpha había sacado esa idea. Y una tercera categoría denominada especialistas, que ocupaba solo una de las seis líneas.

Debía ser de donde había salido el Canciller actualizado.

Lo más importante era el botón en la esquina inferior derecha que ofrecía un apagado total. Lo miré fijamente, luego eché un vistazo al mech aún oscuro detrás de mí. Presionar eso detendría la construcción del ejército de Alpha, al menos por un tiempo. También traería sobre mí todos los infiernos que Alpha tuviera aquí. Tendría que correr, dejar atrás a Kaydee.

No. No haría eso. No podía hacer eso. Al menos no sin intentar recuperarla.

Pellizqué mis dedos de nuevo, formé el conector. Que me hubieran expulsado no significaba que no pudiera irrumpir de nuevo. Normalmente, expulsar a un hacker te daba la oportunidad de escapar o vengarte, pero este mech no había aprovechado la oportunidad. Tragándome mis preocupaciones sobre sumergirme para recibir otro puñetazo, me conecté al costado del mech, esperando ser absorbido por ese horrible estadio.

Nada cambió.

El puerto no funcionaba. Muerto, o tal vez el mech lo estaba. Lo intenté de nuevo, luego una tercera vez. El clic sonaba igual, el satisfactorio bloqueo cuando el pestillo se deslizaba en su lugar. Pero sin datos, sin conexión.

O Kaydee había matado al mech, o la máquina había sido tan completamente agotada por el esfuerzo que se había apagado sola.

—Kaydee —le dije al mech—. No me dejes.

Ella no podía oír eso. De ninguna manera. Suponiendo que su yo digital aún existiera, estaría atrapada en ese mismo estadio de arena luchando contra la máquina. No era una pelea que le diera buenas probabilidades.

Un parpadeo desde atrás llamó mi atención de vuelta a la terminal. Una línea necesitaba ayuda. Alguna pieza u otra se había atascado. El programa sugería que avisara a un equipo de reparación para que fuera a comprobarlo. En su lugar, mi dedo se deslizó hacia el botón de apagado. Mientras me cernía sobre él, surgió una idea diferente, producto del azar, la ubicación y tal vez la temeridad de Kaydee.

No estábamos muy por debajo del Puente, el lugar que Alpha ocupaba. En lugar de tropezar de vuelta a una lucha con el ejército de mechs, una batalla en la que yo sería inútil, podría ir por lo que realmente importaba. Me había colado aquí, ¿quién dice que no podría llegar hasta el mismo Alpha? Retorcerle el cuello al recipiente, terminar todo este espectáculo ahora mismo.

Eso es lo que Kaydee haría. Arriesgaría todo para salvar a todos.

¿No le debía eso?

Toqué el botón. Todas las columnas parpadearon de verde a rojo, apagándose. Asentí ante los colores, luego hice un puño y lo atravesé por la terminal. No una vez, no dos, sino las suficientes hasta que la cosa quedó destrozada. Con una última mirada al mech muerto, salí de la habitación y recorrí el apartamento, destruyendo cada terminal que encontré.

Todo el tiempo, un reloj marcaba en mi mente, advirtiéndome que Alpha iría a por mis entrañas.

Cuando mi festival de destrucción terminó, solo quedaba la otra habitación cerrada. No tenía tiempo para hackear a través de ella, pero podía modificarla rápidamente. Al igual que con la puerta de Sybil, formé el puerto, me conecté y superpuse otro programa encima del mecanismo de bloqueo. Antes de que la gema se enfriara, antes de que cualquier identidad robada pudiera ser verificada, el usuario tendría que conectarse e ingresar una contraseña.

Claro, Alpha podría ser capaz de forzarla. Probablemente podría traer un mech grande y enojado aquí y derribar la puerta. Si había una terminal al otro lado, podría volver a poner en funcionamiento las Líneas en una hora.

No tenía otras opciones, y sonidos familiares comenzaban a filtrarse hacia mí. Esas pesadas pisadas metálicas. Las chispas y resoplidos cuando los propulsores se encendían y apagaban. Mensajeros y los mechs más grandes que cuidaban viniendo a por mí.

Dando media vuelta, corrí hacia la entrada del apartamento. Solo había una entrada y salida, no podía dejar que...
Mierda.

Un mech grande, un empujador de carros, pisoteó frente a la puerta. Me encogí, cerca de la oficina con el mech muerto, esperando que las sombras me compraran un minuto. Pero el grandullón no se hizo el tonto. Se quedó en su lugar, esperando, hasta que vi luces más brillantes detrás de él. Mensajeros, listos para actuar. Solo entonces el monstruo se movió, con moscas láser zumbando tras él.

Cualquier tiempo que tuviera, se había acabado. Al menos, por el tiempo que fuera, habíamos cumplido la misión. Flexioné mis dedos, calculando que tal vez podría acabar con uno o dos de esos bichos conmigo.

Por Kaydee.

CUARENTA Y TRES

TRUCOS

Bien, hora de jugar a ser superhéroe. Divisé una mesa auxiliar que podría agarrar y lanzar, seguida de una de las máquinas de café enmohecidas contra un mensajero. Podría estar atrapado en una oficina mundana, pero eso no significaba que no pudiera causar algunos daños antes de que me redujeran a chatarra.

Un mech grande en la entrada, dos mensajeros flanqueándolo. Sin duda habría más en el Conducto más allá. Aun así, primero las amenazas inmediatas.

Kaydee, mírame. Yendo a una pelea por mi cuenta.

Ella se habría impresionado. O me habría llamado idiota. O ambas cosas.

Comencé a avanzar, mi pierna derecha empujando solo para regresar de golpe, tirado al suelo de la habitación. El mech contra el que acabábamos de luchar se cernía sobre mí, un movimiento vacilante que se volvía más inquietante por esos ojos de brillo rosado. Me sacudí la mano de la cosa, la empujé hacia atrás. Vaciló, se cayó, y su trasero hizo un fuerte estrépito.

No era exactamente un comienzo fuerte, ni para mi

final mortal ni para la emboscada del mech. No creía que el robot fuera tan descoordinado, pero bueno, lo tomaría. La oficina tenía una silla a un lado y la agarré, levantándola en alto para reducir al mech a polvo.

—No lo hagas —dijo el mech, su voz metálica retumbando mientras extendía sus brazos hacia mí.

¿Una súplica de un mech? ¿Qué tan raro era eso?

—Suelta la silla, Gamma —continuó el mech—. Están viniendo.

Hay acertijos difíciles y hay otros obvios. Leo me había dado una buena dosis de inteligencia, así que seguí la rareza de que el mech dijera mi nombre hasta su probable fuente.

—¿Kaydee? —pregunté.

—En metal y circuitos —respondió Kaydee, poniéndose de pie con movimientos bruscos—. Me tomó un tiempo descubrir cómo funcionaba este cuerpo —sus ojos de brillo rosado miraron hacia el terminal—. Te vi destrozarlo en pedazos. ¿Estabas enojado por mí?

—No pude matar las Líneas, así que parecía la mejor manera de ralentizar a Alpha —fruncí el ceño. A la derecha, se escuchaban sonidos de mensajeros y el gran mech marchando hacia nosotros—. Mientras descubrías cómo funcionaba el mech, ¿se te ocurrió algún plan para sacarnos de aquí?

—Sí —dijo Kaydee—. Morir.

—¿Qué?

—Hazte el muerto, idiota —susurró Kaydee, la voz del mech no sonando nada como la suya, pero aún llevando su característico tono mordaz—. Ahora.

Las historias del Bibliotecario contenían muchas referencias humorísticas a hacerse el muerto, así que seguí sus instrucciones. Caí hacia adelante, me encogí ligeramente y me tumbé en el suelo. Cerré los ojos, activé mis otros sentidos para evitar quedar ciego. Sentí y escuché al gran mech entrar por la puerta. Pequeñas ráfagas de calor me recorrieron cuando los mensajeros lo siguieron.

—Lo he derrotado —dijo Kaydee, con un tono demasiado triunfante para un mech.

—Chatarra —fue la respuesta de una palabra del gran mech.

—No —replicó Kaydee—. Alpha quiere a este.

El gran mech emitió un pitido interrogante. Los dos mensajeros permanecieron en silencio, pero los sentí acercarse, zumbando cerca de mi cara. Para un humano, quedarse quieto podría ser difícil. Yo simplemente apagué mis extremidades, un interruptor activado para dejarme flácido. Hecho para preservar energía en situaciones difíciles, la característica funcionó muy bien: no sentía nada excepto los sentidos provenientes de mi cabeza. Oídos, esos ojos cerrados, las vibraciones que viajaban por mi cuero cabelludo mientras el gran mech retrocedía.

—Yo lo llevaré —continuó Kaydee—. Arreglen las Líneas.

Simple, directo. Aprendía rápido.

Escuché los pies metálicos de Kaydee aterrizar, sentí sus brazos deslizarse, con movimiento vacilante, debajo de mí. Kaydee había pasado una vida como humana, y muchas más como programa. Aprender a manejar el cuerpo de un robot sería completamente nuevo.

Aunque, si alguien podía descubrirlo, esa sería Kaydee.

—¿Dañado? —preguntó el gran mech mientras Kaydee me levantaba—. Lento.

—Menor —respondió Kaydee—. Vamos.

El gran mech siguió las instrucciones, guiando a Kaydee fuera del apartamento. Mantuve mis ojos cerrados todo el camino. La niebla del Conducto besó mis mejillas. Sonidos menos agradables llegaron a mis oídos, preguntas, traqueteos, zumbidos y chirridos de lo que debían ser una docena de mechs o más por todos lados. El trío que había entrado en el apartamento había sido la vanguardia.

Mi última pelea habría terminado rápido.

—A Alpha —dijo Kaydee mientras nos tambaleábamos hacia la pasarela—. ¿Qué camino?

En lugar de una respuesta, el calor bañó mi rostro. Jets de mensajeros, más cerca que antes. Tan cerca.

—Aléjense —dijo Kaydee, y me movió hacia la izquierda, pero los jets nos siguieron—. ¿Qué están haciendo?

—No muerto —declaró un mensajero. Un zumbido familiar se unió a sus jets parpadeantes, electricidad fluyendo hacia sus armas—. Peligroso.

El truco se había acabado.

Abrí los ojos de golpe, enfocándome en todos los mechs a mi alrededor. La escena tenía cierto déjà vu. La última vez que habíamos quedado atrapados en el Conducto, había empujado a Delta y a mí por el borde. ¿Esta vez?

—¡Corre! —dije, rodando fuera de los brazos de Kaydee mientras ella intentaba discutir con esas abejas zumbantes.

Cuando mis pies tocaron el suelo, pateé hacia la barandilla de la pasarela y me lancé al vacío. Las Líneas de Fabricación no estaban tan arriba del fondo de la Nave, así que la caída terminó rápido, otro deslizamiento rebotando y rompiéndose a través de chatarra vieja y tela desgarrada. Tornillos, resortes, papel y muebles crujieron, se rompieron y se sacudieron mientras descendía.

No escuché otro cuerpo, otro impacto. Tan pronto como me recuperé, miré hacia arriba, tratando de encontrar la forma cayente de Kaydee. No vi nada excepto el azul del

Conducto y una nube naranja descendente: mensajeros viniendo a recogerme.

Kaydee no lo había logrado.

Por supuesto. Apenas había podido levantarme. Sacudirse en una carrera y salto rápidos podría haber estado más allá de sus capacidades. Cualquiera de esos otros mechs podría haberla agarrado, disparado antes de que lo lograra.

Había perdido a Kaydee, la había recuperado y la había perdido de nuevo en cuestión de minutos. No, no la había perdido de nuevo. Ella podría seguir allí arriba, luchando, esperando ayuda.

Sabía dónde podía encontrarla.

Los mensajeros descendieron zumbando hacia mí mientras luchaba por salir del montón de basura. A medida que se acercaban, les lancé lo que pude, abollando al primero y enviando a un segundo, golpeado con una silla resistente y vieja, girando hacia el costado del Conducto. Un final satisfactorio y ardiente.

Cinco más siguieron, atacándome a distancia mientras me deslizaba, saltaba y viraba a través de la chatarra. Los mensajeros no eran tiradores naturales. Estas no eran máquinas de guerra sino transportadores, y su capacidad para acertar a un blanco en movimiento resultó deficiente. En su lugar, viejos sofás, lavabos y mechs muertos hace tiempo se derretían a mi alrededor mientras las ráfagas fallidas los incineraban.

Si no otra cosa, mi movimiento ineficiente y aleatorio a través de las pilas inestables hacía difícil apuntarme bien.

Mi objetivo no estaba lejos adelante a la izquierda, una abertura familiar que no esperaba ver de nuevo tan pronto. La Fosa ofrecía refugio, y después de recibir un golpe de refilón en el costado, me lancé a través de la entrada y rodé, apagando mi ropa en llamas.

Las piscinas fluorescentes y la luz amarilla de la Fosa una vez más creaban un bonito escenario, aunque proporcionaban poca cobertura con mi persecución tan cerca.

—¡Leo! —llamé, corriendo más allá de esas piscinas.

Detrás de mí, los mensajeros zumbaban, bufando sus jets.

—¡Leo! ¡Ayuda! —grité de nuevo, girando a la izquierda y deslizándome en un túnel mientras los láseres cascadeaban a mi alrededor—. ¡Kaydee necesita nuestra ayuda!

¿Manipulación emocional? Tal vez. ¿Necesaria? Absolutamente.

Las paredes curvas garabateadas con viejos eslóganes, dichos y maldiciones pasaron volando mientras corría. Las intersecciones provocaron elecciones aleatorias, el laberinto de la Fosa ganando tiempo. Seguí llamando el nombre de Leo cada pocos pasos, esperando y sin obtener respuesta.

Al doblar otra esquina, me topé de frente con un mensajero, este solo. Los malditos bichos debían haberse dividido, no era una mala jugada contra una nave desarmada. El láser del pequeño mech brillaba naranja, su jet apuntaba directamente hacia mí.

Golpeé más rápido de lo que disparó, un puñetazo descendente que envió al mensajero girando hacia el suelo. El jet de la cosa se rompió, pero antes de que pudiera sentir algún tipo de triunfo, el láser se disparó. Mi pobre pie derecho, el que había sido engrasado anteriormente por mechs en estos mismos túneles, se derritió. Caí junto al mensajero con un fuerte golpe.

—¿Por qué? —le pregunté al bicho mientras se sacudía, tratando de encontrar una forma de dispararme. Con un solo golpe, puse al mech fuera de su miseria—. ¿Por qué tuviste que hacer eso?

—Podría preguntarte lo mismo —la voz que había estado

esperando, el hombre saliendo de un panel oculto detrás de mí. Leo, armado y peligroso—. No se suponía que volvieras.

—Esto va a volar tu mente —dije mientras Leo me ayudaba a levantarme—, pero no planeaba hacerlo.

El hombre me llevó de vuelta al escondite del Forjador, donde los mitad máquina, mitad humanos observaban con ojos cautelosos. Unos pocos más se filtraron detrás, armados de manera similar a Leo, con láseres destartalados, espadas y bastones. Mientras Leo me sentaba en una silla, se volvió hacia los recién llegados.

—¿Cómo nos fue?

—¿Cómo nos fue? —preguntó Clara, la mujer fogosa que Delta había tomado como rehén la primera vez que terminamos aquí abajo—. No lo suficientemente bien. Varios escaparon.

—Entonces él lo sabe —suspiró Leo.

—Alpha ya lo sabía —replicó Clara—. Simplemente no le importábamos —me señaló—. Pero ahora él está aquí.

Le di una sonrisa triste.

—Lo siento, no hay más escondites. La pelea viene, lo quieran o no.

CUARENTA Y CUATRO

LUCHA Y HUIDA

Mi ominosa frase no logró que los Forjadores se pusieran en pie de guerra. En su lugar, miraron a Leo, mi petición pendiendo de él. El hombre se rascó su fino cabello, echó un largo vistazo al desordenado nido que los Forjadores habían excavado en el sótano fundido de la Nave Estelar.

—Cuando las cosas se estaban desmoronando, huimos —dijo Leo, pareciendo encontrar las palabras mientras hablaba—. Acordamos que el núcleo de la Nave Estelar se había podrido y, en lugar de arreglarlo, nos marchamos y vinimos aquí abajo, decididos a ver una misión hasta el final. Nos rendimos.

Algunos se movieron entonces, unos cuantos ojos encontraron el suelo o un rincón en el que fijarse.

—Tenía sentido entonces, ¿verdad? No queríamos meternos en una pelea entre clases. Todo el mundo parecía menos interesado en mantener la Nave Estelar a flote que en resolver sus problemas con un arma o a puñetazos. Nosotros queríamos más. Queríamos ver para qué había sido todo esto.

—Algunos de nosotros aún lo queremos —dijo Clara,

con los brazos cruzados, continuando su trabajo con una mirada gélida. Un par más se unieron a ella, ofreciendo un acuerdo silencioso.

—Aún pueden hacerlo —dijo Leo—, pero no quedándose aquí. Gamma tiene razón. Una vez que Alpha haya terminado con los humanos de atrás, una vez que haya tomado cada mech que se le oponga y los haya convertido en sus agentes, vendrá por nosotros.

—No si le entregamos esta cosa. —Clara me señaló—. Gamma es lo que quiere. Usémoslo. Hagamos un trato con el recipiente. Eso funcionaría, ¿verdad? Tú programaste las cosas, así que deberías saberlo.

Me levanté de golpe de mi asiento, tambaleándome sobre mi pie destrozado, y tuve que apoyarme en el hombro de Leo para mantener el equilibrio.

—Estarían negociando con la locura —dije—. Lógica defectuosa y rota. Un virus que no tiene otro fin que la destrucción. En el mejor de los casos, os daría un respiro antes de tomar mi mente y ponerme en vuestra contra.

Pensé que había logrado una buena mezcla en esa advertencia, sacada de libros y películas que se unían para demostrar la futilidad de trabajar con Alpha. Clara sacudió la cabeza, miró alrededor a los otros Forjadores, levantó los brazos en un amplio encogimiento de hombros.

—¿Quién quiere ver y sentir tierra real? —preguntó Clara al grupo, recibiendo asentimientos y manos levantadas en respuesta—. Alpha nos va a traer lo que queremos rápido. Entonces podremos morir felices, en lugar de al final del láser de un mech por nada.

—¿Por qué morir cuando podemos vivir? —contrarrestó Leo, sentándome de nuevo en mi asiento para poder ponerse junto a Clara, la imagen de una lucha de poder—. Todo este tiempo esperamos sobrevivir lo suficiente para ver tierra, pero ¿qué hay de ir más allá? Gamma nos dice que hay humanos, humanos que han crecido sin que las fracturas de la Nave Estelar rompieran sus espíritus. Necesitarán ayuda, necesitarán conocimiento. Podemos dárselo, guiarlos en nuestro nuevo mundo.

—Claro, Leo —dijo Clara—. Eso es lo que querrán cuando hayan sobrevivido a un ejército de mechs: nuestros traseros metálicos intentando decirles qué hacer.

Leo sonrió. —No lo querrán, pero podrían escuchar si les ayudamos. —Leo se estiró hacia mí, recogió su pequeña arma del banco de trabajo—. No soy un dictador. No puedo y no os obligaré a seguirme, pero Gamma y yo vamos a volver. No he vivido tanto tiempo para morir como un cobarde.

Clara tomó aire, lista para presentar una réplica, cuando Leo le susurró algo al oído. La mujer apretó los labios, sacudió la cabeza y luego lanzó una larga mirada hacia la parte superior de la habitación, las luces doradas unidas entre las literas apiladas talladas en los nichos. Hogar durante quién sabe cuántos años, pero ya no, y ella lo sabía.

TODOS LOS FORJADORES, incluso Clara, se unieron a Leo y a mí cuando nos fuimos. Me equiparon con una bota rígida y un soporte, permitiéndome caminar con una cojera y un ruido metálico. Las pertenencias que los Forjadores no podían soportar dejar atrás fueron metidas en mochilas duras deslizadas sobre hombros de acero. Las manos encontraron armas para sostener, las cabezas reclamaron cascos con luces fijadas en el frente. La mayoría ya no tenía suficiente ropa para cubrirse, así que el equipo improvisado de Leo se envolvió en retazos, con las mejoras atrapando destellos mientras nos abríamos camino desde la Fosa Séptica de vuelta al Conducto.

—¿Qué le dijiste? —le pregunté a Leo, los dos cerca del frente de la columna.

—Le pregunté si estaba dispuesta a matarme para quedarse —respondió Leo, su voz pesada. No había hablado aparte de dar órdenes desde que la danza determinante había terminado—. No lo estaba.

Podía deducir el resto por mí mismo: si Leo se iba conmigo, Clara y cualquiera que se quedara con ella no tendrían ninguna ventaja cuando Alpha viniera a llamar, armado y enojado. Los Forjadores puede que no fueran completamente humanos, pero no eran estúpidos.

Nos quedamos en la niebla azul, con montones de chatarra extendiéndose ante nosotros. La dirección obvia parecía ser directamente hacia popa, subiendo a medida que avanzábamos para poder pasar por el Jardín sin problemas. Arriba, como fuegos en la superficie de un océano, brillaban mechs mensajeros dirigiéndose hacia nosotros. La salva inicial de Alpha, pero moviéndose lentamente, esperando que sus mechs que se arrastraban mantuvieran el ritmo.

—Kaydee está allá arriba —dije, señalando directamente hacia arriba—. En las Líneas de Fabricación.

Si es que Alpha aún no la había despedazado, volado o corrompido.

Leo negó con la cabeza. —Les pedí a mis amigos que ayudaran a rescatar a otros humanos. No puedo pedir sus vidas por un programa.

—Ella no es solo un programa —repliqué—. Es tan real como cualquiera de vosotros.

Leo volvió a darme una palmada en el hombro, una señal que estaba empezando a darme cuenta de que significaba que no iba a conseguir lo que quería.

—Si es como la Kaydee que conocí, entonces no tengo duda de que lo es —respondió Leo—. Si tenemos éxito, entonces espero que la encontremos bien. Los vivos, sin embargo, deben tener prioridad.

Con eso, Leo dio las órdenes de marcha, y los veinte mitad máquina, mitad humanos científicos, ingenieros y trabajadores del metal comenzaron su caminata. Intenté resistirme, intenté protestar, pero ante la mirada de Leo, dos Forjadores que me seguían me levantaron y me movieron hasta que la vergüenza, la frustración y la futilidad me obligaron a mover mis propios pies.

Las fuerzas de Alpha nos alcanzaron una hora más tarde, cuando nos acercábamos a la Universidad. Habíamos migrado varios niveles a través de ascensores ocultos en los extremos traseros de la Nave Estelar, más plataformas de carga movidas con llaves manuales. Las órdenes de desactivación de Alpha no tenían poder sobre estas anulaciones rudimentarias, puestas en marcha para mantener la Nave Estelar en movimiento en caso de error informático.

—O crímenes informáticos —dijo Clara mientras perforaba mi billete hacia arriba.

Había suprimido cualquier amargura que quedara de la decisión de Leo y la había convertido en determinación. Cuando le pregunté por qué, respondió simplemente que planeaba ver otro mundo antes de morir, y ahora eso significaba ganar la maldita guerra, así que eso es lo que haría.

Simple, efectivo.

El ascensor nos escupió en un amplio escaparate que, a juzgar por los carteles marchitos y los eslóganes descoloridos, se había utilizado para ensamblar y enviar varios electrodomésticos por toda la Nave Estelar. Utensilios de cocina se mezclaban con aspiradoras y lámparas en un concurrido piso de exhibición, ahora repleto de Forjadores mientras nos arrastrábamos hacia el Conducto.

Leo iba a la cabeza con varios otros, y el cuarteto dio la voz de alarma desde la pasarela. Clara y yo estábamos a mitad de camino del desorden, mi nueva bota sirviendo bien para aplastar el viejo cristal bajo su talón. Las luces de los mensajeros inundaron el espacio mientras flotaban cerca de la pasarela desde arriba y abajo. Al mismo tiempo, el techo se sacudió y se hizo añicos, los delgados paneles rompiéndose, mientras los mechs pisoteadores lo atravesaban y aterrizaban a nuestro alrededor.

Si Alpha había enviado a sus tropas de infantería para cazar a los humanos, para rodearnos en el Jardín, el resto aquí para cazar a los Forjadores tenía que ser su nueva guardia. Esos mechs flexibles, ahora armados con espadas brillantes, con rifles láser tipo mensajero ajustándose a sus manos esculpidas de diez dígitos, nos rodearon.

Peor aún, al barrer la habitación, descubrí que todos esos ojos de mech de brillo rosado tenían un solo objetivo: yo.

CUARENTA Y CINCO

HISTORIA SANGRIENTA

En los archivos del Bibliotecario, los medios humanos hacían que las peleas parecieran un evento épico. El tiempo se ralentizaba, los combatientes se miraban fijamente a través de campos, mesas o mundos enteros antes de que un destello, un disparo o un grito diera inicio a las grandes melés. En realidad, por lo que había visto, las peleas no necesitaban tanta grandeza.

No necesitaban nada más que un puñetazo lanzado.

Me lancé contra el mech que tenía delante, la esbelta máquina alzando su arma para apuntar un punto naranja en mi cabeza. Aunque me habían volado el pie, mis manos podían moverse condenadamente rápido cuando quería. Mi golpe arrancó el arma del mech y la envió volando directamente contra su propia cara. El arma rebotó, perdiéndose en la oscuridad. El mech se tambaleó hacia atrás y yo lo seguí, cojeando hacia mi objetivo e ignorando el caos.

Este mech no era el que me había arrebatado a Kaydee. No era el que había apuñalado a Beta o arrastrado a Delta. No importaba. Podía pagar, de alguna manera, por esos crímenes.

Pero no lo haría tirado en el suelo. El mech serpenteó sus brazos hacia atrás, arrancando un viejo sillón reclinable y blandiendo sus costados acolchados verde bosque como mazas. No importaba. Seguí avanzando, levantando mis puños al estilo boxeador.

Aunque la tienda había estado a oscuras, ahora se iluminaba con destellos multicolores mientras los Forjadores y los mechs se disparaban entre sí. Estallidos naranjas y blancos crepitaban cerca, los disparos fallidos golpeaban los muebles y los incendiaban, los productos químicos en las piezas se encendían en azules, morados, blancos y amarillos. Las órdenes gritadas se mezclaban con los zumbidos de los motores y los bufidos de los propulsores, el suelo temblaba mientras más mechs se acercaban pesadamente, un traqueteo sonaba cuando el montacargas traía más Forjadores.

Atrapé el primer golpe con ambas manos y tiré, arrastrando el brazo del mech hacia abajo y a mi izquierda. La estúpida máquina clavó sus pies en el suelo, pensando que podría evitar que la arrastrara al suelo. En su lugar, con el acolchado del sillón entre nosotros, empujé. El mech intentó golpear con su otro brazo, lanzando el segundo acolchado por lo bajo.

Lo recibí con mi rodilla mientras empujaba hacia adelante, doblando al mech hacia atrás mientras me desplomaba. Con su pie firmemente clavado en el suelo, el mech no hizo concesiones a mi empujón, su columna vertebral de serpiente doblándose para acomodar la fuerza. Como una S lateral, el mech se agitó mientras yo caía al suelo.

Lo que podría haber sido sombrío se convirtió en una oportunidad: agarré las piernas del mech mientras yacía en el suelo y las doblé. Con sus garras enganchadas en el suelo para obtener tracción, los tobillos del mech no pudieron hacer frente a mi esfuerzo lateral, y sus delgados huesos se rompieron. El mech golpeó el suelo ante mí, todavía con esos acolchados en sus brazos mientras la máquina trataba de averiguar por qué no podía ponerse de pie.

A mi derecha, Clara se agazapaba con otro Forjador detrás de una mesa volcada, que se estaba asando rápidamente mientras otros dos mechs flexibles la perforaban con láseres.

Era hora de ser un jugador de equipo.

Plantando mi pie izquierdo, giré la cadera, sosteniendo las piernas rotas del mech en mis manos. Lancé la máquina, que calculé que pesaba tanto como esa mesa tras la que se escondía Clara, y la envié volando. Los acolchados del sillón y el mech que los sostenía volaron unos metros para estrellarse como una larga bola de bolos metálica contra sus dos compañeros, derribándolos a todos en un enredo metálico desordenado.

Clara y su amigo aprovecharon la oportunidad, saliendo de detrás de la mesa para rematar el trabajo con disparos a quemarropa. Cuando se despejaron los destellos de sus disparos, noté que la tienda se había oscurecido nuevamente, salvo por algunas brasas que se aferraban a la vida. La pelea terminó tan rápido como había comenzado, con los Forjadores de pie victoriosos en medio de la ruina de los mechs.

—¡En marcha! —la voz de Leo resonó en la tienda mientras yo recogía la antigua arma del mech—. ¡Tenemos que seguir moviéndonos!

Breve y al grano. La orden de Leo tenía sentido: la sorpresa de los mechs de Alpha no nos había matado a todos —aunque vi a varios Forjadores tendidos en el suelo, inmóviles, mientras seguía a Clara fuera de la tienda—, pero seguramente lo harían sus refuerzos. Por ahora, los Forjadores habían demostrado que no se habían ablandado en sus años escondidos abajo.

En lugar de sucumbir a la emboscada de Alpha y morir, los Forjadores habían lanzado golpes más rápidos de lo que los mechs o sus láseres podían reunir. Mientras esas armas naranjas se cargaban, las obras artesanales de Leo escupían un fuego rápido, aunque menos letal. Los delgados cuerpos de los mechs yacían esparcidos por la tienda cuando salí, y la pasarela exterior tenía más cadáveres de mensajeros de los que jamás había visto. Una mirada por encima del borde mostró pequeños incendios en las pilas de chatarra de abajo.

El grupo de Leo se organizó rápidamente en la retirada, emparejándose y formando tríos según fuera necesario para ayudar a que los heridos se movieran. Los pies golpeaban el metal rápidamente, con Leo mismo retrocediendo a la retaguardia para hacerme compañía.

—Me alegro de ver que lo has logrado —dijo Leo, fijándose en mí y en mi cojera.

El hombre no parecía haber sufrido daño alguno, ni un solo rasguño en su cuerpo medio metálico. Líneas sombrías surcaban sus ojos, y el brillo que había estado detrás de su sonrisa improvisada cuando Delta y yo lo visitamos por primera vez ya no brillaba. Había perdido gente, y lo sabía.

—Lucháis como soldados —respondí.

—Luchamos como gente que ha pasado mucho tiempo sin mucho que hacer —dijo Leo—. Años y años encerrados en la Fosa nos dieron mucho tiempo.

—¿Que elegisteis pasar practicando la guerra?

—Practicando la supervivencia —Leo asintió hacia Clara y los otros Forjadores—. Todos queríamos ver aterrizar a la Nave Estelar, y nada iba a interponerse en nuestro camino —La sonrisa de Leo creció y, por un instante, ese brillo volvió—. Gamma, algunos de nosotros vimos verdaderos combates entre las facciones de la Nave Estelar. Esos mechs de atrás no estaban exactamente hechos para la guerra. Un verdadero humano con un arma, eso sí que da miedo.

—O Delta con su espada.

—O eso.

Pasamos por tiendas, hogares y bares que tanto había como no había visto antes. Por un lado, las reliquias en ruinas parecían todas iguales, todas parte de la decadencia de la Nave Estelar. Por otro, cada lugar tenía su propia historia, desde las imágenes que se aferraban a las paredes hasta las notas y nombres garabateados, rayados o atornillados a las puertas. Restos, desde juguetes de niños hasta libros y ropa, yacían a la vista mientras caminábamos, y vi a más de un Forjador contemplando el pasado con una larga mirada.

Una historia sin sangre, los detalles biológicos borrados del registro por los implacables mechs de limpieza. Cuerpos expulsados por las esclusas de aire, fluidos fregados, dejando solo restos artificiales. Kaydee me había contado que las partidas normales habían sido momentos de ceremonia y recuerdo, entregando los cuerpos a las estrellas en lugar de arrojarlos con la basura inútil. Ya no había más ceremonias aquí, solo exclusión, extinción.

¿Leo y Val traerían de vuelta esas despedidas? ¿Me darían una de ellas cuando mis circuitos finalmente fallaran?

¿O me prepararían como a Kaydee, mis funciones devueltas a la red para encontrar un nuevo hogar como código sin forma, flotando para siempre hasta que alguien me dijera qué hacer, quién ser?

—¿Gamma? —dijo Leo, devolviéndome a la pasarela. Adelante, el Jardín se alzaba, su extensión cruzando el

Conducto y bloqueando la niebla azul con su cáscara retorcida y podrida—. ¿Alguna idea?

Los Forjadores se reunieron cerca de la entrada del Jardín, flanqueando la puerta pero sin avanzar más allá. Me di cuenta del porqué incluso cuando Leo empezó a decírmelo: dentro, se oían fuertes combates. Voces humanas, sí, pero muchos más golpes, choques, desgarros. El propio Jardín parecía temblar con la guerra en su interior.

—Val no debería estar aquí —dije—. Se retiraron para establecerse cerca de la popa y esperar.

Leo asintió.

—Creo que no es del tipo que se retira.

—¿Qué quieres decir?

—Si estás en inferioridad numérica y tu enemigo te da la espalda, sería un error dejar pasar la oportunidad de atacar —Leo agitó un dedo en el aire, en un círculo apretado. La señal para armarse, prepararse—. Especialmente si estás desesperado.

Humanos y sus tácticas insensatas. Sorpresa o no, Val no tenía los números para acabar con el ejército de Alpha. No sola. No a menos que pensara que estaría apretando al ejército de Alpha entre las mortíferas espadas de Beta y Delta y sus propios cazadores.

No lo habría sabido, no podría haber sabido que las otras dos naves ya estaban muertas.

—Tenemos que ayudarlos —dije, pero no hacía falta.

Leo ya tenía a sus Forjadores en marcha, la puerta del Jardín abriéndose con los sonidos de la batalla derramándose. Se habían comprometido con nuestra causa, y ya habían sangrado por ella.

No tenía duda de que íbamos a sangrar más.

CUARENTA Y SEIS

FIESTA EN EL JARDÍN

Vadeamos por un humedal, los niveles más exuberantes del Jardín comenzaban en nuestro punto medio del Conducto. Delgadas jardineras se extendían en capas a lo largo de las oscuras paredes, diodos esporádicos suministraban rayos UV a plantas sobrecrecidas inmersas en batallas biológicas, una lucha no muy diferente a la que nos dirigíamos. Por lo demás, las oscuras sombras del Jardín dominaban, con enredaderas que se extendían de lado a lado y musgo que se pegaba a nuestras botas.

Leo me colocó al frente, una bandera de tregua reconocible para los humanos en caso de que nos topáramos con ellos, una posibilidad dada nuestra velocidad y la falta de luz. Sin una linterna propia, me sumergí hacia adelante con haces de luz cruzando sobre mis hombros y a mis costados provenientes de otros Forjadores, guías a través de la humedad.

Los sonidos resultaron ser una mejor guía que la luz, la lucha era más fuerte dentro de la puerta y trazaba un camino claro a través de los giros y vueltas hacia el centro del Jardín. Nada nos molestó, el ejército de Alpha estaba preocupado con sus objetivos humanos.

Mientras caminábamos, Leo susurraba estrategias a la banda, órdenes silenciosas que se propagaban de rango en rango detrás de nosotros. Armas listas, por supuesto, pero mantener el fuego cruzado al mínimo. Apuntar con cuidado. El daño colateral podría condenar cualquier alianza antes de que siquiera comenzara.

Nada de granadas.

—¿Tienen granadas? ¿En el espacio? —pregunté—. Eso es un riesgo.

—Sobrecarga un láser y mezcla un poco de aire, y obtienes una explosión —dijo Leo—. Las bombas ya están aquí, solo necesitamos usarlas con cuidado.

¿Cómo habían mantenido los humanos la Nave Estelar intacta durante tanto tiempo?

Extrañaba a Kaydee. Ella habría aparecido con algún comentario sobre cómo los mechs estaban haciendo un peor trabajo que los humanos. O tal vez me habría tranquilizado, explicando el poco riesgo relativo que una granada podría representar aquí en el Jardín. No exactamente cerca del vacío.

En cambio, solo tenía mis propios pensamientos y nada más.

Encontramos el conflicto en el centro. No en nuestro nivel, eso habría sido demasiada suerte, sino varios niveles más abajo, donde el aire se enfriaba y el agua se secaba. Cerca de donde Delta, Beta y yo nos habíamos lanzado contra el Canciller.

Los Forjadores se unieron a mí, rodeando el pozo central y mirando hacia abajo. A diferencia de su propia batalla con los mechs, esta se libraba en las sombras. Los humanos de Val no tenían láseres y el ejército rudimentario de Alpha tampoco venía preparado. Chispas, golpes metálicos, chillidos y apuñaladas resonaban hacia arriba. Las órdenes se colaban entre los sonidos de la batalla, las voces de Val y Chalo eran distinguibles en la refriega, cada uno llamando a la fuerza a reagruparse, a mantenerse unidos.

—No es una maniobra confiada —dijo Leo—. Si se rodean, serán rodeados y destruidos. No hay retirada.

—¿Retirarse a dónde? —repliqué—. Los mechs de Alpha no se cansarán, no descansarán. Solo seguirían y destruirían a cualquiera que se quede atrás.

Leo apretó los labios, me miró de reojo y dijo:

—Entonces esto es todo. O ganamos aquí, o lo perdemos todo.

No discutí.

—A las escaleras —dijo Leo, haciendo un gesto circular con el dedo—. Vayan, destruyan cualquier máquina que vean. Trabajen juntos, supliquen paz si se encuentran con otro humano. Si intentan atacarlos, corran.

Ni un solo Forjador, ni siquiera Clara, cuestionó sus palabras. Las historias del Bibliotecario tenían gente así, los líderes que podían inspirar devoción absoluta. Este grupo seguiría a Leo adonde los llevara, aunque pudieran quejarse un poco en el camino.

Me dio un poco de envidia.

Aferrándome a mi bláster prestado, me uní a los Forjadores en su descenso, manteniéndome hacia atrás para no interferir con sus tácticas de escuadrón. Podía escuchar a Kaydee susurrando *cobarde* mientras los cyborgs mitad metal, mitad humanos dividían las escaleras en mitades, superponiendo sus campos de tiro y entregando una muerte rápida a los mechs que encontrábamos en el camino.

¿Cobardía o sabiduría?

Mantuve un oído atento a sonidos particulares, el

choque de hoja contra metal en secuencia rápida, el trabajo de un rayo. O los golpes secos y rápidos cuando los cuchillos encontraban sus objetivos. Pero la música característica de Delta y Beta no nos alcanzó mientras descendíamos, poniendo un freno a nuestro brillante rescate.

Eso es lo que era también: brillante. Los Forjadores de Leo llegaron al nivel de Val, solo uno por encima del bosque cubierto de nieve donde yo había luchado antes, desde ambos lados. Los mechs revoltosos de Alpha, que buscaban aplastar a los humanos en el centro del nivel, no estaban vigilando sus flancos. Fuego naranja, blanco y azul mordió los armazones metálicos, haciendo estallar fuentes de energía, quemando extremidades de acero y enviando a las pobres máquinas al olvido.

Estos tampoco eran los mechs rápidos y mejorados contra los que habíamos luchado, sino las viejas tropas pesadas de Alpha. Los mechs de basura y culinarios convertidos, los limpiadores y mensajeros. Armados con tácticas básicas y armamento improvisado, los mechs gemían mientras sus motores chirriaban, intentando, sin éxito, hacer frente a la emboscada.

No tuve que disparar ni una sola vez antes de que el asalto terminara en un tranquilo bosque de pinos ahora cubierto de escombros mucho más pesados que agujas. Caminé entre los restos humeantes y me uní a Leo en el centro del nivel. Los Forjadores, por orden de Leo, mantenían una amplia distancia de los humanos, con las armas bajas y cerca de la cobertura. Unas dos docenas de humanos observaban, cansados, ensangrentados, pero sin miedo.

Un par de caras familiares se encontraban entre el grupo.

Val y Chalo seguían vivos, aunque el brazo izquierdo de este último tenía un corte largo y desagradable. El dolor se reflejaba en sus ojos apretados, sus labios apretados mientras nos veía pasar a Leo y a mí. Val igualaba la mirada dura de Chalo, con su propia lanza clavada en el suelo por la culata. Cables y metralla se aferraban al arma, evidencia de que Val no había liderado desde atrás.

No es que esperara que la luchadora evitara el combate.

—Paz, Val —abrí la conversación—. Estamos de tu lado.

—Gamma —dijo Val, clavando sus ojos en mí e ignorando a Leo.

Los otros humanos, ante una señal que no capté, dejaron caer sus flechas tensadas, sus armas volvieron a los cinturones y las manos se movieron para atender las heridas. Al principio pensé que Val continuaría después de decir mi nombre, pero si los ojos de Chalo reflejaban dolor, los de Val hervían. Podría haber despedido a sus guerreros para que atendieran sus necesidades, pero su agarre firme en la lanza sugería que no creía que la pelea hubiera terminado.

—¿Quiénes son estas personas y dónde están Delta y Beta? —preguntó Val, una apertura no poco razonable.

Entregué la versión corta de la historia, con Leo haciendo la jugada inteligente y manteniéndose en silencio. No es que el hombre no pudiera responder por sí mismo, pero Val tenía un aire que decía que hablar cuando se le hablaba funcionaría mejor que la alternativa.

—Entonces hemos perdido —dijo Val cuando concluí—. No lograste destruir las Líneas de Fabricación, y estamos sin nuestras dos armas más poderosas. Cuando Alpha traiga su próxima fuerza, seremos destruidos.

—Ahí está el optimismo que necesitaba —respondí, sorprendiéndome a mí mismo con el sarcasmo. La influencia de Kaydee combinada, tal vez, con el agotamiento por todo lo que habíamos soportado—. Tenemos decisiones que tomar, Val. Empezando por las Voces. ¿Las reconectaste?

—Conectamos la unidad a una terminal —respondió Val
—. Nada más que eso. ¿Dijiste decisiones? ¿Qué decisiones?
Retirarnos nos lleva a un rincón.

Asentí hacia el agujero en el medio del nivel que
conducía hacia abajo.

—Buscaremos. Delta y Beta cayeron, pero podrían
haber sobrevivido. Envía un grupo abajo. Todos los demás
deberían fortificar lo que puedan, prepararse para el
próximo ataque.

Chalo se burló esta vez:

—El Jardín tiene demasiadas puertas, recipiente. Más
de las que tenemos soldados para vigilar.

—Gamma puede encargarse de esas puertas —dijo Leo
—. El centro de control del Jardín está arriba. Podemos
usarlo para sellar cada nivel que queramos.

—Los mechs simplemente entrarán por la fuerza.

—No rápidamente —Leo asintió hacia las plantas a
nuestro alrededor—. El Jardín tiene sellos fuertes. Necesarios para evitar que cualquier cosa peligrosa del exterior
dañe nuestro suministro de alimentos.

Val movió los ojos de Leo a mí. Mantuvo ese agarre en
su lanza. Estaba a punto de reiterar el plan, decir que deberíamos irnos, pero me detuve. Los humanos tenían nociones
extrañas sobre el poder y quién podía ser autorizado para
ejercerlo. Leo y yo podríamos haber formado el plan, pero
dejar que Val fuera quien lo aprobara...

Podría estar ahorrándome problemas para más adelante.

—Chalo, ve con Gamma a la cima del Jardín. Leo, toma
lo que necesites y ve a buscar a nuestros amigos desaparecidos. Yo nos mantendré aquí —dijo Val, luego golpeó la
culata de su lanza en el suelo—. Ahora.

· · ·

EN CUANTO A COMPAÑEROS IDEALES, Chalo dejaba algo que desear. El cazador me dejó liderar, acechando detrás de mí con su brillante atuendo de metal emplumado. El hombre llevaba una hoja áspera en una mano y un láser recuperado en la otra. Un trozo de tela envolvía su brazo cortado, arrancado de alguien que ya no lo necesitaría. No dijo una palabra mientras subíamos escalera tras escalera, pasando de lo seco a lo exuberante en una luz tenue.

A pesar de que Alpha había retirado su fuerza, los Jardines estaban lejos de estar en silencio. Los humanos abajo hacían su propio ruido, claro, pero pisadas y crujidos resonaban en los niveles que pasábamos. Que hubiera mechs aún moviéndose no era una pregunta, si alguno intentaría venir tras nosotros sí lo era. Unos pocos polinizadores podríamos manejarlos, unos pocos de esos mechs flexibles armados serían un problema.

Comencé media docena de conversaciones diferentes en mi mente antes de dar con la frase correcta. Chalo mantenía su honor en alto, y no quería pisar alguna convención humana, pero tampoco quería ir todo el camino en silencio. Al final de esta subida probablemente necesitaría encontrar un puerto, desaparecer en el ciberespacio, y Chalo sería el único cuidando mi espalda.

—¿Estás bien? —pregunté.

—¿Qué clase de pregunta es esa? —Chalo respondió bruscamente—. He perdido familia y amigos hoy, y me arriesgo a perder mucho más antes de mañana.

De acuerdo, no fue mi mejor comienzo.

—Lo sé —dije mientras dejábamos atrás un nivel pantanoso, el aire espeso y húmedo—. Yo también.

—Tú no estás vivo. No perdiste a nadie.

—¿Eso es lo que crees?

—No es una creencia, es un hecho. Eres un programa. Cualquier cosa que sientas puede cambiarse en un momento.

No estaba equivocado. Podría borrar el agujero donde solía estar Kaydee. Podría borrar a Beta y Delta de mi memoria.

—Estoy eligiendo no hacerlo —respondí—. Quiero mantener sus recuerdos, quiero sentir el dolor.

—¿Por qué?

—Porque les debo al menos eso.

Chalo no respondió a eso y seguimos caminando, subiendo. Nivel tras nivel pasó, el ápice del Jardín acercándose cada vez más. No me molesté en iniciar otra conversación y Chalo tampoco hizo ningún movimiento. Caí en una especie de ensueño, dejando que mis piernas subieran las escaleras automáticamente mientras me desviaba hacia los últimos días.

Extrañaba a mis amigos.

El centro de control del Jardín tenía una entrada poco auspiciosa. Una escalera arriba del nivel más alto del Jardín, una piscina sin plantas dedicada a bombear agua desde Pureza y verterla en cantidades precisas a través de tuberías, la cascada central y otras vías, la cima del Jardín comenzaba con una simple puerta con una gema roja. Otra cerradura que forzar, esta vez sin la ayuda de Kaydee.

Junté mis dedos, le dije a Chalo que me tomaría un minuto y me conecté al puerto anidado en la parte inferior de la gema. Al menos la Nave Estelar no variaba sus programas de seguridad, ya que el mismo rompecabezas láser móvil que había visto antes me esperaba. Hice clic en los espejos digitales correctos, vi el satisfactorio destello verde y parpadeé de vuelta. La gema brilló en verde y presioné su cálida superficie.

El centro de comando del Jardín se extendía ante nosotros. Detrás, como si esperaran la señal de la puerta, todos esos crujidos, esos mechs que se mantenían ocultos, salieron a la luz. Patas metálicas, garras y pies golpearon las escaleras, cargando en nuestra dirección.

—Ve —dijo Chalo, moviendo su volumen para llenar la escalera—. Salva a mi gente, Gamma.

Al menos dijo mi nombre.

CUARENTA Y SIETE

MANTENER LA SALA

Dejando a Chalo solo, examiné detenidamente el panel de control con diseño de madera que controlaba los múltiples biomas del Jardín. Las pantallas burbujeaban en secciones, suficientes para cinco personas en los mejores tiempos de la Nave Estelar. Los nítidos visuales coincidían de una pantalla plana a la siguiente, cada una mostrando una interfaz estándar de la Nave Estelar. En el centro de cada una, una G redondeada ocupaba la posición principal.

Al menos no lo habían hecho difícil.

Chalo soltó un bramido y escuché el zumbido de su arco. Siguió el sonido metálico de la flecha. Un impacto, pero era imposible saber si había sido efectivo.

Elegí una pantalla y toqué el icono del Jardín. Esperaba a medias que apareciera un mensaje pidiendo nombre de usuario y contraseña, alguna medida de seguridad que me impidiera entrar así como así, pero nada detuvo el inicio del programa. Quizás la cerradura de la puerta era suficiente, o alguien había eliminado esas medidas de seguridad años atrás.

De cualquier manera, los controles del Jardín estaban

ante mí, con fondo negro y texto blanco que se adaptaba a la poca luz. Un informe estadístico dominaba mi monitor, con cada bioma desglosado en mediciones con marcadores ideales para cosas como temperatura, humedad y flujo de agua. Hermosos gráficos pequeños con símbolos llenando cada píxel disponible. Mi atención se dirigió a la fila inferior, que presentaba opciones en una sola línea de botones rectangulares. La opción más a la derecha decía *Emergencia*.

Supuse que esto calificaba.

Mientras Chalo disparaba su cuarta flecha, toqué el botón. En lugar de una o dos opciones, cada bioma pasó de un gráfico a una lista. Podía drenar la humedad de la selva, inundar el desierto, convertir la tundra en un horno. De nuevo, la fila inferior me salvó, con una opción obvia para sellar la instalación.

—¡Lo encontré! —grité, presionando el botón.

Chalo gruñó, dejando caer su arco y cambiando a su hacha, el primer golpe causando la muerte quejumbrosa de un mech. El Jardín se estremeció con el golpe mientras todas sus puertas se cerraban de golpe, seguidas por barreras de emergencia. Máquinas largamente dormidas cobraron vida, acelerando para filtrar el aire que ya no podía viajar al resto de la Nave Estelar. Después de cinco largos segundos, el monitor parpadeó, indicando que el cierre de emergencia había sido exitoso.

Hecho. Nos habíamos encerrado en un Jardín aún repleto de mechs furiosos.

—¡Recipiente! —gritó Chalo—. ¡Ayuda!

Me di la vuelta y vi a Chalo más a la defensiva que al ataque mientras retrocedía hacia el centro de control. Un mech de cuchillería giratorio tenía sus brazos y cuchillos dando vueltas, obligando a Chalo a una desesperada deflexión tras otra. Nuevos cortes ya marcaban la armadura del hombre, con trozos esparcidos por el suelo oscuro.

Afortunadamente, no necesitaría acercarme a la criatura. Mi láser robado hizo su trabajo, escupiendo energía caliente por el lado izquierdo de Chalo y llenando al mech de cuchillería de agujeros ardientes. La máquina de Alpha dejó de girar, doblándose, con sus extremidades colgando. Un momento de victoria robado cuando el siguiente mech en la fila empujó a su contraparte a un lado.

—Está hecho —dije mientras Chalo arremetía con un corte a dos manos contra un mech de basura más pequeño y de dos brazos—. ¡Podemos irnos!

—Espera —dijo Chalo, su hacha atravesando la débil defensa del mech y triturando cables, cordones y circuitos. Me miró mientras el mech se tambaleaba hacia atrás—. ¿Puede alguien abrir las puertas desde aquí?

—¿Sí? —Nivelé mi láser, manteniendo los dedos en el gatillo. Tan pronto como un mech mostró su cara metálica en la escalera, disparé. Esperaba que Chalo no se diera cuenta, pero apunté a los lados, a las extremidades. Incapacitar, no destruir—. Si otra persona viene aquí, podría revertir el bloqueo.

—Entonces mantendremos esta sala hasta que Val nos diga lo contrario.

Disparé de nuevo, alcanzando a un pequeño polinizador y enviando la máquina ardiendo hacia un lado. Mi arma, de fabricación improvisada, no me decía nada sobre su energía, pero no duraría para siempre. Chalo tenía su hacha, una herramienta que funcionaría mientras sus brazos pudieran blandirla.

A juzgar por los continuos golpes en las escaleras, tendría que blandir durante mucho tiempo.

Pero si nuestros esfuerzos le daban a Val el tiempo suficiente para encontrar a Beta y Delta, ¿para planear un ataque?

—Mantendremos la sala —dije, y Chalo asintió.

Mi láser nos compró otros tres mechs antes de que su fuego se apagara. El siguiente en la fila, un trineo de carga de un metro de largo que tosía, subió las escaleras y entró en la sala. Su frente y costados tenían metralla incrustada, creando una muerte móvil.

Chalo no pareció importarle.

Tras mi fallo, el guerrero cargó contra el trineo rodante. No se presentaba ningún punto débil, pero Chalo debió apostar por sus habilidades, acercándose al trineo antes de lanzarse en un salto sobre el mech. Si el trineo no hubiera estado avanzando —hacia mí, ahora—, Chalo se habría empalado en la cosa. En cambio, el luchador golpeó las baldosas salpicadas de chatarra detrás del trineo, giró y cortó las orugas traseras de la máquina con su hacha. La parte trasera del mech se estrelló contra el suelo, lanzando chispas mientras sus ruedas cavaban surcos.

Atascado, el trineo pudo hacer poco mientras Chalo lo atacaba, cortando piezas con cada golpe. Abandoné los monitores para recoger un trozo desprendido, un cuchillo dentado que me cortó la piel al sostenerlo. Una herida que valía la pena soportar por un arma. Cuando Chalo encontró el procesador, los gemidos del trineo cesaron con un agudo chillido.

—Bien hecho —le dije al guerrero cubierto de sudor mientras ambos nos girábamos para ver qué monstruo nos lanzaría Alpha a continuación.

—Beta me enseñó bien —respondió Chalo—. Me niego a creer que se haya ido.

Deseé poder hacer lo mismo.

Cuando ningún mech subió para enfrentarnos, me

atreví a asomarme al borde de la escalera para mirar hacia abajo. La mirada confirmó que cualquier esperanza estaba fuera de lugar: los mechs solo habían aprendido que su enfoque de uno en uno no estaba funcionando. En cambio, otro trineo rodante se acercaba, pero esta vez varios mensajeros zumbaban sobre él, sus láseres ya brillando en verde. Las sombras cambiantes en el propio trineo sugerían que también había jinetes.

—Dime que están huyendo —dijo Chalo mientras yo retrocedía.

—Peor —respondí—. Se están agrupando.

Chalo me hizo un gesto para que fuera a la izquierda mientras él se daba algo de espacio. Su mismo truco podría funcionar si yo me encargaba de los mensajeros, así que levanté mi cuchillo como una jabalina.

El trineo subió disparado por los escalones hacia la sala, rodando más rápido que su compañero. Los mensajeros lo siguieron a chorro, dos girando hacia mí mientras el tercero soltaba un disparo contra Chalo. El láser quemó la malla del guerrero, y posiblemente la atravesó, a juzgar por la maldición del hombre. Lancé mi cuchillo cuando los dos se volvieron hacia mí, clavando al primero y haciéndolo estrellarse.

El segundo me tenía a su merced.

Pero no contaba con mi perro.

Alvie voló como un misil, ladrando con un jadeo hacia el mensajero como si fuera una pelota de tenis fresca. Las mandíbulas metálicas del perro se cerraron sobre la pequeña máquina, llevándola al suelo en un giro donde los motores del mensajero explotaron. La explosión lanzó a Alvie hacia atrás, pasando por encima de Chalo y directamente contra una terminal, rompiendo su pantalla y rodeando al perro de chispas.

Mientras gritaba el nombre de Alvie, el trineo continuó su misión asesina. Cuatro polinizadores saltaron de su cama, dirigiéndose hacia Chalo y hacia mí. El luchador, vacilando ante la aparición de Alvie, recordó su plan justo a tiempo para un salto de un paso. Sin la carrera previa, el salto de Chalo careció de distancia, y rozó la parte trasera del trineo, el metraje cortando una brecha y enviándolo al suelo.

Pateé al primer polinizador que me alcanzó, haciendo volar a la pequeña máquina. El segundo se aferró a mi pierna, subiendo rápidamente y apuñalándome con sus pequeños extremos. Lo arranqué, sosteniendo al mech en mis manos, cuando escuché a Chalo gritando una advertencia.

El trineo había encontrado un nuevo objetivo: yo.

Con sus orugas chirriando, el trineo giró y se lanzó a través de los pocos metros hacia mi estómago. No tenía más armas que el polinizador en mi mano.

Lo cual tendría que bastar.

Me agaché, sosteniendo firmemente al polinizador que se retorcía, y esperé un breve segundo a que el trineo se acercara. Con menos de un metro separándonos, lancé mi mano derecha en un uppercut, empujando con mis pies al mismo tiempo. El polinizador encabezó mi golpe, sirviendo tanto de garrote como de protector, cortando las púas delanteras del trineo. Sentí que el metal se partía, sentí un dolor punzante en mi mano, pero vertí cada onza de fuerza y energía en ese golpe.

Cualquier otra cosa significaba la muerte.

El trineo se inclinó hacia arriba, pesado pero no imposible. Su frente raspó mi cara, trazando líneas en mis mejillas, mi frente, pero sin lograr empalarme. Las orugas silbantes vinieron después mientras yo empujaba el trineo verticalmente. Las orugas tiraron de mi cuerpo, pero empujé mi brazo derecho más allá de ellas, mi piel desgarrándose por la fricción. Los bajos del trineo quedaron desprotegidos por un momento mientras mi puñetazo levantaba el mech hacia arriba.

Agarrar las entrañas de otro mech nunca se sintió tan bien y tan horrible a la vez. Mi mano izquierda se envolvió alrededor de los cables, el núcleo del trineo, y tiró. Con chasquidos, silbidos, gemidos y chirridos de dolor, el motor del trineo se desarmó. Sus orugas se detuvieron, y juntos, tanto el trineo como yo caímos de vuelta al suelo. La gran máquina se volcó boca abajo mientras yo terminaba de espaldas, mis ojos brillando en rojo mientras piernas, brazos y ojos informaban daños.

Podría haber usado la actitud alegre de Kaydee en ese momento, porque estaba acabado.

Mechs muertos llenaban la sala de control del Jardín. Retumbos, gruñidos y chirridos desde abajo insinuaban que las máquinas de Alpha aún no habían terminado. Chalo parecía vivo, luchando con los polinizadores. Una suave luz roja iluminaba el espacio, algo que había cambiado cuando activé el modo de emergencia, un cambio de color que no había notado en ese momento pero que ahora parecía muy apropiado. Habíamos dado todo lo que podíamos, lo que teníamos que dar para comprar algo de tiempo a los humanos.

—Chalo —dije, mi voz aún funcionando—. Ahora depende de ti.

Vi a un polinizador volar escaleras abajo, luego escuché un hacha golpear a otro. La cabeza de Chalo apareció alrededor del trineo volcado un momento después, la armadura del hombre hecha jirones, un centenar de pequeños cortes mostrando dónde los polinizadores habían hecho su trabajo.

Su hacha colgaba baja, pero lista, en su mano. Me dio una larga mirada, frunciendo el ceño.

—¿Incapacitado?

Intenté levantar mi brazo izquierdo. Tembló, luego volvió a caer al suelo. —Bajo de energía, bajo de fuerza. Ya no puedo luchar.

Chalo asintió. —Entonces lucharé por los dos.

—Deberías huir antes de que envíen más —respondí—. Vuelve con Val, adviérteles que no tendrán mucho tiempo.

No dije lo que realmente sentía. No dije que el guerrero no debería morir aquí. El hombre odiaba a los mechs, seguro, pero era condenadamente bueno destruyéndolos, una habilidad que los humanos de la Nave Estelar necesitaban desesperadamente.

Antes de que Chalo pudiera tomar una decisión, rápidos golpes subieron por las escaleras. Otro mech al ataque. Chalo se giró, levantando el hacha para un golpe que partiría el cráneo. Un color negro y amarillo entró en la sala y Chalo inició su golpe. El hacha golpeó con fuerza, resbaló por los hombros del nuevo mech y rebotó.

Dos ojos amarillos en un rostro que se estrechaba se volvieron hacia Chalo mientras el luchador retrocedía, tratando de encontrar su voz. Yo encontré la mía primero.

—¿Volt?

El mech me notó, sus ojos cambiando a azul. —¡Gamma! —Volt pasó junto a Chalo, se inclinó sobre mí—. Te ves terrible, pero me temo que no hay tiempo para descansar. Las Voces te necesitan.

Por supuesto que sí.

CUARENTA Y OCHO

HACIA EL VACÍO

El leal perro lo logró. Antes de que Beta, Delta y yo partiéramos en nuestra condenada búsqueda de las Líneas de Fabricación, le dije a Alvie que se dirigiera hacia donde estaba Volt. El monitor de energía de la nave había estado reparando el mech que dañé durante nuestro primer encuentro y, si había algo que recordaba de esa pelea, era que terminé necesitando que me reemplazaran la mayor parte de, bueno, mí mismo.

En otras palabras, Volt había fabricado un arma condenadamente buena, y Val podría necesitar una.

—El perro no dejaba de ladrar —dijo Volt, ayudándome a llegar a una terminal, sus ojos volviendo a su azul curioso. Alvie, vivo pero cojeando después de morder la bomba, se acercó junto con nosotros—. Alvie ladraba y gemía para que lo siguiera, luego corría hacia la salida. Cuando intentaba seguirlo, corría hacia mi esposa e intentaba llevarla también.

—Cachorro inteligente.

—Obediente, en todo caso. Nos pusimos en marcha, y no soy rápido, entiende, pero nos movimos y vimos todas estas señales de los mechs de Alpha marchando en la dirección equivocada.

Detrás de nosotros, Chalo miró hacia las escaleras.

—¿Vienen más?

—Bimu se está encargando —respondió Volt—. Cuídate.

—¿Bimu? —pregunté.

Los ojos de Volt cambiaron a un rosa risueño.

—¿Qué, creías que mi esposa no tenía nombre? ¿Que solo la llamaba esposa?

—Supongo que nunca lo pensé.

—Qué mech tan educado eres, Gamma. Rompes a Bimu y ni siquiera preguntas su nombre.

—¿Lo siento?

—Como deberías. —Volt me colocó frente a una terminal funcional—. En fin, llegamos al Jardín y estas puertas se cerraron en nuestras caras. Alvie estaba furioso, así que le pedí amablemente a Bimu y ella abrió un nuevo agujero para nosotros. —Volt se tocó la cabeza—. Supongo que eso significa que el Jardín ya no es seguro, pero oye, salvamos tu vida, así que no puedes quejarte.

—¿Me estaba quejando?

—El lenguaje corporal dice mucho.

—Apenas puedo moverme.

Volt se encogió de hombros, sus hombros de metal naranja chirriando al subir y bajar.

—Nos estamos desviando del tema, Gamma. El punto es que, antes de que nos fuéramos, Alpha comenzó a desviar energía a los motores. Está planeando hacer otro movimiento, y necesitas entrar ahí para ver qué es.

No tenía muchas excusas. A pesar de que mi cuerpo era un desastre roto —lo cual sucedía con demasiada frecuencia para mi gusto— mi yo digital estaría perfectamente bien.

Mis baterías estaban bajas, pero conectarme a una terminal me ayudaría a obtener energía. Sin dolor, sin necesidad de dormir, podría seguir rodando de una pelea a otra, sin importar lo poco que quisiera hacerlo.

Así que con la ayuda de Volt, presioné mi pulgar y mi índice para formar el puerto. El mech me deseó suerte y me conectó a la terminal, enviándome al dominio digital de la nave.

APARECIÓ UN PANORAMA CELESTIAL, la red de la nave centelleando contra un lienzo negro. Cada punto representaba un centro, una terminal o servidor en algún lugar. Tendría que encontrar el que tanto Alpha como las Voces estaban usando, y luego ver si podía inclinar la pelea a nuestro favor.

—¿Ideas? —dije al vacío, esperando que Kaydee respondiera.

Oh, cierto. Tendría que resolver esto por mi cuenta.

Había cientos, posiblemente unos pocos miles de estrellas para elegir. Cada una tenía características. Terminal, servidor, su ubicación en la nave. Las Voces y Alpha luchaban por la dirección de la nave, hacia dónde irían sus motores, así que eso colocaba las ubicaciones en el Puente o en la popa como los centros más probables. Apliqué el filtro y la mayoría de las estrellas se apagaron. Los dos grupos restantes se separaron, el Puente a la izquierda, los Motores a la derecha.

Siguiente.

Alpha ya tenía el Puente. Podía hacer todos los ajustes de curso que quisiera desde allí, y dudaba que las Voces pudieran organizar un ataque a la red de la nave. Alpha, hasta ahora, había sido bastante dominante en la guerra digital, así que probablemente destruiría a las Voces si estas intentaban algo ofensivo.

Los Motores parecían más atractivos. Alpha podía establecer el curso que quisiera, pero si las Voces bloqueaban la respuesta de la nave, bueno, eso sería un sólido empate. Alpha, hasta donde yo sabía, no tenía ningún mech husmeando en la popa de la nave todavía, así que no habría posibilidad de una anulación física tampoco. Como corazonadas, parecía sólida.

Las estrellas del Puente desaparecieron, dejándome con unas escasas docenas. A partir de ahí, eliminé las terminales. Las computadoras independientes tendrían acceso a la red, pero la nave estaría analizando todas sus conexiones a través de un concentrador, y los Motores solo tenían uno. Un único punto de acceso leyendo el tráfico de red entrante y saliente.

Bingo.

—Apuesto a que estarías impresionada —dije.

Kaydee no respondió.

Esperaba algo que hubiera visto antes: una llanura cubierta de cristales, tal vez un paisaje medieval pantanoso. Incluso un edificio de oficinas. Sin embargo, todos esos estaban preparados para mi llegada. Construidos con visitantes en mente. En cambio, aquí, aterricé en una zona de guerra.

Aterrizar era la palabra incorrecta, ya que mis pies no tocaron nada. El lienzo negro que había usado para ver las estrellas parecía envolverme, salvo por los cortes de todos los colores que atravesaban el espacio, dándole tanto profundidad como dirección. Arriba y abajo, la extensión oscura contenía líneas que mostraban código revuelto, como si una cortina hubiera sido rasgada para revelar la fealdad detrás.

Lo que hacía esos cortes tampoco era difícil de encontrar, ya que la única luz en este lugar fracturado provenía de sus luchas. Bien lejos de mí, como una bombilla parpadeante que se encendía y apagaba a intervalos aleatorios, destellos amarillos y blancos atravesaban, volviendo todos los cortes negros por un instante.

Ridículo, pero ¿por qué esperaría algo diferente con Alpha involucrado?

No me moví tanto como floté hacia los destellos, esquivando los cortes a medida que avanzaba. Sin gravedad ni ningún punto de referencia, no tenía idea de qué tan rápido iba, si tendría algún impulso físico, pero los cortes pasaban cada vez más rápido mientras los destellos se hacían más y más brillantes.

Hasta que un resplandor amarillo iluminó a una persona justo en mi camino.

—Gamma, detente —dijo la persona, y con un pensamiento lo hice, justo en ese instante.

Sin impulso después de todo. Tan cerca, Leo se destacaba claramente, aunque su yo digital tenía una apariencia desaliñada. Su pecho tenía uno de esos cortes que lo atravesaba y salía por un lado. Los brazos y piernas del hombre parecían parpadear, las funciones que los mantenían unidos fallando una tras otra.

—¿Tan mal me veo? —dijo Leo ante mi mirada—. Supongo que Alpha logró dar algunos buenos golpes.

—¿Entonces es él? —dije, asintiendo más allá hacia los destellos.

Leo asintió.

—No está contento con nuestro sello.

—¿Tu sello?

Leo hizo un gesto a su alrededor.

—Todo esto. Cubrimos los Motores. Alpha no puede

hacer pasar su código, y si no lo hace pronto, la nave pasará de largo la ventana.

—Lo que significa que no podrá aterrizar.

—No por un tiempo, al menos.

Hasta la próxima ventana, cuando Alpha lo intentaría de nuevo. Mientras tanto, escupiría mechs para cazarnos a nosotros y a los humanos, atrapándonos en una guerra brutal que tendríamos que luchar día y noche, sin fin.

—El Capitán Willis está luchando contra él ahora —dijo Leo en el silencio—. Alpha ya ha destruido a todos los demás excepto a Peony, pero estamos perdiendo. Antes de que llegaras nos estábamos quedando sin ideas, pero tú puedes cambiarlo.

—¿Cortando la conexión?

—Sí.

La idea había surgido no hace mucho, cuando filtré los dos grupos de estrellas entre el Puente y los Motores. Si queríamos evitar que Alpha alterara la dirección de la nave, podríamos cortar la red por la mitad. Hacer que Alpha necesitara marchar físicamente por toda la nave. Por supuesto, habría otros riesgos...

—No —dije—. Eso solo lo retrasaría.

Más destellos más allá de nosotros, otra andanada.

—¿Ese es el punto? —dijo Leo—. ¿Mantener a Alpha alejado de lo que quiere hasta que todos ustedes encuentren una manera de detenerlo?

Vi todos esos mechs marchando hacia nosotros, la Canciller revivida con sus brazos y armas. Seguirían viniendo. Beta y Delta probablemente estaban muertos, robándonos cualquier posibilidad de una victoria armada. Necesitábamos algo más.

Alguna forma de cambiar el conflicto y privar a Alpha de su ventaja.

—Muéstrame a dónde quiere ir Alpha —le pedí a Leo.

Sin moverse, Leo llenó el espacio entre nosotros con una esfera naranja brillante. Varios planetas aparecieron, girando en órbitas cerradas alrededor de la estrella. Uno se destacó en rojo cereza.

—Ese es el objetivo que quiere —dijo Leo—. Habitable, pero ese no es el problema. —Dudó—. Alpha está tratando de hacer entrar a la nave tan caliente que el calor y la presión matarán a todo ser vivo a bordo.

Más destellos. Cortes. Creí oír gritar a un hombre y Leo se estremeció, pero los planetas en órbita se mantuvieron estables.

—¿Cuánto ajuste? —pregunté, señalando el planeta azul giratorio—. ¿Respecto a lo que Alpha quiere? ¿Cuánto?

—Mínimo —dijo Leo, con la voz apagándose. Levantó una mano, sosteniendo una pequeña astilla brillante—. Esto es lo que tendríamos que hacer en su lugar para nivelar el aterrizaje, mantenernos intactos.

—Lo hiciste rápido.

Una media sonrisa.

—Kaydee lo habría hecho más rápido, pero vi a dónde ibas. No sé cómo vas a pasar esto por Alpha, sin embargo.

—Déjame eso a mí —respondí, mirando más allá de Leo hacia esos destellos—. Solo distráelo. Yo me encargaré del resto.

—Ese es el problema, Gamma —respondió Leo—. Estamos quedándonos sin distracciones, y sin Voces. —Como para probar su propio punto, la mitad inferior de Leo se desvaneció en la nada, funciones corruptas devorándose a sí mismas—. Creo que esto es un adiós.

—Entonces tomaré lo que puedas darme.

Leo parpadeó, asintió.

—Ve por ellos, Gamma.

Pasé volando junto a él, sosteniendo la astilla y corriendo hacia los destellos, apilando todos los amigos que Alpha me había arrebatado y usando sus nombres para alimentar mi fuego.

CUARENTA Y NUEVE

REDIRECCIÓN

En carne y hueso, Alpha tenía el pelo largo y rojo, un cuerpo marcado por cicatrices autoinfligidas y una inclinación por las sonrisas maníacas. El recipiente podía pasar de la calma y la seriedad a la hiperactividad e imprevisibilidad en un abrir y cerrar de ojos. Las funciones corruptas plagaban su funcionamiento.

Pero eso no le impidió llegar al mundo digital con estilo.

Todos los que estábamos aquí éramos poco más que líneas de código, protocolos agrupados, declaraciones lógicas y operaciones reunidas en cuerpos mientras maniobrábamos por la red de la Nave Estelar. Yo me veía como yo mismo, un hombre humano común flotando en la oscura extensión. Alpha eligió otra vestimenta: al igual que los mismos mechs de cubiertos que comandaba, el hombre adoptó una forma monstruosa de metal rojo, con diez brazos cortos y largos sobresaliendo en todos los ángulos y terminando en garras, cuchillos y hojas.

El demonio se veía oscuro cuando me acerqué por detrás, sus continuos golpes causaban destellos cegadores uno tras otro mientras su torbellino golpeaba a la pobre alma del otro lado. No podía ver el objetivo, no podía ver la defensa levantada para resistir el asalto de Alpha, pero el encuentro parecía tan unilateral como cualquiera que hubiera visto: Alpha atacaba y atacaba sin sufrir represalias.

Las Voces solo estaban retrasando, y su esperanza residía en mi mano derecha.

La astilla de Leo, una línea brillante y cristalina, necesitaba un lugar para inyectar su código. Mirando a Alpha, que ni siquiera se había molestado en apartar la vista de su objetivo, no había muchas opciones obvias. El propio Alpha, el cuerpo principal del mech que atacaba frente a mí, rechazaría el código o, peor aún, se daría cuenta de su propósito e impediría cualquier otro intento.

No, con todos esos cortes de cuchillo, Alpha quería deslizar sus instrucciones hacia los motores de la Nave Estelar, hacerlos arder hacia su nuevo mundo. Necesitaba introducir las alteraciones de Leo justo ahí.

En otras palabras, necesitaba deslizar el código en el brazo, el cuchillo, la espada o lo que fuera con lo que Alpha golpeara y asegurarme de que ese fuera el que llegara a los Motores. Diez opciones, y tenía que acertar con la correcta.

Pan comido.

Extendí la mano, un intento tentativo con una pequeña función para ver cómo reaccionaría la red de la Nave Estelar. La calamidad de Alpha demostraba que, al menos él, podía darse a sí mismo una transformación apocalíptica. Las Voces también podían añadir su oscuro velo. ¿Hasta dónde podría yo forzar los límites?

En mi propio ciberespacio, las cavernas digitales dentro de mis propios discos, tenía el control absoluto. Cualquier cosa que pudiera ser codificada podía ser creada. Aquí, mientras me extendía, sentía la resistencia. Bloques que me impedían, por ejemplo, copiarme un millón de veces o simplemente borrar a Alpha de la existencia. La red parecía interesada en preservar la estabilidad, permitiendo que programas como Alpha y yo interactuáramos entre nosotros con restricciones flexibles.

Podía trabajar con eso.

En un parpadeo, me transformé en sombras, envolviéndome en la misma oscuridad que usaban las Voces. Un manto para evitar que Alpha me detectara, y que esperaba fuera lo suficientemente bueno mientras me acercaba sigilosamente. El monstruoso mech de Alpha se alzaba enorme. Los brazos del recipiente se arqueaban hacia atrás y golpeaban como cobras, sus tajos moviéndose en un patrón predecible y constante mientras cortaban en la oscuridad más allá. Un ataque monótono e inevitable.

Una rutina.

El pensamiento me golpeó cuando vi las formas que se defendían al otro lado. Las Voces restantes: Peony y Willis, se movían rápidamente para reparar los cortes a medida que los golpes de Alpha creaban otros nuevos. Cuatro manos no podían moverse tan rápido como diez brazos, y el dúo estaba abrumado. Una de las razones yacía disolviéndose a sus pies: el doctor, cortado y desvaneciéndose mientras el código de Alpha lo devoraba.

—Me preguntaba si ibas a aparecer —dijo Alpha, su voz retumbando en el espacio digital—. Cuando mis mechs informaron que el Jardín había sido sellado, imaginé que podrías unirte a nuestra diversión aquí dentro.

Con su asalto demoledor marchando hacia la victoria, Alpha puso el ataque en automático para molestarme. Podría haberme visto flotar dentro, pero ningún brazo vino a barrerme, ningún ataque vino a despedazarme. Tenía que esperar que no supiera exactamente dónde estaba yo o qué venía a hacer.

Tenía que hacerlo, porque la alternativa hacía que todo esto fuera inútil.

—Acabo de tener la conversación más interesante —continuó Alpha—, con un nuevo mech traído de las Líneas de Fabricación.

Se detuvo, rió mientras un brazo con un largo cuchillo pasaba sobre mi cabeza. La hoja se clavó en la oscuridad cerca del Capitán, visible por un momento mientras pintaba el último corte. El arma se quedó atascada en la oscuridad por un segundo, luego se desgarró hacia abajo y lejos. Otro destello brillante, y un nuevo corte mostró una pizarra gris al otro lado: los motores de la Nave Estelar, esperando su orden.

—Creo que la conoces —dijo Alpha—. ¿Kaydee?

Observé el corte, los brazos que se balanceaban, y aparté las palabras de Alpha. No importaban en este momento. Lo que sí importaba era cuál arma haría el primer golpe abierto. Una hoja plana parecía la candidata más probable, cortando en un golpe descendente hacia la nueva abertura. Me tensé, listo para saltar y clavar la astilla de Leo en el arma.

El corte comenzó a cerrarse, la forma capaz de Willis apareciendo en la hendidura y trabajando con sus manos a través de la oscuridad. El código arreglaba el código, la lógica rota se restauraba al sentido, cada línea devolviendo la barrera.

Pero no lo suficientemente rápido.

El golpe de Alpha atrapó el corte a medio formar y maldije mi vacilación. No había saltado, pensando que Willis rechazaría el golpe, excepto que ahora la hoja parecía atascada en la brecha. Alpha sacudió el brazo, riendo ahora, y arrancó la espada. Del otro lado vi por qué la espada se había atascado: Willis, con un nuevo corte brillante en el pecho, parpadeaba. El rostro del hombre no se sacudió, no tartamudeó, pero miró fijamente a través del corte mientras su código comenzaba a fallar.

Una Voz, un programa que había vivido en la red de la Nave Estelar durante tantos años, se derrumbó. No como un humano, un cuerpo con un fallo gradual, sino más bien como una niebla que se disipa con un viento repentino. Las líneas que definían a Willis, las funciones que retenían todos esos recuerdos, todos esos instintos, se rompieron y se desvanecieron.

—... ella dijo que eras aburrido, Gamma —Alpha estaba hablando, palabras que me había perdido en el shock por la repentina muerte de Willis—. Vagando por todos lados como un cachorro perdido, buscando a alguien que te diera un propósito. Lo intenté, ¿no es así? ¿Qué tenía yo de malo?

Un nuevo rostro apareció en el corte. Peony, tan dura como siempre. Trabajó sus funciones rápidamente, reparando el corte velozmente incluso cuando otro destello señalaba una nueva apertura para Alpha. Se les estaba acabando el tiempo.

Chasqueé mi dedo izquierdo, creando un pequeño fuego artificial como los que a Kaydee solía encantar. Alpha, ocupado criticando mis elecciones entre diatribas sobre su propio destino, no pareció notarlo, pero Peony sí. Por una fracción de segundo se congeló, me vio escondido allí junto a Alpha. Cuando sus ojos se encontraron con los míos, levanté mi mano derecha, revelando la astilla de Leo. Ella la vio, me dio el más leve asentimiento, y luego cerró el corte.

¿Sabía Peony el plan? ¿Cómo podría saberlo?

Preguntas que no podía responder. En su lugar, busqué una abertura en el torbellino. El siguiente corte estaba a cinco metros a mi izquierda, frente a las hojas giratorias de Alpha. Parecía limpio y listo para un golpe, y fuera de mi alcance. Sin embargo, tenía que intentarlo.

Di un salto, emergiendo de las sombras. Alpha cortó su burla, estallando en un grito de júbilo, y todos esos brazos se dirigieron hacia mí. Bailé mientras me dirigía hacia el corte, imitando a Delta y Beta mientras daba volteretas, me revolcaba y rodaba. Los golpes de Alpha se acercaron, fallando por arriba y por abajo. Tan cerca, de hecho, que para el tercer fallo me di cuenta de que Alpha en realidad no estaba tratando de apuñalarme.

Así que dejé de intentarlo. Me enderecé y caminé, mientras los brazos de Alpha continuaban sus casi aciertos, hasta que el corte quedó a mi espalda. Me enfrenté a la creación mech de Alpha, la gran bestia naranja-roja que me miraba con luces amarillas brillantes, los brazos dispuestos hacia arriba y alrededor con sus hojas relucientes listas.

Mantuve mis brazos cruzados, la astilla de Leo escondida en mi palma. Un plan desesperado en mis pensamientos.

—¿Debería destruirte ahora, Gamma? —preguntó Alpha—. ¿Añadirte a la pila de chatarra como ya he hecho con Delta y Beta?

—Si quisieras eso, ya lo habrías hecho —respondí.

Alpha soltó una risita, un ruido extraño viniendo del mech.

—Tienes razón, por supuesto. Quiero hacerte otra oferta, mi amigo.

—No soy tu amigo.

—¡Todavía no! —Los brazos de Alpha se crisparon, los cuchillos temblando contra la oscuridad detrás de ellos—. Pero ahora tengo una propuesta más convincente que hacer.

Levanté una ceja escéptica.

—Tu Kaydee está conmigo ahora, pero podría estar contigo —dijo Alpha—. Podríamos darle un cuerpo como el tuyo. Entonces juntos seríamos los amos de la Nave Estelar, gobernantes de nuestro propio mundo. Kaydee sería tuya.

Levanté mi mano izquierda.

—Voy a detenerte ahí mismo. Kaydee no pertenece a nadie más que a sí misma, y puedes quedarte con tu roca.

—Un no, entonces.

—Un no.

—Que nunca se diga que no lo intenté.

Los brazos volvieron a la carga, esta vez dirigiéndose hacia mí con precisión. No podía esquivarlos todos, y tampoco quería hacerlo. Con la astilla de Leo en mi palma, esperé hasta el último momento, para hacer que una hoja fallara, y entonces yo-

Unas manos me agarraron, me arrojaron a un lado. Todas esas hojas encontraron su objetivo, pero no el que pretendían. Peony estaba de pie frente al corte, atravesada por todo su cuerpo, sus ojos fijos en mí. A través de ella, oculta por su espalda y cerca del corte, la gran espada de Alpha se acercaba al objetivo.

Una sola oportunidad.

Me incliné hacia adelante, rodeé a Peony con mis brazos como si estuviera de duelo, y pegué la astilla de Leo en la hoja gruesa.

—Salva a mi hija —susurró Peony.

—Lo haré.

La risa estridente de Alpha se abrió paso.

—¡Una plaga es tan buena como otra, supongo!

Con un empujón, los brazos de Alpha empujaron la figura desvaneciente de Peony de vuelta hacia el corte. La hoja grande pasó primero, inyectando su código directamente en los motores de la Nave Estelar. Mientras Peony desaparecía, yo desconecté mi propio enchufe, huyendo.

De nuevo.

TRAYECTORIAS

Contamos las bajas en el nivel central. Val y Leo presidían sobre un grupo mixto, la mayoría preocupados por sus propias heridas, preparando una comida o tomándose un tiempo para recomponerse. Volt nos llevó a Chalo y a mí todo el camino de vuelta, los brazos del mech haciendo el trabajo no tan cómodo de bajarnos por las escaleras. Bimu, la máquina gigantesca, nos seguía con su ojo láser buscando más enemigos. Chalo hizo su mejor imitación de cara de piedra durante el descenso, apartando el dolor con muecas. Yo simplemente apagué los sensores y dejé que mi cuerpo destrozado disfrutara del paseo.

Me dio tiempo de sobra para repasar lo que acababa de suceder.

La incursión de Alpha había aniquilado a las Voces. Yo tenía mis problemas con sus dictados y, especialmente, con la actitud de úsalos o piérdelos de Peony hacia mí y otros mechs, pero aun así habían tomado la decisión de despertarme. Sin ese interruptor, estaría en una cama en el apartamento de Leo.

O, más probablemente, corrompido como uno de los secuaces de Alpha.

Peor aún, los aullidos de Alpha sobre Kaydee probablemente tenían algo de verdad. Mi amiga, mi antigua mente, podría estar sufriendo la peor forma de tortura: una que literalmente reescribía cómo pensaba, se movía y sentía. Estaría encerrada con Alpha en el Puente de la Nave Estelar, esperando a que la nave decidiera qué hacer con ella. Esas ideas oscuras me atormentaron durante el descenso, que terminó con más decepciones.

Val y Leo tenían números sombríos esperándonos. Las fuerzas humanas y Forjadoras difícilmente podían llamarse, bueno, fuerzas a estas alturas. El grupo de Leo no había sufrido muchas bajas, pero tampoco había muchas que pudieran permitirse. Quedaban menos de cincuenta combatientes en total entre ambos grupos, incluyendo algunos demasiado heridos para empuñar un arma o un arco.

Se habían enviado parejas saludables para patrullar los otros niveles del Jardín y confirmar que las puertas permanecieran selladas. Volt dejó a su esposa cerca de la cima, donde la única apertura segura estaba destrozada. La Pureza, el sótano acuático, se había dejado en paz. Cuando pregunté, Leo dijo que los mechs de Alpha aún controlaban los niveles más bajos en gran número.

—Ya sea que cayeran allí por accidente o se retiraran por ese camino, necesitaríamos un fuerte empujón para romperlos —dijo Leo mientras nos reuníamos alrededor de la cascada central. El nivel cálido ofrecía frutas y verduras exuberantes en abundancia para picar, y el Forjador tenía una manzana en la mano mientras me hablaba—. Tal vez cuando estemos descansados, seguros primero de nuestra propia seguridad.

—No antes de traer a los demás aquí —dijo Val—. No voy a dejar a nuestros jóvenes defendiéndose por sí mismos.

Cierto. Los otros humanos que no habían hecho la excursión al Jardín estaban atrincherados cerca de los motores de la Nave Estelar, un lugar que rugía con fuerza ahora que la nave hacía su cambio de trayectoria. La construcción del Jardín, destinada a mantener las plantas seguras durante los movimientos, apenas registraba el cambio masivo de dirección de la nave, pero las órdenes de Alpha se habían cumplido. Esperaba que las nuestras se hubieran colado con ellas.

No había forma de saberlo hasta que la Nave Estelar aterrizara, o tomáramos el Puente.

—De acuerdo —Leo asintió a Val, quien le devolvió el gesto con una mirada mucho menos fría de lo que esperaba —. Reuniremos a nuestra gente primero, luego haremos un plan. El Jardín puede resistir tanto tiempo.

—Eso esperas —dije—. Alpha va a poner en marcha las Líneas de Fabricación pronto. Habrá otro ejército aquí rápidamente.

—Entonces los dejaremos desangrarse contra nosotros —respondió Val, aún sosteniendo esa lanza—. Repararemos, nos fortaleceremos y contraatacaremos cuando sea el momento adecuado.

—Cuando la Nave Estelar aterrice —añadió Leo—. Eso nos dará la apertura, la flexibilidad que necesitamos.

Los dos debían haber estado planeando mientras yo estaba fuera. Aunque encontraba la situación oscura, mostraban resistencia, cierta creencia de que podían contrarrestar las hordas metálicas venideras de Alpha y salir del otro lado. Algo de lo que quizás podría extraer fuerza.

Un tirón me llevó a mi pierna derecha, donde Volt estaba, una vez más, realizando cirugía correctiva. Me sentía un poco expuesto con mis circuitos visibles para Val y Leo mientras Volt, con Alvie haciendo lo mejor que podía como perro, me reconstruía. El mech ya me había dicho que mi eficiencia bajaría aún más, ya que estaría sustituyendo partes recuperadas del ejército destruido de Alpha. Volt sonaba apologético por todo el asunto, pero yo solo estaría feliz de poder caminar de nuevo.

—No mucho más de esto, ¿entiendes? —dijo Volt mientras Leo y Val se alejaban para conversar entre ellos. Traté de no tomarlo como algo personal, el mech nuevamente dejado de lado hasta que fuera necesario—. ¿Me estás escuchando, Gamma? Eres un batiburrillo de partes ahora, hay una posibilidad de que cualquier golpe fuerte pueda hacer estallar tu procesador. Eso significa que te habrás ido.

—Claro, evitar peleas. Ya lo hago de todos modos.

—Bueno, entonces eres malísimo en ello.

Me encogí de hombros ante los ojos amarillos de Volt.

—Tendré más cuidado.

—Ajá —Volt señaló con un brazo a los líderes humanos—. Ellos tienen sus planes. ¿Qué hay de ti?

Las Voces me despertaron, me dijeron que salvara el Vivero y, por extensión, a cualquier humano que quedara vivo en la Nave Estelar. Esos humanos trabajaban a mi alrededor ahora, preparándose para una guerra que no tenían esperanzas de ganar sin ayuda. Esa ayuda, tenía que creer, esperaba abajo, más allá de los mechs enojados y una piscina profunda.

¿Y después?

—Voy a salvar a una amiga —dije—. ¿Quieres venir?

Los ojos de Volt destellaron en rosa.

—Lo siento, amigo. Alpha ha puesto la Nave Estelar en modo de aterrizaje, algo que nunca hemos visto antes.

Tengo que volver a casa, asegurarme de que nada salga mal y nos haga volar a todos en polvo espacial.

Extendí la mano y le di una palmadita a Alvie.

—Al menos te tengo a ti, ¿verdad, amigo?

El perro respondió con un ladrido jadeante.

Detrás de Alvie, de pie junto a un naranjo, pude imaginar a Kaydee, poniendo los ojos en blanco, con fuegos artificiales amarillos estallando mientras chasqueaba los dedos. Si Alpha realmente la tenía ahora...

Aguanta, Kaydee. Aguanta.

LUCHÓ PARA SALVAR A LA HUMANIDAD. Ahora tiene dudas.

Continúa la aventura en El Mundo Codificado, Horizontes Infinitos libro tres!

AGRADECIMIENTOS

Esta novela es el producto de mi familia y amigos que se negaron a dejar morir un sueño. Mi esposa Nicole, por permitirme escribir en las primeras horas de la mañana y asegurarse de que no me muera de hambre. Mis hermanos y padres por sus continuos comentarios, apoyo y entusiasmo.

Evan Aaseng, por ser un constante punto de apoyo y hacerme volver a la realidad cada vez que mis ideas iban demasiado lejos.

Y, por supuesto, a ti, lector, por darme una razón para escribir.

ACERCA DEL AUTOR

A.R. Knight teje historias en una casa helada en Madison, Wisconsin, principalmente dominada por un par de gatos. Después de verse atrapado en la rutina laboral durante la crisis económica de 2008, se encontró sobrevolando el espacio y embarcándose en grandes aventuras durante aburridas reuniones.

Con el tiempo, dedicándose a podcasts, guiones, cuentos y otras novelas, encontró una historia en la que podía sumergirse y un elenco de personajes tanto entretenidos como llenos de corazón.

A.R. Knight planea saltar a otros mundos y encontrar nuevas historias que contar en los límites infinitos de nuestra imaginación.

¡Gracias, como siempre, por leer!

Para más información:
www.blackkeybooks.com

Para Jules